倒流河

Dao Liu He

贾平凹中短篇小说精选

贾平凹◎著

花山文艺出版社
河北·石家庄

图书在版编目（CIP）数据

倒流河：贾平凹中短篇小说精选 / 贾平凹著.
—石家庄：花山文艺出版社，2020.1（2023.4 重印）
ISBN 978-7-5511-5051-4
Ⅰ. ①倒… Ⅱ. ①贾… Ⅲ. ①中篇小说—小说集—中国—当代②短篇小说—小说集—中国—当代 Ⅳ. ①I247.7
中国版本图书馆CIP数据核字(2019)第261788号

书　　名：倒流河
——贾平凹中短篇小说精选
著　　者：贾平凹

选题策划：李　爽
责任编辑：梁东方　温学蕾
责任校对：李　伟　李　鸥
封面设计：书心瞬意　秦国娟
美术编辑：陈　淼
出版发行：花山文艺出版社（邮政编码：050061）
（河北省石家庄市友谊北大街330号）
销售热线：0311-88643299/96/17/34
印　　刷：石家庄燕赵创新印刷有限公司
经　　销：新华书店
开　　本：650毫米×940毫米　1/16
印　　张：21
字　　数：245千字
版　　次：2020年1月第1版
2023年4月第2次印刷
书　　号：ISBN 978-7-5511-5051-4
定　　价：69.00元

目录

品茶

西安城里，有一帮弄艺术的人物，常常相邀着去各家，吃着烟茶，聊聊闲话。有时激动起来，谈得通宵达旦，有时却沉默了，那么无言待过半天；但差不多十天半月，便又要去一番走动呢。忽有一日，其中有叫子兴的，打了电话，众朋友就相厮去他家了。

子兴是位诗人，文坛上负有名望，这帮人中，该他为佼佼者。但他没有固定的住处，总是为着房子颠簸。三个月前，托人在南郊租得一所农舍，本应早邀众友而去，却突然又到西湖参加了一个诗会，得了本年度的诗奖。众人便想，诗人正在得意，又迁居了新屋，去吃茶闲话，一定是有别样的滋味了。

正是三月天，城外天显得极高，也极清。田野酥软软的，草发得十分嫩，其中有了蒲公英，一点一点的淡黄，使人心神儿几分荡漾了。远远看着杨柳，绿得有了烟雾，晕得如梦一般，禁不住近去看时，枝梢却并没叶片，皮下的脉络是楚楚地流动着绿。

路上行人很多，有的坐着车，或是谋事；有的挑着担，或是买卖。春光悄悄儿走来，只有他们这般儿悠闲，熏熏然，也只有他们深得这春之妙味了。

打问该去的村子，旁人已经指点，问及子兴，却皆不知道，讲明是在这里住着的一位诗人，答者更是莫解，末了说：

“是 × 书记的小舅子吗？那是在前村。”

大家啼笑皆非，喟叹良久，凄凄伤感起来：书记的小舅子村人尽知，诗人却不知为然，往日意气洋洋者，原来是这样的可怜啊！

过了一道浅水，水边蹲着一个牧童，正用水洗着羊身。他们不再说起诗人，打问子兴家，牧童凝视许久，挥手一指村头，依然未言。村头是一高地，稀落一片桃林，桃花已经开了，灼灼的，十分耀眼。众人过了小桥，桃林里很静，扫过一股风，花瓣落了许多。深走五百米远，果然有一座土屋，墙虽没抹灰，但泥搪得整洁，瓦蓝瓦蓝的，不曾生着绿苔。门前一棵荚子槐，不老，也不弱，高高撑着枝叶，像一柄大伞。东边窗下，三根四根细竹，清楚得动人。往远，围一道篱笆，篱笆外的甬道，铺着各色卵石，随坡势上下，卵石纹路齐而旋转，像是水流。中堂窗开着，子兴在里边坐着吟诗，摇头晃脑，得意得有些忘形。

众人呼叫一声，子兴欢喜地出来，拉客进门，先是话别叙情，再是阔谈得奖。亲热过后，自称有茶相待，就指着后窗说：好茶要有好水，特让妻去深井汲水去了。

从后窗看去，果然主妇正好在村井台上排队，终轮到了，扳着辘轳，颤着绳索，咿咿呀呀地响。末了提了水罐，笑吟吟地一路回来了。

众人看着房子，说这地方毕竟还好，虽不繁华，难得清静，虽不方便，却也悠暇，又守着这桃花井水，也是“人生以此足也”。这么说着，主妇端上茶来，这茶吃得讲究，全不用玻璃杯子，一律细瓷小碗。子兴让众人静静坐了，慢慢饮来，众人窃窃笑，打开碗盖，便见水面浮一层白气，白气散开，是一道道水痕纹，好久平复了。子兴说，先呷一小口，吸气儿慢慢咽下，众人就骂一句“穷讲究”，一口先喝下了半碗。

君子相交一杯茶，这么喝着、谈着，时光就不知不觉消磨过去，谁也不知道说了多少话、说了什么话，茶一壶一壶添上来，主妇已经是第五次烧火了。不知什么时候，话题转到路上的事，茶席上不免又一番叹息，嘲笑诗人不如弃笔为政，继而又说“阳春白雪，和者盖寡”，自命清高。子兴苦笑着，站起来说：

“别自看自大，还是多吃茶吧！怎么样，这茶好吗？”

众人说：

“一般。”

“甚味？”

“无味。”

“要慢慢地品。”

“很清。”

“再品。”

“很淡。”

子兴不断地启发，回答都不使他满意，他有些遗憾了，说：

“这是名茶龙井啊！”

这竟使众人都大惊了。他们住在这里，一向喝着陕青茶，从来只知喝茶就是喝那比水好喝一点的黄汤，从来不知茶的品法；早听说龙井是茶中之王，如今喝了半天了，竟没有喝出来特别的味儿来，真可谓蠢笨，便怨恨子兴事先不早说明，又责怪这龙井盛名难副，深信“看景不如听景”这一俗语的真理了。

“好东西为什么无味呢？”

大家觉得好奇，谈话的主题就又转移到这茶了。众说不一，各自阐发着自己的见解。

画家说：

“水是无色，色却最丰。”

戏剧家说：

“静场便是高潮。”

诗人说：

“不说出的地方，正是要说的地方。”

小说家说：

“真正的艺术是忽视艺术的。”

子兴说：

“无味而至味。”

评论家说：

“这正如你一样，有名其实无名，无乐其实大乐也！”

众人哈哈一笑，站起身来，说时间不早了，该回家去了，就走出门来，在桃林里站了会儿，觉得今日这茶品得无味，话也说得无聊，又笑了几声，就各自散了。

——选自《小说选刊》1982 年第 10 期

腊月·正月

一

这地方很小，却是商州的一大名镇。南面是秦岭；秦岭多逶迤，于此却平缓，孤零零地聚结了一座石峰。这石峰若在字形里，便是一个“商”字，若在人形里，便是一个坐翁。但“山不在高，有仙则灵”，秦时，商山四皓：东园公、用里先生、绮里季、夏黄公，避乱隐居在此，饥食紫芝，渴饮石泉，而名留青史。

于是，地以人传，这地方就狭小到了恰好，偏远到了恰好，商州哪个不知呢？镇前又有水，水中无龙，却生大娃娃鱼，水便也“则名”，竟将这黄河西岸的陕西的一片土地化拙为秀，硬是归于长江流域去了。

地灵人杰，这是必然的。六十一岁的韩玄子，常常就要为此激动。他家藏一本《商州方志》，闲时便戴了断腿儿花镜细细吟读；满肚有了经纶，便知前朝后代之典故和正史野史之趣闻，至于商州八景，此镇八景，更是没有不洞明的。镇上的八景之一就是“冬晨雾盖镇”，所以一到冬天，起来早的人就特别多。但起来早的大半是农民，农民起早为捡粪，雾对他们是妨碍；小半是干部，干部看了雾也就看了雾了，并不怎么知其趣；而能起早，又专为看雾，看了雾又能看出乐来的，何人也？只是他韩玄子！

他是民国年代国立县中毕业生。当时的县中是何等模样？他只说一班仅有十一个人，读“四书”，诵“五经”，之乎者也的倒比现在的大学生文墨深。这一点他极自信：现在的学生可以写对联，但没他的对仗工整；现在的学生可以写文章，但他却能写得一手好铭旌。他一生教了三十四年书，三年前退休，虽谈不上是衣锦还乡，却仍是踌躇满怀。因为他的学生“桃李满天下”，有当县委书记的，也有任地委部长的；最体面的是，他的长子，叫大贝的，竟是全镇第一个大学生，现又做了记者，在省城也算个了不得的人物！如今在村中，小一辈的还称他老师，老一代的仍叫他先生，他又被公社委任为文化站站长，参与公社的一些活动，在外显山露水的并不寂寞。他家里，四间堂屋，三间厦房，墙砌一砖到顶，脊雕五禽六兽，俨然庙宇一般坚固。小儿二贝已结婚；大女叶子也已出嫁；他坐在院中吃吃茶，看看报，养花植草，颇为自得。他口里不说，心上迷信，自认为是家宅方位好：住在镇东高处，门正对商字山正中，屋近靠秦时四皓墓的左侧。

现在，又是一个冬天，商字山未老，镇前河不涸，但社会发生了变迁，生产形式由集体化改为家庭联产责任承包。他欢呼过这种改革，也为这种改革担忧过，为此身子骨还闹过几场大病，却每每都得以康复，康复之后，依旧能走能动，饭量极好，能吃得一海碗羊肉泡馍；依旧天天早起，看晨雾来盖镇，日出消散，便慢慢纳闷起这天地自然变化的莫测。

今天早晨，门才打开一条缝，雾便扑进来，一团一团的，像是咕涌而来一群绒嘟嘟的羊羔，也像是闹腾而来一伙胖乎乎的顽童，他挡不住，也抓不住，一觉得鼻子呛，就张嘴，张嘴便要打喷嚏，这呼吸气管的突然关闭，又突然地打开，响声是极大的。但院子里没有任何反应，东厦房门严关着，那是新婚的二贝的卧室，他们不睡土炕，已经文明了，做了清漆刷染的有床头的床，吱吱响了几下，又复归静寂。西院墙下，是竹子搭就的鸡棚，一个红冠耷拉的雄鸡，统率着二十三只温驯的母鸡，全歇在那斜棍儿上，黎明的雾朦胧，它们的眼蒙眬，但全然未动，保持睡眠后在高枝儿上的平衡，是它们聪明过人的本领。只有门楼旁葡萄架下的苞谷秆儿，被风吹了一夜，叶子散的散去，聚的聚起，又被霜杀蔫了，软软地静伏着。好事的猫儿悄没声息地踏上去，又跳上砖垒的花台上，拿爪子在霜上划道儿。霜是一铜钱的厚。

他沏茶，沏得好浓呢。这一百三十里外的商南茶，一定是那些个体户货摊上的物品了，炒得过焦，土气又大；二贝给他买来后，他是从不喝第一遍的；当下在院里泼了，又冲上第二遍水，就一边吹着茶面上的一层白气，一边端了，蹲在门外照壁前慢慢地品。

三十四年的教学生涯，使他养成了喝茶的嗜好，即便做了乡民，每天早晨还要喝一保温壶水，直喝得肠肚滋润起来，额上微微有了细汗，村里人才大都起来。

雾真如古书上讲的，如烟、如尘。商字山入了远空，虚得只是一个水中的倒影，一个静浮的抛物线，一个有与没有之间。不远的慢坡下，镇子只看见个轮廓，偶有灯亮，也是星星点点的橘黄色。院外右侧的四皓墓地，十五株参天古柏，雾里似断了几截，却愈显得高耸，柏枝在风里作响，嘎嘎如鸦噪声从天而降。而照壁前的一丛慈竹，却枝叶清楚，这是他亲手植的，在整个镇子上，唯有他这一片竹子。夏天的早晨，他在这里喝茶，残月未退，那竹影就映上照壁，斑斑驳驳，蛐蛐的争鸣也似乎一起反映在了照壁上，他就老记得一副对联：

生活顿顿宁无肉，
居家时时必有竹。

当然这一切都“俱往矣”！因为去年春天以来，村里、社里许许多多的人和事，使他不能称心如意，情绪很不安静；而秋后，风雨又比任何年里都多，这照壁就全部剥脱了墙皮，还垮掉了一个角，竹影爬上来，再也没有那番可人的景致了。

在这一带，人们很讲究照壁，那是房子的衣服、是主人的脸面，以韩玄子的话讲，这照壁若在一个县，是百货商场的橱窗；若在一个省，是吞吐运载的车站；若在我们国家，就是天安门城楼了。他因此给二贝说过多次，找时间修补起来。二贝竟越来越不听从，总是今天拖到明天，明天拖到后天，已经到腊月里了，还没有修理！他给大贝发了三封信，要他回来整顿整顿家庭。大贝却总是来信说工作忙，走不脱；还说，这个家只能团结，不能分裂。可怎么个团结呢？他韩玄子在外谁个不把他放在眼里？二贝如此别扭，会给外界造成怎样的影响呢？一气之下，便擅自决定把二贝两口分出去，让他们单吃、单喝，住到东厦屋里去了。

“我太丢人！”他曾经当着二贝两口的面，自己打自己耳光，“我活到这么大，还没有人敢翻了我的手梢！好好一个家，全叫你们弄散了！”

他一生气，手就发抖，吃水烟的纸媒儿老是按不到烟哨子上，结果就丢了纸媒儿，大骂一通。说什么要破这个家，就都破吧，我六十多岁的人了，风里的一盏残灯，要是扑忽灭了，看你们以后怎么活人啊！末了，又挖苦老伴：“瞧着吧，你要死在我前头，算你有福，你要死在我后头，有你受的罪。现在的世事是各管各了，咱二贝也给咱实行责任制了。我一死，国家会出八百元的，你怕连个席也卷不上呢！”

老伴老实，在家里起着和事佬的作用，一会儿向着他，一会儿向着小儿子，常气得在屋里哭。

二贝当然是不敢言语的。打他骂他，他只能委屈地待在他的小房里抹眼泪，抹过了，就又没皮没脸地叫爹，给爹笑，是打不跑的狗。媳妇白银却不行了，骂了她，她会故意去问婆婆：

“娘呀，二贝是不是你抱别人的？”

“抱的？”婆婆解不开话，“我一个奶头吊下来大贝、二贝，我抱谁家的？”

“那怎么我爹这样生分他？”

婆婆气得直瞪眼，夜里枕头边叙说给了韩玄子，韩玄子翻下床，把二贝叫来质问：

“生分了你，怎么生分？在这个县上，谁不知道四皓墓？又谁不知道四皓墓旁的韩玄子把饭碗让给了儿子？儿子，儿子就这样报应我吗？”

说着气冲牛斗，打了二贝一个耳光。二贝又去捶打了一顿白银，拉着来给爹娘回话。

提起让饭碗的事，韩玄子就显得十分伤心。二贝高中毕业后，几次高考都未考中，便一直闲在家里。按照国家规定，职工退休，子女可以顶替。三年前，他五十八岁，还未达到年龄，就托熟人在医院开了病历，提前让二贝“子袭父职”，在本公社的学校里任教了。

“哈，我现在也是在商字山下隐居了！”他回到村里，见人就这么说。

于是，便有人又叫起他是商字山第五皓了。

二贝有了工作，婚姻自然解冻。年轻人善于幻想，知道进省城已没有可能，但找一个自带饭票的女子，却不算想入非非。可韩玄子不同意：种谷防饥，养儿防老，大贝已经远走高飞，若二贝再找一个有工作的媳妇，自然男随女走，那将来谁来养老呢?二贝毕竟是孝子，作难了半年，依了爹，便和三十里外县城关的白银“速战速决”。没想，绳从细处断，本来就担心儿媳不伺候老人，偏偏这白银家在城关，见的人多，经的事广，地里活计不出力，家里杂事没眼色，晚上闲聊不早睡，早晨贪睡不早起，起来就头上一把、脚上一把地打扮不清。甚至买了一双塑料拖鞋，趿出趿进，三、六、九日集市，也趿着走动。

这使韩玄子简直不能忍受!

当他一天天在村里有了不顺心的事后，只说回到这个家来，使他心绪清静一点，但白银的所作所为，令他对这个家失去了信心。他再读《商州方志》上有一文人传略，其中说：“为人为文，作夫作妇，绝权欲，弃浮华，归其天籁，必怡然平和；家窠平和，则处烦嚣尘世而自立也。”此话字字刺目，似乎正是为他反意而作。他不止一次地叹息：大清王朝——他却又忌讳说这个家，偏就记得同治皇帝的话——要完了吗?

他开始没心思待在院子里养花植草。抬头悠悠见了商字山，嗜上了喝酒，在公社大院里找那些干部，一喝就是半天；有时还找到家中来喝，一喝便醉，一醉就怨天尤人，臧否人物。

愈是酗酒，愈是误村事、家事；愈是误事，愈使二贝、白银不满。这种烦躁的恶性循环，渐渐使韩玄子脱去了老文人的秉性，家庭越来越不和，他的脾气越来越不好了。整整一个冬天，雾盖镇的奇景出现过不少次，但他没一次再能享受这天地间的闲趣。早晨起来，只是站在四皓墓地的古柏下，久久地出神，直到天色大白，方肯回来。今早，当他又在古柏下待够了，重新回到院子的时候，老伴已经起来，头没有梳，抱了扫帚在扫院子。从堂屋台阶下到院门口，是一条有着流水花纹的石子路，她竭力要扫清花纹上的泥土，但总是扫不净。扫到东厦房的门口，摇着单扇门上的铁环，低声叫：

“白银，白银，你还不起来！你爹已经喝罢茶，出去转了！”

房子里先是窸窸窣窣的声音，接着是白银大声叫喊二贝，问她的袜子，然后说：

“腊月天，何苦起得这么早！我爹人老了，当然没瞌睡……”

“放你的屁！”老伴在骂了，“谁不知道热被窝里舒服？怪不得你爹骂你，大半早晨不起来，你还像不像个做媳妇的？起来，让二贝也起来，一块到白沟去，你妹子在家做立柜，你们当哥当嫂的，也该去帮帮忙呀！”

韩玄子大声咳嗽了一声，恨不得将五脏六腑都吐出来，吐出来的却是一口痰，说：

“你那么贱！扫什么院子？你扫了一辈子还没扫够吗？你叫人家干啥？人家有福，就让人家往死里睡。咱叶子结婚，与人家哥嫂什么相干？！”

老伴扬了一下扫帚，制止老头，说：

“你话咋那么多！白银，你再不起来，我就砸门啦！村里哪一个没起来？总看人家王才吃哩喝哩，王才担了几担麦面才回去，人家在水磨上整整熬了一夜哩！你们谁能下得这份苦？！”

韩玄子已经在堂屋里训斥老伴话太多，又要去喝茶，保温壶里却没有水了。就又嚷着正在梳头的小女去烧水，小女噘了嘴，不肯去，他便开了柜子，取出一瓶酒来揣在怀里，出门要走。

“你又要哪里去？”老伴挡在门口。

“我到公社大院去。”韩玄子说。

“又去喝酒？”老伴将瓶子夺了过来，说，“大清早又喝什么酒？整天酒来酒去，挣的钱不够酒钱！人家王才，不见和公社的人熟，人家这几年什么都发了。咱倒好，说是全家几个挣钱的，不起来的不起来，喝酒的去喝酒，这个家还要不要？”

韩玄子说：

“你要我怎样？你当是我心里畅快才喝酒呀！我为什么喝酒？我为什么一喝就醉？你倒拿我比王才，王才是什么东西？全公社里，谁看得起他！儿子、媳妇这么说，你也这么说，一家人就我不是人了？哼，我过的桥倒比你们走的路多呢，什么世事我看不透？当年退休顶替，你们劝我过几年再退，怎么着，现在还准顶替不？别看他王才现在闹腾了几个钱，你瞧着吧，他不会长久的！我不是共产党，可共产党的事我也已经得多了，是不会让他成了大气候的；他就是成了富农、地主，家有万贯，我眼里也看他不起哩！大大小小整天在家里提王才，和我赌气，那就赌吧，赌得这个家败了、破了，就让王才那些人抿了嘴巴用尻子笑话吧！”

老伴见老汉动怒了，当下也不敢再言语。白银也赶忙开门出来了。

这是一个丰腴的女子，新婚半载，使她的头发迅速变黑，肩膀加厚，胸部高高地耸起来了。最是那一头卷发，使她与这个镇子上的姑娘、媳妇们有了区别。那是结婚时在省城烫的，曾经招惹过不少非议。她虽然五天就洗一次头，闲着无事就拿手去拉直那卷发的曲度，现在仍还显出一层一层的波纹。她给婆婆笑笑，就夺过扫帚要扫，婆婆正在气头，说：

“谁稀罕你扫！披头散发的难看成什么样子？现在你看看，烫发多好，梳都梳不开了，像个鸡窝，恐怕要吃鸡蛋，手一摸，就能摸出一个呢！”

白银受娘一顿奚落，返回小房，让刚起床的二贝去倒尿盆，自个对着镜子梳起头来，然后就洗脸、搽油，端了瓷缸站在门口台阶上刷牙。

皮肤很黑，就衬得牙齿白，一晚一早还是刷不够；腊月天自然是很冷的，而她刷牙的时候依旧趿着那双拖鞋。韩玄子将堂屋窗子打开了，“呼”地又关上，他觉得扎眼，婆婆站在堂屋门口叫道：“白银，嘴里是吃了屎吗？那么个打扫不清？什么时候了，还不收拾着快往白沟去！”

二

白沟是商字山后的一个坳，离镇子七里，离商字山顶上的商芝庙三里，是全公社最偏僻的地方。这镇子既然是名镇，坐落的风水也是极妙的。以镇子辐射开去的，是七个大队，七个自然村。东是林家河，马门湾；西是箭沟垭，西坡岭；北是夜村，堡子坪；南是白沟。东西北三面几乎全在河的北岸，村村有公路通达，唯这白沟地处山坳，交通很不方便。从镇子走去，穿河滩地，过了老堤，过新堤，河面上有一座木板桥。桥是五道支架，全用原木为桩，三十六斤重的石柱打砸下去，冬冬夏夏，水涨潮落，木桩也没有能冲去。这条河一直流归汉江，据《商州方志》记载：嘉庆年间，汉江的船可以到达这里，镇子便是沿河最后一站码头。那时候，湖北、四川、河南的商船运上来食盐、棉花、火纸、瓷器、染料、煤油；秦岭的木耳、黄花、桐油、木炭、生漆往镇上集中，再运下去。镇街上便有八家客栈。韩玄子的祖先经营着唯一的挂面坊，有“韧、薄、光、煎、稀、汪、酸、辣、香”九大特点，名传远近。至今，韩玄子还记得，他小时候，仍见过家里有上挂面架的高条凳，一人多高，后来闹土匪，一把火烧了韩家的宅院，那凳子也没能保留下来。

或许由于日月运转，桑田变迁吧，这条河虽然还是“地间犹是一”者，但毕竟渐渐水变小了，而且越来越小，田地便蚕食般侵占了河滩。如今的老堤，谁也说不清筑于何年何代，即使那个新堤，也是韩玄子的父亲经手，方圆十几个村的人联名修的。当然喽，汉江的船就再不会上来。以至到了这些年，河水更小，天旱的时候，那木板桥并不用架，只支了一溜石头，人便跳着过去了，猫儿狗儿也能跳着过去。

过了河，就顺着商字山脚下一个沟道往里走，走五里，进入一个深坳，这就是白沟村。坳中有一个潭，常年往外流着水，沿潭的四边，东边低，西边高，于是住家多集中在西边，正应了“靠山吃山，靠水吃水”的俗语。这些人家就用石板铺了村道，一台一台拾级而上，那屋舍也便前墙石头，后墙石头，除了石头还是石头。地是没有半亩平的，又满是料姜石，五谷杂粮都长，可又都长不多。唯有那黑豆，随便在脸脸畔畔挖窝下种，都必有收获，然而产量也是低得可怜。白沟人就年年用豆油来镇上粜换麦子、苞谷。总而言之，是全公社最苦焦的大队。

二贝常常记得他们小时候的事。那时大贝领着他和叶子，三天两头到商字山上割草，拾柴，采商芝，挖野蒜，满山跑得累了，就到白沟村来讨水喝，或者钻到人家的黑豆地里，扯几把还嫩的豆棵子，在地头点火来烤，烟冒上来！呛得就要打喷嚏。于是被主人发觉，一阵呼喊叫骂，主人可以撵出沟来，甚至追至河边；他们就飞速跑过木板桥，拉掉一块板，放大胆地隔河向怒不可遏却又无可奈何的主人们扮鬼脸。

他们也认识了一个叫巩德胜的，是个没妻没子的驼背。这驼背是追不上他们的，他们便常常向他的黑豆地进攻。时间长了，这驼背再看见他们到商字山来，竟殷勤地招呼他们去家喝水，还拿了一碗炒豆儿让他们大吃大嚼。他们从此就不好意思去骚扰了。还时常将采得的商芝送给他们一捆二捆。直到五年前，这驼背看中了镇上一位大他三岁的寡妇，就男进女门，做了人家的老女婿，还是和韩家有来有往。

土地承包的前二年，公社在这里办了个油坊，四乡八村的黑豆都集中到白沟，白沟人差不多家家都有卖油的、卖油饼的；手是油的、脸是油的，衣着鞋袜油串串，大凡一见面听打招呼：

“哎，油棰子！”就知道是白沟人来了！

土地承包以后，油坊也承包给了私人。王才的媳妇是白沟人，他便入了承包队，油腻得人不人、鬼不鬼的，很是让镇上人耻笑了许久。二贝就去找过他一次。

油坊是在村后一条小土沟里，沟里流一条水道子，沿沟畔凿七八孔土窑。二贝一进小土沟，就听见“咚！咚！咚！”的响声，闷得像打雷，雷却像是在高高的云层之上，也像是在深深的地心之中。他钻进一孔大窑，里边蒙沉沉的，一股热腾腾的、油腻腻的气味便往外喷，看得见深处是几盏灯，恍恍惚惚，犹如进了魔窟，那“咚！咚！”的响声就从里边传出来。他摸摸索索往里走，脚下尽是软软的草，眼睛不能适应，蓦地看见了人影，竟是七八个汉子，一律光头、光身、光脚、光腿，只穿一条短裤，全抱着一个大夯——是一个屋的大梁，在空中吊了——一声呐喊，退后去，极快地瞄准油槽上的大木桩，一个震耳欲聋的“咚”声便砸出来了！

他从未见过这样的场面，感到了野蛮和雄壮，感到了原始和力量，他喊一声“王才哥！”呛人的油的烟的汗的气味，就灌进了他的口鼻，他简直要窒息了。

王才却从旁边的一个拐窑里钻出来，他五短身材，更是剥得精光。他将二贝拉到拐窑去。原来他的分工是将磨碎的黑豆蒸成半熟，再用稻草包裹成一个一个的“豆包”。他满身满脸的油垢，只有眼睛小小的，聚光而黑明。

“你怎么干这个？”二贝说。

“我没力气嘛，包豆包你以为轻省吗？”王才说，“一天包四十个豆包，我就只挣得一元五角哩。”

二贝把王才拉出窑，告诉这小个子：“你没力气，干这活吃不消，我是专门来告诉你要重寻门路的。”王才一脸哭相，说地分了，粮够吃了，可一家六口人，没有一个挣钱的，只出不入，他又没本事，只有这么干了。

二贝说：

“你是没力气，可你一肚子精明，这事只能你干，谁也干不了。咱商字山上产商芝，天下独一无二，每年春上，镇街上卖商芝的一篓挨一篓，你何不全收买了，蒸熟晒干，向城市销售？我已经对县上商业局干部谈了，他们直拍大腿叫好，建议用塑料袋包装，每包不要多，只装一把，你五角钱收一篓，一小包可以赚七角八角，不出一年，你就是先富起来的农民了！”

王才说：

“我的兄弟，这商芝是咱山里人的野菜，谁要这玩意儿？”

二贝说：

“你哪里知道，现在的城里人大鱼大肉吃腻了，就想吃一口山货土产的鲜，又都讲究营养，这商芝营养价值最高，听说能活血，健胃，滋精益神，要不秦时四皓隐居这里，长年不吃五谷，吃这东西倒活得很久。要经营，每袋附两份说明，一份讲清它的营养价值，一份说明食用方法。袋子上的名字我已经想好了，就叫‘商字山四皓商芝’！”

王才当下也就热了，辞退了油坊工作，四处筹款，一等春季到来，大量收购商芝，二贝也忙着为他到县塑料厂订购袋子，又着手起草说明书内容。但是，韩玄子竟将二贝臭骂了一顿：

“你小子逞什么能？那王才是什么角色？他能办成了什么？现在政策变了，是龙的要上天，是虫的也要上天；看老牛屙屎，把小牛尻子撑破也不行！你一天尽跟了什么人闹腾？”

二贝说：

“爹不了解王才，那是不显山露水的人哩，只是没力气，他要干这些事，保准成功。现在土地承包了，各人管了各人，能人多得很。你要看重这些人，别一天到黑只和公社大院的来往。”

韩玄子倒不高兴，甚至是火了：

“亏你倒来教训我了？现在是不比以前，可天还是天，地还是地，公社的领导还是领导！人家能看得起你爹，你爹能给个冷脸，不球睬，活独人、死人吗？你知道什么叫社会？！”

二贝的行动受到了限制，王才自然搞不来塑料袋，也写不了说明书。人却是有志气的，一股气憋着，春天收了几麻袋商芝拿到省城去卖。结果，大折其本，可怜得坐在城墙根呜呜地哭。亏得他人勤眼活，在城里一家街道食品加工厂干了两个月临时工，回来就又闹腾着也办食品加工厂。当然，一张嘴对人只是叙说当临时工的“过五关斩六将”，至于折本之事，则绝口不提。

二贝没能为王才办成事，心里极愧，和爹也就闹起意见来。王才办起了食品加工厂，他在家里只字不说，一切顺爹的话儿转，暗地里却总在王才那里出主意、帮手脚。韩玄子也看得出来，对他和白银就烦了，终于为修补照壁的事，矛盾激化，导致一家分了两家。

事情过去也就过去了罢，可二贝万万没有想到，爹和他的认识越来越不统一。为了叶子的婚事，他又要经常到这白沟村来了。

叶子是他的大妹，二十出头，出脱得万般儿人才，高挑个，细腰身，长长的两条腿，眼睛极大，双层皮儿包着，一忽闪看人，两包清水似的。人长得俏，性情却全是娘的，说话细声慢气，走路轻手轻脚，三、六、九日集市，很少抛头露面，偶尔去一趟，别人一看她，她就不吭不哈，也不笑，小猫似的往回走。人都说，现在的女子疯张了，难得叶子这样温顺！因此，提亲说媒的特别多，又大多是这几年发了财的、富了家的专业户。叶子性子软，拿不准主意，要听爹的，韩玄子却是一概反对。

“爹是怎么啦？”二贝疑惑起来，“这家反对，那家反对，你要给叶子找什么样的人家呀？”

韩玄子只是一句话：

“什么人家都行，就是不能嫁那些专业户！”

这当儿，有人就提起白沟三娃。三娃家住潭水的东头，家里人口不兴，父辈弟兄仨，三家却只有他同一个哥哥。哥哥是地质工人，没想三年前一次施工事故中，不幸丧命。地质队将他照顾招了工。家里三间上屋、两间厦房的小院，从此门就锁了。韩玄子看中了这门亲，说这家好处有四：一是三娃吃商品粮。工作虽然艰苦，工资却高，其哥死于事故，当然可见其施工之危险，但天下地质人员百万，别人不死，偏偏死他，也是他阳寿到了的缘故；二是家有房有院，其父兄弟仨守这一个后根，可谓三海碗合盛了一小碗，家底必是丰厚的。当然，好儿不在家当，好女不在陪妆，但家资丰裕毕竟有益无害；三是其父母过世，上无老的要孝敬，下无小的要扶携，过门便是掌柜。这样，叶子不免身单力薄，屋内屋外之活无人指拨，却落得不生是作非，安然清静；四是离爹娘不远，叶子有甚作难事，他们可以照顾，他们往后年岁大了，叶子也能常来伺候。

二贝不同意爹的看法。先嫌三娃个头不高，又嫌家里太是孤单，再嫌白沟不是个地方，说来道去，样样都不如专业户的子弟好。韩玄子不听他的，让叶子自己定主意，叶子还是依了爹，二贝一肚子不悦意。

婚事定后，说要结婚，好日子订在腊月初八。因为三娃家没人料理，若在家办事，亲朋至友、街坊邻居必是要招待的。粗粗计算，就是三十多席，不说花销多少，谁来受这份劳累呢？于是就决定出外旅行结婚，这是极文明的事。出外回来，叶子就是白沟的人了，开始在家里请木匠，做家具，修屋顶，泥院墙，忙活起她的小家庭了。本来一场大事已经过去，但韩玄子却一定要在家再待一次客。二贝和爹又吵开了：

“事过又待客，那何必旅行结婚？花那钱给别人吃了喝了干啥？”

韩玄子说：

“咱就说是给叶子送路，只待本家本族的，外人除了相好的，不叫不行的，任何人也不请。不待怎么成呢？你爹是爱热闹的，不说有多少能耐，总还在人面前走动，别人会笑话咱待不起！人情世故就是这样嘛，待一次客，也是咱的体面。咱对好多人家也有过好处，他们也想趁机会谢呈咱呢。”

二贝说：

“爹说了这话，倒引起我一肚子意见！你是退休了的人，公社的事，他们要你参与，你本是不该去的，你按你的看法处理事，保不准会有差错，对一些人好了，这些人要来谢呈，可势必又要得罪一些人，对爹有了忌恨。咱若这么待客，肯定要来一些谢呈的，那影响不好呢。”

韩玄子说：

“谁忌恨了？我就是想待客，请谁不请谁，让那些人看哩！你和白银愿意也行，不愿意也行，这客我是要待的，给你妹子办事，你们都是这个样子？”二贝就岔了爹的话，说爹说这话，会破坏他们兄妹的关系，爹既然决心下定，就依爹的来，花多少钱，他可以和大贝分着出，只是家里的事他以后什么也不管了。今早娘又让去白沟，爹又发了火，他和白银便只能听从，不敢多言多语，也不想多一言多一语。

三

韩玄子看着二贝和白银从门道里走出去，就长长出了一口气，说：

“唉，这镇子里多少家庭不和，都是我去调解的，到了咱自己，我倒束手无策了！”

老伴说：

“罢了，罢了，现在分房另住了，你睁一只眼，闭一只眼吧！咱还能活几天？眼一闭，这一切还不都是人家的。”

韩玄子说：

“分是分了，外人倒有说我太过分了。我也是不愿意分的，我是让他们分出去后试试艰难，若回心转意，顺听顺说，咱就再合起来。可你瞧瞧，人家倒越发信马由缰了！”

韩玄子愁云上了脸，闷坐了一会儿，就翻出那本《商州方志》来。书已经发黄，破烂不堪，他是用布夹儿重换了封面，平日压在炕席底下，常常要拿出来看的。今天又看了一段商字山四皓的传说，寻思：在那秦乱之期，这四个老汉在此又是怎么个愁法呢！呆呆做了一阵痴，就站在院子里看花台上的花。冬天的花全冻死了，唯有水流纹的石子踏道两边，是两株夹竹桃，还长得翠绿绿的。就又往鸡棚前蹲了一会儿，便又坐回屋里去生炭火。

老伴知道这是老汉最百无聊赖的时候，就不再插言插语。自己从柜子里往外舀稻子，舀一升，倒在笸箩里，舀一升，倒在笸箩里；她是过日子细发惯了的人，一升就是一升，不及亦不过，末了问道：

“舀了四斗，你看够吗？”

“你看着办吧。”

“我看着办？”老伴说，“我知道你准备待几席客？”

韩玄子说：

“我也说不清，还没计算呢；多舀一斗吧。”

老伴就又舀出十升来，却见老汉披了那件羊皮大袄顺门出去了。

“你又要到哪儿去？”

韩玄子并没有回答，脚步声从院门口响到照壁后，听不见了。老伴叹了一口气，停下手中的升子，过来将刚刚生起的炭火拨开来，唾几口唾沫，让它灭了，嘟囔道：

“没了魂似的，又往哪里去了呢？”

韩玄子是去找巩德胜的。这驼背从白沟进了镇街寡妇的门，夜夜有暖脚的，得了许多人生好处，也吃了好多光棍不吃的苦头：那寡妇是泼人，一张嘴骂街，舌头如刀子一般，凡事大小，只能我亏人，不能人亏我，好强要盛，偏偏争不了一口气——不会生儿。三个女子三个客娃，四十岁上抱养了一个男的，长到五岁，还不会说话，只以为说话迟点，到了十六七岁，还不开口说话，才相信果然是个哑巴。如今两个女儿都出嫁了，哑巴儿子又百事不中，日子过得紧紧巴巴。就来给韩玄子说好听的，央求能帮他办个营业执照，他要办杂货店。韩玄子去公社说了一回，从此驼背就成了杂货店主，仅仅两年工夫，手头也慢慢滋润起来，人模狗样的再不是当年的“油棰子”相了。韩玄子半年以来，酒量增大，少不得心中有事，就在那里喝开了。

今早的雾不比往常，太阳已经冒花了，还没有散尽。韩玄子站在塬头上，镇子街口依然还是看不分明。这镇子真是好风水，河水从秦岭的深处七拐八弯地下来，到了西梢岭，突然就闪出一大片地面来，真可谓“柳暗花明”！河水沿南山根弓弓地往下流，流过五里，马鞍岭迎头一拦，又向北流，流出一里地，绕马鞍岭山嘴再折东南而去，这里便是一个偌大的盆地了，西边高，东边低，中间的盆底就是整个镇街。韩玄子对镇街的两千三百口人家，了如指掌；知道谁家的狗咬人，谁家的狗见人不咬。

他披着羊皮大袄从竹丛边小路往下走，下了慢坡，到了大片河滩地，再往西走，就是镇街了。他家的二亩六分地全在河滩，初冬播下麦后，他和二贝来灌过一次水，好长时间没来了。现在顺脚拐到自家地边，见麦子长得还高，只是黄瘦瘦的。有几家人开始担着锅灰、炕土，在地里施浮肥，老远看见他了，就都笑笑的，说：

“韩先生，起得早啊！”

他吭了一声，看着那些人乌烟瘴气地撒灰，说：

“施得那么厚，不怕麦子将来倒伏吗？”

这是一个光头汉子，冬冬夏夏，胸口的衣扣不系，其实并没有衣扣，那么一裉，用一根牛皮裤带紧了。老年人腰里紧一条粗布腰带，年轻人绝对觉得难看；他却离不开腰带，腰带又必是牛皮裤带，是个老小之间的过渡人，说：

“我不能和你老比呀，你老能买下化肥。别看你家的麦子黄黄的，开春撒了化肥，就手提一般地疯长！我家没有牛，踏不出粪，种时甜甜种的，再不上些炕土，真要长出蝇子头大的穗穗了！”

光头的话，多少使韩玄子心中有了些安慰。土地承包后，村子里的牛全卖给了私人。但现在的人，脑袋都是空的，做农民，也做生意，是卖主，也是买主，有买有卖，翻手为云，覆手为雨，这牛几经倒手，就全卖给了山外平原上的人，抓了现钱了。这样，地里没有可施的肥，化肥就成了稀罕物。韩玄子为此也发过牢骚，认定这几年，粮食丰产，那是人出了最大的力，地也出最大的力，若长此以往，地土都板结起来，还会再丰收吗？

退一步又想：罢了，罢了，咱不是政府，又不能制定政策，天下如此，我也如此了！可幸的是，每年公社拨化肥指标，别人买不到，他能买到，至今炕角还堆有两袋化肥，当他提着化肥在田里撒的时候，让那些人眼红去吧！

“唉，”他却偏要叹息，“能收多少麦呀，化肥钱一年就得几十元呢！”

光头撇撇厚嘴，低声说：

“你愁什么呀，又有钱，又能买到化肥！”说着，丢下担笼，过来搓着手，从棉袄怀里掏出一包烟来，递给韩玄子一支，“等过了年，你老能不能替我买几袋呢？”

韩玄子望着那一颗青光脑袋，心里说：要我办事，就拿出这一支烟来；买几袋化肥，就值这一支烟吗？

“那费了我什么了，我不是也常托你帮忙吗？我说狗剩，你就这几亩地，炕土上得这么厚厚一层，还用得着化肥呀？”

光头狗剩却说：

“你还不知道呢，我现在是六亩地哩。王才家忙着搞他的加工厂，他家的三亩多地转让我种了。”

王才，又是王才，韩玄子一听到这个名字，心里就蹿上一股气来。他问道：

“你说什么？他转让地了？这事经谁允许的？他这么大本事，敢随便出租土地，他这是剥削你，雇你的长工！”

狗剩见韩玄子变脸失色起来，当下心里“怦怦”作响，忙四周斜眼看看，没有外人，便将火柴擦着，为老汉点着烟，说：

“你老快不要声张，这是我两家协商的。王才家先是要卖商芝，不成了，还买了压面机要压面，现在只是一心张罗他的食品加工，买了好多机器，院里搭了作坊，能做点心、酥饼，还有豆角砂糖，吃起来倒比县食品加工厂的油重，又酥得直掉渣渣。小商小贩都来买他的货哩。他现在一家大小八口，还有两个女婿，正招收人入股，开春想大干哩！这地当然腾不出手脚来种，咱是粗脚笨手的人，做生意没有脚蟹，只会刨扒这土疙瘩。我们商定三亩多地一年两季给他家二担粮，这也是周瑜打黄盖，他愿意打，我愿意挨。”

韩玄子叫道：

“胡来，胡来！谁给他的政策？他要转你，你就敢接？”

狗剩说：

“当初我也不敢，王才说，河南早就这么干了，恐怕很快上边也要有条文下来。我也想，现在的政策也是边行边改，真说不定会这样。再说，现在是能人干事的社会，谁能干，国家都支持，咱只会种庄稼，仅仅那三亩地，咱就能发了？韩先生，韩伯，这事你千万不要对公社的人讲啊！”

韩玄子支吾了一句，从麦地边走过去了。

地的中间，本来是有一条宽宽的路，可以过马车，一头通到镇街上，一头通到马鞍岭下，可以直下河南、湖北。早年路畔有一庙，是汉代建造，庙里的四个泥胎就是四皓，“文化大革命”中倒塌了。随之不久，公路在塬上修通，这条路就荒芜起来。韩玄子每每走到这里，就要对着四皓庙倒塌后的一堆石条大发感慨。好久未到这里来了，今见种地人都在扩大自己土地的面积，将路蚕食得弯弯扭扭。韩玄子一面走，一面骂着：“造孽！”

“唉唉，人心都瞎了，瞎了，没人修路了！”

对于土地承包耕种的政策，韩玄子是直道英明的；他不是那种大锅饭的既得利益者。那些年里，他在外教书，老伴常年有病，四个孩子正是能吃而不能干，家里总是闹粮荒，每月的工资几乎全贴在嘴上了。而今分地到家，虽然耕种不好，但够吃够喝，还有剩余，挣得的钱就有一个落一个，全可用在家庭文明建设上了。他是信服一句老话的：天下最劳力者，是农民；农民对于国家，是水，国家对于农民，是船；水可以浮船，水亦可以覆船。如果那种大锅饭再继续下去，国穷民贫，天下将会大乱，恐怕是不可避免的。

但是，新政策的颁发，却使他愈来愈看不惯许多人、许多事。当土地承包的时候，生产队曾经开了五个通宵会，会会都炸窝。因为无论怎样，土地的质量难以平等，谁分到好地，谁分到坏地，各人只看见自己碗里的肉少。结果，平均主义一时兴起，抓纸蛋儿十分盛行，于是平平整整的大块面积，硬是划为一条一溜，界石就像西瓜一样出现了一地。地畔的柳树、白杨、苦楝木，也都标了价，一律将钱数用红漆写在树上，凭纸蛋儿抓定。原则上这些树不长成材，不能砍伐，可偏偏有人就砍了，伐了。大的做梁做柱，小的搭棚苫圈。水渠无人管理，石堰被人扒去做了房基。这些乱七八糟的现象，韩玄子看不上眼，心里便估摸不清农村的前途将会如何发展。他毕竟是有文墨的人，每一天的报纸都仔细研究。政府的政策似乎并没有改变，他便想：承包土地一定是国家的权宜之计。可这想法时不时又被自己否定了。最是那些轻狂的人，碗里饭稠了，腰里有了几个钱就得意忘形，他不止一次警告着那些人：“大凡人事、国事、天下事，都是合久必分，分久必合啊！”后边的话，他不说出口，其实他也不知道该怎么说了对，只是自己想想；自己给自己想的，何必说出来呢。

如今，王才竟又转让起了土地，使他本来就被家事、村事搅得乱乱的心绪越发混乱了。

王才，那算是个什么角色呢？韩玄子一向是不把他放在眼里。但是，王才的影响越来越大，几乎成了这个镇上的头号新闻人物！人人都在提说他，又几乎时时在威胁着、抗争着他韩家的影响，他就心里愤愤不平。

他还在县中教书的时候，王才是他的学生，又瘦又小，家里守一个瞎眼老娘，日子恓惶得是什么模样？冬天里，穿不上袜子——麻秆子细腿，垢甲多厚，又尿床，一条被子总是晒在学校的后墙头上。什么时候能体面地走到人前来呢？

初中二年级，王才的姐姐要出嫁，家里要的财物很重，甚至向男方要求为瞎眼娘买一口寿棺。这事传到学校，好不让人耻笑，结果王才就抬不起头，秋天里偷偷卷了被子回家，再也不来上学了。

当了农民，王才个子还是不长。犁地，他不会，撒种，他不会，工分就一直是六分。直到瞎眼娘下世、新媳妇过门，他依旧是什么都没有。

就这么个不如人的人，土地承包以后，竟然暴发了！

“哼，什么人也要富起来了！”韩玄子一边往镇街上走，一边心里不服气。远远看见河边的水磨坊里，一人半高的大水轮在那里转着，他知道王才一家还在那里磨麦子，就恨恨地唾了一口：我不如你吗？就算你有钱，有粮，可你活的什么人呢；我姓韩的，一家八口，两个在省城挣钱，两个在本地挣钱，我虽不在公社大院，这镇子上谁不晓得我呢，我倒怯火了你？！

走进镇街，一街两行的人家都在忙碌。街道是很低的，两边人家的房基却高，砖砌的台阶儿，一律墨染的开面板门。街面上的人得天独厚，全是兼农兼商，两栖手脚。房间十分拥挤，满是门和窗子，他们虽不及上海人的善于拥挤，但一切都习惯于向高空发展：家家有大立柜；木房改作二层砖楼，下开饭店、旅店、豆腐坊、粉条坊，上住小居老，一道铁丝在窗沿拴了，被子毯子也晾，裤衩尿布也挂。正是腊月天里，腊八已过，家家开张营业，或是筹备年货。有的将一切家什搬上街道，登高趴低地扫尘刷墙；有的在烟腾雾罩地做豆腐，酿米酒；更多的是一群一伙地在逛街。那些专业户、个体户的子弟已经戴上了手表，穿上了筒裤，三个人、四个人，一排儿横着在街上走，一见韩玄子，哗地就散开，钻进什么人家的店里去了。几家正在修理房子，木工一群，泥瓦工一群，乱糟糟的不可开交。他们见了韩玄子，却全停下手中的活，笑着打招呼。韩玄子走过去，站在修理房子的一家门前，对着山墙头脚手架上的一个人说：

“哈，真要过年了，收拾房子呀！”

“啊，是韩先生呀！给先生散烟呀！”脚手架上的人欢喜地叫着，就跳下来，“房子也旧了，不收拾不行了，我想再盖出一间，办代销店呀！”

“让巩德胜的生意惹红眼了？”韩玄子笑着说。

“能寻几个钱是几个钱吧，地里活一完，就没事干了嘛。韩先生，我啥时要去找你呢，眼看房子修好了，营业证还没办哩。”

韩玄子知道他要说什么事了，便叫道：

“都在办店了，天神，有多少人来买呢？真不得了，公社王书记给我说，现在要办营业证的人家多得排队哩……”

“是难办。”那人说，“咱不认识人，怕还办不成哩，这全要靠你老了。”

“好说。我可以给王书记说说，看行不行。”

韩玄子想立即走掉，那人却还死死拉住他，说：

“只要你一句话，还能不行吗？先生是什么人，谁不知道呢！哎，听说咱女子出嫁了，你怎么不声不吭的，把我也当了外人了？”

韩玄子说：

“现在讲究旅行结婚嘛，娃的事腊月初八就办了。”

那人说：

“旅行是旅行，可咱这里有这里的风俗嘛，总要给娃送个‘路’吧！日子定在几时？”

“算了，不惊动镇上人了。”

那人说：

“那怎么行？你不说，我会打听出来的。”

韩玄子只是笑着不言语，要走，又走不脱，就听见有人锐声叫道：

"他韩伯，怎么不来屋里坐呀！"

众人扭过头去，见是巩德胜的老婆。这是个枣核女人，头小脚小，腰却粗得如桶。想必是清早掏了一篮红萝卜去河里洗了，才回到街上。一只手提着篮子，一只手在衣襟下取暖，看见了韩玄子，就大声吆喝。这吆喝声小半是叫韩玄子听，多半是让一街两行的人家听的。

"这枣核精！"那人低声骂一句，对韩玄子说："进屋歇会儿吧，屋里有炭火哩。"

韩玄子说：

"不啦，我去买些酒去。"

说罢就走，还听见那人在后边说：

"先生，那事就托付你老了！"

巩德胜的杂货店台阶最高。三间房里，一间盘了柜台，里边安了三个大货架，摆着各式各样百货杂物，两间打通，依立柱垒了界墙，里面是住处，外边安放方桌。桌是两张漆染的旧桌，凳是八条宽板儿条凳，是供吃酒人坐的。巩德胜背是驼的，衣服只能做得前边短，后边长。鼻子很大，又总是红的。一辈子的风火眼，去年手中有了积蓄，才去县医院就诊，良药没有，便配了一副眼镜戴上。

一见韩玄子上了台阶，巩德胜就从柜台里走出来，说：

"四天了，不见你来，我估摸你那酒也该喝完了，不是晌午就是晚上该来了，没想大清早的……"

招呼坐了，取了纸烟递过，就对老婆说：

"切一盘猪耳朵，我和他韩伯喝几盅！"

枣核女人就刀随案响，三下两下切了一盘酱好的猪耳朵，又拿了酒壶到瓮子上，用酒勺子一下一下慢慢地倒。

韩玄子说：

“甭喝了吧，要喝我来买，你们做生意的，哪能招得住这样。”

枣核女人把勺子慢慢端上来，却并不端平，手那么一动，让酒洒出了几滴，说：

“计较别人，还计较你呀！”

韩玄子笑了笑，心里说：人真不敢做了生意，把钱看得金贵了！瞧，让我来喝，还一勺子一勺子计算，又端不平，使奸哩，哼，那瓮里的酒能不掺了水吗？酒端上来，拿缸子里的热水烫了，韩玄子喝了一口，就尝出里边果然是掺了大量的水。问道：

“这几天生意还好？”

“凑合。”巩德胜说，“小打小闹，总算手头不紧张了，这还不是全托了你的福吗？”

酒喝过了两壶，两人都晕晕乎乎起来，巩德胜问起韩玄子家里的事来，韩玄子一肚子的闷气就随酒扩散到全身毛细血管，脸色顿时紫红，一宗一宗数说起白银的不是——从她的发型，到她的一件西式春秋衫以及脚上的拖鞋——越说越气。巩德胜每一句话都是投韩玄子之所好，韩玄子便认作知己，脱了羊皮大袄，说：

“兄弟，这话哥窝在肚里，对别人说不起啊，咱是什么人家，怎么就出了这种东西！世道变得快呀，变得不中眼啊！现在你看看，谁能管了谁？老子管不了儿女，队长管不了社员；地一到户，经济独立，各自为政，公社那么一个大院里，书记干部六七人，也只是能抓个计划生育呀！”

巩德胜说：

“现在自由是自由，可该受尊敬的，还是受尊敬，公社大院里的干部，说到底还是咱的领导。你老哥英武一辈子，现在哪家有红白喜事，还不是请了你坐上席？正人毕竟是正人；什么社会，什么世道，是龙的还是在天上，是虫的还得在地上！”

这话又投在韩玄子的心上，他就说道：

“这倒是名言正理！就说王才那小个子吧，别瞧他现在武武张张，他把他前几年的辛酸忘记了，哪活得像个人？”

巩德胜压低了声音说：

“老哥，你知道吗？听说小个子手里有这么些票子哩！”

他伸出手来，一正一反晃了晃，继续说道：

“他怎么就能弄到这么多，他不日鬼能成？不偷税漏税能成？政府的政策是让一部分人先富起来，可能让他富得毛眼里都流油吗？”

韩玄子耳脸已经发烫，可还去摸酒壶，酒却洒在桌子上，巩德胜忙俯下身子，凑了嘴在桌上吮干了。韩玄子正要接他的话，见此状便噗地笑了：

“你这人真会过日子，这酒里掺了水，滴几点还心疼呀！”

一句酒后的笑话，却使巩德胜脸色赤红，说：

“这酒哪里会掺了水，咱是什么人，干那缺德的事？！”

忙借故取烟来抽。韩玄子倒嘎地又笑了，说：

“我怕是醉了。再喝一壶吧，这壶我掏钱。”

巩德胜竟充起大方来，又唤枣核女人倒酒，说：

“老哥，这个店说是我办的，也可以说是你办的，你来了我心里高兴！常言说：酒席好摆客难请。打个比方，那个小个子听说家里有汾酒，菜或许比我的丰盛，可七碟子八盘子摆三桌五桌，怕还请不到你呢。来，咱俩划几拳热闹热闹！”

吆三喝五划过几拳，韩玄子却拳拳皆赢，巩德胜眼睛都直起来了。枣核女人一直在旁观战，心里不是疼着老汉，只是可惜那酒，就喊后院的哑巴儿子进来替爹喝。那哑巴趔趔趄趄进来，歪眉斜眼立在一旁，夺了巩德胜手中的酒盅就喝，巩德胜一把推过，吼道：

“滚！我哪儿就能醉了？我和你韩伯正喝到兴头，再喝十壶八壶也喝不醉。老哥，我现在能喝了这几两酒，也全是承蒙你提携。你看，就咱这点小利，这街坊四邻倒都眼红了，街那边姓刘的，人家也要办杂货店了，也要卖酒啦！那是一辈子不走正路的人，随着那小个子王才跑，这号人，能领到营业证？”

韩玄子说：

“这说不来，你能领，人家恐怕也能领。”

“那就把咱这老实人整治了！”巩德胜说，“兄弟这店能不能办下去。还得你老哥照顾哩！”

韩玄子喝得头有些沉，心里却极清楚，偏是口里不说：只要我去公社谈谈，他姓刘的就甭想领营业证了！而只是笑着。

“我是那号人吗？要是看不上你，我也不会喝你的酒。我现在只给你说，正月十五，我给叶子‘送路’，谁我也不招呼，到时候你来吧。”

巩德胜说：

“我怎么能不去呢？你的女子就是我的女子嘛。东西备得怎么样了？”

韩玄子说：

“什么都好了，你给我留上十几瓶好酒，我今日先带五瓶。”

钱从口袋掏出来，硬铮铮的，放在桌子上。巩德胜却放着大话说不急，韩玄子就又说：

“不是向你兄弟夸口，一家四个人挣钱哩，你要少收一分，这酒我也就不提了。”

这当儿，韩玄子的小女儿跑进店来，一见爹喝得眼睛红红的，就说：

“你又是喝，喝，那马尿有什么可喝的！”

韩玄子对儿女要求极严，唯独十分疼爱这小女儿；小女儿在任何场合说他，他也不怪，当下笑着说：

“瞧我这小女子！家里有啥事吗？”

小女儿说：

“王才哥在家等你半天了。”

杂货店里一切都安静了。巩德胜紧张地看着韩玄子的脸，以为他要发怒了。韩玄子没有言语，只是喝酒，喝得又急又猛，捏起了空盅子举起来却轻轻放下了，说：“他找我，找我干啥？”

四

王才已经到韩玄子家很长时间了。

他是在水磨坊里，磨完第二担麦子后就赶来的。自从扩大食品加工生产以来，他几乎没有一天安闲过，饭不能按时吃，觉不能踏实睡，人本来又瘦又小，就越发的瘦小了。出奇的是那一双眼睛，漆点一般，三天三夜不沾枕头，竟无一丝一缕发红的颜色。而且逢人就眯，一眯就笑纹丛生，似乎那眼睛不是长着看人的，专是供人来看的。有人看过他的相，说：此乃吉人天相也。

当然，他的自我感觉还是良好的。他很感激这么些年，七倒腾，八折腾，总算认识了自己、发现了自己，自己要走一条适合于这秦岭山地，适合于这“冬晨雾盖”的镇子，适合于自己的路子。他在省城当临时工那会儿，见过那一人多高的烘烤机，可以直接烤出点心、面包，但价钱太贵了，五万多元，他一时还拿不出来，只有能力先做些酥糖之类。一切东西准备好后，便将四间上屋腾出两间。又在西院墙下搭了一个三间面积的草棚，这就是全部的作坊了。生产的豆角砂糖、饺子酥、棒棒酥糖，其实是很简单的，先和面，后捏包，下油锅，粘砂糖，这些操作，乡下的任何女子都做得来，关键只是配料了：多少面料，配多少大油和多少白糖。这技术王才掌握，而且越来越精通，甚至连称也不用，拿手摸摸软硬，拿眼看看颜色，那火候就八九不离十了。一家人这么干起来，从夏季到秋里，月月可盈利二百多元。人心是无底的，吃了五谷想六味，上了一台阶，想上两台阶。王才日夜谋算的是买到一台烘烤机，他便要扩大作坊，补充兵马，增加品种，放开手脚要大干了。

他计算过，如果招收四十人，按一般的情况，平均每人每月可拿到工资四十一元。这个数字虽然并不大，但对于农民来说，尤其在麦秋二茬庄稼种收碾打之后，闲着无事，这四十一元仍是一个馋人的数字。王才估摸，只要一放出这个风去，要来的人定会拥破门框。那时候，要谁，不要谁，他就是厂长、是经理、是人事科长，说不定也会像国家招收工人一样，有人要来走后门了。他当然心中有数，谁个可以要，谁个不可以要，他不想招收那些脑袋机灵、问题又多的人。这些人，他们有的是粮，有的是钱。他要招收那些老实巴交的人，这些人除了做庄稼，别无他长；而这些人在农村是大量的。招收他们，一来可以使其手头不再紧巴，二来他们会拼着命干活的。

可是，出乎王才意料的是，招收的消息一传开，人人都在议论，来找他入股做工的却寥寥无几！他百思不解这是什么缘故。让儿女出外打听了，原来，有的人担心这加工厂能不能搞长。更多的人则是怀疑起他的做法了：

“王才这不是要当资本家了吗？”

“国家允许他这样发财吗？”

“韩玄子家的人肯去吗？”

听到这些疑问，王才的心里也着实捏了一把汗，他是没根没基的一个人，县上没有靠山，公社没有熟人，凭的只是自己的一颗脑袋和自己的一双手。是不是会发生什么危险呢？他开始留神起报纸上的文章，每一篇报道翻来覆去地读。他心里踏实了。

村里人没几个入股，他就找他的亲戚。当各种酥糖生产出来，远近十多里内的小贩都来购买，村里的人没有一个不在说：吓，吃死胆大的，饿死胆小的。

到了腊月，正是冬闲时期，能跑动做生意的人都黑白不沾家了，无事可做的却老觉得天长日久。王才就动手扩大了作坊，还想多招人手，因为年关将近，正是酥糖大量销售时机，人若误时，时不再来啊！

今天早上，他在水磨上磨麦，磨坊里挤满了人，都在议论着公房的事。原来，紧挨王才家，早先是生产队的四间公房，土地承包之后，这房子就一直空闲。现在传闻说，队干部研究决定，要将这房子卖掉，然后把钱分给社员。公房前面就是大场，大场外便是直通镇街的大道。队干部初步商定，谁若买了房子，又不想在原地居住，可以允许拆迁，然后在后塬上公路边为其重丈量四间房基，而将原房基作为耕地对换。四间房估价一千三百元。这是宗很便宜的事，好多人家都跃跃欲试，但是钱必须一手交清，谁家又能一下子拿得出呢？

王才得了这消息，心下便想：这公房正挨着我家，买过来扩大作坊，明年买置烘烤机不就有地方安装了吗？但他担心的事情很多：别人要买怎么办？一家买不起几家联合买怎么办？数来数去，能一下子掏出这么多钱的，怕只有韩玄子家了。韩玄子家房子多，也许不会买，但必须先探探他的口气，何况他是镇上的头面人物，生产队长还是他的侄儿呢。

王才没等第二担麦子磨完，就顶着一头面粉，匆匆到了韩玄子家。一进门，见二贝娘正在照壁前拾掇跌落下来的碎瓦片，便眼睛又眯眯地笑起来了，说：

“婶子真是勤快，这么大年纪了，儿女媳妇都挣钱，还用得着你这般忙活呀！”

二贝娘见是王才，先是一愣，接着就咘地笑了，说：

“你是从面瓮里才出来的？人不人鬼不鬼的！”边说边解下腰中的围裙，噼里啪啦地帮他拍打了，接着说：

“我有什么福可享！我们家里挣钱，月月国家给了定数的，四个人哪能顶住你一个人！真要有钱，也不至于让照壁破成这样，没有白灰嘛！”

王才说：

“那你怎么不吭一声，我那儿有白灰。韩伯不在吗？”

“一早出去了。”

“那我现在给你背白灰去！”

二贝娘忙拉住了，说：

“急啥，急啥，真要有灰，让二贝回来去取就是了，还能再让你跑！找你韩伯有什么事吗？你可是无事不登门哟！”

“没什么事，和我伯来坐坐。”

王才被让坐在上屋，二贝娘又架起了炭火，要去拿烟，王才说带着，自个先抽起来。他是没有特别的嗜好的，酒不喝，茶不喝，认定那是有闲的人享受的，他赔不起工夫。烟也并不上瘾，只是出门跑外，人情应酬，男子汉不抽一支两支，一双手便不好安排。二贝娘问起食品加工厂一天能赚多少钱，信用社里已经存了多少。王才自然全打哈哈，二贝娘就说一通：越有越吝，越吝越有；我又不向你借，何必恐慌。两个人就都笑了。

王才说：

“婶子说的！世上什么都好办，就是钱难挣；你也想想，你们家四个人挣钱，能落几个呢？”

二贝娘说：

“能落几个？我家比不得你家呀，你韩伯好客，三朋四友多，哪一天家里不来人，来人哪一个不喝不吃，好东好西的全是让外人吃了！”

这一点，正是王才可望而不可即的。他是多么盼望天天有人到他家去，尤其是那些出人头地的角色。当下心里酸酸的，口上说：

“韩伯威望高啊，咱这镇上，像韩伯这号人能有几个呢！我常对外人说，古有四皓，今有韩伯。你们这一家是了不得的人物，出了记者，出了教师，大女子嫁的又是工人，小女又上学，将来少不得又是国家的人，书香门第啊！哪像我们家，大小识不了几个字，就是能挣得吃喝，也吃喝得不香不甜呢。”

正说得热闹，韩玄子回来了。王才从椅子上跳起来问候，双双坐在火盆旁边了。韩玄子喊老伴：“怎么没把烟拿出来！”王才忙掏出怀中的烟给韩玄子递上，韩玄子看时，竟是省内最好的“金丝猴”牌，心里叫道：这小个子果然有钱，能抽五角三分的烟了。老伴从柜子里取出烟来，却是二角九分的“大雁塔”牌，韩玄子便说：

“那烟怎么拿得出手，咱那‘牡丹’烟呢？”

“什么‘牡丹’烟？”老伴不识字，其实家里并没有这种高级香烟。

“没有了？”韩玄子说，就喊小女儿，“去，合作社买几包去，你王才哥轻易也不到咱家来的。”顺手掏出一张“大团结”，让小女飞也似的跑合作社去了。

王才明白韩玄子这是在给自己拿排场，但心里倒滋生一种受宠的味道：韩玄子对谁会如此大方呢？韩玄子却劈头问道：

“你找我有什么事吗？”

“没甚大事。”王才说，“你老年纪大，见识广，虽说退休在家，不是社长队长的，可你老德高望重，我们这些猴猴子，办些事还少不得要请教你呢。不知是不是实，我逮到风声，说是队上的那四间公房要处理？”

韩玄子心里一惊：这消息他怎么知道？处理公房一事，是前三天他和队长商量的，也征得大队、公社同意，但如何处理，方案还没有最后确定，这王才却一切都知道了！

“你听谁说的？”韩玄子做出刚刚知道这事的样子，倒问起了王才。

“水磨坊里的人都在说了。”

“都怎么说的？”韩玄子并不接王才的话，他已经明白王才到他家来的目的了。

王才说：

“说什么话的都有。有的说这房早该处理，要是再不住人，过几年就要塌了。有的说就是价钱太高，谁一下子能拿一千三百元？依我看，最有能力来买这房的，怕还是你老了。”

没想王才竟又来了这一下，韩玄子看着那个小鼻小眼的小脑袋，心里骂道：好个厉害角色，自己想买，偏不露头，来探我的口气哩！便说：

“要说买嘛，我确实也想买。可这怕不是我想买就能买的事。房子是集体的，全队人人有份。我想，想买的人一定不少，该谁买，不该谁买，这话谁也不敢说死，到时候得开社员会，像咱分地分树那样，要抓纸蛋儿了，你说呢？”

王才说：

“你老这话是对的。可我思想，咱这村上，还没有无房的人家，若买了，一家人就得分两处住。要买了拆了重新盖，这房是半新旧的，新盖时木料已定，扩大也不行，想小也不能，一颠一倒，还得贴两千元吧，这就是说，一千三百元买了个房基，这样一来，怕又使好多人不敢上手了。抓纸蛋儿，是最公平的。

“我来讨讨你老的主意，纸蛋儿要是被我抓了，我就把我原来的院墙扳倒，两处合一个院子，你看使得使不得？”

韩玄子在巩德胜店中喝的酒，这阵完全清醒了。听了王才的话，他哈哈笑起来，直笑得王才丈二和尚摸不着头脑，末了，戛然而止，叫道：

“如果你能抓上，那当然好呀！你不是要扩大你的工厂吗，这是再好不过的事，这就看你的手气了！”

说到这里，韩玄子压低了声音，似乎是极关心的样子问道：

“王才，伯有一件事要问你，我怎么在公社听到风声，说你把土地转租给别人了，可有这事？”

王才正在心里琢磨韩玄子关于房子的话，冷丁听到转地的事，当下脸唰地红了，说道：

“公社里有风声？韩伯，公社里是怎么说的？”

“喝茶，喝茶。”韩玄子却殷勤地执壶倒茶。他喝茶一贯是半缸茶叶半缸水的，黑红的水汁儿，王才喝一口就涩苦得难咽，韩玄子却喝得有滋有味，“要是别人，我才懒得管这些事哩，现在是农村自由了，可国家有政策，法院有刑法，犯哪一条关咱什么屁事！可活该咱是一个村的，你又是我眼看着长大的，我能不管吗？你给伯实说，到底是怎么一回事？”

王才就把转让三亩地给光头狗剩的前前后后说了一遍。他现在，并没有了刚才来时的得意和讨问公房时的精明，口口声声央求韩玄子，问这是不是犯了律条。

“你真是胆大呀！”韩玄子说，“你想想，地这么一让，这成了什么性质了？国家把土地分给个人，这政策多好，你王才不是全托了这政策的福吗？你怎么就敢把地转租给他人？王才呀，人心要有底，不能蛇有口，就要吞了象啊！”

王才说：

“好韩伯，我也是年轻人经的事少，我听说河南那边有这样的先例，一想到自己人手不够，狗剩又不会干别的，就转让给他了。

你说，我现在该怎么办？”

“那就看你了。”韩玄子说。

“我听你的，韩伯。”王才说，“那地我不转让狗剩了，公社那里，还要你老说说话，让一场事就了了。”

韩玄子说：

“我算什么人物，人家公社的人会听我的？”

王才说：

“你老伸个指头也比我腰粗的，这事你一定在心，替我消了这场灾祸。”

小女儿去买“牡丹”烟，一去竟再没回来。二贝和白银却进了门，在院子里听见上屋有说话声，便钻进厨房来，问娘说：

“公社大院的那些食客又来了吗？”

娘说：

“胡说些什么？人家谁稀罕吃一口饭！怎么这般快就回来了？”

白银说：

“叶子请了许多帮工的，哪儿用得着我们呀！”

娘已经在锅里烙好一张大饼，二贝伸手就拧下一大片，塞在口里吃，白银不是亲生的，又分房另住，没有勇气去吃。娘嗔怒地说：

“你那老虎嘴，一个饼经得起两下拧吗？把你分出去了，顿顿都在我这儿打主意，剩下你们的，两口子吃顿好的、门倒关得严严地在炕上吃！”

白银已经进了她的厦子房，说是脚疼，又换了那双拖鞋。二贝一边吃着，一边冲着娘笑，说：

“谁叫我是你的儿呢？天下老，爱的小，你就疼你小儿子嘛！”

说罢拿了饼走进厦房，再出来，手里却是空的，在上屋窗下听了一会儿，又走进厨房来。娘就说：

“看看，我说拧那么大一片，原来又牵挂媳妇了，真不要脸！”

二贝说：

“屋里不是公社人，是王才？”

“嗯，”娘说，“来了老半天了。”

“找我爹说什么了？”

“谁知道，我逮了几句，是你爹训斥王才不该转让土地，说这事是犯法的。”

二贝就说：

“我爹也真是多管事，咱不是社长、不是队长，咱退休在家多清闲，偏管这管那，好了不说，不好了得罪人，街坊四邻的，以后怎么相处呀！”

娘说：

“你快闭了你那臭嘴！你爹在这镇上，谁个看不起，只有你两口弹嫌，好像你们倒比你爹有能耐了！”

二贝说：

“别看我爹，他对农村的事真还不如我哩，他是凭他的一把子年纪，说这说那，又都是过时话，哪能适应现在形势？我们不好说他，一说就拿老人身份压人，你也不劝说劝说他。”

娘说：

“我劝说什么？这个家里，我什么时候当过掌柜的，什么时候说话大的小的听过？你爹人老了，有他的不是，可你两口子也太不听话，越发使你爹喝上酒发脾气！你给白银说，她要再穿那拖鞋，我就塞到灶火里烧了！”

二贝倒噎得没话可说，在院子里站了一会儿，对娘说：

“好吧，今早你给我们再烙个饼，我和白银到咱莲菜地去挖莲菜，别人家都开始挖了，十五要‘送路’，莲菜用得多，你们那些莲菜也不够，我那地里的也就不卖了，一并挖回来交你，看我和白银是不是孝顺的儿子、媳妇？！”

小两口扛了锄、挑了笼担出门走了。

这个镇子，土特产里，莲菜是和商芝一样出名。走遍天下，商芝独一无二。形如儿拳，一律内卷，味同熟肉，却比肉爽口清鲜。莲菜虽不是独家产品，但整个秦岭山地，莲菜尽是七个眼儿，八个眼儿，唯这里的莲菜是十一个眼儿，包饺子做馅、做凉菜生脆，又从不变黑变红，白生生如漂过白粉一般。腊月初八以后，镇上逢集，一街两行都是干商芝、鲜莲菜，远远近近的人来争抢，分地的时候，韩玄子家并不曾分有莲菜地，但他讲究“居家不可无竹无荷”，便在几分地里栽了莲菜。后来一家分两家，莲菜地也二一添作五。今年莲菜长得好，集市上的价格又日日上涨，白银早就谋划腊月集上卖上一担两担，添置一台缝纫机。可要给叶子“送路”，二贝便主张一个不要卖，全上交父母。白银怄了许多气，却拗不过二贝。这阵到了莲菜地，只是站在地边不肯下泥下水。二贝满头大汗挖了许多，一时三刻倒惹得四周的人来看热闹，没有一个不夸奖这莲菜长得肥嫩。

“咱那莲菜怎么能和韩老先生家的比呀，人家有化肥呀，咱施什么呢？”有人在说。

“上了化肥可不好吃了。二贝，这是要卖的吧，什么价呀？”另一个说。

“不卖。”二贝说。

立即有人问道：

“是不是给你妹子‘送路’呀？你们准备多少席？要不要咱这些人去呢？”

二贝说：

“这你听谁说的？”

那人说：

“王才刚才在村里嚷的，说你爹说的。”

二贝不再言语，心下埋怨爹：不是说待客不要声张吗，怎么就告诉了王才？王才在村里一嚷，人都来了，三十席、四十席能挡得住吗？到时候，东西没有预备，岂不是难堪吗？就不再挖了，回去要给爹说说，让爹早早把村里人挡挡，别搞得天翻地覆的劲头。

小两口一进院子，爹和娘却正在吵架。原来二贝娘等王才走后，告诉他王才家有白灰的事，韩玄子大发雷霆，说是丢人了，宁可这照壁塌了，倒了，也不去求乞他王才！直骂得老伴一肚子委屈，伏在门框上嘤嘤地哭。二贝和白银忙一个挡爹，一个劝娘，韩玄子倒一把推开二贝，骂起来：

“二贝，苍蝇不叮无缝的蛋，你们这么和我生气，外边什么人都来看笑话，都来趁机拆台了，你听着，这照壁你要修，你就修，你不修就推倒，要成心败这个家，我也就一把火把这一院子全烧了！”二贝吓得不敢吱声，关于“送路”挡客的事也就没机会给爹提说了。

五

整整四天里，韩玄子家忙得不亦乐乎。二贝修整了照壁，给屋舍扫灰尘，给墙壁刷白灰；垒花台的碎砖乱石，补鸡棚的窟窿裂缝，里里外外，真像个过年的样子。娘又把一切过年的、“送路”待客的东西一一该过秤的过秤了，该斗量的斗量了。韩玄子就拿了算盘，一宗一宗拨珠儿合计：米三斗四升；面六斗二升；黄豆一斗交给了后街樊癞子去做豆腐，一斤做斤半，一斗四十斤，是六十斤豆腐；大肉五十斤、一个猪头、四个肘子；肠子、肚子、心肺、肝子各五件；菜油十斤；豆油六斤；荤油要炼，割了花板油块十斤；

稠酒一坛；醪糟一罐；红白萝卜二百六十斤；白菜八十斤；洋葱一百二十斤。韩玄子拨完算盘，皱着眉头说：

“怕不宽裕哩！还没计算小零碎，花生米、虾皮、粉丝、糖果、瓜子，全还没有买下，还有烟酒，买劣等的吧，不行，买好一点的，又是百十来元。罢罢罢，头磕了也不在乎一拜，要办咱就办个漂亮！现在唯一操心的是柴火，集市上我去问了，劈柴是三元二一百斤，湿梢子也是二元三四一担，要买，就得买十四五担。还要买炭，一元钱十二斤，还不需二百斤炭吗？”

韩玄子一愁，二贝娘就愁得几乎要上吊，当天中午牙就疼起来，韩玄子骂了几句“没出息”，就下令谁也不许在外唉声叹气，主意将东坡祖坟里的两棵老柿树砍些枝杈当柴火。二贝不同意，说砍了枝，来年必然影响柿子成果，不说旋柿饼、窝软柿，单以柿子捂醋，这一项开支就可以全年节约七八十元。二贝就去找他的同学水正，水正毕业后，在家里待业，后来买了一辆手扶拖拉机跑运输，辰出不知早，酉归不晓黑，日月过得还不错。二贝和他在校时便是好友；毕业后，水正为了家里盖房批房基地，也请韩玄子帮过忙。这回，二贝将买柴火之事告诉水正，他就满口应承。第二天鸡叫头遍，两人就起了身，开拖拉机前往八十里外的寺坪坝去买柴火了。

就在这天中午，队里召开了社员会，讨论关于公房处理事宜。当然喽，办法是韩玄子出的：抓纸蛋儿。侄儿队长当场讲明，谁若抓到纸蛋，三天之内必须交款。抓纸蛋儿的结果，韩玄子没有抓到，王才也没有抓到。本来那些无心思要买房的不参加抓纸蛋儿，偏偏一个姓李的气管炎患者，却嘻嘻哈哈地硬要参加；世上的事常常是闹剧，没想他竟抓到了。

会议一散，韩玄子就把气管炎叫到家里，说：

“你真的要买了这公房？”

“我没钱有手气。”气管炎说，“我是特意儿为你老抓的！”

韩玄子喜欢得一把拉住气管炎，说这孩子越长越出息，可惜就是让病害了，他和二贝娘常常念及，叹息老一辈人里，差不多都是儿孙满堂，活得乐乐哉哉，唯独气管炎的爹过世早，留下这一条根，又病得手无缚鸡之力，莫非天也要使李家的脉断了？

几句话说得气管炎伤心起来，将自己前前后后的婚姻挫折对韩玄子诉说了，直说得涕水泪水不止。二贝娘心软，别人流泪她便流泪，末了答应一定要帮气管炎找个媳妇。那气管炎活该的下贱坯子，当即趴下给二老磕了响头，说：

“我今生今世都不敢忘两位老人的恩德！我是猴急了的人，若找媳妇，姑娘也行，寡妇也行，年纪小些也行，年纪大些也行，你们对她说，过了门，我不打她！”

气管炎一走，韩玄子大发感慨：

“世上的人真是得罪不起！再瞎的人，说不定还真有用上的时候，正是应了古语，烂套子也能塞窟窿啊！”

二贝娘说：

“这气管炎可怜是可怜，但也是个刁奸东西。这抓纸蛋儿的事，本来也是没他抓的，他偏要抓了，就是为着讨好人呢。咱现在房子够住，要那公房干啥？”

韩玄子说：

“这便看出你这妇道人家的眼窝浅了！为什么咱不要呢，咱要不要，那王才必是一口吞了！”

二贝娘说：

“你也真是！整天和二贝闹不到一起，现在倒何苦下力气再为他们盖房置院，你是有精力呢，还是有千儿八百的钱花不出去？王才他要买，让他买去罢了！”

韩玄子说：

“这你不要管，二贝回来了，我有话同他说。”

天擦黑，二贝和水正开着拖拉机回来了，两千五百斤劈柴，二百斤木炭。韩玄子乐得直对水正说：

“这下给伯办了大事！为这烧的烤的，我几天几夜都在熬煎哩！”

一家人捧水正为座上宾，水正倒不大自在了，口口声声这是应该，以后有用着他的时候，只管吩咐就是。韩玄子就说一番二贝：所交的三朋四友，就水正交得，什么时候可以忘了别人，万不敢忘了水正。

柴火背回来，堆在院里，白银便去抱了许多，垒在自己厦房门口，这便是宣告这柴是属于她的了！小女儿看见后，在厨房悄悄对娘说了，娘小声骂道：

“这不贵气的人！柴是二贝拉的，我能不给你分点吗？这小蹄子，真是有粉搽不到脸上来，装人也不会装！”

末了又对小女儿说：

“这话你不要对你爹说！”

饭当然是好饭，细粉吊面，一盘炒鸡蛋，一盘花生米。韩玄子硬要水正喝几盅酒解乏，又一定要划几拳，三喝两喝，竟喝而不止。面下到锅里已经多时，就是不能端上来。二贝起身到厨房，对娘说：

“我爹酒劲又上来了，人家水正半天没吃饭，晚上还有事，别喝醉了，你去挡一下吧！”

“你爹也难得今日高兴。”做娘的走上堂屋，说，“面已经泡了多时了，是不是先吃点，吃过再喝吧！”

大家才放下酒盅。

偏巧，院门环叮叮当当摇得生响，小女儿出去看了，见是气管炎，让进来。气管炎才走到堂屋门口，听见里边似有外人，便躲在黑影里，颤颤地叫“韩伯！”韩玄子出来，气管炎偷声换气地说：

“韩伯，事不好了！”

“你好好说。”韩玄子不知何事，当下问，“什么事不好了？”

气管炎一时气堵在喉咙，咳嗽了一阵，才断断续续说：

“我从你这儿一回去，王才就在我家门口坐着哩，他要我将公房转让给他。我说，我买呀，他不信。我说转给你啦，他说你是不会买的，他可以多给我十元钱。我缠不过他，骗说我去上茅坑，就跑来听你的话了。你说，转让他不？”

韩玄子一听气倒上来了，心里骂道：真是小人，既然已经答应了我，却又反悔要给王才，若是王才最后得手，知道是我未能得到，他该怎么耻笑我了！他竟多出十元，是显摆他有的是钱吗？

“这怎能使得？”韩玄子黑了脸，“他王才是什么人？你能靠得住他吗？他是什么人缘？你的婚事他若一插手，只有坏事，不能成事。再说，你也是吃了豹子胆，这房是公房，谁抓到谁出钱谁得，你怎么能转让多得十元，你是寻着犯错误吗？你就对他说，这房已经转让了，他若要，叫他来给我说！”

三句大话，使得气管炎软下来；十元钱的利吃不得了，又立即再落人情，说：

“我也这么想的，我怎么会转让他呢？我再瞎，也知道谁亲谁近，我只是来给你通个气儿。”

韩玄子要拉他进屋吃饭，气管炎说：“你们家尽是有眉有脸的人来，我可走不到人前去。”硬是不进。韩玄子叫小女儿取了酒出来，倒一盅让他喝，他喝得极响，一迭声叫着“好酒，好酒”，然后出院门走了。

韩玄子回堂屋继续吃饭，热情地往水正碗里拨菜，水正问谁找，他应着“李家那小子，说句闲话”，便搪塞过去。

一顿饭吃了好长时间。送走了水正，二贝就用热水烫了脚，直喊着腰疼腿酸，回厦屋歇了。白银帮娘下了面，说肚子不饥，没有端碗，自个歪在床上听收音机。

这收音机是大贝捎回来的。当爹将二贝分出家后，大贝心里总觉得不美，先是生兄弟两口子的气，认为他长年在外，虽月月寄钱回来，但伺候老人仍是远水解不了近渴，每次来信总是万般为二贝他们说好话，只企图他们在家替自己也尽一份孝心。可万没想到家里却生出许多矛盾，大贝就怨怪二贝两口。要不，怎么能惹老人生这么大气，将他们另分出去呢？

但是，叶子结婚前来省城一次，说了家里的事，知道了家庭的矛盾也不是一只手可以拍响的。大贝详细打问了分家后二贝的情况，倒产生了一种怜悯之情，又担心二贝他们一时思想不通，给老人记仇，越发坏了这个家庭，就将自己的一台收音机捎给了他们。大贝还叮嘱叶子，让她在家一定要谨言，同时又分别给爹和二贝写了信，从各个方面讲道理，说无论如何，这个家往后只能好，不能再闹分裂。

二贝终究是爹娘的亲儿，心里也懂得长兄的好意，免不了以这台收音机为题，夜里开导白银。白银比二贝小四岁，一阵清楚，一阵糊涂，忍不住就我行我素。

今晚收音机里正播放秦腔。她当年在娘家业余演过戏，一时戏瘾逗起，随声哼哼。二贝说：

“去，帮娘收拾锅去！”

她嘴里应着，身子却是不动。

二贝将收音机夺过来关了，白银生了气，偏要再听，两人就叽叽喳喳争抢起来。

院门外有人大声喊：“老韩！”并且手电光一晃一晃在房顶上乱照。二贝静下来，听了一阵，说道：

“真讨厌，又是公社那些人来了！”

对于公社大院的干部，二贝是最有意见的。这些干部都是从基层提拔上来的，农村工作熟是熟，但长年的基层工作，使他们差不多都养成了能跑能说能喝酒的毛病。常常是走到哪里，说到哪里，喝到哪里。这秦岭山地，也是山高皇帝远。若按中国官谱来论，县委书记若是七品，公社干部只是八品九品，但县官不如现管，一个小小公社领导，方圆五十里的社区，除了山大，就算他大。所到之处，有人请吃，有人请喝，以致形成规律，倘是真有清明廉洁之人上任，反会被讥之为不像个干部。

韩玄子退休回来，以他多半生的教育生涯的名望，以大贝在外边有头有脸的声誉，再以他喜欢热闹、不甘寂寞的性格，便很快同公社大院的人熟悉起来。熟悉了就有酒喝，喝开酒便你来我往。偏偏这些人喝酒极野，总以醉倒一个两个为得意，为此韩玄子总是吃亏，常常喝得烂醉如泥。

起先，二贝很器重这些干部，少不得在酒席上为各位敬酒，后见爹醉得多，虚了身子，就弹嫌爹的钱全为这些人喝了，更埋怨爹不爱惜身子。劝过几次，韩玄子倒骂：

“我是浪子吗？我不知道一瓶酒三元多，这钱是天上掉下的吗？可该节约的节约，该大方的大方！吃一顿，喝一顿，就把咱吃喝穷了？社会就是这样，你懂得什么？好多人家巴不得这些干部去吃喝，可还巴不上呢！”

二贝去信给大贝，让大贝在信上劝说爹，但韩玄子还是禁不住这些酒朋友的引诱。渐渐地，待公社干部再来时，二贝索性就钻进屋里去，懒得出来招待，特意冷落他们。

当下小两口停了争闹，默不作声，灯也熄掉了。

晚上来家的是公社王书记和人民武装部干部老张（这里的乡民尊称他为“张武干”）。韩玄子迎进门，架了旺旺的炭火，揭柜就摸酒瓶子，同时喊老伴炒一盘鸡蛋来。

王书记说：

“今天已经喝过两场了，晚上要谈正事，不喝了！”

韩玄子已将瓶盖启了，每人倒满一盅，说：

“少喝一点，腊月天嘛，夜长得很，边喝边谈。”

张武干喝过三巡，大衣便脱了，说：

“老韩，春节快到了，县上来了文，今年粮食丰收了，农民富裕了，文化生活一定要赶上去。农村平日没什么可娱乐的，县上要求春节好好热闹一场，队队出社火，全社评比，然后上县。县上要开五六万人的社火比赛大会，进行颁奖。你是文化站站长，咱们不能落人后呀。咱镇上的社火自古以来压倒外地的，这一次，一定要夺它个锦旗回来！”

韩玄子一听，击掌叫道：

“没问题！每队出一台，大年三十就闹，闹到正月十六。公社是如何安排的？”

王书记说：

“我们想开个会，布置一下，你在喇叭上做个动员吧。”

韩玄子说：

“这使不得，还是你讲，我做具体工作吧。”

王书记便说：

“你在这里威信高，比我倒强哩。今冬搞农村治安综合治理，打击坏人坏事，解决民事纠纷，咱公社受到县表彰，我在县上就说了，这里边老韩的功劳大哩！”

韩玄子说：

“唉，那场治理，不干吧，你们信任我，干吧，可得罪了不少人呢，西街头荆家兄弟为地畔和老董家打架，处理了，荆家兄弟至今见了我还不说话呢。”

张武干说：

“公社给你撑腰，怕他怎的，该管的还要管！农村这工作，要硬的时候就得硬，那些人，你让他进一个指头，他就会伸进一条腿来了！”

说到这儿，韩玄子记起王才来。就将转让土地之事端了出来，气呼呼地说：

“这还了得！这样下去，那不是穷的穷，富的富，资本主义那一套都来了吗？这事你们公社要出头治他，你们知道吗？他钱越挣越红眼，地不要了，说要招四十个工人扩大他的工厂哩！”

王书记说：

“这事不好出面干涉哟，老韩！人家办什么厂咱让他办，现在上边政策没有这方面的限制呀！昨天我在县上，听县领导讲，县南孝义公社就出现转让土地的事，下边汇报上去，县委讨论了三个晚上，谁也不敢说对还是不对。后来专区来了人，透露说，中央很快要有文件了，土地可以转让的。你瞧瞧，现在情况多复杂，什么事出来，咱先看看，不要早下结论。”

韩玄子一时听蒙了，张口说不出话来，忙又倒酒，三人无言地喝了一会儿，他说：

“现在的事真说不清，界限我拿不准了呢。”

王书记说：

“别说你，我们何不是这样呢？来，别的先不谈，今年的社火办好就是了。”

三个说说喝喝，一直到了夜深。王书记、张武干告辞要走，韩玄子起身相送，头晕得厉害，在院子里一脚踏偏，身子倒下压碎了一个花盆。二贝娘早已习惯了这种守夜，一直坐着听他们说，这时过来扶起老汉，韩玄子却笑着说：“没事，没事。”送客到院外竹丛前，突然拉住他们说：

“我差点忘了，正月十五，哪儿也不要去，都到我家来。”

张武干说：

“有什么好事吗？”

韩玄子说：

“我给大女子‘送路’，没有别人，你们都来啊，到时候我就不去叫了！”

两人说了几句祝贺话，摇摇晃晃走了。

韩玄子回到屋里，却大声喊二贝。老伴说：

“这么晚了，有什么事？”

他说：

“买公房的事，我要给他说。”

老伴说：

“算了，你喝得多了，话说不连贯；二贝跑了一天，累得早睡了。”

韩玄子才说句“那就算了”。睡在炕上，还记着土地转让一事，恨恨地骂着王才：“又让这小个子捡了便宜！”

六

常言，农民到了晚年，必有三大特点：爱钱，怕死，没瞌睡。韩玄子亦如此，亦不如此。他也爱钱，但也将钱看得淡。铁打的营盘流水的兵，钱在世上是有定数的，去了来，来了去，来者不拒，去者不惜，他放得特别超脱。关于死的信息，自他过了五十个生日后，这种阴影就时不时袭上心来，他并不惧怕，月有阴晴圆缺，人有生死离别，这是自然规律，一代君王都可以长眠，何况山野之人？死了权当瞌睡了！只是没瞌睡，他完完全全有了这个特点。昨天晚上睡得那么迟，今早窗子刚一泛白，就穿衣下炕了。照例是站在堂屋台阶上大声吐痰，照例是沏了浓茶蹲在照壁下，照例到四皓墓地中呼吸空气，活动四肢。古柏上新居住了一对扑鸽夫妻，灰得十分可爱，他看了很久。

一等二贝起了床，他就将二贝叫上堂屋，提说起关于买公房的事。

出乎韩玄子意料，二贝对于买房，兴趣并不大，甚至脸上皮肉动也没有动一下。这孩子平日是嬉皮笑脸，一旦和父亲坐在一起，商谈正事，便严肃得像是一块石头或一截木头。

“买房也是给你们兄弟俩买的。”韩玄子说，“你是怎么想的，你说说。”

二贝便说：

“爹，要说便宜，这倒也是一桩便宜事，可咱家现在的问题不是房子的问题。”

韩玄子说：

“眼下住是能住下，但从长远来看，就不行了。这四间上屋，我也住不了几年，将来要归你们。你哥你嫂在外，也不可能回来住。可事情要从两方面来看，即便人家不回来住，这家财也有人家一份。到了我和你娘不行的时候，你们兄弟二人正式分家，你能不给你哥分一半吗？这样一来，每人也只是两间，地方就小多了。”

二贝说：

“这我知道，可那都是很远的事，再说一千三百元，咱能拿出来吗？”

韩玄子说：

“是拿不出来。我每月四十七元，一月赶不及一月。要你拿也拿不出一百二百。咱可以去借。房子买回来，咱就一拆，队上从公路边给划房基地。年轻时受些苦，将来独门独院，也是难得的好事。你也知道，现在房基地越来越控制得严，有这个机会不抓住，以后就后悔了。王才恨不得立即就买过去呢。”

二贝低了头，只是说：

“我借不来。我到哪儿去借呢？别人家没有挣钱的人，可人家一件一件大事都办了。人家是早早计划，早早积攒；咱呢，有一个花一个，对外的架子很大，里边都是空的。”

这话自然又是针对爹说的，韩玄子心里有些不悦意，不再言语了，一个中午，坐在院子里发闷；不买吧，心里总是不忍，买吧，又确实没钱。外边一片风声，都说韩家的钱来得容易，如弯腰拾石头一般，其实那全是一种假象。他便又生起二贝两口的气，嫌他们不一心维持这个家，使人心松了劲；又怨恨大贝没有把全部力量用在这个家上。他思谋来，思谋去，父子三人之中，钱财上最打埋伏的，还是大贝，让他出一千三百元吧。大贝出钱买，二贝拆了盖，到时候兄弟两人各守一院，也是合情合理的。如此这般一经盘算，韩玄子决定上一次省城。

二贝和娘却把韩玄子阻拦了。说是年关已近，家里又要为“送路”待客做准备，事情这么多，一家之主怎能走得！再说大贝也快回来了，何必去跑一趟呢？韩玄子觉得也是，便书写了长长的一封信，竭力评说买房之好处，一定要他出钱。二贝在一旁说：

“我哥肯定是不会回来住咱这山地了。城里的洋楼洋房，哪一点不比这里好？还回来住个什么劲？”

韩玄子说：

“国家饭碗能端一辈子吗？谁长着千里眼，能看到自己的前途？你哥虽过得不错，可干他们这行，没有一个好下场的。历史上，秦朝坑了几百文人，屈原、李白、司马迁，你知道吗，谁到晚年好了？山地有什么不好？自古以来，哪一个隐居了不是在山野林中！要是早早有个窝，不怕一万，单怕万一，要是到了那一步，叶落归根，他就有个后路了！”

信发走以后，第五天里，大贝就回了信，一是说他春节不能回来，寄上一百元钱给家；二是坚决不主张买房，说既然房能住下，何必再买？就是他掏一千三百元，可要拆、要盖，没有两千元，一院子新屋是盖不成的。爹年纪大了，不能受累，二贝有工作，哪里有时间？若说备个后路，那完全没必要。如果说犯了大错误，到时候再说，即使以后退休，一个女儿在城里工作，难道让他们夫妇俩独独住在乡下，那生活方便吗？又退一步说，现在把房子盖好，闲着干什么呢？如将一千多元存入银行，三十年后，本、利就是六七千元，就是回去，也可以买一座崭新的大四合院了。

大贝的道理滴水不漏，韩玄子看过信后，也觉得言之有理，但一想这房子买不成，必是让王才得去，一颗盛盛的心又如何落下？不觉也气呼呼了，说：

“罢了，罢了，我还能活几年？一心为儿女们着想，儿女们却不领情。以后你们怎样，随你们的便吧，我一闭上眼，也就看不见了。”

接着又对二贝说：

“你要是你爹的儿子，你听着，这公房咱不买了，但咱转让也要转让给别人，万不能让王才得去！”

二贝便四处打问，看谁家想买公房，结果就将这买房的权利转让给了秃子。

秃子是韩家族里的人。按韩家家谱推算，他爷爷的太爷爷和二贝爷爷的太爷爷是兄弟，已经出了五服。名叫秃子，其实头上并没有瘌痢。此人一身好膘，担柴可担百八十斤，上梁可扛一头；饭量也大，二两一个的白蒸馍，二三月里送粪时节，曾吃过十五个，以“大肚汉”而闻名。娶一媳妇，偏不会安排生活，他家收打的粮食多，可粮食还老不够吃。他说他想买房，二贝就转交权利，一场事情就算这样结束了。

韩玄子在腊月天里没有办成一件可心的事，情绪自然沮丧，就一心一意想要将“送路”搞得红红火火，来挣回脸面。大贝寄回的一百元，他立即去木匠铺定做了一个大立柜，要作为叶子的嫁妆。这事，二贝和白银一肚子意见，却又说不出来。眼看着年关逼近，一切日用花销都预备齐当，韩玄子又往各村各队跑了几次，安排起春节闹社火的事。但是各村各队似乎对闹社火并不怎么热心，都在问：

“那给多少钱呢？”

“现在的人真是都钻了钱眼了，自己玩了，还给什么钱？”韩玄子就生气了。

那些队长们便叫苦了，“现在比不得前几年了，前几年可以记工分，现在地分了，各人经营各人的，谁出东西？谁出劳力？你不给钱，他肯干吗？”

韩玄子说：

“不肯干就不干了？！那还要你们当队长的做什么？无论如何，每一个队要出一台社火，将来公社评比，评比上了，一台可以获好多奖，到县上，县上还会有奖。”

“有奖？奖多少？”那些队长说，“一个劳力闹一次，没有一元五角打发不下来，好吧，那只有各家分摊，再补贴吧。”

韩玄子的侄儿、本队的队长，就开始各家各户按人头收纳钱了：一个人五角。有的高高兴兴给了；有的一肚子牢骚；要到光头狗剩和气管炎，两个人坚决不给，说他们一没工作，二没做生意，光腿打得炕沿响，哪里有钱？头脑简单、火气又旺的队长就吼道：“你们还过年不过？！”回答的竟是：“我们不过，你把我挡在年这边吗？！”两厢吵起来，最后，韩玄子替气管炎代交了，那狗剩却寻到王才，借着钱交了。等队长收钱收到王才家，王才正和秃子在屋里喝酒，“哥俩好呀——”“三桃园呀——”酒令猜得疯了一般，王才说：

“队长，让大伙出钱有困难，我倒有一个想法，不知说得说不得？”

“什么想法？”队长说。

王才说：

“我也不给你交五角钱了，过年时我一家负责扮出一台社火芯子，热闹是自发的，盛世丰年，让大家硬摊钱就不美气了。”

队长听了这话，心里又吃惊，又高兴，又拿不定主意，来对韩玄子说了，韩玄子却说：

“这不行！这不是晾全村的人吗？这不是拿他有几个钱烧燎别人吗？只收他的五角钱！钱收齐了，我出面让狗剩去筹办，把筹办费交给他。”

黄昏的时候，韩玄子去找光头狗剩，在巷头明明看见他走了过来，可不知为什么突然拧身从旁边小巷里走了。韩玄子紧喊了三声，他方才停下来，回过头说：

“啊，是韩老先生呀，你是在叫我吗？”

韩玄子说：

“寻你有好事呢！”

狗剩脸却黄了：

“寻我？我把王才的地退还他了，我不耕他的地了。”

韩玄子说：

“不耕了好，这事我管不着你，你愿意怎么着都行。我是找你给咱村筹办社火，筹办费现在就交给你，你瞧，对你怎么样？别人要干，我还看不上哩！”

狗剩却为难了半天，支支吾吾说：

“这事怕不行呢，我入了王才的股了。我们这几日黑白忙着，已经有十五个人来入了股，过两天还要收拾作坊哩。”

韩玄子万没有想到狗剩竟加入了王才的工厂，而且口气这么大：已经有十五人入了股！

“你怎么入的股？”

“这是王才定的。”狗剩说，“每月的收入三分之一归他，作坊是他的，机器是他的，技术、采购、推销也是他的；剩下的三分之二按所有入股做工的人分。他家的老婆、儿子、媳妇、女婿也同我们一样各为一股，每人按劳取酬。韩老先生，这符合政策吧？”

“十五人都是咱村的人？”韩玄子又问。

“咱村五人。”狗剩掰了指头说，“其余都是外村的。王才，我是服了，一肚子的本事呢！他当了厂长，说要科学管理，定了制度，有操作的制度，有卫生的制度，谁要不按他的要求，做得不合质量，他就解雇了！现在是一班，等作坊扩大收拾好，就实行两班倒。上下班都有时间，升子大的大钟表都挂在墙上了！”

“扩大作坊？怎么个扩大？”韩玄子再问。

“他不是买了那公房吗？扳倒界墙，两院打通。”狗剩说。

“公房？”韩玄子急了，“他哪儿买的公房？人家秃子早买了！”

狗剩说：

“你还不知道呀？秃子把那房子又让给王才了！王才家的那台压面机就减价处理给了秃子，又让小女儿认了秃子做了爹，人家成了亲戚！”

韩玄子脑子“嗡”的一下大起来，只觉得眼前的房呀、树呀、狗剩呀，都在旋转，便踉踉跄跄走回家去。一推门，西院墙下的鸡棚门被风刮开，鸡飞跑了一院子，他抬脚就踢，鸡嘎嘎惊飞，一只母鸡竟将一颗蛋早产，掉在台阶下摔得一摊稀黄。

二贝和白银正在厦屋里说话儿，听见响声走出来，韩玄子一见，一股黑血直冒上心头，破口大骂：

“你给我办的好事！你怎么不把锅灰抹在你爹的脸上？不拿刀子砍了你爹的头呢？！”

二贝以为爹又去哪里喝得多了，就对白银喊道：

“给爹舀碗浆水来，爹又喝了酒……”

这话如火上泼油，韩玄子上来就扇了二贝一个嘴巴：

“放你娘的屁！我在哪里喝醉了？你爹是酒鬼吗？你就这么作践你爹？！”

“爹！”二贝眼泪都要流出来了。

“谁是你爹？我还有你这么好一个儿子？！”

二贝委屈得伏在屋墙上呜呜地哭。

二贝娘在炕上照着镜子，把白粉敷在前额，用线绳儿绞着汗毛；快过年了，男人们都理发剃头，妇道人家也要按老规程。绞净脸上的汗毛。她先听见父子俩在院子里拌嘴，并不以为意；后来越听越觉得事情不妙了，才起身出来。只见韩玄子脸色灰白，上台阶的时候，竟没了丝毫力气，瘫坐在了那里，忙扶起问什么事儿，何必进门打这个，骂那个？

韩玄子说：

“他做的好事。我明明白白叮咛他不要把那公房让王才那小子得了去，可现在，人家已经买下了，改成作坊了！”

二贝才知爹发火的原因，说：

“我是转给秃子的。”

“秃子？”韩玄子说，“秃子是什么人？他枉姓了一个韩字！他为了得到王才的那台烂压面机，把房子早让给了王才；那见钱眼开的狗剩，也入了股。唉唉，几个臭钱，丁点便宜，使这些人都跟着跑了，跑了！”

韩玄子气得睡在炕上，一睡就两天没起来。消息传到白沟，叶子和三娃带了四色礼来探望。问及了病况，都劝爹别理村中那些是是非非，好生在家过省心日子。韩玄子抱着头说：

“不是你爹要强，爹咽不下这口恶气啊！你二哥没出息，眼里认不清人，本来体体面面的事，全让他弄坏了！”

叶子说：

“爹，你要起来转转，多吃些饭。他王才那种人，值得你伤了这身子？你要一口气窝在肚里，让那王才知道了，人家不是越发笑话吗？”

韩玄子说了句“还是我叶子好！”就披衣下了炕。趁着日头暖和，偏又往村口、镇街上走了一遭。在集市上买了些干商芝，回来杀了一只不下蛋的母鸡，炖商芝鸡汤喝了。他这次吃得特多，因为他刚才出去走这一遭，又使他有些得意：瞧！我韩玄子走到哪，那里的人不是依样热情地招呼我吗？心里还说：

“王才，你要是有能耐，你也出来走走试一试，看有几个人招呼你？”

但是，毕竟是一口恶气窝在肚里伤了身子。以后，他再往村口、镇街上走几趟就累得厉害，额上直冒虚汗。这次，走到巩德胜的杂货店里，破天荒第一次没有喝酒。回来路过莲菜地，挖莲菜的人很多，都在打问给叶子“送路”的事。他有问必答，答后就邀请，口大气粗。

二贝和白银也在那里挖莲菜，看见爹邀请村人，直喊“爹！”韩玄子只是不理会，末了，又将二贝叫回来，说：

“你也听着了，村里人要来吃席，咱就让他们来吧！”

二贝说：

“原先不是说得好好的，街坊四邻的一个不请，只待本家本族的，你这么一来，人都来了，那准备的东西够吗？”

韩玄子说：

“不够再准备嘛！原先我不想待那么多席客，现在我改变主意了。人家只要看得起咱，咱就来者不拒，好让他王才也看看，人缘是靠德行，还是仅仅能用钱买的！”

二贝就掰指头计算起来，老亲老故的有多少，三朋四友的有多少，村里镇上的人又有多少，七上八下的加在一起，三十五席朝上不朝下，直吓得二贝舌头都吐了出来。

韩玄子说：

“哪能有这么多？村里人都算上了吗？”

“都算上了。”

“还有王才？要他家干啥？他家大大小小都不要计算，还有秃子家、狗剩家，我一见这些人气就不打一处来！”

二贝便说：

“那么，公社大院的也一个不要。这些人一来，倒不好待哩，光酒钱就是几十元。”

韩玄子说：“你胡说些啥？我已经叫过人家了，那时候还得再去请一次呢。还有西街头老董家，后塬村的王小六家，这些人在综合治理时咱都对他有好处，早就要找机会谢呈咱，那是挡也挡不住的。”

七

所谓“送路”，就是女子出嫁时娘家举办的酒席。这风俗在这镇上始于何年？沿袭了几代？从来无人考究，甚至连韩玄子也不得而知。但是，大凡山地之人，却没有不知道这是一个大事：待客的人体面，被待的人荣耀。慢慢地，这件事得以衍化，变成人与人交际的机会。老亲老故的自不必说，三朋四友，街坊邻居，谁个来，谁个不来，人的贵贱、高低、轻重、近疏便得以区别了。

韩家这次待客，不打算给王才、秃子、狗剩留席位，这风声很快遍及全镇。支持者，大声为韩玄子的做法叫好；反对者，则不停声地叹息韩玄子做事太损。秃子、狗剩知道后，心里慌极了。分别遭到自己的老婆的一顿臭骂，埋怨自己的男人被人看不起，自己更走不到人前面去。两个人心烦意乱，自然威风还是在家里要，使老婆们少不得受了皮肉之苦。老婆打是打过了，恐慌还是未消，有心上韩家说明情况，取得谅解，又害怕韩玄子给个当场下不来台，更惹村人耻笑。两人凑在一起，头碰头诉说恓惶，诉着诉着，就恼羞成怒，咬着牙齿说：

“好，他家待客叫这个、请那个，他不把咱当人看，咱也用不着巴结他！咱就这样，他还能把咱杀了剐了不成？！”

这以后，两人就越发向王才投靠。结果，秃子也要求入股，王才虽认了他做干亲，但心里却明白此人的性情，思谋他若进股，必是捣刁之人，又会以让公房之事，仗有功有恩之势，行要挟威胁之举，便支支吾吾不想要他。后来狗剩跑来说情，王才说：

“狗剩哥，你是不是想让秃子来了，好给你多个伴儿？”

狗剩说：

“也有这种意思吧。话说丑些，你兄弟能干，这村子里，甚至这全镇的人没有不晓得的。可话说回来，咱弟兄们都不是威威乎乎的人物，上不了人家正经席面，谁肯偏向咱们？现在加工厂办起来，你这里入股的入股，招人的招人，可咱本村本镇的才有几个人呢？没有百年的亲戚，却有千年的邻居；既然他秃子要来，为何拒在门外？秃子和我一样，还不都是为了你，才得罪了韩家老汉，要不，以后谁还敢心向着你呢？”

王才说：

“我也不怕说丑话，有些人就是这样，见不得旁的人富。我王才人经几辈都不是英武人，原先穷是穷，倒也落个不偷不摸，正南正北的人的名声。这几年亏得国家政策好，我有了几个钱，便惹得一些人嫉恨了。这些我能不知道吗？至于韩家老汉，他是长辈，又给我当过老师，我一向是尊敬的，他对我有些成见，我也不上怪，井水不把河水犯，我想他也不能太将我怎的。”

狗剩说：

“这你倒差了，我问你，二贝的妹子正月十五‘送路’待客，人家就提名叫响地不要你去！”

王才说：

“不至于吧。不管韩家老汉待我如何，那二贝和白银，我们还是能说到一块的。我办加工厂的时候，还亏了他二贝出了许多主意呢。”

说到最后，王才坚信韩玄子待客，是不会拒绝他的，自古“有理不打上门客”，何况同村邻居，无冤无仇！至于秃子入股的事，王才也总算勉强答应了。

加工厂接连又在镇上招收了四名男女。王才就将原来的院墙推倒，重新筑墙，将四间新买的公房也圈在内，在里边支了油锅，安了铁皮案板，摆满了面箱、糖箱、油桶和一排一排放食品的架子，大张旗鼓地进行食品加工生产。村里、镇上所发生的一切事，他几乎一概无暇过问了，满脑子里只是技术问题、管理问题、采购和推销问题。结果生意十分不错！为了刺激大家的积极性，第十五天里，就结账发钱，最多的一人拿到了二十八元五角，最少的也领了十六元。

十五天，这是一眨眼就过去的天数。大多数人只是在家办年货，或者游门串户聊闲话儿；而在加工厂的人，则十几元、几十元进了腰包。消息传开，简直像炸弹爆炸了一样，街头巷尾，人人议论。

狗剩和秃子就得意起来。他们的嘴比两张报纸的宣传还有力量，走到哪，说到哪儿，极力将这个加工厂说得神乎其神。若是在村里、镇街上有人碰着，问："干啥去？"回答必是："上班呀！"或者："才下了班！"口大气粗地撞人。他们俩甚至一起披着袄儿走进了巩德胜的杂货店里买酒喝。巩德胜也吃了一惊，估不出这些从不花钱喝酒的人身上装了多少钱？酒打上来，他慢慢试探地问：

"二位今天倒有空了？"

狗剩说：

"来喝喝你的酒。你开了两年店了，还没给你贡献过一分钱呢！"

秃子说：

"你生意好啊，祝你财源茂盛、日进斗金！"

两个人两句话，堵得巩德胜倒不知说什么好了。喝到一个时辰，秃子又问：

"德胜叔，几时关门下班？"

巩德胜说：

"咱这是什么体统，还讲究上班下班？！"

又问：

"照你这等买卖，一日能挣得多少？"

回答：

"能落几个钱？十块八块，刨过本，没几个。"

狗剩和秃子就嘻嘻哈哈地笑，说一两年后，他们也要办这么一个店。秃子还说：

"哈，你开一个月，赶不上王才那工厂一天的盈利。韩家老汉常来喝酒，你怎么不让他也帮你办一个加工厂呢？"

巩德胜受了一场奚落，心里很是不愉快，暗暗骂道："这些没见过世面的狗东西！"就不再言语了。但是，瞧着狗剩、秃子进了店喝酒，在街上游转的气管炎却也挪脚进来。他是没钱喝酒的，只是坐在一边听他们三人说话，末了说：

“秃子哥，王才那个厂还要人不要？”

秃子说：

“你是不是想去？当然要人喽！”

巩德胜一听气管炎的话，心里又骂道：“这小子也见钱眼开了，要投靠王才了！”便插嘴道：

“人家要你？要你去传染气管炎呀！”

一句话倒惹得气管炎翻了脸，骂了一句：“老东西满口喷粪！”两厢就吵嚷起来，巩德胜借机指桑骂槐：

“你这狗一样的东西，你跑到我店里干什么？你也不尿泡尿照照你的嘴脸！你有几个钱？你烧什么包？你等着吧，会有收拾你的人呢！”

狗剩和秃子也听出巩德胜话里有话，就站起来挡架。等一老一少动起手脚，那巩德胜的哑巴儿子就凶神恶煞一般出来乱打，也打了狗剩和秃子。这两人就趁酒劲发疯，将桌子推翻，酒坛、酒壶、酒碗、酒盅、菜碟、肉盘，全稀里哗啦打个粉碎。枣核女人脚无力气，手有功夫，将气管炎、秃子、狗剩的脸抓出血道，自己的上衣也被撕破，敞着怀坐在地上，天一声，地一声，破口大骂，直骂得天昏地暗，蚊子也睁不开眼，末了，就没完没了地哭号不止。巩德胜则脚高步低地来找韩玄子告状了。

这是腊月二十七黄昏的事。韩玄子正买来一个十三斤二两的大猪头，在火盆上用烙铁烧毛，听了巩德胜哭诉，当即丢下猪头，一双油手在抹布上揩了，就去了公社大院。

连夜，公社的张武干到了杂货店，枣核女人摆出一件一件破损的家什让他看。当然，这女人还将以往自家破损的几个碗罐也拿了出来，鼻涕一把，眼泪一把地求张武干这个“青天大老爷”“为民做主”。

张武干让人去叫狗剩、秃子、气管炎。狗剩和秃子打完架后，便去加工厂干活了。一听说张武干叫，知道没了好事，便将所发生的事告知了王才，王才不听则已，一听又惊又怒，只说了一句“不争气！”甩手而去。两人到了杂货店，张武干问一声答一句，不敢有半点撒野，最后就断判：巩德胜的一切损失，由狗剩等三人照价赔偿，还要他们分别做出保证：痛改前非。赔偿费三人平分，每人十五元，限第二天上午交清。

一场事故，使狗剩、秃子十五天的工资丢掉了百分之八十，两人好不气恼！回到家里，都又打了老婆一顿。那秃子饭量好，生了气饭量更好，竟一气吃了斤半面条。饭后，两人又聚在一起，诉说这全是吃了王才的亏，试想：若韩玄子和王才一心，他能这么帮巩德胜？便叫苦不迭不该到王才的加工厂去。可想再讨好韩玄子，那已经是不可能的事，何况这十五元，又从哪儿去挣得呢。思来想去，还只有再到王才的加工厂去。所以接连又在加工厂干了三个白天，三个晚上，直到大年三十下午，才停歇下来。

气管炎没有挣钱的地方，只得哭哭啼啼又找到韩玄子，千句万句说自己的不是，韩玄子却故意说：

“你不是想到王才那里挣钱吗？你去那里挣十五元，赔给人家吧。”

气管炎说：

“韩伯，人家会要我吗？我上次将公房转让了你，王才早把我恨死了，我还能去吗？他是什么人？我就是要饭，我也不会要到他家门上去的！”

韩玄子对这种人也是没有办法，末了说：

“你回去吧，我给巩德胜说说，看你怪可怜的，就不让你出那份钱了；他也是见天十多元的利，权当他一天没开门营业。”

气管炎巴不得他说出这话，当下千谢万谢，说“送路”那天，他一定来帮着分劈柴，劈柴分不了，他就帮着找桌子、凳子，还要买一串鞭炮，炸炸地在院门口放！

韩玄子对这件事的处理，十分惬意。他虽然并未公开出面，却重重整治了狗剩、秃子这类人。整治这些人，目的在于王才，他是要这小个子知道他的厉害。事情发生后的第二天，他就披着羊皮大袄，在镇街上走动了，还特意路过王才的家门口。他很想在这个时候见到王才，但王才没有出门。

王才也明白这个事的处理，是冲着他来的，十分苦恼。他百思不解的是，自办了加工厂，收入一天天多起来，他的人缘似乎却在成反比例地下降，村里的人都不那么亲近他了。夜里，他常常睡在炕上检点自己：是自己不注意群众关系，有什么地方亏待过众乡亲吗？没有。是自己办这加工厂违犯了国家政策吗？报纸上明明写着要鼓励这样干呀！他苦恼极了，深感在百分之八十的人还没有富起来的时候，一个人先富，阻力是多么大啊！

“我为什么要办这种加工厂？仅仅是为了我一个人吗？”他问他的妻子，问他的儿女，“光为了咱家，我钱早就够吃够喝了。村里这么多人除了种地，再不会干别的；他们有了粮吃，也总得有钱花呀！办这么一个加工厂，可以使好多人手头不紧张，可偏偏有人这样嫉恨我？！”

他开始思谋有了钱，就要多为村人、镇上人多办点好事。他甚至设想过，有朝一日，他可以资助一笔钱，交给公社学校，或者把镇街的路面用水泥铺设一层。但这个设想，他一时还没能力办到，他还得添置工厂设备，还得有资金周转。他仅仅能办到的，就是在春节时，自己一家办一台社火芯子。但这种要求却被拒绝了。他便准备在大年三十的晚上，自家包一场电影，在镇街的西场子上放映，向众乡亲祝贺春节。这，他可以不通过任何人，直接向公社电影放映队交涉就能办妥，他韩玄子还能说什么呢？

一提到韩玄子，他就有些想不通：这么一个有威望的老人，为什么偏偏就不能容他王才？！但是，在这个镇上，韩玄子就是韩玄子，他王才是没有权势同他抗衡的；他还得极力靠近他，争取他的同情、谅解和支持。所以，无论如何，他也不会当面锣对面鼓地与韩玄子争辩是非曲直的。

他还是坚信，人心都是肉长的，韩玄子终有一天会知道他王才不是个坏心眼的人。

但是，就在腊月二十九，二贝娘在本村挨家挨户给大伙说请“送路”的日子，他在家已经备了酒菜，专等二贝娘一来，就热情款待。可一直到天黑半夜，二贝娘没有来，他才明白人家真的待客不请他。

他从来不喝酒，这天后半夜睡不着，起来喝了二两，醉得吐了一地。天明起来，就自个拿了三十元，到公社电影放映队去，要求包一场电影，并亲眼看着放映员写好了海报，张张上面注明：王才包场，欢迎观看。

海报一贴出，白银首先看到了，跑回家在院子里大声给娘说：

“娘，晚上有电影哩！晚饭咱都早些吃，我擦黑给咱拿凳子占场去！”

娘是不识字的，看电影却有兴趣，当然也欢喜地对小女儿说：

“你去白沟，叫你姐和你姐夫吧，让他们也来看看，那地方难得看一场电影的。”

韩玄子在堂屋听说了，问道：

“什么电影？”

白银说：

“《瞧这一家子》！”

韩玄子说：

“老得没牙的电影！再看有什么意思？”

白银说：

“看便宜的嘛，是王才家包的。”

“他包的？他家有什么红白喜事，要包场电影？”韩玄子说，“晚上不要去，那么爱看便宜电影！没有钱，我给你钱，一角五分，你买一张票，坐到电影院里看去！”

白银不敢回嘴，却小声说：

“电影是电影，里边又不是王才当主角！再说，咱不去，人家这场电影就没人看了？”

这话亏得韩玄子没有听到。他在家坐了一会儿，就出去了。

他直直走到巩德胜的店里。巩德胜亏得他出了大力，才惩治了狗剩和秃子，见他来，殷勤得不知怎么好。韩玄子说：

“怎么样，这两天，那狗剩、秃子还来扰乱吗？”

“没有。”巩德胜说，“他只要有钱，就让他来吧，他要再摔坏我一个酒盅，我自个倒要打破一个酒瓮哩！”

韩玄子就笑了：

“你该庆贺庆贺了吧？”

巩德胜说：

“那自然，来半斤吧。”

韩玄子说：

“我不喝你的酒。你要有心，你就手放大些，包一场电影，让镇子上的人都看看，也好扬扬你的名声。”

巩德胜为难了：

“包电影？一场三十元呢！”

“你这人就是抠掐个钱！”韩玄子看不上眼了，“你要名声倒了，都来欺负你，别说三十元，你连店都办不成了。你知道吗？人家王才这次吃了亏，偏还包了一场电影，瞧瞧人家多毒！今晚人家电影一演，镇上人都说他的好话，反过来倒要外派你了！”

巩德胜沉吟了许久，依了韩玄子的主意，只是担心，王才包了一场，他再包一场，这对台电影，人总不会都来看他包的呀！

韩玄子说：

“只要你出面包，我保你的观众比他的多！”

韩玄子就亲自去了放映队，打问新近还有什么好片子？放映员见是韩玄子，就说有《少林寺》，武打得厉害，原计划正月初三晚上放映：韩玄子便掏出钱来，说巩德胜想感激党的政策使他家日子好过了，要今晚包一场，就请一定放映《少林寺》。

结果，对台电影，一个在镇街西头场子，一个在镇街东头场子。满镇的人先得知王才家包的电影早，半下午就在西头场子坐了黑压压一片，但后又听说巩德胜家包了《少林寺》在东头场子放映，一传十，十传百，多半人就又扛了凳子到东头场子去了。

二贝和白银知道这一切尽是爹在幕后干的，大为不满。天黑下来，自然先去看了一会儿《少林寺》，趁着人乱，小两口就又去看《瞧这一家子》。一到那边场上，就碰见了王才，王才好不激动，一把拉住二贝的手，说：

“好兄弟，你来了真好！你来了真好！”

就掏出好烟递上。

二贝十分同情王才，两个人便离开电影场，蹲在场边的黑影地里说起话来。二贝说：

“王才哥，我爹人老了，旧观念多，一些地方做得太过分，你不会介意吧？”

王才说：

“兄弟说到哪里去了！我王才哪里就敢和韩伯闹气？我想得开，什么事都会想得开的。妹子‘送路’的日子定到啥时候？”

二贝说：

“正月十五。原本我主张村里人一个不叫，可我爹爱热闹、爱面子，偏说能来的都让来。这不，花了一大堆，手头积攒的钱全花了，可那酒钱、烟钱还没影哩！”

王才说：

“也没见婶子给我说，我好为难，去还是不去？不去吧，对不起人，去吧，又怕韩伯不高兴，反倒没了意思。这话当着你说，我什么也就说了。”

二贝说：

“人上了年纪，思想和咱们不一样了，你不去也好。近来加工厂的事怎么样？”

王才说：

“每天的产量还可以，销路也好，有些供不应求了。现在犯愁的就是油、糖、面粉的采买艰难。这几天可苦了我，没黑没明地骑上车子到处跑。”

二贝说：

“你应该打个报告给公社，让他们呈报县上。像你这样搞个体加工厂，县上也没有几个，能不能纳入国家供应指标？那样一来，就省了许多麻烦，又能保障生产啦。”

王才一拍大腿，叫道：

“好兄弟，你真是教师！你怎么不早说，这主意多好！以后我得好好请教你了！只是公社肯呈我的报告吗？”

二贝说：

“你找我爹吧，他说什么你也别计较，咱只求把事办成。我在家再敲敲边鼓。万一不成，咱再想办法。”

王才郁郁道：

“好吧，我找一次韩伯。”

临分手时，王才塞给了二贝四十元，说是他知道二贝家要待客，钱是没多没少地花。二贝坚决不收，王才说：

“兄弟，我这不是巴结你，权当是我借给你的。你要不收，我王才在你眼里也不是一个正经人了！你拿上，不要让韩伯知道就是。”

远处的电影场里，稀稀落落坐着一些观众。已经到子时了，天上闪着几颗星星。星星的出现，似乎是来指示黑暗的，夜色越来越浓重了。但是，差不多就在这时，远远近近的人家，响起了除旧迎新的鞭炮声，噼里啪啦！噼里啪啦！竟有一声震耳欲聋的爆炸声，那是谁家放了一个自制的土炸药包。二贝把钱收下了。

八

正月，是一个富于诗意的字眼。辛辛苦苦在田地里挖扒了一年的农民，从初一到十五，也要一反常态了：平日俭省，现在挥霍；平日勤苦，现在懒散；平日肮脏，现在卫生；平日粗野，现在文明。人与人的关系，一下子变得那样客气：你提着篮篮到我家来，我提着篮篮到你家去，见面必打招呼，招呼声声吉祥。小的见老的磕头如鸡啄米，老的给小的解囊掏钱言称压岁。随便到谁家去，屋干净，院干净，墙角旮旯都干净；门有门联，窗有窗花，柜上点土香，檐前挂彩灯，让吃让喝让玩让耍让水烟让炭火，没黑没明没迟没早没吵闹没哭声。这是民间的乐、人伦的乐，是天地之间最广大的最纯净的大喜大乐！韩玄子，在这爆竹声中又增了一寿，现在是六十四了，正月的感受尤为深刻！自腊月三十的中午始，他所到之处，处处都是甜甜的笑脸，都是火辣辣的言辞，都是肥嘟嘟的肉块和热腾腾的烧酒。他穿着里外三新的棉衣棉裤，披着那件羊皮大袄，进这家，出那家，这都是邀请他去坐的，他毫不拒绝，一是有吃有喝，二是联络感情。那些主人们总是率着老婆、儿女，一杯又一杯为他敬酒。他是有敬必有喝，偏是不醉，问这样，问那样，末了总是从口袋里掏出一角二角钱来，送给为他磕头的孩子。村里的孩子们都知道给他磕头必是有钱，结伙成队专来找他，一见面就双膝跪下，他乐得哈哈大笑，便将身上的零钱全打发出去了；再有要磕的，他就说：

“爷没钱了，明日给爷磕吧！”

几天之内，他就散出去了十多元钱。回家来打开他的钱匣，已经什么也没有了，就向二贝娘要，二贝娘说：

“我挣钱吗？”

他说：

“腊月里我给你的十元钱呢？”

腊月里，二贝娘曾嘟囔她一辈子命苦，自己挣不来钱，便没当过一天的掌柜。说这话的时候，是当着儿女的面说的，韩玄子就笑着，掏出十元钱，说：

“好吧，明年给你自主，十元钱够了吧，你又不买这买那，要钱干什么呀？”

现在，二贝娘只好将这十元钱又交还给他，埋怨过年给孩子们压岁钱，本是一件玩的事，却偏偏这么认真，一下子就散出去十六七元。

“热闹嘛！”韩玄子说，“又有什么办法，一连声地叫爷，跪在地上不起来嘛！”

到吃饭的时候，最快活的是韩玄子，最苦的却是二贝娘她们。七碟子儿八碗儿的正要开饭，有人来请老汉了，不去不行，只好去了。二贝娘就叮咛少吃点，少喝点，回来再吃。一家大小就只有等着。可韩玄子在这家还未吃清，另一家就在桌边相等，一家，两家，三家，五家，吃喝得没完没了，家里人就还得等。中午饭等到太阳都斜了，人还不回来，饭也冷了，菜也凉了，生了气才要来吃，一家之主回来了。一进院门，就嘿嘿地笑，这一笑，二贝娘就笑了，用筷子指着说：

“瞧，瞧，又醉了，又醉了！”

“没醉，哪里醉了！”韩玄子一边笑一边说，一边摇摇晃晃往里走，东斜西歪，西歪东斜，白银说：“快倒啦，快倒啦！”

忙放下碗去扶，还未走到公公身边，韩玄子蓦地就倒下去，压坏了一株夹竹桃。一家人又气又笑，一起动手把他抬到炕上。他又笑了一阵，就睡去了。

老汉刚睡下一会儿，王才就提着四色礼给拜年来了。王才来拜年，二贝当然知道缘由，二贝娘却有些吃惊，不知所措，当下取烟取酒；要烧火做饭时，王才拦住了，说是过年肚子不饥，一口也咽不下去了。

“我是来和我伯坐坐的，平日没时间。”王才笑着说。

二贝娘说：

“真不巧，你韩伯又喝醉了，刚刚睡下。”

王才就到二贝的厦房去说了一阵话，偏偏二贝娘也过来了，他要说的话也没说成，只是寒暄。走到院里，看看鸡棚，问问下蛋的情况；看看花台，说说花的品种；后又要看门上的对联，一边是“衣丰食足读诗书”，一边是“天时地利人事和”，口里叫道：

“亏得是老先生，韩伯的对联写得好啊！”

走到堂屋卧室门口，听韩玄子吹气似的鼾声，一阵紧过一阵，心想：醉得这般沉，不是一两个小时可以醒的，就说“我改日再来吧”，告辞走了。

第二天早，王才又拿了一条香烟来到韩家，韩玄子却是不在家。老汉还未起床，公社大院的几个干部就来喊他，脸未洗就走了。王才笑了笑，见二贝和白银还没有起床，便和二贝娘说话，二贝娘说：

“你韩伯这人，越活越不像个上年纪的人了。三十到现在，一刻也不落屋，要回来就是醉了。这一去，必是让大院的干部又缠住喝酒，说不准个回来的时辰。”

王才又是苦笑一下，放下香烟要走。二贝娘说：

“你这孩子，怎么来一次都要带东西？过年来坐坐嘛，街坊邻居的，规矩这么多！”

王才说：

“过年就是这样，到哪里手不空甩，一条烟有个啥？我晚上再来吧。”

晚上，韩玄子是在家里。他是中午被人背回来的，睡了一下午，酒劲是过去了，但头脑还是昏昏的。坐在炕上，吃罢了二贝娘做的胡辣汤，便又躺下睡了。待到彩灯点亮，村里的孩子打着各种各样的灯笼，满村巷喊着：“呜号号，呜号号，彩灯过来了！”王才在袖筒里塞了一瓶“西凤”酒，第三次来到了韩玄子的家。

二贝和白银正在院子里放花炮，芯子点着，一树银花，乐得一家人大呼小叫。二贝娘刚到照壁前的灯窝里为神明灯添油，就碰着了王才，说：

“是王才呀，快到屋里坐，你韩伯在家。我真拿他没办法，今早去公社大院果然就醉了！我去看看醒了没有。”

二贝和白银便让着王才先到厦房去。二贝娘到了卧室，推醒了韩玄子。低声说：

“王才又来了。”

韩玄子已经清醒了，说：

“他来干啥？就说我醉了，不得醒来。”

老伴说：

“你哪里没醒？有理都不打上门客，人家孩子来了三次，是神都请到了，再不见，咱就没理了！”

韩玄子只好起来，让王才到堂屋来坐。王才上来叫一声“伯”，韩玄子让了座，就去打水洗脸，然后喝茶，取了水烟袋呼呼噜噜抽了一气，方说：

“王才，叫你跑了几次了！真没办法，一过年这个叫那个叫，不去不行，去了不喝不行，这过年我真有些怯了！”

王才说：

“谁能活得像你老一样呢！”

韩玄子说：

“我有什么呀？只是本本分分就是了。要说有钱嘛，真还不如你王才；有钱能使鬼推磨，你年里家里热闹吧？”

王才脸红了红，说：

“我哪儿敢比得韩伯！韩伯若不嫌弃，明日中午你和我婶到我们家去坐吧。”

韩玄子说：

“哎呀！明日又排满了。明日叶子和女婿要来拜年，公社王书记和张武干他们也要来，实在走不脱身呢。王才，加工厂还开着工吗？”

“三十下午就停了。”王才说，“我想初八开工哩。”

韩玄子说：

“哟，那么早开工，你也真是钱挣上心了！”

王才说：

“大家都要求早些开工，说六天年一过，就没事了，农民嘛，就热火这几天，闲在家里没事，开了工，倒可以捏几个钱了。”

韩玄子心里说：“哼，说得多好，全是为了大伙！”当下嘴里“噢”了一声，便不再说话。过了一会儿，他突然又问：

“你找我，有什么要办的事吗？”

王才没想到韩玄子这么挑明问他，当下倒噎住了，憋了半天，说：

“我来给伯说件事，不知行不行？加工厂开业以后，人手越来越多了，需用的面粉、油、糖，数量增大了几倍，先是我三、六、九日去集市上购买，现在就这样也供不及了。我思想，写一份报告给上边，看是否能将这三宗供应列入粮站的指标。别的咱不企图，这一供应，就可以保障加工厂的生产了。”

说着，从怀里掏出一份报告来，同时将袖筒里的酒瓶取出来，放在了桌上。

“你看看，这样写行不行？若行，你在公社里人熟，给他们说说，盖个章，填个意见，呈报到县里去。”

韩玄子还未看报告，心里就叫道：好个王才，你真是心比天高，还想让国家供应你的原料？！就拿起西凤酒说：

“王才，你怎么也来起这一套？这酒我不能收，这成什么体统了！我韩玄子是爱喝酒，可不明不白的酒点滴不沾，该办的，符合政策的，咱为乡里乡亲热身子扑着办；不该办的，违法乱纪的，你就是搬了金山银山来，我也没那么个胆！”

王才一时十分难堪，千般说明过年期间，到哪里空手也是去不得的，何况仅仅一瓶酒，一定要收下。但韩玄子硬是不收。王才只好又收起来。

韩玄子取了眼镜戴上，细细看了报告，说：

“王才，这恐怕不行呢。你这加工厂，虽然工人多，收入大，可所得盈利你不是纳入国库的，肥了你自己的腰包，国家能这么供应你吗？”

王才说：

“我是按市价来买，只要这么办了，给我省点力气。再说，报纸上也讲了，国家是大力支持专业户的。我只想试试，或许能行呢。”

韩玄子就笑了：

“你们这些人呀，想得太简单了！你想想，好事怎么能都让你们占了呢？我实在没办法，你可以直接到递公社去，可我说，公社也不会批准你这报告的。王才，你要清楚咱现在仍是社会主义社会！你听说了吗，县城里的一些专业户、个体户现在钱一挣得多起来，就都有些害怕了，开始买‘爱国钱’，几百几千地认购国库券呢。”

这话如同炸弹，使王才大为震撼。有些专业户、个体户买“爱国钱”，为自己找政治保护色、寻后路，这风声他多多少少也听到一点，韩玄子却这么一板一眼地说给他听，是什么意思呢？瞧那口气、那眼神，分明在说：“人家都在寻退步了，你还这么大干呀？你等着吧，吃不了有你兜着的！”他真有些害怕了。

“韩伯！”他说，“你说得也对，我现在虽然有了些钱，但又全用在了扩大再生产上，我也想以后捐钱给公社的。这么说，这报告就算了。我还年轻，世面经得少，文化又浅，以后有不是的地方，还望韩伯多指点呢。”

两人又说了一些甜不甜、咸不咸的话，王才就起身走了。

韩玄子送到门口，二贝和白银又在那里点二甩炮，嗍的一声蹿上半空，又叭的一声在空中炸开，响声极脆，样子也好看得出奇。韩玄子觉得有滋有味，硬要二贝将家里那一串一千三百响的连珠炮拿来放了。立时，照壁下一片轰响，无数的孩子闻声赶来，在那里抢着拾落芯的炮。

韩玄子突然记起明日闹社火的事，到侄儿队长家去了。

第二天，便是正月初三，依照风俗，社火从这一天开始，一直要闹过十六。经过全公社动员、安排，这天上午，川道地的各村就响起锣鼓，十点左右，各路社火芯子抬出来，往镇街上集中。芯子是千奇百怪的造型，观看的人群拥前挤后地包围，镇子上、镇子附近的村子，几乎是老少倾出，家家锁门。远处的山民们。

也有半夜打着灯笼火把，走几十里路赶来的。小小的镇街上，人头攒动，熙熙攘攘，几乎要将镇街两旁的房舍挤倒似的。各家铺店，更是门里门外都是人。烟、酒、鞭炮、蜡烛、红纸、糖果、点心，一瓶一包的货物卖出去，一把一堆的钱票收回来。巩德胜已经从早到午未能吃一口饭，喝一滴水了。枣核女人则站在门口的凳子上，眼观四面，耳听八方，唯恐混乱之中，有人行窃偷盗。到了十二点，三声筒子大炮点响，社火芯子队开始招摇过镇街。路线是从街西大场出发，经过镇街，到街东大场，再上塬，穿过公路，再到街西，再到镇街，最后在街东大场评比，才算结束。

韩玄子一大早起床就往公社去，和公社干部一起到各队查看。有的队扮的是“三战吕布”，饰刘备的站在下边，双手各执一剑，左剑刃上站关公，右剑刃上站张飞，张飞长矛之端悬一尼龙绳，下吊吕布。有的队扮“李清照荡秋千”，竟真是一个秋千，上有一幼女站着荡板，不断晃动。有的队扮的是“游龟山”，一只彩船，船头坐着田玉川，船尾站着胡凤莲，船旋转不已，人却纹丝不动。更有那“三打白骨精”“劈山救母”“水漫金山”，造型一台比一台玄妙，人数一台比一台增多。围观的大呼小叫，那北山、南山远道而来的山民，时不时挤到每一台芯子的桌面下看是不是拴有石头、磨扇。因为这芯子全是固定在八仙桌上的，然后由八人抬起，平衡极难掌握；外地人常有芯子翻倒的事故，因此必须拴有石块或磨扇在下面增加重量，起稳定作用。而这些山民看后，惊叹不已：到底四皓埋在这镇上，尽出能人了。竟不拴石块、磨扇？！

社火芯子开始过街。沿街的国营单位、集体单位、人家住户，凡是经过之处，就彩绸悬挂，鞭炮齐鸣。芯子队过后，街面上一层炮屑，满空硫黄气味。巩德胜的枣核女人早弯腰在那炮屑灰尘中寻东觅西，竟也捡回了五角钱、三个发夹、一只小孩的绣花猫头棉鞋，社火芯子到了街东大场，王才家正在大场畔。他站在高高的门楼顶上，背了一挎包鞭炮，放了一串又一串，噼噼啪啪足足响了三十分钟。响声吸引了所有闹社火的人，都扭着头往这边看：那些敲鼓敲锣的乐队，也停了手中的家伙，看着一堆孩子在门楼下捡炮，竟将有的孩子的棉衣也烧着了，喊声，叫声，笑声，也有骂声，乱糟糟一团。

韩玄子对此极不乐意，却又说不出个什么。社火最后评比，选出了五台最佳社火，当场由王书记发奖，每台三元钱、一张奖状。有人就当着韩玄子的面发牢骚：

“怎么拿得出手？三元钱！一个公社倒不如一个王才！人家今天放的鞭炮，最少也是十几元钱了！”

韩玄子听见了，只装着没听见，找着西街的狮子队负责人，问：

“晚上要喝彩的有人来联系了吗？”

西街的狮子队是传统的拿手的夜社火。每年春节的夜晚，几十人的狮子队，要到一些人家去热闹，这种热闹名叫喝彩。凡是被喝彩的人家，是很体面的，主人则是要放鞭炮，送两瓶好酒、两条好烟，还要在狮子头上系一条三尺长的红绸。因此，这种喝彩，并不是一般人家所能受得的，都是主人家事先来联系，晚上才有目标地去的。

狮子队的头儿说：

“已经来联系的有十二家了，西街的二顺、七羊，中街的德林、茂仁，东街头的有王才……”

韩玄子说：

“别到他家去了。他仗着他家有钱，今天放那么多鞭炮，很多人都有看法。喝彩本来是高兴事，他要再一摆阔，就会压了别的人家，倒引起不团结呢！咱们不能光向钱看，掏不起烟、酒、红绸的，咱们也应该去。”

到了晚上，果然狮子队就出动了。狮子队的头儿听了韩玄子的话，又为了避免王才上怪，先在西街、中街各家喝了彩，末了才到东街头来，又端端直奔了韩玄子家。一进院子，韩玄子就在门口安上了三百瓦的电灯泡，拿烟拿菜出来。狮子队每人耳朵上别了一支烟，就摆开阵势，鼓儿咚咚，锣儿锵锵，大小三个麻丝做成的狮子，翻，掀，扑，剪，相搏相斗，然后一起面向堂屋，摇头晃脑，领头儿的就在几十个彩灯彩旗下大声说一段吉祥快板。完毕，韩玄子请客入内，送上两瓶好酒、两条好烟，二贝娘便将三尺红绸系在狮子头上，接着有人点响了鞭炮，很是热闹了一番。

村里来的人也多，韩玄子招呼这个、招呼那个，烟散了一遍又一遍；凡抽烟喝茶的，没有不说这家体面的：

“呀，喝一次彩，光这烟茶咱就掏不起呀！”

但是，韩玄子也确实掏不起烟了。家里所备的一条烟已经散完，就大声叫二贝，要二贝把他买的烟也拿出来。喊了两声，二贝没有回应，二贝娘满院查看，不见二贝影子，连白银也没有见，不免纳闷：村里人都来看热闹了，这两口都跑到哪里去了！

二贝和白银是到王才家去了。

当喝彩的狮子队进了院子，二贝就对白银说：

“这会儿人多。爹不注意，咱到王才哥那儿去吧。”

两人到了王才家，王才很纳闷狮子队怎么没到他家来，让媳妇在门口大场上张望了几次，渐渐听得锣鼓声慢慢向后塬村远去了，知道再不会来。王才媳妇一回到家，就伤心地趴在炕上呜呜哭。王才当着二贝和白银的面，也不好发作，倒笑着对媳妇说：

“你真是小孩脾气，人家一定是耍累了，今晚不来，明晚定会来的。”

二贝猜摸这其中必定有原因，却故意避开这事，只是问：

“王才哥，那报告的事，你给我爹说了吗？”

王才说：

“好兄弟，韩伯不同意，还给我讲了许多话，我看也就算了。”

王才如此这般叙述了经过，二贝一听，倒火了：

“这怎么就算了？！你这是犯法的事吗？光光明明的事情，你怕什么？难道你不相信党的政策？！”

王才说：

“你是教师，读的报多，离政策近，你说该怎么办？”

二贝说：

“我爹不同意，可能公社也不会给你盖章填意见往上呈报，依我看，咱直接把报告送到县上去，交县委马书记！”

王才说：

“我是何等嘴脸，能与马书记交往？我还不知道县委大门是怎么个进法哩！”

二贝说：

“你是何等嘴脸？要叫别人看得起，首先自己就要看得起自己；别人要弄倒你，那是弄不倒的，世上只有自己弄倒自己的！你把报告让我看看，咱重写一份，详细写清你这个加工厂的规模、状况、提出困难，我负责给你送！”

王才一家人好不感激，连夜在灯下，几个人重新起草报告，一直干到夜里下一点，二贝两口才返回家来。第二天，初四的早晨，二贝对爹和娘说，他们要到县城关镇给岳父拜年去，就提了礼物，小两口合骑一辆自行车，叮叮铃铃出门走了。

九

狮子队没有来家喝彩，王才的媳妇哭哭啼啼大半夜。王才送走了二贝和白银，他心里也苦得难受。夫妇俩坐在火盆旁，红红的火光照着他们，谁也不说话，也没有什么话要说。于是，最不能安宁的是一双火筷，你拿起来翘翘火，我又拿起来翘翘火，末了都说：睡吧。就上了炕去睡。睡下又都睡不着，两个人又都披衣坐起，叽叽咕咕说话。

一个说：

"咱没亏人吧？"

一个说：

"咱没亏人。"

一个再说：

"咱怎么会亏人呢？"

一个再说：

"咱哪里就亏人了？！"

想来想去，就想到韩玄子，估计必是这老先生从中作了梗。

一个又说：

"咱和他没有仇呀？"

一个又说：

"咱和他有什么仇？"

一个再说：

"没仇。"

一个又再说：

"没仇。"

便又说起二贝和白银，口气是一致的：这小两口不错。但是，这小两口送报告的事能不能成功？夫妇俩却谁也说不准。

一直唠叨到鸡叫，王才咬咬牙说：

"咱是没错，真的，咱没错！我王才以前是什么模样，难道我永远是那个模样吗？只要现在的党中央不是换了另一班人马，不是变了这一套政策，我王才该怎么办，还得怎么办！我明日再去请狮子队，人家不来，我到白沟你娘家去，让那里的狮子队来，这口气我还是要争的，要不，真的我王才办了加工厂，倒成了什么黑人、罪人了！”

初四的早上，他去找了狮子队，头儿支支吾吾，没有说不去，也没有说去。王才第一次在别人面前动了肝火，二话未说，扭头就走了。他走了七里路，到了白沟岳父家，邀请那里的狮子队。狮子队的人知道王才当年曾张罗过办商芝加工生意，他们也正在酝酿这事，见了王才，如见了活佛，问他，当年有过什么设想？又是如何经销？经验是什么？教训是什么？王才就将自己和二贝曾设想的那一套和盘托出，预祝他们事业成功。这些人满口答应当晚来他家喝彩。

天未黑，白沟村的狮子队就进了镇。他们故意张灯结彩、锣鼓喧天地从镇街东走到镇街西，又从镇街西走到镇街东，惹得镇上的人都来观看，不知今晚这队人马要给谁家去喝彩。末了就奔王才院里去了。

王才的院子扩大以后，十分宽阔，狮子队要了一场，又要一场，整整一个小时不肯停歇，齐声高喊：

新年好，新年好，
狮子头上三点宝。
呜号号，呜号号，
欢呼党的好领导，
劳动致富发家了。
新年好，新年好，
狮子头上三点宝。
呜号号，呜号号，
齐心协力挖穷根，

今年更比去年好。

这喊声村里人差不多全听见了。又是十多分钟的鞭炮声，又是来人就散烟，又是来人就上桌子喝盅酒，看热闹的人越来越多，私下里都在议论：这小个子王才还是厉害，热闹得倒比韩玄子家更盛呢。

韩玄子毕竟只是镇街上的韩玄子，他管不着白沟村。白沟村的狮子队来过一趟之后，第二天夜里又来了竹马队，第三天又来了魔女队。来了就独独往王才家喝彩，喝彩完再在大场上耍闹一场：这些热闹的人马每晚都挣得王才家许多烟酒，使得西街狮子队就眼红起来。有人埋怨他们的报酬太少，越耍越没劲，到了初六晚上，竟不再出动，一散了了。

韩玄子去催了几次，都借口没有经费，不愿干了。甚至每天中午的社火芯子，也渐渐疲沓起来，这个队出，那个队就不出。韩玄子发急了，他和公社大院的干部商量，是不是由公社再拨一些钱来给社火队补贴，公社当然没有这项开支，只好又让各队队长再按人头摊款。但重新摊款，就难上难了：农民过一个年，花销是不小的，谁手里也没几个钱了。眼看到了正月十二，县上要进行社火比赛，镇子的社火却组织不起来，韩玄子四处奔波，以公社文化站名义，召集各队队长，说了许多严厉的话，队长们就有了意见，当场顶撞起来：

“向社员要钱，社员哪有多少钱？谁家像你们家，大大小小都挣国家钱的！扮社火本是大家快乐的事，你们这么干，哪还会有什么兴头干呢？”

韩玄子也觉得这话实在，可怎么应付县上的比赛呢？他们这个镇的文化站一直受县上文化局表扬，难道这次露脸的时候，就放一个哑炮吗？回家来愁得饭也不吃。

二贝看见爹为难，说：

“我说不要管这些事，你偏要管，怎么着，是非全落到你的身上了！任它还闹社火不闹，天塌下来高个子顶，有他公社的干部哩！”

韩玄子说：

“胡说八道！真要塌火，我还有什么脸面到公社大院去？人家还敢再委托咱办事吗？”

他狠了心，说要自己先拿出三十元垫上，是好是歹闹起来十二上县，在县上中了奖，拿奖钱再还自己。二贝哭笑不得，问爹是怎么啦？腰里有多少钱？正月十五就要“送路”待客，正到了花钱的时候，客来一院子，你往桌上摆什么、端什么？！已经没几天了，烟还没有买，酒还没有买，莫非家里还有个银窖未挖？二贝娘在这件事上，立场是鲜明地站在了二贝的一边，嘟嘟囔囔起来，说去年夏天她到王书记家去，那个大屁股女人正在院里晒点心。天神，点心还晒！一晒一四六大席！人家吃不完，陈的已经要生虫，新的又有人送来了！瞧瞧这种当干部的！可咱的人当了站长，清水衙门！不但不进，反要往外掏！三说两说，韩玄子倒生了气，叫道：

“都不要说了！烦死人了！常言说：家有贤妻，丈夫在外不遭祸事。你们尽在我的下巴下支砖，还让我出去怎么指拨别人？！”

也就在这天晚上，王才到公社大院去了。

他的加工厂是初八就开了工的。开工的第一天，附近的一些代销店就来订货，数量要得很多，那作坊里就整天整夜机器响、案板响、油锅响。狗剩和秃子一边干活，一边说着村里的新闻。论到韩玄子的困苦处，热一句，冷一句，百般嘲笑。王才听见了，训斥他们不要在这里说东道西，自个却揣着一颗心去找张武干。张武干也在为社火上县比赛的事犯愁，见了王才，没好气地说：

“有什么事。过罢十五来谈吧！”

王才说：

“我不是来求你解决什么纠纷的。我问你，咱镇上的社火真的要上县去吗？”

张武干说：

“当然要去！到时候，你那里可不能强留人，队上需要谁去，谁一定得去！”

王才说：

“那是当然。听说社火的费用钱收不齐，有这事吗？如果真是这样，我想，能不能给我一个机会，好给大家出点力，我以加工厂名义，拿出四十元。”

张武干当时愣了，脸面上一时又缓和不下来。王才说：

“我这是完全自愿的，没有别的企图，因为我到底手头活泛些。如果怕引起别人议论，你不要对外人讲是我掏的，我保证也不说，只是为咱镇上不要丢人。”

张武干拿不定主意，把这事汇报给了王书记，王书记倒高兴，收了这笔钱后，便连夜来对韩玄子谈了。韩玄子纳闷了半天，疑惑地说：

“这王才到底不是平地卧的人呀！能保住他不对外人说吗？他要一说，倒使他落得一个好名。再说，收了他一人的钱，会不会丢了广大群众的脸？就是他真心真意，咱公社是否能将上次没收的那几根木料折价给他，权当是公社拨给闹社火的补贴？”

木料是半年前公社没收一个贩子的，一直堆放在大院，无法处理，又被雨淋得生了一层木耳。王书记和武干听了，都说这主意妙极！便让武干又去了王才家，讲明：闹社火是集体的事，哪能让一个人掏钱？这种精神是可嘉的，但做法不妥，公社决定将木料折价给他。王才也同意。

有了钱，社火又闹了起来。正月十二，十六台社火芯子抬到县城，韩玄子又是满面的光彩，专门派人做了牌楼，上面用金粉写了“四皓镇社火”五个大字。一到城关，就十六支一尺七寸的长杆铜号吹天吹地，八面笸箩大的牛皮大鼓，八张二人抬的熟铜黄锣，一齐敲打，满指望这次要全县夺魁了。

可是，社火一进县城十字街口，各路社火一抬出，韩玄子就傻眼了：茶坊公社的社火队是一排二十五辆汽车阵，领头的一辆是一面大鼓，敲鼓的头扎红布，腰系红带，左一槌，右一槌，上下跳跃，动作有力而优美，像是受过专门训练。后边汽车上的社火更是内容新鲜，什么“鲤鱼跳龙门”，什么“哪吒出世”；那偌大的荷花惟妙惟肖，花瓣竟能张能合，合着是白，张开是红，中间还有一粉团似的孩子现出。西河公社的社火则内容多得出奇，先是芯子十台，后是五十人两丈高的高跷，再是龙，再是狮子，再是旱船，再是社火须子：“范进中举”“失子惊疯”“公公背儿媳”……长蛇阵似的，前不见头，后不见尾。还有东山公社和柳林公社的花杆队、腰鼓队、秧歌队、竹马队，名目繁多，花样翻新，色彩夺目，造型绝奇。只显得四皓镇的人马寒酸可怜了。

韩玄子拉住一个公社的领队，问：

“你们这么大的气派，哪儿来的钱呀？”

回答说：

“要什么钱？这都是自发干起来的呀！你瞧，那一辆一辆汽车、拖拉机，都是私人的。往年一个队扮一台，今年是队上要扮队上的，私人要扮私人的，农民有了钱，就要夸富呢！”

韩玄子说：

“私人这么办，不影响旁人的情绪？”

回答得更响了：

“有什么情绪？政策让一部分人先富起来，一户富了，就能带动十户八户都富起来。大家都在争着富，是龙就成龙，是虎就成虎，八仙过海，各人会有各人的神通呢！”

韩玄子没有再敢问下去。

很自然，全县的社火评比，四皓镇没有中奖。

韩玄子一回到家，就感觉头很疼，便睡下了。

一家人都以为爹是太累了，也就没有当回事。可是，韩玄子睡过一夜，十三的早上第一次没有早起，直到二贝娘做好了早饭，他还没有起来。二贝娘进了卧室来喊，见老汉大睁双眼，连喊几声却不吭不响，当下就吓坏了。到厦房对二贝、白银说：

“你爹是怎么啦，从来没有这么睡懒觉的！你们快去看看，是不是病了？我的天神，后天就要待客，明日帮忙的人便来，他怎么就在这坎节儿上病了呢？”

二贝和白银吓了一跳，上来站在爹的炕头，一声声叫爹，问爹怎么啦？哪里不舒服？韩玄子说：

“你去公社叫王书记、张武干，就说我请他们来哩。”

二贝飞也似的赶到公社大院。王书记他们正在家里摸麻将，谁输了就钻桌子。恰好是王书记在钻，炊事员刘老头说书记太胖，可以免了。张武干不同意，坚持麻将面前，人人平等。二贝一脚踏进去，说明了情况，王书记便和张武干赶来，韩玄子说：

“王书记，张武干，我没有给咱把事办好，丢了公社的人了！我没有病，我只是想，我是老了，干不了这文化站的事，今年你们研究一下，就把这站长的帽子给我摘了。”

王书记却哈哈笑了，说：

“老韩，你这是怎么啦？有人说你的闲话？你不干这个站长，咱社里谁还能干呢？谁要说不三不四的风凉话，我们自会处理的！只要你还能跑得动，这站长就不要想卸掉，老同志嘛，许许多多的事还得你出马解决呢！”

书记的口气很坚决，使韩玄子大受感动。他从炕上爬下来，又摆了几盘菜，三个人一边说话，一边喝起来。书记一走，韩玄子就让小女儿去白沟叫来叶子和三娃，中午特意让二贝娘做了一点荤菜，把二贝和白银也叫上来，一家大小一起吃。饭桌上，三娃不断站起来为岳父敬酒，韩玄子有些兴奋了，就让二贝和三娃划几拳。二贝先觉得爹今天反常，后见又恢复了往日的情绪，也就划了几拳，还给爹敬了几杯。韩玄子脸色有些红了，话也开始多起来。白银说：

“爹怕又喝得多了吧！”

韩玄子说：

“多是多了些，要醉还早呢。我高兴嘛，我只说这次社火办得不好，可公社领导还看得起我！今日个，咱一家人都在这里，和和气气的也像一个家的样子，我心里还很盛哩！”

二贝见爹难得说出这话，心里也高兴，就越发讨好地说：

“爹，下午没事，我去把咱的芋头地整理整理，我的那三分地去冬浇了，我娘和我小妹的那五分地去冬水没浇上，满地土疙瘩，要敲碎了，再过半个月，我就开始点种了！”

韩玄子说：

“那么一点地，来得及的。下午，我有事要给你们说。本来一年到头，咱一家人该坐下来好好说说，总结过去的一年，规划新的一年，可这社火缠得我没有空。现在事情过了，后天又要办事，只有今日空闲，咱好好开个家庭会。”

二贝便说：

“好吧，我们也有话要给爹说说呢。”

碗筷收拾了，韩玄子就燃起炭火，二贝和三娃坐在一边拿烟来吸，叶子坐着织毛衣，白银捏不住女工，和小妹坐在一条长凳子上，一会儿把小妹的头发辫成小辫儿，一会儿又解开。

这种家庭会议，几乎成了一种制度，每年春节召开一次。那几年，二贝还没有结婚，大贝回家过年，最怕的就是这种会。说是家庭会，勿如说是训斥会。韩玄子每次主持，要求“大家都说”，结果没有一次不是“一言堂”。这会几乎从没有开成功过，常以炸会而结束。但这一次炸了，下一次还得开。白银在娘家是无拘无束惯了，先听说家庭开会，觉得怪是稀罕，过门参加第一次会，很认真地洗耳恭听，但听来听去，全是些老话、旧话、套话、废话，没一点儿新鲜的东西，听得她直打瞌睡。但她不能不来，来了又不能不坚持到底，一回到自己房里就要说爹的不是，她没有读过《红楼梦》小说，却看过越剧《红楼梦》，便认定爹就是那个贾政。

这会儿，大家都不说话，韩玄子也只是吸水烟。吸这种烟在农村是极少的。烟是大贝从兰州特意捎回的“百条儿”，烟袋是二贝接爹的班后，用第一个月的全部工资，讨买了一个新中国成立前任过伪县长的孙子的传家之物。一次装一小丸儿烟丝，一小丸儿烟丝一喷一口香儿。这镇上当然只有他韩玄子才能如此享受。二贝娘已经刷了锅碗，却还在厨房里摸摸盆子、挪挪罐子，迟迟不见上堂屋来。韩玄子说：

“他娘，你怎么啦？都在等着你了！那些盆盆罐罐，是什么稀世珍宝收拾不清？”

“你们开你们的，叫我干啥呀？我又不会说话，说话又不算话的！”

韩玄子说：

“你真是扶不起的天子！你说不了，是叫你做报告演说吗？你不会坐在这里吗？”

二贝娘拍打着衣服上的土，上来坐了，脸上笑笑地，说：

“好好，现在你开始吧！”

韩玄子便一本正经地进行开场白了。这开场白已经形成了多年来经久不变的言辞：

“现在，一家人就缺大贝两口，他们工作忙，不回来也就罢了。今日也没外人，咱一家人，好好坐一坐。一个家庭也就如一个国家，国家一年要开党代会、人代会，一个家庭也要开。外边的人听说咱还开家庭会，就感到奇怪，这是他们少见多怪。他们打哩闹哩，什么事打打骂骂就解决了；咱不，咱都是多少有文化的人，咱要开会解决思想问题。一年已经过去了，新的一年又过了十多天，过去的一年里这个家怎么样，咱们都要总结。

“下一步如何安排计划，咱们也都要有个想法。人常说：吃不穷，穿不穷，算计不到一世穷。去年一年，依我看，咱这个家过得不好。怎么个不好？首先是人心不齐，这主要的责任是在二贝和白银身上。白银是新到咱家的，就我思想，亲生的儿女和进门的媳妇都一样是儿女，手心手背都是肉。白银自小没娘，我只说过了门来，让你娘好好拉扯，白银也算有了温暖，有了母爱，你娘也算有了搭手。咱这家是多好的日子，拢共就分了那么点地，麦秋二茬收了，种了，就没事了，你就在家帮你娘做三顿饭，收拾收拾家务。可我这想法错了，白银是野惯了性子，在外干活肯出力，家里的活，眼里没水。为早晨扫院子、为烧水、为挑水，我不知说了多少回，就是不听。二贝身也沉，学校在家门口，三顿饭在家吃，吃罢饭，嘴一抹走了，天不黑不回来。一回来就钻到小房里，你两口嘻嘻嘻、哈哈哈个不停，可你娘呢，那么大的年纪了，还要刷锅、洗碗、挑水。你们良心上能过去吗？再一点，咱这个家真成了空架子。为什么呢？外边都在说咱家有钱，可一个子儿也存不住。当然，去年一年办了几件事：二贝结婚，叶子出嫁。咱虽在乡下，可除了水以外，什么不要钱呢？我一月四五十元，要管吃、穿，还要迎来送往。一个萝卜几头来切，一月撵不及一月。二贝的钱，我也不知道都干了些什么，除了买三十斤粮，说好每月交给我十元，可总是这月交了，下月就不交。结果，外边招得风声大，什么事旁人都把咱推到首头，咱有苦对谁说谁也不信。可话说回来，我也不是要儿女把钱都给我，也不是让咱一家人在外都是铁公鸡一毛不拔，那样子，即便是万贯家财，又能怎样？三一点，就是要注意影响，顾及大场面。在这镇上，咱是正南正北人家，交往必然就广，凡是来咱家能吃能喝的，那都是些有头有脸的人，万万不能怠慢。出门在外，又要学得本分。俗话说：一件衣服要穿烂，不要让人指烂。说到这儿我就有气，二贝你们结婚，也是到省城你哥那儿举行的，买几件衣服是应该的，可白银买一身西服，上衣只有两个扣子，在咱这地方怎么穿出去？你学你嫂子的样，也烫头发。人家在城里工作，环境不一样啊！还有那高跟鞋、拖鞋，手插在裤兜里走出走进……所以，我生了气，我把你们分出去了，分出去你们怎么过随你们吧。可一分出去，看着你们日子过得恓惶，我心里也不好受，想：这何苦呀，毕竟是咱的儿女呀。可再一想你们惹我生气，我就说：分了好，让他们也知道知道滋味。半年过去了，各自也都习惯了，咱就这样先过着吧。”

韩玄子只管一边吸烟，一边说下去。屋子里再没有一点声响。三娃是第一次参加这样的会议，实在没有耐力了，吸一根烟，又喝一杯水，又无聊地去翘火，一眼一眼看着火炭由红变白，由硬变软，由粗变细，只说岳父的话要结束了，没想那停顿是为了装换水烟。于是他不得不又去摸第五根香烟了。二贝已经习惯，他最好的办法是低着头想别的事情。虽然这一席话句句都是在诉说白银的不是，白银却并不急不躁。在这个家庭里，她的性格已被磨去了大半锋芒，她也聪明起来，学着二贝那种消极对抗办法。再说，这些话，老公公不知说过多少遍了，只要他一开头，她也能估准下一句的内容了。于是，两眼儿盯着天花板上的一个蜘蛛网。

冬天，这房子里炭火不断，蜘蛛活得很精神，密密地织着一个大网，后来就卧到墙角的一根电线上一动不动了。白银看着看着，将头垂下来，似乎做着一种静听的样子，实际却开始了迷迷糊糊的梦境。

“白银，你说说，我上边说的，是不是真的？若有一点委屈了，你可以说，我可以改。”韩玄子扭头看着白银。白银却毫无反应。二贝忙用脚踢了白银一下，白银忽地抬起头来。

“睡了！”韩玄子说，“我口干舌燥说了这一通，你倒是睡着了？！”

白银赶忙说：

“哪里睡了？爹说的，我句句都在听哩。”

“听着就好，我没委屈你吧？”韩玄子又说，“当然，过去的事已经过去，咱也不要多提。新的一年里怎么办？这是最关键的。一年一年过得好快，如今，叶子也出嫁了，虽说离镇上不远，可她还要过她的光景；小女子过了十五就去县中上学，家里是没有了劳力，我也好犯愁。这地谁种呀？这水谁挑呀？我还得靠你二贝、白银！你们要是好的，新的一年里就不要惹老人生气。白银在家多帮你娘干活，二贝在校，好好教书。学校在家门口，一定要学得活套。人家公社干部，官位就是再小，可在地方上还是为大，学校又在人家眼皮下，事事你要把人家放在位上。这样，于你好，于这个家也好。我嘛，我也有缺点，爱喝口酒，你们嫌我醉了伤身子，也是一片好心，我注意着就是。我脾气不好，这设法改。这一两年里，公社信任我，让干个站长，什么事又都抽我参与，不去不行，去了，村里一些人看不惯就要说，可能也惹了些人。我先前脾气也不是这样，就是退休后，家事、村事搅得我脾气坏了。我再叮咛一句：以后咱家出什么事，说什么话，谁也不能对外讲，外人有和咱心近的，也有成心拆这个家的。你说出去，这些人不是笑话，就是要从中挑拨。白银，听说你往王才家跑了几次，和那媳妇一说就是一下午！”

二贝听了，心里一紧，忙接住话说：

“这事我知道。年前我们到地里去，碰着王才，硬拉我们去家，也便去了，说些闲话。爹又听谁在加盐加醋了？”

韩玄子说：

“这号人家，少去为好。他家钱是有了，粮是有了，一家大小手腕子上戴上表了，可谁理呢？人活名，树活皮，以我这年纪，我也早该不干什么站长了，可担子又卸不了，还得干。这虽是小事，就从这小事上，可以看出不论什么时候，人缘是最重要的。总之，一句话，往后，你们要想使老人身体好、多享几年福，就先把咱家搞好，家里搞好了，你们在外也事事顺心。我就这些，你们都可以说说。”

二贝娘就对三娃说：

“你说说。”

三娃说：

“我没什么要说，让我二贝哥说吧。”

二贝说：

“爹都说了，去年家里不好，这怪我和白银的多。是我们的错，我们都要改，不对的地方，老人还要多指教。要叫我说，我只说一句，就是爹上了年纪，一辈子又都从事教育，退休后本来是度晚年的，也不该去文化站。我也知道爹不是为了那每月十五元的补贴才去的；也知道爹在外跑了一辈子，退休了寂寞，可也得看身体状况，能不干就不要干了。总的来说，你对农村的事还摸不清，现在形势又不比以前，什么都在变了，而且还在继续变。咱拿老眼光、老观点去看一些人、一些事，当然看不惯；一管，就可能会失误，这样下去，反倒不好了。既然已经干上，公社又信任，你就只管管文化站，别的事，他们拉你，你一定要推掉。对于王才，乡里乡亲的，这人爹也知道根基，不是什么邪门歪道的人。这几年发了，这是政策让人家发的，也不是他王才一家一户。爹正确认识他、理解他，能给他帮忙的就帮忙。如果事情做得过分，不光要得罪王才，我想以后可能得罪的人更多。农民要富裕起来，这是社会潮流，顺这个社会潮流而走，一不会犯错误，二也不会倒了人缘。”

韩玄子静静地听着二贝的话，他没有言语。他知道二贝现在已经长大成人，有妻有室，又在学校为人师表，若要再反驳，二贝必然还要再说些什么，吵起来，就又不好，大女婿三娃还在座呀！何况对于王才，他心里虽仍不服气，但也觉得过去有些事情做得过分了点。

他又抽了一会儿水烟，说：

“你说，有什么想法，你都可以说，我也是在外干了一辈子，还不是农村瞎老汉，只听好的不听坏的。”

二贝说：

“就这些。过去家里不和，当然有我们身沉不勤快的原因，但对待村里的一些人、事问题上，和爹意见不一致，给爹说，爹也不听，我们才故意置了气呢。”

二贝娘说：

“我也是这个意见。你管人家王才怎么样哩。他没有，他也不向咱要；他有了，咱也不向他借。国有主席，社有书记，咱管人家的事干啥？”

韩玄子说：

“从心底来说，王才这人我是看不上眼的。他发了，那是他该发的；可没想到他一下子倒成了人物了！我也不是说他有钱咱眼红他；可这些人成了气候，像咱这样的人家倒不如他了？！”

二贝说：

“爹这就不对了。国家之所以实行新的经济政策，是因为以前的政策使农村越来越穷。谁行，谁不行，也不是一成不变的。现在就是人尽其才的时候，咱能挡住社会吗？咱不让王才发家，人家难道就不发了？甭说咱，就是一个社，一个县，一个省，总也不能把潮流挡住啊！”

韩玄子说：

“好，他的事我以后少管。可我在这要把话说明，他王才能发了家，咱韩家更要争气把家搞好！后天给叶子‘送路’，这也是要人的机会，咱要鼓足劲，只能办好，不能办坏，要在外面把咱的脸面撑起来：明日一早，二贝你去把厨子请来，咱就在院子里支大锅，准备菜。白银给你娘当帮手，刁空将四邻八舍的桌子、凳子都借来。”

说罢，就让老伴去拿了算盘，一宗一宗计算来多少客，切多少肉，炸多少豆腐，熬多少萝卜，炒多少白菜，下多少米，喝多少酒，吸多少烟，一直又忙乱了一个小时，家庭会议才得以闭幕。历年来的家庭会议，这一次算是圆满的。二贝和白银一进厦房，白银就说：

“哈，爹这次总算听了你的话了！”

二贝说：

“爹心里还想不大通呢。爹是有知识的人，有些事能想得通，有些事就钻了牛角。后天待客，爹是押了大注的呢！”

十

农历十四的晚上，月亮是出奇地明亮。公社的露天电影院在放映电影，后塬村的自乐队在呜呜哇哇地吹唢呐，而关山公社的社火队来了上百人的队伍，在镇街的丁字街口拉开场子，闹得十分红火，锣鼓一声高过一声，声声入耳。韩玄子家的院子里，安装了六个大灯泡，人忙得不亦乐乎。肉是大清早就煮了的，三指厚的肥膘，砖面一样的块头，红糖熬就的酱，涂得紫里透红，红里泛紫。七只母鸡，十二只公鸡，在一阵小锤儿的击打下，一命呜呼，滚烫的一盆开水浇了，绒毛脱尽，硬翎也掉了，剖腹挖肚，油锅里就炸得哔哔叭叭响。鱿鱼、海参是没有的，但却有娃娃鱼，是特意托人从县上弄来的。厨师们是远近的名厨，他们三十年、四十年的做菜经验，都是蒸碗肉：方块、长条、排骨、酥片、肘子，至于别的烹调技术，他们是束手的。而鱼虽产于镇前河中，但山地人没有吃鱼的习惯，只是娃娃鱼被城里人吹捧得神乎其神之后，方有偶尔动口的，所以这些厨师们并不精于操作，只好鸡上油锅，鱼也上油锅。这鱼也怪，死而不肯瞑目。堂屋里，八条丈三长凳，支着四张大案，切萝卜的切萝卜，剁红薯的剁红薯，刀响，案响，凳子也响。二贝领着人在院子里挖灶坑，灶坑是七个连环，垒起灶洞，越来越高，越高越小，前是大环锅，后是二环锅，再是大锅，凸锅，铝锅，甑锅，薄锅。大环锅灶口搭上火，火顺坑道入内，一锅水开了，七锅水都开。白银在堂屋，寸步不离娘，娘切菜，她切菜，娘烧火，她烧火。耳朵里却总是声声锣鼓响，偷空出来解手，趴在厕所后墙往镇街方向看，那里半天映红，声响喧天，好一阵心急火燎。走回来，切菜切得又大又粗，烧火烧得毛毛草草，洗盆洗碗也湿水淋淋擦不干。娘就发急道：

“白银，白银，你这是干的什么活？”

白银说：

“娘，镇街好热闹哩！”

二贝听见了，恶狠狠地瞪了她一眼。

家里不时有人进来。韩家族里的一些长者，当队长的侄儿，巩德胜的枣核女人，水正的独眼老爹，都来了。他们说是来看看筹办得如何，有没有可以帮忙的，然而，不仅未能帮上忙，反倒忙上加乱，又耗费了许多炭火、茶水、烟卷，韩玄子却已经心满意足，感激地说：

“啊，真亏你们这般关心！有什么要帮忙的呢？你们这一来，帮忙不帮忙，就够我高兴的了！”

一切该准备的都准备了，只等明日搭笼上锅了，大家都坐下来洗手歇气，等着二贝娘做饭来吃。那当侄儿的队长却早出去请了那自乐队来，说是贺一贺喜。那六个吹唢呐的老汉就努着腮帮吹花鼓调《十爱姐儿》。调儿吹过三遍，有一老汉，双目俱盲，清朝末年人氏，当一辈子光棍，唱一辈子花鼓，却老不死，便从一爱唱起。咿咿呀呀唱到七爱，爱的正是姐儿的好裙子，二贝就一拉白银，如鱼脱网，双双向镇街丁字街口跑去。

丁字街口，火把灯笼一片通明，人围得城墙一般。小两口谁也顾不及谁了，只是往人窝里钻。白银个头小，身小瘦瘦的，终于挤进去，里边正耍“活龙”。两条龙，一是红龙，一是白龙，各是七人组成。红龙的人一身红绒衣，或是女人的红毛衣，头扎红绸。白龙的人一身漂白布衣，或是将白里子棉袄翻过来，头包白布。在紧锣密鼓声中，两厢忽上忽下，互绞互缠，翻，旋，腾，套。最是那摇龙尾的后生，技艺高超，无论龙头如何摆动，终是不能将他甩掉。“活龙”耍过，便是“走魔女”。七个妙龄女子，头上脚上穿绸着缎，还镶着金丝银线，在灯光下如繁星缀身。那粉红的裙子一层一层拖下来，下沿是以竹圈儿垂着，然后忸怩百态，一手执纱，一手提莲花小灯，作碎步状，酷似腾云驾雾，更如水面漂浮。观看者一声儿叫好，评价谁个走势好，“魔女”们越发得意，愈走愈欢。接着，一声长号，清悦惊人，便有十三个男扮女装的踩高跷的人跑出来，再一细看，那领头的却是戴有胡须的男子。霎时间铿铿锵锵，喊杀声连天，白银看不懂，不知道这是什么内容，旁边有人说：

“这是十二寡妇征西！”

“哪是佘太君？哪是杨排风？”白银知道这个典故，扭过脸儿直问。

“这不是白银吗？”旁边的人却叫道，“你爹没来吗？”

白银看清了，是公社王书记。

“王书记也来了！”白银说，“我爹在家忙哩，明日你早早来呀！”

王书记说：

“你爹忙，我就不去了。你回去告诉你爹，县上傍晚来了电话，县委马书记明日要到公社来，给一些人家拜年。让你爹明日中午一定到公社来迎接迎接。”

白银说：

“我爹哪能走得开呀？！”

王书记说：

“说不定马书记还要到你们家拜年哩！你给你爹说了，他必会来的。”

一直到月儿偏西，热闹的场面才慢慢散了。白银在街口碰上了二贝，两人走回来，厨师们、帮忙的人都回去了，院子里灯光已熄，堂屋里还亮堂堂的。韩玄子坐在火盆边吸烟，说：

“你们也真会快活，刁空就跑了！”

白银把见到王书记，王书记说的要迎接马书记的事给爹叙述了一遍，说：

“明日正忙，哪有空去迎接他呀！”

韩玄子说：

“还得抽空迎接呢！公社能看上叫我去迎接，咱便要知趣，要么，就失礼了。不知马书记来给哪几家拜年？”

二贝说：

“说不定还要到咱家来呢。”

他的话，不是认为马书记来了就会使韩家光荣；相反，他担心马书记来了，会不会反感这么大的席面？

“能来就好了！”韩玄子说，“正赶上咱办事，那这次待客就更有意义了！哎呀，那得再去备些好酒呀！”

二贝说：

“爹，你现在买了多少酒？”

韩玄子说：

“瓶子酒十五瓶：四瓶‘杜康’，三瓶‘西凤’，六瓶‘城固大曲’，两瓶‘汾酒’。散‘太白’二十斤。散‘龙窝’十二斤。葡萄甜酒六斤。怕不够哩，明日再看，若不行，就随时到你巩伯那儿去拿。不要他瓮里的，那掺了水，我已经给他说好了。”

二贝说：

“钱全付给人家了吗？”

韩玄子说：

“我哪有钱？先欠他的，以后慢慢还吧！”

二贝没有说什么，闷了一会儿，说：

“夜深了，都睡吧，明日得起早。”

韩玄子却说：

“你们都睡，我守着。灯一拉都睡了，肉菜全堆在地上，老鼠还不翻了天。”

他就守着一地的熟食，坐了一夜。

天一明，是正月十五了。韩玄子沏好了一杯浓茶，清醒了一阵头脑，兀自拿一串鞭炮在照壁前放了。十五的鞭炮，这是第一声。有了这一声，家家的鞭炮都响起来了。二贝娘、二贝、白银、小女儿就都起来，各就各位，依前天晚上的分工，各负其责。吃罢早饭，厨师和帮工的全都到齐，院子里开始动了烟火。肉香、饭香、菜香，从院子里冲出，弥漫了整个村子，不久，亲朋好友们陆陆续续就来了。本族本家的多半带来一身衣料当礼物，有粗花呢的，有条绒的，有的确良的，有卡其的，有棉布的，一件一件摆在柜盖上。村里的人，也陆陆续续来了，有三个娃娃的带三个娃娃；有四个娃娃的带四个娃娃，皆全家起营。他们不用拿布拿料，怀里都装了钱，互相碰头，商议上多少礼，礼要一致，不能谁多谁少；单等着记礼的人一坐在礼桌上，各人方亮各人的宝。那些三姑六舅，七妗八姨的，却必是一条毯子，或是一条单子，也同时互咬耳朵：上五元钱的礼呢，还是上十元钱的礼？五元少不少？十元多不多？既要不吃亏，又要不失体面。韩玄子就让二贝把陪给叶子的立柜、桌子、箱子，全搬出来放在院里上，架被子、单子、水壶、马灯、盆子、镜子。二贝娘最注意这种摆设，最忘不了在盆子里放两个细瓷小碗，一碗盛面，一碗盛米，旁边放一把新筷子。这是什么意思，她搞不清，但世世代代的规矩如此，她只能神圣地执行。

人越来越多，屋里、院里挤得满满堂堂。能喝茶的喝茶，能吸烟的吸烟，不喝不吸的人，就在屋里角角落落观看，指点墙上的照片，说那是大贝，那是大贝的媳妇，然后海阔天空地议论一番大贝如何有本事，大贝的媳妇是城里人，又如何好看。

韩玄子是不干具体活的。他是一家之主，此时却显示了一国之君的威风。对于干活的人，是招之即来，挥之即去；而客人一到，笑脸相迎，烟茶相递，大声寒暄。在吆三喝四、指挥一切中，又忘不了招呼小女儿，让注意一些孩子，万不能撕了门上对联，万不能折了院中花草。

气管炎最为积极，马前马后，寻桌子、找凳子。一忙就咳嗽，一咳嗽就憋死憋活，腰弯得像一张弓。间或就溜到厨房，偷空抓一片肉在嘴里吃了，别人看见，就忙说：是烂了、烂了！

十一点钟，韩玄子把侄儿队长叫到一边，说：

“县委马书记要来，公社要我也去迎接。我去看一下，说不定马书记也要来给咱拜年！你在这里指挥，我不回来，不要开饭。”

韩玄子一走，侄儿队长竟将马书记要来的话向来客宣布了。这消息使众人瞠目结舌，议论鼎沸，没有一个不激动、不羡慕的。当下有一群女人进屋围住了叶子，说：

“你好福命，马书记也来为你‘送路’了！”

消息很快又传到村里，一些不准备来的人也都来了。狗剩、秃子吃罢饭又要去加工厂，听到这消息，好不为难：去韩家吧，人家未叫；不去吧，怕又从此更使自己孤立，王才就是例子。想来想去，就打发老婆娃娃也拿了礼钱来了。

到了十二点，礼单上密密麻麻写满了人名，小女儿一直在旁看着所收到的礼钱，最后跑去对娘说：

“娘，一百八十元呢！”

娘说：

“这就好了，可以还账了。我直担心你爹这儿那儿借，客待完后怎么给人家还呀！”

十二点半，饭菜全部做好，韩玄子没有回来，不能入席。有人就不停地问：还不吃饭吗？肚子已经饥了！又过了一个小时，饭菜开始凉了，韩玄子还没有回来，客人有些乱了，喊肚子饥的人更多了。侄儿队长也急了，对二贝说：

“咱伯怎么还不回来？你去公社看看。”

二贝到公社大院，大院里并没有人。门卫老头说：马书记一来就到后塬一家专业户那里拜年去了，公社干部也全去了，韩玄子也跟去了。二贝回来说：还得再等等。

家里人着急，韩玄子更着急。他赶到公社后，王书记他们已陪马书记去了后塬，他便马不停蹄撵了去。马书记在那家专业户里，问这问那，只是不立即走开。他拉过王书记说：

“马书记下来还到哪里去？你没说我今天待客吗？能不能到我家去？”

王书记说：

“马书记说了，从这里回去，再去王才家拜年。”

“王才家？”韩玄子大吃一惊，“王才是什么东西，马书记去给他拜年？”

王书记挤了挤眼，悄声说：

“我也捉摸不透，他怎么就想起去王才家？他哪儿就知道个王才？！而且说王才的加工厂是个好典型，他要实际看看，准备将加工厂所需的面粉、油、糖纳入供应指标。”

韩玄子霎时间耳鸣得厉害，视力也模糊起来，好久才清醒过来，问：

“马书记怎么会知道王才的加工厂？”

王书记说：

“马书记说他收到王才的一份申请报告。这王才，这申请怎么不让咱公社知道知道？！”

韩玄子叫苦不迭：

“他通天了！他竟能通天了！”

两人默默地站在那里，互相对火点烟。暖洋洋的太阳照着他们，身下的影子拉得长长的，韩玄子第一次突然发现，那烟影在地上，不是黑的，也不是黄的，竟是一种暗红的颜色。

“那，”韩玄子抬起头说，“这么说，就不到我家去了？家里来了一院子客呀！”

王书记说：

“这样吧，到王才家，我和张武干陪同就行了，你把公社别的干部叫到你家去，改日咱再喝酒吧。”

“这，这……”韩玄子难堪极了。

“没办法，偏偏马书记今日来，我不能不陪呀！”

从后塬返回公社大院，马书记歇了一会儿，就要动身去王才家。当下王书记就派人小跑先去通知王才，自个倒劝马书记先喝喝茶。

王才今日一露明就开始生产，半早晨，小女告诉说韩家去的客很多，他心里就乱糟糟的，小女再要说时，他打了她一个耳光，骂道：

“你喊什么？你不喊怕人当你是哑巴？淘米去！”

小女不知其故，呜呜哭着淘米去了。他又觉得把孩子委屈了，只是闷着头搅拌面粉，搅拌完，又去油锅上忙活，炸了十几斤豆角糖，然后，又去案上包饺子酥糖。媳妇说：

“你去吃点饭吧！”

“不饥。”他只是不去。

这时候，公社报信人飞马赶到，说县委马书记要来拜年。王才痴痴地听着，如做梦一样；听完，倒冷冷一笑，又坐下忙他的了。那公社报信人气得大叫：

“王才，你好大架子！马书记要来拜年，你竟待理不理？！你知道不，人家批准你的面粉、油、糖列入供应指标的报告来了！”

王才这才一惊，说：

“这是真的？”

“真的。”那人说。

“不日弄我？”

“谁日弄你？”

王才大叫一声：

“啊，马书记支持我了！马书记来给我拜年了！”

边叫边往出跑，跑到大场上，场上没人，自觉失态，又走回来，张罗家里的人放下手里的活，扫门院，烧茶水，自个又进屋戴了一顶新帽子。

最高兴的，还有狗剩和秃子。他们也停止了生产，急忙赶回家来找老婆、娃娃，让他们不要去韩玄子家吃席了。但家门上锁，人已经去了。秃子就跑到韩玄子家外的竹林边上，粗声叫喊自己的老婆，说：

“回吧，马书记要给王才拜年了，要支持我们工厂了！”

韩家院里正是人人饥肠辘辘，对迟迟不开饭极为不满，有人发现厨房后檐的荆笆上窝有软柿，便偷偷地上去拿了来吃。听到秃子叫喊，就炸开了，说：

“什么？马书记不到这里来，去王才家了？”

有人立即跑出来看热闹。更多的人则疑惑不解，以为是谣言。出来的人看见了秃子。秃子的老婆正对秃子说：

“饭还没吃呢，我已上了二元钱的礼了！”

秃子说：

“不要了，只当是咱丢了，失了，喂了猪了！”

二贝娘正随着一些客人出来看究竟，听了这话，气着说：

“秃子，你嘴里放干净些！我稀罕你家来吗？去叫你请你了吗？你这么没德行的，你骂谁呢？”

秃子说：

“我就骂了，你把我怎么样？你们还想再压我吗？你们厉害，有钱有势，可马书记怎么不到你家来？！”

“你这条狗！”二贝娘气得手脚直抖，眼泪哗哗的。二贝跑出来，拉住了娘，秃子一见二贝，低头就逃走了。

这一下，院子里的人都知道马书记是真的不到这里来了，有一些人就向王才家跑去。一人走开，民心浮动，十人，二十人，也跟着去了，院子里顿时少了许多。二贝娘胆儿小，心事大，挡这个，拉那个，急得眼泪又流下来，对二贝说：

“你爹呢，你爹死到哪儿去了？他不回来，这怎么收拾！不等他了，咱开饭，开饭！”

就让侄儿队长安排客人入席，队长喊气管炎，让把桌子往堂屋搬，把所有门扇卸下往院子摆。堂屋是上席，院子里是下席，各就各位。但队长喊了几声，却没了气管炎的人影；他早到王才家去了。

好容易人入了席，韩玄子和四个公社大院的干部回来了。人们一看，韩玄子脸色铁青，虽还在笑，笑得苦涩、笑得勉强。所领的四个公社干部，一个是管生产的小伙，一个是抓计划生育的妇联主任，一个是会计，一个是管多种经营的老头。韩玄子让四个干部堂屋坐了，叫二贝放一串鞭炮，然后将酒取出，凉菜端上，给各位敬酒。

韩玄子说：

“坐了几席？”

二贝说：

“十五席。”

二贝娘说：

“村里好多人都走了，去王才家了，还等不等？”

韩玄子说：

“不等了！走了的就走了吧！”

便自个端了酒杯，站在堂屋门口，高声说：

“一杯水酒，都喝啊！”众人抿了一点就放下，他却一仰脖子将满满的一杯灌下肚了。

十一

马书记在王才的加工厂里，一边细细观看操作，一边问王才筹建的过程、生产的状况和销路问题。听着听着，他高兴得直拍自个脑袋。他的脑袋光亮，肉肉的，无一根毛发。这是一位善眉善眼的领导，不但无发，亦无胡须，人称“和尚书记”。这“和尚书记”开的会多，管的事多，抓的点多，寻的人多，唯独睡觉时间不多。虽是“和尚书记”，但由于他有胆有识，有勇有谋，全县基层干部又无不惧怕他三分。他当下就对王书记说：

“你们公社有这么个大能人，你们怎么不声不吭？！”

那眉眼儿还是善善的，质问却使王书记张口结舌了。

王才说：

“这也全亏公社支持哩！只是我才干起来，咱是农民，没干过工，也没经过商，试着扑腾哩。”

马书记说：

“就是要试着扑腾。现在的农民，仅仅靠那几亩地，吃饱可以吃饱，但日子也不会过得太好，这就要向农工商三位一体发展！南方一些地方，人家就是这么成起事的。我还以为咱山地没这个基础，你倒先闯出路子了！王才，我得谢谢你哩！”

“谢谢我？”王才失声叫了起来。

“是要谢谢你！全县有条件的都来学你。不要说几千户、几百户，就是十几户，那也会了不起的！现在厂里是多少人？”

“十八人。”王才说。

马书记说：

“还可以多。”

狗剩在旁插嘴说：

“我们还要买烤烘机，做面包、点心哩！我们正在搞上下班作息时间、岗位责任制这些规章制度，要逐步走上正轨哩！别看我们经理貌不惊人，那肚子里，是下水吗？不，是气派，是技术，是才干啊！”

马书记问：

“谁是经理？”

狗剩说：

“就是王才呀！”

王才忙用脚踢狗剩，马书记就笑了：

“是才干，是才干！不显山不露水的，还真看不出哩。我一收到那份报告，就高兴得连夜找了副书记和县长都看了，报告写得不错，你是什么文化水平？”

“中学没毕业。”王才不好意思了。

“哈，那报告有理有据，又蛮有文采哩！”

王才不敢说这报告是二贝写的，偷眼儿看王书记的脸色，王书记正对他笑，拍拍他的肩，说：

“王才，马书记都在支持了，好好干，以后有什么困难，你就直接到公社找我啊！你怎么总是不来呢？”

王才嘿嘿地也笑了：

“这都怪我没出息呢，我走不到人前去呢。”

王才的媳妇已经在院里安放了八仙桌，桌上一盘一盘堆满了各种酥糖，悦声地招呼客人品尝。院门口，一伙人拥在那里，或趴在墙头上，指指点点议论谁是马书记，终于看清一个和尚脑袋，和小个子王才坐在一条凳子上。就有人说：

“嚯！王才和书记平起平坐了！”

王才看见门外乱哄哄的，就喊着让都进来。那些人却不敢进，后边的一推，前边的人不自觉地前倾，前脚就进来了。进来一条腿，身子就进来；进来一个，八个、十个、二十个、三十个，就全进来了。这些乡亲，王才个个认识，但很久以来，这里门槛虽不高，又无恶狗，却是不肯到这家院内来的。这阵进来，便四处观看，一边看一边大惊小怪。那狗剩和秃子就轻狂忘形，介绍这样，又介绍那样，还拿了酥糖让外人尝。秃子说：

“我就说了，王才不是等闲之辈，能翻江倒海成气候哩！怎么样？来不来？要来，我给你走后门！”

“这能成？”那些人问。

“怎么不成？马书记是共产党的书记，是社会主义的书记，他来给王才拜年，就是代表党、代表社会主义来的！你算算，眼下在这镇子上，最有钱的是谁？王才。最有势的是谁？还不是王才？！”这是狗剩在回答。

气管炎就挤过来，说：

“狗剩哥，要我不要？”

“你？”狗剩说，“这要研究研究，我们厂也不是什么人都要，这要看身体行不行？卫生不卫生？是不是耍奸取巧？是不是小偷小摸？你不是跟韩先生跑吗？”

气管炎说：

“人往高处走，水往低处流哩，你揭什么短！”

说着就从怀里取出一串鞭炮，站在大门口放起来。这鞭炮是他特意儿为韩家买的，却在王才家门口大放一通。

随同马书记一块儿来拜年的，是县委宣传部的通讯干事。末了，他要为马书记和王才照个相。王才人不景气，一辈子也没有进过照相馆，当下倒不好意思了。马书记说：

“王才，照一张，从初三起我就全县跑着拜年，又都愿意和主人留个影。你们好好干，今年夏季，县上要召开个体户和专业户的代表会，全县人民还要给你们披红戴花呢。”

王才就正正经经和马书记站在一起，王才的媳妇却把王才拉过去，说：

“你就这一身油脂麻花的衣服呀？快去换身新棉袄！”

“这身就好！”王才边说边去作坊拿了一件生产时系的围裙，说，“这就更好了，干啥的穿啥嘛，明年，做一套工作服。”

直到下午三时，马书记才离开了镇子。但是镇子里的议论竟一直延续了三天。人们在家里谈说这件事，在街巷碰头了还是谈说这件事。三天后，要求加入加工厂的又有了四人，当然都是王才精心挑选的。同时，县上寄来了王才与马书记的合影照片，放得很大。王才的形象并不好看，衣服上的油垢是看不见的，但他并没有笑，嘴抿得紧紧的，一双手不自然地勾在前襟，猛地一看，倒像一个害羞的孩子。

王才却珍贵这帧照片，花了三元钱，买了玻璃镜框装了。中堂上原是小女儿布置的，满是美人头的年历画，王才全取下来，只挂两个镜框：一个是专业户核准证，一个就是这合影。媳妇说：

“那画多好看呀，红红绿绿的。”

王才说：

“你懂得什么？这就是保证，咱的靠山呢！”

于是，王才家里的人开始抬头挺胸，在镇街上走来走去了。逢人问起加工厂的事，他们那嘴就是喇叭，讲他们的产品，讲他们的收入，讲他们的规划；讲者如疯，听者似傻。王才知道了，在家里大发雷霆：

“你们张狂什么呀！口大气粗占地方，像个什么样子？咱有什么得意的？有什么显摆的？有多大本事？有多大能耐？咱能到了今天，多亏的是这形势，是这社会。要是没有这些，你爹还不是一天只挣六分工？就是加工厂办起来，还不是又得垮下来！记住，谁也不能出去说东道西，咱要踏踏实实干事，本本分分做人！谁也不能在韩家老汉面前有什么不尊重的地方！”

王才说着，自己倒心酸得想流眼泪，他也说不清自己心中复杂的感情。家里人从此就冷静下来，再不在外报复性地夸口了。当然，王才这话是对家里人说的，家里人没有对外提起，外人是不知道的，韩玄子更是不知道。那天，公社干部送走马书记后，王书记和张武干就又赶来参加韩玄子家的“送路”。来时，客人已吃罢饭散了席。二贝和白银不在，还送借来的桌椅板凳、锅盆碗盏去了。二贝娘在院子里支了木板，铺了四六大席，将大环锅里的剩米饭晾起来；米下得太多了，人走得太多了，剩了近一半。二贝娘见王书记他们进了院，乍着双手叫道：

“王书记，张武干！”

声音颤颤地说不下去了。王书记问：

“老韩呢？”

“睡了。”二贝娘说，“人还没走清，他就喝醉了，睡了。”

两人进了卧室，韩玄子听见响动要翻身起来，两人劝睡下，老汉却还是起来了，昏昏沉沉的，却要给他们重新备饭备菜备酒。两人推辞不过，吃喝起来，韩玄子说：

“我特意留下来一瓶汾酒，来，咱喝吧，我知道你们是要来的。你们信得过我，我也信得过你们啊！”

两人不让老汉再喝，韩玄子却坚持自己没醉。喝过三盅，韩玄子却没了话，王书记和张武干也没了话，三人只是闷闷地喝。间或只是：

“喝呀！”

应声道：

“喝。”

就喝了。

二贝和白银送还了东西回来，又在院里拾掇了好长时间，竟才知道爹在堂屋里陪王书记他们喝酒，觉得奇怪：多少年来，他们喝酒总是吆三喝四，猜令划拳的，今日怎么却喝哑酒？

二贝娘说：

“你去给王书记他们敬酒，不敢让你爹再喝了；喝多了，晚上非发脾气不可，家里又不得安生了，明日还要到白沟去呀！”

二贝走进堂屋，给王书记他们敬了酒，见爹眼光发直，就说：

“爹，你不敢喝了，我来陪王书记、张武干吧。”

韩玄子说：

“我没事。你去把叶子叫来，我有话给她说。”

叶子去泉里挑水，回来了，韩玄子说：

“叶子，明日你们那边招待几席客？”

叶子说：

“不是给爹说了嘛，那边没人手，不招待村里人，本家是一席；咱这儿本家去两席，再没人了。”

韩玄子说：

“你听爹说，今天咱饭菜剩得多，今夜晚，你们把这饭菜拿过去，明日就多待几席，要么剩下也吃不完。二贝，你去村里，多叫些人，明日能去的就都到白沟去！”

按风俗，“送路”后，第二天就在男方家举办婚礼——天一明，新女婿领了帮工的人，到女方家放鞭炮，提礼物，抬箱抬柜。然后新嫁娘披红戴花，到男家一拜天地，二拜列祖，三夫妻对拜，就入洞房，坐一新席，一天一夜竟不吃不喝不屙不尿了。然后是唢呐锣鼓的吹打，然后是杯盘狼藉的吃席——当然，叶子和三娃是属于先结婚后仪式，一切程序就有了理由取消和减少，他家的待客纯属象征性的了。但韩玄子酒后却撕毁了先前的协议，又要再大闹一次。叶子是听爹的；三娃有意见却不敢发作；二贝也是不满，但立即又体谅了爹；一肚子的无限同情，出来对娘说了，心里还是酸酸的。娘说：

“就全依你爹吧，要不真会伤透他的心哩。”

“这全是爹自己作弄了自己呀！”一出门，不知怎的，二贝眼泪倒要流下来。他在村里请人，自然也有答应去的，但也有一些婉言推辞的，那气管炎，竟叫道：

“我明日要上班呀！”

“上班？”二贝也糊涂了。

“到加工厂上班呀！”

二贝死死地盯着他，两个榔头似的拳头提在了腰间，但他没有打，也没有骂，那么一笑，就走了。气管炎在第二天上班的时候，王才却突然宣布拒绝了他。

十二

正月十七，一年一次的春节终于过去了。辛辛苦苦的农民，劳作了一年，筹备了一个腊月，在正月的上旬、中旬里吃饱了，喝足了，玩美了。他们度过了他们最豪华、挥霍的生活之后，面瓮里的面光了，米柜里的米尽了，梁上的吊肉完了，酒坛里的酒没了。当然，肚子里才萌生的油水也一天一天耗去，恢复了先前的一切。白日最长，青黄不接的春播季节来到了。

二三月里是最困人的季节。韩玄子的感觉似乎比任何人都更严重。他明显地衰老了，饭量也不比年前。他突然体验到了人到了晚年的悲哀，一种怕死的阴影时不时地袭上了心头。这使他十分吃惊。他曾经讥笑过一些人的这种惶恐，没想现在自己竟也如此！

二贝娘是最了解老汉的。夜里当她一觉醒来，总是发现韩玄子还没有睡着；第二天一早睁开眼，炕上又没了韩玄子的影子。他越来越没了瞌睡，长久地坐在照壁后的门槛上，或者是在四皓墓地的古柏下，喝茶、吸烟。但绝不再做那些健身的活动。白天也很少出门。他的兴趣似乎转移到饲养那一群无思无想的鸡，务植那一片不言不语的花。

他不肯多说话，偶尔笑笑，还是无声的。

“你怎么不去文化站呢？报刊阅览室今天还不开门吗？”二贝娘总是提醒他，盼望他出去走走。

“我已经给王书记说了，”他说，“他们觉得我不行了，就会换了我的。”

二贝学校里，每天早晨要上操。他一起床，白银便也起来，把缸里水挑得满满的，院里尘土扫得净净的。但拖鞋还是依旧穿着。天暖和了，还换上了那件西服，露出里面那件好看的毛衣。韩玄子看着当然不中眼，却不说。

白银对二贝说过：

“爹的脾气好多了，现在喜欢在家里待了。”

韩玄子是越来越看重了这个家，也越来越要守住这个家。家里的财政大权，比任何时候都抓得紧：给大贝去信，要求他月月寄钱，最少十元，只要良心上不忍，十五元、二十元也是不多的；正经八百告诉二贝，每月五元钱必须十号前上交清楚；钱一文不给小女儿，钱的数目甚至也不告诉老伴。

对于爹的要求，二贝是不敢违抗的，交够了五元，竟第一次买了酒给爹提来，说：

“爹，你也该喝喝酒了，少喝一点，对身子会有一定好处哩！”

“是要喝喝了。”韩玄子说着，似乎才记起已经很久没有喝酒了。就在傍晚的时候，来到巩德胜的杂货店。

巩德胜照例舀了酒，那枣核女人竟还拿出一盘酥糖。他吃了一颗，觉得好吃，又吃一颗，再吃一颗，说：

“这是西安进的货吧，这么酥的！”

巩德胜说：

“哪里能到西安进货？这是王才加工厂的。”

韩玄子不吃了，他并没有说出什么，但只喝酒，不再用牙。

巩德胜知道了韩玄子的心病，却又忍不住地说：

“韩哥，你听说了吗？村里人都在说马书记为什么知道王才，就是因为王才寄了一份报告，可这报告不是他写的呢。”

“唔。”韩玄子酒到口边，停住了。

“是二贝写的。”巩德胜说，“我就不信，二贝是咱的孩子，他怎么能写呢？”

“唔。”韩玄子又平静地慢慢喝起酒来。

他回到家里，并没有将这件事说给老伴，也没有将二贝叫来质问，他装着不知道，或者他已经忘了。

他只是月月按时接受大贝、二贝的孝敬钱。

钱，钱，钱对于韩玄子来说，似乎老是不够。农村的行门户太多了，礼太重了，要买粮，要买菜，要给鸡买饲料，要吃得好些，穿得新些；他偷偷在信用社有了存款，却对二贝说：

“常言说，父借子还。咱这房子，虽说还好，但左边的两间有些漏，夏天眨眼就到了，要翻修。要翻修就要添砖、添瓦、备水泥、石灰，请木工、瓦工，没有一百五十元下不来，这笔钱我来借，就让大贝去还了。过年待客，花了那么一堆，家里越发虚空，我也无法还清：欠巩德胜六十元，欠张武干五十元，你二姨二十元，我思谋了。这笔钱你得去还了。”

二贝默默认了。

三天后，韩玄子每每起来，就不见了白银，中午回来做吃了饭，人又不见了，直到天黑才回来。他觉得奇怪，问老伴，老伴说：

“二贝和白银要给你说，我把他们劝了，特意儿不给你说的。白银到加工厂干活去了。你千万不要生气，也不要骂他们，要骂你就骂我，要打你就打我。二贝就那么一点工资，手头紧，外欠的账拿什么去还？现在地里没活，不让白银去挣些钱，家里就是有金山银山，能招住坐着白吃吗？”

韩玄子看着老伴，眼睛瞪得直直的，末了，就坐下去，坐在灶火口的木墩上。屋外，起了大风，呜呜地吹。老两口一个站在锅台后，一个坐在灶火口，木雕了一般，泥塑了一般，任着风冲开了厨房门，墙上挂的筛箩儿哐哐地动起来。韩玄子去了堂屋，咕咕嘟嘟喝起酒来，酒流了一下巴，流湿了心口的衣服，他一步一步走出去了。

风还在刮，院子里一切都改变了形状和方位。鸡棚里母鸡的毛全翻起来；猫儿顺风势跳上院墙，轻得像一片树叶；一片瓦落下来，眼看着碎了。只有那仅活着的一株夹竹桃，顶端开了一朵红花，千百次倒伏下去，又千百次挺起来，花不肯落，开得艳艳的。二贝娘听见老汉从院门出去了，好久没有回来，跑出来找时，照壁前没有，竹丛边也没有，而在那四皓墓地中，一株古柏下，一个坟丘顶上，韩玄子痴呆呆地坐着，看见了她，憋了好大的劲，终于说：

“他娘，我不服啊，我到死不服啊！等着瞧吧，他王才不会有好落脚的！”

——选自《小说选刊》1985 年第 2 期

制造声音

我去采访这个州刚刚离休的专员。采访结束后我们坐在客厅喝茶，他却放了一段录音问我听到什么，我说是风里的树声。是树声，他说，你听得懂这树声吗？

有树风就有了形状，但风里的树是要说话的。

你知道，这个州是一个贫困的地区，但因处在交通要道上，过往的官员就特别多。我已经是上些岁数的人，实在不宜于干那些恭迎欢送的事，当组织上安排我来，我就想提前离休，或者调往省城寻一个清闲的部门，拈弄笔墨，句读里暗度春光罢了。但到任后的那年秋天，我改变了心态，就一直在州里干了五年。

秋天的这一日，因下乡崴了左脚，在专署里调养，正读一册闲书，上有“留此一双脚，他日小则拜跪上官，胼胝民事；大则跨马据鞍，驰驱天下”句，嘿然而笑，却接到通知：省上又要来一位官员。差不多成了定规，大凡省城、京城来了重要人物，除了布置安全保卫措施，州城的社会环境得治理，卫生得打扫。公安局局长就将城中的小商小贩全集中到城南角一条巷中，几条主要街道两旁都摆上了花盆。而一些破烂地段无钱改造，就统统砌了大幅广告。他们在向我汇报时，特意指出已将一个长年在城中上访的疯子用车拉到城外五十里的地方去了，因为这疯子形状肮脏，而且叫嚣省上来了大官他要拦道喊冤呀。

省城的官员到了，他十分的年轻。我的左脚打了封闭针，和地委书记汇报了我们的工作，再听取和认真记录了他的指示，然后陪他参观几个点。那个下午，我们从城南 ×× 县回来，才要步行去视察我们的商厦，十字路口那里就拥了一堆人，听得很嘶哑的喊声："树会说话的！树真的会说话的！"我立即知道出了事，脸都气红了，公安局局长就跑过来拉我在一旁说，那个疯子谁也没有料到又出现在了城里，而且抱着那电杆拉不走，围观的群众就很多。他向我检讨着他的工作过错，我没时间去训责他，忙鼓动着省上的官员从另一条巷子转过去，但我仍听到那个嘶哑的喊声"树会说话的！树真的……"后边的话"唔"了一下，可能是被手捂住了。地委书记在介绍着那条巷里的明清建筑，我趁机退后，招手让公安局局长过来问，疯子怎么喊树会说话的？公安局局长说，他是为一棵树疯了的，就为一棵树多年在城里上访，满城人没有不认识他的。我说我来这么久了，怎么不知道？公安局局长说一个疯子他怎能进了专署大院？我说，你去告诉他，让他不要找省上人，天大的冤枉，晚上到我办公室来说。

晚上，安排了省上官员在宾馆休息后，我虽然累着，但心轻松下来，也并没有睡意，在办公室等待那疯子。左等右等没来，我开始练书法。我这身份不可能去歌舞厅，不可能与人打麻将，下班之后就把自己关在办公室读书练字，我业余唯有这爱好。写了一幅古人句："死之日，以青蝇为吊客；使天下有一人知己，死不恨。"公安局局长就亲自坐车把疯子拉了来。疯子竟是下午被关进了拘留所的，我对公安局局长大为光火，并且赔情道歉。

疯子是一个七十岁左右的老头，个子高大，但枯瘦如柴，头发和胡子已成毡片，浑身散发着一股难闻的酸臭味。老头进拘留所似乎并未介意，对公安局局长的道歉也无动于衷，只嚷道："树会说话的！树是 1948 年栽的！"公安局局长说："你嚷什么呀？这是专员！"老头说："专员，树会说话的！"公安局局长就吓唬了："你再嚷？！"老头偏梗着脖子，脖子上爆起了几条青筋说："树就是会说话的！"我说："好吧，树会说话的。"老头得意地看了公安局局长一眼，一条清涕就吊在鼻尖，一把捏下来要揩向桌腿，后来还是揩在身上的裤腰处。我让他坐，他说他不坐，公安局局长说："让你坐你就坐！"按他在椅子上。我摆摆手让公安局局长出去，开始询问老头。

你叫什么名字？

杨二娃。

哪个县里的？

×× 县 ×× 乡东洼村。

多大岁数了？

不大，才七十还差十天。

你有什么冤枉事？

树是 1948 年栽的，不是 1952 年栽的。怎么能是 1952 年呢？不是 1952 年，是 1948 年。树会说话的。

就为这事吗？

就为这事。

你告了多少年了？

十五年零三个月。

为一棵树值得告十五年？

可树就是 1948 年栽的，为什么要说是 1952 年栽的？

这点事村里就可以解决嘛！

德贵是坏人！

德贵是谁？

村长。他谋算这棵树哩，他想收回去再买了给他爹做棺材的。

你找过乡长吗？

人家在一个壶里尿！

一个壶里尿？

德贵的婆娘是个卖 × 的，她和乡长……

住嘴！你怎么这样骂人？

我不骂了。

你说吧。

乡长我找过三十二次，他派人打我，我到县上去，县上的县长们我都找过，县长两年就换了人。张县长说要解决，但他调走了。又来了陆县长，他让乡里解决，乡里不解决，向上反映我是刁民。我不是刁民。我又找刘县长，王县长，马县长，他们都不理我了，说我是疯子。我是疯子吗？

不是疯子。

不是疯子！树是 1948 年栽的就是 1948 年栽的，我要是疯子我能记得树是 1948 年栽的？

你说树是 1948 年栽的，那树还在吗？

在的。它今年老了，身上有一个洞，东边那个枝丫枯了，那原先上边有个鸟窠的，八月初三的夜里刮风，窠就掉下来，这窠应该归我的，村长的儿子却捡了去，那是能做三天饭的柴火哩，我去……

你说树是 1948 年栽的，你有什么证明？

我老婆证明。1948 年春上我和我老婆去她娘家当天回来我栽的，栽了树老婆给我擀的宽片杂面，调的干辣面，没有盐的，老婆说你将就将就吃。

那你老婆怎么不出来证明？

她死了。这娘儿们害了我一辈子，该她做证的时候，她就上吊死了！这狗娘儿们，她死了我懒得给她烧倒头纸，别人家的老婆都是帮夫运，她却猪一样要我养活！

还有什么证明？

拴狗那老怂能证明。我栽树时他正在地头捡粪哩，但他瞧别人都是说树是1952年栽的，他就说他记不住陈年老事了。拴狗老怂我瞧不起他！没人做证明，可树会说话呀，他们就是不去听！

家里还有什么人？

一个儿子，死了。儿子是好儿子。他像我，村人都说我们是一个模子倒出来的。儿子陪我去县上上访，回来搭的拖拉机，拖拉机翻了，我没事，拖拉机却压在他肚子上，肠子就压了出来。我那老婆向我要儿子，我骂了她，她就死在绳上的。

嗯。

专员，树肯定是1948年栽的，不是1952年栽的，你去听听，树会说话的。

杨二娃——

在的。

就这样吧。你拿上这点钱，明日去车站买了票回去。不要再跑了。我派人很快去给你落实，是1948年栽的就是1948年栽的，是1952年栽的就是1952年栽的，我给你个结果。

是1948年栽的！如果你们硬要说不是1948年栽的，我还要告的。你叫什么名字？

惠世清。

那好。那我就告德贵，乡长，王县长、张县长、陆县长、刘县长、马县长，还有你惠世清，惠专员！

送走了省上的官员，我打电话给××县的马县长，托他把有关杨二娃的档案材料送上来。马县长亲自来州城向我汇报，杨二娃竟没有什么档案材料，但马县长知道这件事，说这棵树是在东洼村南头，树下的那块地新中国成立前属杨二娃的地，新中国成立后土地收公，树却归私人。那时树小，谁也没在意，后来树大了，杨二娃说树是 1948 年栽的，树权归他私人，村里人说树是 1952 年栽的，1952 年栽在地头的树应归村里。村里每年要伐，杨二娃都护树，他把旧屋拆了重新盖在树下，现在树身就长在屋当堂里。

就为这棵树，能值几个钱？马县长说，农民爱认死理，杨二娃疯疯癫癫告了十五年，活得真没个意思！

那你说，怎么活着有意思呢？

我训斥着我的部下，命令他们组织个专案组，去东洼村落实这件事，树是有年轮的，可以请一些专家考证一下树到底是 1948 年的还是 1952 年的。

专案组很快就回来了，考证出树是 1948 年栽的。我做了批示：树归属于杨二娃。

这件事就这样结束了。

第二年春天，×× 县旱象严重，我下去检查灾情，突然想起了杨二娃和那棵 1948 年栽下的树。我和马县长坐车往东洼村，打问杨二娃，村人说，杨二娃吗，早死了！

杨二娃死了。这老头瘦是瘦，精神头儿还好，而树被断定为 1948 年栽的，又归属于他，冬天里他就病倒了。一开春，地气上升，病又加重，不知什么时候咽气在家里，村人发现了的时候，人已经僵硬。

马县长说，这老头，他要是继续上访，可能还要活着。

马县长的话是对的，这么说，是我害死了这老头。

嗐，朝闻道，夕死可矣，这是孔子说的吧？马县长指着一个小虫子，小虫子是从树上吊一条丝下来的，但小虫子是死的：这小虫子也闻道了！

这树要是不断定为1948年栽的，老头就一百年一千年地活下去吗？

树依然活着，树是常见的那种椿树，确是老得身上有了洞，除了东边的枝丫枯了，西边的枝丫也枯了，树身三分之一在一间歪歪斜斜的屋子中间。杨二娃因是孤人，死后村人就以他家的柜做了棺材，在屋中掘坑下葬，这房子也锁了门，让它自废自塌了将来就是坟丘。

我说，给老头奠奠酒吧。

秘书去买了一瓶酒，我就把酒全浇在屋前。这时起了风，风是看不见的，但椿树枝叶摇摆，嘎嘎作响，风就有了形状，树也有了声。老头给我说过树会说话的，树会说什么话呢？我听不出来，便用录音机录了。

多少年里，我一直在企图听懂这树声，你听听，这树在说什么话呢？

——选自《小说选刊》1996年第12期

观我

一

王小二，男，1965年生人，市政府办公厅后勤处一般干部。夏天里陪娘去观音庙烧香，娘又是为自己求长寿，又是为儿子求婚姻，三磕六拜的；王小二无所事事，去读一块石碑，蓦地读到“菩萨观世观音观色观形观我”，心有所悟：世人只知道观音一词，并不多知观我二字，这观我二字取作人名多好！人的名字是自己的，但别人叫得最多，名字取得好了，必然能带来好运，名字取得不好，带来的哪有好的信息？原来自己一直不发达，都是因了王小二三字太庸俗低贱呢。于是，决定改王小二为王观我。

二

观我改名在下午，是第二天中午发生的日全食。日全食的时候，后勤处的人都跑到楼顶上去看，观我也跑去看，没有看上贝利珠，却看到了日冕：团状的光雾包裹了太阳，又两边扯动，太阳就像一只硕大的眼。人眼在看着太阳眼，太阳眼在看着人眼，对视对视——人是禁不住被看的——人们差不多有些害羞了，觉得要出什么灾难。观我却认为吉祥，硕大的眼睛在天上看他，与自己改名肯定有关。

“小二呀！”朱贵在叫他，叫得懒懒的。

住宅楼区巷道的电线杆下，鞋匠朱贵没活儿要做，枕着一个青皮西瓜开始打盹。看日全食的时候，朱贵没有用蜡烟熏黑的玻璃片，眼睛受了伤，眯着睁不开；瞧见观我往前走，喊：“小二，小二。”观我只是不理会，短短的胳膊摇摆着，像海滩上的一只企鹅。“你耳朵塞了驴毛吗？”朱贵骂着，有些愤愤不平，就一眼一眼盯着观我的脚。脚上已经不是那双磨了半边后跟的鞋，是新的牛皮鞋——咯噔咯噔，走到巷口站住了。

“天这么好……去上班呀？”

“上班的，黄主任！”

“哎哟，是婚姻动了吗，数日不见，人整个儿换了似的！”

“是嘛。黄主任！”

“一定是婚姻动了，这我瞧得出来，脑门上放光，脸也长了嘛！”

“脸也长了？黄主任！”

“冉总你瞧瞧，人脸一长就觉得有威严了吧？噢，介绍介绍，这是海云服装公司的冉总经理，你应该穿穿他们海云牌西服呀，那可是名牌！冉总，这就是我对你提说过的……”

“姓王，市府的……这是我的名片。”“哦，王观我，王先生！幸会，幸会！”

“幸会！”

朱贵在这里修了五年鞋，知道住宅楼上住着王小二，王小二来修过鞋，王小二的娘也来修过鞋，讨价还价的与他熟，现在王小二不叫王小二了，王小二是王观我？

“黄主任，来客人啦，买这么多肉……那是王小二吗，小二混大啦？”朱贵说。

“全球变暖了，”黄主任说，“日全食一发生，不知天气又要热出什么火来，听说海南那里一只蚊子一盘菜，三个老鼠都一麻袋哩！”

黄主任把名片给朱贵看。朱贵看见名片上写着 ×× 市政府王观我。下边是办公室电话，住宅电话，手机号，传呼号，传真号，还有车号。朱贵惊愕不已，盯着西瓜：枕了瓜，脑袋也成了瓜了吗？

从此的朱贵总怀疑自己的脑袋就是一个西瓜。

观我在巷口外站住，对面高楼顶上的阳光斜照过来，一半光明，一半阴暗，他就站在白与黑的分界线上，要进那家理发店里理个头呀。理发工阿秀难得闲着，倚在门口一面嗑瓜子，一面向他微笑。阿秀的一只长腿翘起来蹬在门框上，长得像一根椽子。

“给你理个平头吧。”阿秀说。

阿秀见他，总笑他的腰长腿短，嚷道矮胖子应理个平头的，观我才不理平头呢，观我想理个大背头。却想，世上的事真是难全，有钱能买得起时装的却没好身材，有好身材的又没钱买得起时装。

“你看见黄主任领着那个女老板吗？手是戴着三个金戒指的，脖子上是金项链，手腕上也是金镯子，脚脖子上也……”阿秀说。

“我告诉你，”观我附过去说，“好女不戴金。”

“什么？”阿秀没有听清楚。

“好女不戴金。”观我说，“这秘密不要给别人说啊！”

观我还要教导阿秀，腰间的传呼就响了。掏出来看看，上面是处长的留言，让他速去火车站定购三张去上海的卧铺票。观我小步往公共车点跑去。

火车站的站长已经是八年的老关系，说：“小二呀，总是给你弄票，也不见你一份好处，我这个站长是给你当马仔了！”观我说：“我叫观我了站长！”站长说：“观我？这名字邪邪的。可你就是叫个陆浩元，你还不是个跑票的？”陆浩元是这个市的市长。观我说：“这不一样的……”站长说：“哪儿不一样了？让我瞧瞧，脸好像是长了！”

观我回到办公室，拿镜子照面，发觉自己的脸确实是长了。脸怎么就突然长了呢？原先脸平而圆的如柿饼，五官也紧凑在一处，现在是眼睛越发变小，而且向上移位，与嘴遥遥相望了。观我笑了笑：人脸上真是有风水的，而名字改动，风水就随着变了。三年前处长还是科长的时候，瘦得麻秆儿似的，后来人人叫“处长，处长”，处长的肚子就像面包一样发起来。

观我在镜子里发现自己的脸是一张马脸。

观我请站长吃了一顿饭。选了几家饭馆，店名却不中意，后来到了“鲤鱼门”吃海鲜，站长说，鲤鱼跳龙门，鲤鱼跳到人口里了。吃毕，将剩菜打了包，还有半瓶白酒，提回后勤处给了门卫秦师。秦师经常接受观我打包的剩菜，见人就嚷道观我为了单位的事又私自请客了，秦师一这么说，马连科就骂秦师是观我的“雷锋日记”。秦师就说马连科：观我就是比你好，我在门房已经十年了，谁见过你半根烟吗？观我听见，没有言语，回坐到办公室用牙签剔牙，处长就进来了。

“真讨厌，牛肉钻牙缝，海鲜也钻牙缝？！”观我说。

“观我同志，”处长说，“你真是请了客了？”

“处长怎么知道的？”

“……他站长是阎王不嫌小鬼瘦么，他还要你请客？！”

“咱们处少不得与一些业务部门有联系，请请客也好办事的……这有什么呢，何况做好了对自己身体好呀，先前咱处里就数我和老马病病蔫蔫的，现在我一年了没个头疼脑热……”

“是这样吧，观我同志，你把吃饭的发票整理一下，处里研究研究，给你报销。”

“这使不得的，处长！处里给谁都没有配备传呼机，我却有了，已经够照顾的了……请客是小事……这秦师多嘴！”

传呼机嘀嘀响起来，美妙如蛐蛐叫，观我急复电话，原来是楼一层的办公室老穆约观我下班后帮他去买洗衣机的。电话刚毕，传呼机又响，汉字显出：速到院门口卸煤气罐车。

“单位去油田拉回煤气了吗？”观我说。

“给大家办办福利嘛。”处长说，“是让你去卸车吗？观我同志成了单位忙人了！”

“领导忙。”观我说。

处长笑了笑说：“吃饭的发票你不报销就不报销了，观我同志，传呼机的费用，处里一定是要给你报销的！”

观我在大院门口卸煤气罐，累得满头大汗，把衫子也脱了，同科的马连科说：“观我，听说你要和老沈搭班子？”观我说：“哪个老沈？”马连科说：“办公厅的沈主任。”观我气得没有说话。马连科就乐了：“这话我听刘苍水说的。你看到他写的小说没有，里边也全是以你为模特的？”观我卸完了煤气罐，去厕所的水池洗手，水池的下水口被残茶叶堵住，掏了一会儿掏通了，便去门房找了粉笔在厕所墙上写：勿将残茶倒在池里。一抬头。见到刘苍水在小便池边撒尿。刘苍水是办公室的秘书，但能写小说，全单位也就他留着小胡子。

“你尿呢？”

“亲自尿。”

刘苍水说话幽默，观我也幽默了：“噢，还摇哩！”刘苍水就走过来，拿粉笔在“勿将残茶倒池里”下写了：“王观我题。”观我就想起马连科的话。

“你得给我付稿酬的，苍水！”他说。

“付什么稿酬？！”

“听说你把我写进小说了，我可没让你写的，写了你就得付我稿酬呀！”

“我写你？”刘苍水鄙夷地看着观我，突然一指厕所门，吼了一声，“滚！”

观我遭到了侮辱，但观我没还口。正有些下不了台，传呼机又响了。观我看了看机子，说：“真讨厌，厅里开会，请电视台来摄像是处长的事，也得让我去呀？！”说着往楼下走。

“观我！”刘苍水却叫住了他。

“你知道不知道，”刘苍水说，“在国外传呼机是挂在牧羊狗脖子上的，主人一打传呼，狗听见叫声就该撵羊回圈了！”

观我当然也有空闲的时候，空闲下来干啥，空闲下来喝茶。

观我的茶叶并不一定是好，但茶具却特别讲究的，出门在外办事皮包里装着一个不锈钢的保温茶杯，家里放的是盖碗，办公室的桌子上三天五天也就换着放一个，或者瓷的，或者玻璃的，还有一个景泰蓝的。现在是白花花的太阳从百叶窗缝透进来，他读完了一张报，而且用红铅笔在那篇域外新闻上画了很多红杠。域外的新闻是说某国一个什么宗教团体，在看到了那次日全食后，感到人类的末日到来，集体自杀，灵魂上升到极乐的天堂中去。观我觉得自杀者真是可笑，就一边喝茶一边拿镜子用小镊子拔下巴的胡子，马脸便照在镜子里：一对眼睛已经明显地高出耳朵尖了。新中国自从毛泽东不留胡须后，是不兴美髯的——观我这么想——刘苍水留小胡子，他永远是不会被提升的。

勤杂工小何的脑袋从门缝探进来。

“要添水不？”

“要的！”观我说，鼻子哼了一下，不拔胡须了。

“大热天人身子像是有筛子眼儿，喝多少漏多少！”

小何提着特大的一只水壶，挨个给各办公室送开水：“这单位的人是水牛，一上午我送了三回水了……这么多人喝茶哩，我看就你的茶杯好！”

“会不会喝茶这你就不知道了！”观我有些得意，“你瞧这只杯子，钢化玻璃的，摔也摔不破的！你摔摔，摔破了我送你一个青花瓷的，胜过他们那些玻璃罐头瓶子！”

小何却说：“我不喝茶的。”

“不喝茶？”

“我是旱虫。”

“旱虫？”

“一个勤杂工，连个办公室都没有，哪有坐下来喝茶的习惯？”

“哦。”

观我突然想到了娘。娘身体一直不好，近来又添了便秘病，他告诉娘要多喝茶，喝绿茶，娘却说口里不要，嘴里也不要。他一直不明白娘为什么不喜欢喝茶呢，现在明白了，娘是一辈子家庭妇女，从来没有上班工作过。

楼道里一阵脚步声，是隔壁办公室的人端着各种罐头瓶的茶杯要来聊天了。他们都是读过了报纸的，知道了域外那个宗教团体的集体自杀。谈论起日全食的发生到底是人类的好事呢还是坏事。他们来聊天，罐头瓶的茶杯里却全是空的，观我说：“要说坏事，坏到该我的茶叶要倒霉了！”只好把茶叶盒拿出来分散，拍着盒子说，“没了，没了，没了的好，财宜散不宜聚哇！”处长端着个大茶杯也来了，他告诉观我：下午有一批邮件要去邮局挂号发走，回来的路上，去轻工业产品市场买十个痰盂，给每一个科室放一个。观我回答：行的。把任务用笔写在手掌上，看见处长端着的是一个大得出奇的青花瓷茶缸。杯盖厚墩墩的，盖顶儿像马奶子一样大的椭圆。

“处长，好，这茶缸好！是定做的吗？”

“买的，观音庙买的。世上现在端这么大的茶缸的，只有司机和我了，都是下等人用的。”

“……处长是批评我这茶杯太讲究了？”

“观我同志是讲究人。”

观我立即觉得他也得用这么个大茶缸了，当然比处长的茶缸再大再笨一点最好。

围绕着观音庙，呈放射状的一个大圆圈内是十三条小巷，巷巷摊点，家家店铺，全售卖小百货。观我在那里转来转去，并没有见到卖大瓷茶缸的，仰头看看太阳，天色还早，就势朝观音庙里走去。

那个石碑依然还在。碑后是一片竹子，竹子中有条砖铺的小径，三三两两的人都往林子深处走，观我也跟了往里走，一间雕花的木亭子上，有一个老尼姑在作画哩。这老尼姑的画在城里很有些名气，唐坊街的字画店里常有人将得到的画挂着出售。观我就目睹了老尼姑画梅花：一枝枯干上只一朵梅花。观我叫了一声：“好！”

老尼姑抬起头，笑了说：“好在哪里？”

观我原本是习惯了这样的：在单位，领导讲话，话一毕就得鼓掌；去看戏，演员一亮相就得叫彩。这是要产生出一种气氛的——老尼姑却不懂这些——突然被问“好在哪里？”观我愣了一下。

“这……瞧这花瓣的湿润鲜活哟！”

“你是能看出门道的。”

老尼姑这么说，观我脸就红了，有些不好意思，媚媚的，邪邪的，似乎让人觉得可怜。

星期六的下午，单位要大扫除的，观我和刘苍水负责拖楼道，一人一头，观我拖得认真，处长表扬了一句，观我就是这种表情的。

刘苍水一边拖着一边和马连科说星期天去城河钓鱼的事，刘苍水每个星期天都去钓鱼的，但每次只钓一条鱼，够一星期有一顿鱼吃就罢了。他说："老马呀，喝酒要防着脸容易红的人，戴眼镜的人，尤其是女同志——越是看着不能喝的人越是能喝！你说说，咱们处里谁是老实人？"

马连科说："观我。"

"他老实？老实得挑粪不偷吃！咱们这号人，心里怎么想的就全在脸上了，你瞧瞧他，处长一表扬，竟一脸可怜相，不知所措了！他真的是不知所措了？！"

"他是丹岐人，志书上说丹岐县人多刚多蠢。"

"面蠢心不蠢哩！你瞧着吧，处里若要提拔人，不会是我刘苍水，也不会是你马连科，他是天才，天生吃官场饭的人！"

观我在楼道这边听到了，观我恨刘苍水，观我也怕刘苍水，哼，刘苍水，你为什么不这样表情呢，人太刻薄，想做也做不出来的。但观我也自此明白了有这样的表情是能进一步维护领导的尊严，也能使领导对自己好感。

这当儿，下班的铃声响了，刘苍水立即放下拖把。观我看着他要回家去，脸上又是那种不好意思的表情，媚媚的，邪邪的，让人觉得可怜。

"你瞧瞧他那张脸么！"刘苍水下楼梯的时候还对马连科说。

观我没有理他，他拖完了自己的区域，又过去把刘苍水未拖的楼道一头拖了一遍。

"我就是这表情……"观我自己给自己说。

这表情却也使老尼姑好感起观我了，她拍拍观我的肩，把画好的单枝梅送给了他。

观我此后隔三岔五去观音庙，与老尼姑就熟起来，竟也跟着学画，单位的人都知道观我是老尼姑的徒弟了，是一个画家了。

观我满意大家称他画家。刘苍水在门房撞着他，拿怪怪的目光盯他。

“眼睛是越来越上，要长到脑门上了！”

“是吗，刘秘书，是不是越发丑了？”

“是丑点……听说你学画了？”

“画得不好。”

“厕所隔板上的那些画就是你画的？！”

秦师赶紧拉开观我，拉到一边骂小胡子是孽种：出生时逆生，剖宫产出来的——没走过人道。观我没有生气，脸色木讷，也平静如水，他觉得刘苍水能这样攻击他，是刘苍水已经注意到他的威胁了。

观我购置了笔墨纸砚，出门在外，那个小黑皮包里就装上一个小竹帘儿，里边裹着三四支毛笔，还有一个印泥盒和几枚让人制成的印。其中一枚是闲章，上边刻着“风竹堂”，风竹堂是他的画室名。观我作了画开始给单位人送。他觉得这是应该的。

八月十五的中秋节到了，处长又找着观我去采买微波炉——每到古老的节日来临，处里是要给上级领导以及有关部门如财政局呀、人事局呀、组织部送礼的——先前是送烟酒人参水果之类的，现在得送家用电器了。采买历来是观我采买的，采买了又和处长分头去送，要避着别人，又要担心人家不肯接受，他们曾经是敲错了三次领导干部的家门，这种尴尬处长知道，观我也知道。能不能送些字画呢？观我给处长献计，送字画又有经济价值又高雅，而且易于接受。处长顿开茅塞，表扬了观我的主意是“高家庄”的高，却绝口不提拿观我的画做礼品，这使观我多少有些丧气。

一日，观我上班，在大门外买了一个软蛋柿吃，大门口站了好多人，马连科在叫他。

“观我，你会画蝴蝶了？”

“能画吧。”

“真的能画？”

“师父教的么。”

“听说你师父是在屁股上蘸上墨，往宣纸上一坐，就印出个蝴蝶来的，可你学着样儿也在屁股上蘸上墨，在宣纸上那么一坐，印出来的却是个蜻蜓！”众人哈哈大笑。

观我将手中的柿子摔在了马连科的脸上。马连科没料到观我能打他，叫道：“你打我？你敢打我？！”拉过了观我的脖子，把一口痰呸地吐在观我的脸上。

在单位里吵架斗殴，自然都受到了处分，处长责令两人写检讨。马连科的检讨一次就过了，观我写了一份，处长认为不深刻，又写了一份，处长仍认为不深刻，连写了三次不能通过，马连科也同情了他，要来帮他写。

“你研究过报纸上的社论吗？社论是讲形势，总是去年比前年的好，今年比去年的好，一年比一年好，不是小好是大好。写检讨和写社论是一样的，一次比一次大地给自己戴帽子，自己给自己戴大帽子能损着什么呢？”

观我似乎听说过马连科原是教育局的干部，因男女关系问题调到这个单位，办公室老穆见过他的档案，里边有十份检讨。

观我说：“不知该不该问，你以前老爱……”

“我爱女人。”马连科说。

“……”

“检讨是检讨，爱还要爱的，一爱，我就写了检讨去给局长：局长，我犯错误了。再一爱，就又写检讨，说：局长，我又犯错误了。我是总犯错误，我知道怎么写检讨。”

“……”

“反正写检讨不难的，可你不写是不行的……你为什么要那样看我呢，我是总犯错误的，或许我思想不好吧。”

"你真的思想不好，老马。"

"要不，我怎么就写检讨？可话说回来，那与思想有屁干系，那是身体的需要，说到底不就是屁大个事吗？！"

观我觉得马连科很脏，但他再写检讨便从国家安定团结的形势上，党的方针路线执行上，给自己无限上纲，结果真的通过了。观我又是个好同志。但观我对单位人诋毁他的画技到底不服。

观我回家来，又主动坐到鞋匠朱贵的摊位前，和颜悦色地询问生意。朱贵有些受宠若惊，但观我的新皮鞋用不着补，只好上油擦了一遍，又擦了一遍。

"观我……你怎么叫这么拗口的一个名字？"

"你学过古文吗？"

"我学过小学。"

"你不懂！"

"修鞋的只求挣了钱能认得就是了……"

"挣钱，你能挣几个钱？我告诉你，凡能挣钱的都不出力，出瞎力的就挣不了钱！"

"……我是瓜脑袋。"

"你也真是瓜脑袋！"

星期天，观我自制了一个帖子，帖子十分漂亮，上写了"谨请何有福先生来府品茶"，交给朱贵去送单位上的小何。小何闲得无事，在单位大院门口看人下象棋，他又不是君子，观棋爱说话，正被下棋的一方骂："马槽里怎么伸出个驴嘴？！"接了帖子当下来到观我家，进门去卧房里给观我娘问了安，将路上买的一小捆韭菜放下，说给老姨包饺子吃吧。观我说：你拿什么礼呀！你能挣几个钱？我稀罕着你的这份礼吗？！今日下帖子给你，全单位就只请了你一人，因为你在单位劳苦功高，我要代表单位的领导和群众特意请你来品茶的。

何有福大受感动，但何有福只能实诚地说：“我不喝茶的。”

“不是喝，是品。”观我说，“茶有喝品之分，喝是口渴的需要，品是精神的享受。”

“喝和品还不一样都是茶水吗？”

“那怎么会一样？和尚用茶就是禅，道士用茶就是智，你没见政府常开这样那样的茶话会吗？政府用茶是一种清廉……”

“原来我以前都白喝了！”

观我恭恭敬敬烧了一炷香，净手，然后用竹勺从茶罐里舀出茶叶在一个宜兴壶里，用开水烫了，将头遍茶水摇了摇，噗地泼在地上。再二次注水。先注那么一点，来回晃壶，再注满了水，再拿出两只极小的茶杯，又用开水浇过，方双手捧壶慢慢倒出清绿的茶汁。何有福伸手去端时，“慢！”观我叫了一下，身弯过去，用指头将洒在茶几上的一点水滴压住，慢慢地往茶几沿儿推，推过的地方干干净净。

“这茶是西湖龙井，水是隔壁院子打出的地下矿泉水，壶是宜兴的，杯是景德镇的，今日天气多好……你品品。”

“好！”

“是好吧，你说说，怎么个好？”

“是茶味。”

“……你不要急，一小口一小口地就体会到品了……对，怎么样？”

“我体会到了，品是不饥不渴了还要喝茶就是品。”

观我叹了一口气，觉得小何到底是勤杂工，朽木不可雕，恐怕这勤杂工得干一辈子了。他不再陪着品茶，提出要为小何作一幅画的。

“这我喜欢！”何有福说，“我一定把你的画贴在墙上，给你扬名！”

“是要挂出来的。你知道怎么个挂吗？”

“就是用糨糊贴在我宿舍的正墙上。”

“胡闹！你以为这是年画吗？我告诉你，现在的水泥房间已不宜挂装裱了的字画，兴装镜框，买一个镜框装起来。”

观我的卧室里是支了张大画案的，案头上放着几十支笔，砚台，笔洗，颜料碟，镇尺，印章。他铺开了纸，调墨就画起来，一边画一边把笔在口里蘸，很快嘴角五颜六色的。何有福嘿嘿在笑，说：“我在乡下听人说过四脏，女人×，画匠嘴，小娃尻子，臁疮腿。我以前没见过画匠，果然嘴脏！”观我也噗地笑了：“是画家！”何有福说：“画家嘴脏！”观我说：“你以为画画容易吗？我今日给你画个老虎！”宣纸上果然慢慢有了一只虎的模样。他画着画着，说：“小何，今日不画虎了，我给你画个狗。你老家养过狗吗？”何有福说：“是个细狗，冬天里在河滩上撵兔的。”看了看，说还真像狗，但细狗腰身没有这般粗。观我就加工，说：“今年是猪年，我给你画个猪吧。”这猪极肥大，然后画猪后的木栅栏圈，画得满满一纸，一边画一边讲解绘画要讲究干湿浓淡，墨分五色。画到最后，却说：“干脆，小何，今日咱画山！”何有福就看见满纸一片黑乎乎没个白亮处，问：“你画的是夜里的山吗？”观我看了看，说：“你不喜欢吗？咱歇一会儿，喝茶吧。”停下笔在壶里注水，一口气喝下三杯，也不悠悠地品了。“小何哎，”他说，“你喜欢不喜欢白牡丹？我给你画个白牡丹来，我最拿手画白牡丹了！”便调起白颜料在墨纸上画起来。

三

每到年的第四季度。后勤处的事务就繁忙开来，年内的工作要总结，来年的规划要上报，而同时，一茬一茬的学习任务又特别重，几乎又都是要考试的。对于工作总结和上报规划；忙的是秘书科的人，刘苍水便几天不上班，买上几条烟整日整夜到一家宾馆包房写材料，但关于国家经济体制改革、社会主义道德教育、建立健全法律观念、机关廉政建设等专题考试，观我得参加。后勤处的全体职工是不怕考试的，因为任何考试都是开卷答题，一个人有个标准答案了，大家照抄便是，历来没有人的成绩是不优良。麻烦的是这一月突然下发了一份计划生育的最新文件，而且集体学习后要选出本单位的执行计划生育的模范。先是推选马连科，马连科有个女儿，女儿又患痴呆症，原本能生二胎的，马连科却没要二胎指标。但有人反对。说马连科名义上是一个女儿，他是走到哪儿就把种子撒在哪儿，谁能说清他有几个私生子呢？也有人推选刘苍水，刘苍水拒不接受，说他前妻生过一个孩子，新妻还准备要生一个的。末了，大家说，算来算去，模范只有给观我了：观我三十二岁了，甭说没孩子，连老婆也没有，还不算计划生育模范？观我就得了一张模范奖状。

观我把奖状拿回家，娘却生气了："你羞你爹哩，芝麻大个官儿你当不上，你当这个模范哩，王家的香火在你手里就断了！"

观我说："什么断不断的，我爷的爷长个什么样儿，叫个什么名儿，我不知道他，他也不知道我，那续香火又有啥意义？"

"呸呸呸！"娘赶紧往空中吐唾沫，唾沫落下来又到脸上，"你再说邪话，我撕了你的嘴！断了香火，谁给你爹献饭呀？"

"我献的。"

"你要死了，你爹就当饿死鬼去！"

观我不敢多说，娘要去厨房淘米，他也跟去洗菜。母子无话。饭熟了，观我将一碗饭夹上菜献在爹的遗像前——爹死去二十一年了，每顿饭都要这么贡献的——献上一会儿，娘说：

"你爹吃过了？"

"吃过了，娘。"

观我就从遗像前取过献饭自己来吃。

饭后，娘照例在客厅看电视，观我也陪着看一会儿，屋子里的蚊子嗡嗡地响，不停地在人头上和脚上叮。娘嘟哝现在的人奸巧了，买的辣面里加了棒皮，买的肉里注了水，这蒲扇也不耐用，才一个月就破了。唠叨了一会儿，眼睛就闭上了。娘是天一黑就要打开电视机的，打开电视机了却又歪了头在沙发上打盹。观我也觉得电视没意思，不停地掀了衣服看腰间的传呼机：今晚是怪了，传呼机没有响？就到娘的卧室去念咒。母子俩是从不买蚊帐的，观我从一本书上读到古人驱蚊咒，每晚就念咒驱蚊。去娘的卧室咒过了，来客厅关了电视。但电视叭地一关，娘却就醒了。

"娘，你去床上歇下吧。"

"咒念了？"

"念了。"

娘用手在身上抓痒，身上是一片片被蚊子叮咬的小红疙瘩："要是不念咒，这蚊子怕要把咱吃了的。"娘去了卧室，观我就把奖状装在小玻璃框里往墙上挂。

"咱家里不要那奖状！"娘说。

"娘，这是荣誉哩！"

"屁哩！给你这张纸。是让你永世不娶媳妇哩！"

"这哪里话？"

"那你为啥不就生个心考虑你的婚事？"

"我这是要一个心儿孝敬娘哩么。"

娘却在卧室里哽咽着哭了起来。观我赶紧丢下玻璃框，过去坐在娘的床头，说："娘你糊涂，你不见现在哪一家的儿媳和婆婆合得来？你就我一个儿，若娶了媳妇过来，三天两头和你别扭，我向了你，她和我过不去，我向了她，又怎么对得住娘？"

"没个媳妇哪里又像个完整的家？"娘说，"你的意思我不死你不成家，那你是让我早早死了！"

观我一把将娘拖住，说他要解决呀，一定要解决的。

观我真害怕娘有个三长两短，就去找黄主任，求黄主任能时常去陪娘说说话。黄主任夸观我是个大孝子，说街道办事处要让居委会评选四户五好家庭，评出了三户，正愁还空一个指标，怎么就忘了评你家呢？

但也就在评上了五好家庭的一个月，观我去上班了，娘在家里洗衣服，突然停了水，偏这时楼下来了卖酱油醋的小贩，一声一声叫喊，她下楼买了醋，与那卖醋人拉起了家常，停了的水又来了，水从水池里流到客厅，再从门下流到楼道，忙踮脚跑回来，开门见凉鞋在客厅的水面上打旋儿，自己一脚踩滑，跌了一跤，当下就骨折了。

老年人骨折难愈合，一月后仍不能行走，观我下班回来，就背了娘在院子里，或背到街上看热闹。人人都说观我好。黄主任一方面把观我的事迹写成材料报告给街道办事处，一方面也为观我操心，恰好巷口外的理发店里，那个长腿细腿的阿秀辞了活儿，黄主任就撮合着让她到观我家当保姆。观我很受感动，赶忙买了红纸，写了感谢信公开贴在住宅区的报栏上。自此，黄主任也就成了王家的常客，有吃有喝的。

阿秀长着个大洋马的身架儿，却是个粗枝大叶人，先前笑过观我是个胖矮子，如今当了保姆，还是嘻嘻哈哈，动不动就往观我身边一站，比画着观我只高到她的下巴。说："你请我当保姆好，能省理发费哩！"还用手在他头上动动，嫌理这个大背头不好看，理个小平头则显得年轻。观我说："男人头，女人脚，只能看，不能摸的！"他给了阿秀一百五十元，不算作工钱的，只让去买一双平跟皮鞋穿。阿秀念叨观我心好，却说："你是阳谷县的吗？"

"阳谷县？"观我说，"我是丹岐县人。"

"噢，丹岐县，丹岐县也见不得高个么！"

观我想了想，蓦地明白她是骂他武大郎了，但观我没有怒，倒觉得阿秀脑子好。

娘却不喜欢阿秀的，嫌阿秀爱说爱笑。她还有个心病，以后一是要花一笔钱做保姆费的，二是有了保姆就证明自己是无用了，再也干不了活了。阿秀才来了半月，娘就病倒了。

第一顿饭，阿秀问在卧室说话的观我母子：中午吃什么饭呀？观我说：今日星期几了？阿秀说我没上班，我不知道。观我说：星期四吧，你看厨房墙上的饭表。阿秀看了饭表，黄纸上打着格儿，写了：星期一早牛奶煎荷包蛋。午三菜一汤米饭。晚锅贴土豆丝鱿鱼汤。依次论推，七天二十一顿，顿顿饭菜不重样。阿秀头轰地大起来。看到星期四的午餐是羊肉韭菜馅饺子，翻寻了冰箱、屉柜，就是没有羊肉，便问：是去买羊肉还是羊肉放在哪儿？观我说：羊肉没有了吗？算了，阿秀，你随便吧。阿秀说：随便？随便是什么饭？观我娘说：随便你不知道？！阿秀不敢多说，她做了她最拿手的饭；萝卜臊子捞面。

吃饭时，阿秀忧心忡忡，怕观我母子发火，但一切都安然，只是观我叮咛：无论什么时候吃饭，一家人，包括你阿秀都要上桌子。桌子上事先摆好四个碟一个盘，四碟为一碟盐，一碟辣酱，一碟糖蒜，一碟葱段，算四样小菜。一个盘，青花老瓷盘，放一只鸡，木头刻的鸡，鸡冠染得红红的。观我对萝卜臊子捞面大加赞赏，吃得满头汗，唯一批评了阿秀吃饭咂嘴唇，声响过大，不雅观。

阿秀已经熟悉习惯了这家人了，她始终是早上做稀饭，或大米稀饭或小米稀饭，有泡菜、咸菜和豆腐丁，中午除了大混菜就是面条。晚上又是稀饭和馍，馍或烙或蒸，偶尔蒸成油卷和包子。观我和观我娘没有异议，而那张饭表依然张贴着。

观我娘似乎冬天里过不去了，已经卧床半月，不食五谷。去医院住了一些日子，不见好转，娘坚决要回去，回去老在家里。观我当然还得上班，叮咛阿秀守在床边，一有事就给他打传呼，并在墙上挂了小黑板，写：十点左翻身。十点半右翻身，喂药。十一点换尿布，搓脚。十一点半吃药，左翻身——每半小时一项任务，黑板上排得满满的。下班回来，娘还昏睡着，他没有问阿秀是不是按安排办了，阿秀也没有汇报。

处长从来没有来过观我家的，得知观我娘到了最后阶段，来观我家关怀关怀。奇怪的是老娘那日睁开眼，说了一句：我该走了。果然响了一个屁，头歪在枕头上咽了气。

娘一倒头，观我叫了声："娘呀！"哭了起来，遂按照风俗置办了各种冥器，遵循繁复的规矩办事：放大遗像，安灵牌，贴挽联，设灵堂，有金山银山、金童玉女，点长明灯，烧倒头纸，上路纸。又写了头七到七七的具体日期表，准备了吊唁来的人士登记册，送挽幛和财物的人名、财物数目单。甚至亲自去拜会了一些市里的书画名家，求他们为自己母亲写一副对联，画一幅画，将这些字画悬挂在屋里。尸体是倒头后即送往火葬场的冰藏库里，但观我迟迟不去火化，黄主任前来送了一卷白丝绸，对观我说：以前土葬，讲究入土为安，现在火化为安，几时火化呢？观我哭着说："我娘辛苦了一辈子，这是最后一次了，我怎能不为她老人家办办丧事？！"

这天下午，观我把朱贵叫到一边，掏出三百元，让他去火葬场租赁三十个花圈，并把一卷纸条交给阿秀："都贴在花圈上，别让外人瞧见了。"阿秀打开纸条，上面分别写着这个单位那个单位的名称，心下领会，却说："给市长也写个名字。"观我说："你懂个屁！"朱贵一路去了火葬场，但到底不明白为什么就不写市长名字。

观我然后把阿秀叫到卧室，关了门，又哭了。

“阿秀，你到我家时间也不短了，你觉得我娘待你怎样？”

“比理发店的老板好。”

“我呢，阿秀？”

“也好。”

“树活皮，人活名，我谢谢你，阿秀！如今我娘下世了，你下来怎么办呀？”

“……你是辞退我吗？”

“我给你二百元钱……”

“工钱已经付了，我不拿你一分钱的。”

“阿秀……你就是要走，等办了丧事后你再走，我给你二百元，要求你帮我一宗事的。我娘就我一个儿，在城里我也没三亲六故，老家的亲戚又远，娘一死，冷冷清清对不起娘，也招外人笑话，我请你为娘哭丧，哭三天，你愿意不？”

“你娘死了，我也难过，流了许多泪，但要哭三天，我怕没那么多眼泪流了。”

“你是乡里人，乡里哭丧乜着调儿哭，人不累的，再说头上包块白布，吊下来掩住面，流不流眼泪都行。”

阿秀果真哭了三天，先还有言有辞的，后来就只含糊着声腔。居民楼上的人三天也没有睡好觉，但全没怨言，感慨观我是孝子：唉，咱要死了，能这样就好了！

办完了丧事，阿秀收拾行李要走，阿秀向左邻右舍告别，也向黄主任告别。黄主任突发奇想：观我这么个好人。他娘在时不找媳妇，现在娘死了，也该动婚姻了吧，阿秀也这般懂事，何不成就他们一对？当下拦住阿秀问意见，阿秀笑着说：“真个是阳谷县的女人都是高个？！”黄主任没听明白，说：“宁嫁毛胡胡，不嫁小猴猴……你是嫌他个儿小吗？”阿秀说：“有啥的不吃啥，我才恨我长荒了的！”黄主任就把观我叫来征求意见，观我愣了一下，觉得突然，脸就红了，脸红先红眼，肿泡泡的眼皮儿红得像两颗枣。他问黄主任：“娘才死了，提说婚姻妥不妥？”黄主任说你娘为你的婚事熬煎才得下病死的，如果婚事能成，老人家九泉含笑哩。观我又担心阿秀原是保姆，现在提婚姻，感觉上总是那个的……

“你们住一套屋，吃一锅饭。这么久日子了，也没那个意思？”黄主任说。

“主任，我们绝没干什么，这可以检查的！”

“好了，好了，我也不是那意思的。”

“是不是别人也这么看我们？”

“没有。是这样吧——听我的——让阿秀不要走。你家里她现在住着不方便，让她晚上先到我家来，噢。”

主任看着观我笑了笑。

观我觉得主任真是好主任，这样的主任怎么不多一点呢？也打心里同意阿秀。可主任那么个笑，观我心里犯了嘀咕：主任一定是以为我和阿秀有那个意思了，或者已干出什么事情了。他觉得这是至关重要的事，将来婚姻成不成，他都不要别人有非议。观我决定要有个医院检查。

他让阿秀先去检查，并且一定要主任陪着去检查。

晚上，主任悄悄把观我叫到他家，阴了脸说：“观我同志，这事不成了，你让阿秀走吧。”

“她不是处女？”观我吃了一惊，“她是不是来我家前就不是处女了？！我是党员，我拿党籍做保证，我观我是童男子！”

“你们都是好的，但阿秀是个石女。”

“石女？”

“以前听说过有石女的话，没想到世上还真有石女！我说呢，她高高大大的人怎么一口就同意了你，原来……观我同志，世上的好女人千千万万的，我负责给你再找一个，你让阿秀走吧。可这事你知我知，再不敢对外人透一口风的，你记住了，观我同志！”

观我头垂下去，却没有悲伤，再仰起脸来，主任听见他在说：“这也好！”

主任简直不敢相信自己耳朵，说：“你说什么？你再说一遍！”

观我说：“石就石吧，我只要人心好哩，结了婚我给她治病，就是治不好，不能生育，那也没啥。我现在既然知道了她是石女，若不同意，这对阿秀是多大的打击？再说世上没有不透风的墙，将来传出去，阿秀就别想活人了。”

主任心里呼呼跳，握了观我手，连连说观我你是好同志，我从来没见过这么好的同志。待观我一走，主任却觉得对不住了观我的娘，好像做了什么亏心事。

观我和阿秀很快进行了结婚登记，他给阿秀已经改名了，叫温雪，这是在看一本书时，看到这个字眼，觉得雅。观我就领着温雪到单位去，单位立即轰动了，嚷道观我本事大，不但找了个老婆，还找了个高个老婆，以后王家的人种要改变了，个头再不会是短矬矬了。观我很荣耀，脸红膛膛，觉得有盆子大。他向处长提出去旅行结婚：原本大操办一场，把单位的领导和同志们都请到家去，但娘才过世，太热闹不宜。可为什么这么快就结婚，又都是为完成娘的遗愿。处长是近六十的人，近日正为儿子儿媳与老伴不合事烦恼着，听了大发浩叹：“不结婚为了母亲，结婚也是为了母亲，好，好，观我同志，我就爱和孝顺的人打交道——不爱自己父母的人还指望他去爱别人，爱单位，祖国？！”处长批准了他们的婚假。

但是，观我并没有去旅行结婚，他们一直住在自己家里，不接任何电话，也不向外打电话，直度过了十五天。晚上，他们同床共枕，温雪知道了自己是石女，穿着内裤不脱，后来脱了，蜷着身子开始嘤嘤哭，说她骗了观我。观我说："我知道。"温雪抱住了观我，说："你能答应还要我吗，你能答应不给外人讲吗？以后你要再去外边找别的女人我不会怪你的，你能答应不当着我的面领回来吗？"观我说："……我也是骗了你的。"温雪就一把掀开被子，看见了观我的东西像截肠子头，大是大的，却怎么摩挲，都是死的。温雪就张狂了，两人躺在那里比腿。温雪的腿比观我的腿长出一截。

"几时挣下钱了，给你做个手术的。"观我说。

"我做手术了，又有什么用？"温雪说。

"但我毕竟还是有的……"

"……你只活个形式！"

两人你摸摸我，我捏捏你，抱着睡着。

早晨起来，却在楼下院子的两棵树中间拉了一道绳，被子被单全晾出去，温雪故意在展开单子时发现单子上的一片红——那是他们弄出的鼻血——叫喊让观我拿湿毛巾来擦。左邻右舍的人看到了，捂了嘴哈哈笑。朱贵当然也听说了，在巷中见到温雪，说："嫂子嫂子，几时有人叫我叔叔呀？"温雪说："你倒想得美！我和观我得清静几年哩，才不那么早就受累的！你知道吗，我家观我是计划生育模范哩！"

这期间，观我给处长去了一次电话，报告他们现在苏州，在苏州度蜜月中参观了几家先进单位，人家的工作做得很好，有许多值得借鉴学习的地方：单位都有自己单位的歌，每天都升国旗，大门口用斗大的字写着他们的精神标语，都有自己的小报，是将原有的工作简报变成了小报的。"处长，"他说，"我当然是小人物，不该我考虑这么多的，可我给你建议，咱得改改咱的工作做法，咱是出了十分力，效果只让人觉得是五分，人家出五分力，产生的影响却有十分，咱是把实事办成了虚的，人家是把虚事也办成了实的。”最后，还在电话中说温雪问候处长呢，让处长多多保重身体。处长在电话里动了感情，表扬观我觉悟高，让观我把在外学习的经验写个书面材料，回来后向单位同志们介绍介绍。观我四天后上班，果然将一份材料交给了处长，处长又呈报给办公厅主任，主任指示把材料复印了若干份发到各处室，并在大会上提倡大家应该向观我同志学习。不久，单位第二批下乡扶贫，就派他去了。

四

扶贫点在郊县的集贤庄。第一批下去的是两人，带了一批旧衣旧裤，还有几箱子书，是单位图书室清理的过时货，锵锵咚，锵锵咚，单位敲锣打鼓地送了去。但热脸碰上个冷屁股，集贤庄的农民并不热情，两人弄到最后饭也派不下去的境地。处里就派观我和马连科去。马连科很高兴，带了一杆猎枪和钓鱼竿。观我没有再穿西服，一身中山装，带了一个小宜兴壶，宜兴壶不透明，在里边放什么好茶叶外人是看不出来的。但他拿了毛笔，他知道联系群众最好的办法是看病或写对联——观我看不了病，观我是书画家。

观我和马连科一进村，村人首先问他们：带没带来一批什么资金？能不能向市上要拨款将村前的河面上架一座桥？观我得知邻近的那个村是财政局的扶贫点，下乡干部并不亲自劳动，却要了拨款打了一口水井，给家家安装了自来水，就显得自己十分尴尬。但观我是会讲话的，召集村民大会，进行解放思想，促进改革的动员教育。他把处长在单位的讲话变了一下名称，以当年的记录，又讲给了村民：有利的国际大环境，国家的改革政策，沿海地区发展的形势，集贤庄要抓住机遇的重要性。观我的自我感觉十分好，他拿眼睛乜视马连科，马连科坐在桌子边一会儿双手支着脑袋，一会儿又趴在桌面，然后搓搓脸，不停地抽烟。再后来，马连科端过一杯水，俯耳说："歇一会儿吧，村民也该上上厕所了。"

观我看了一下会场，会场上已经空出许多位子，他估计有人已憋不住，去厕所了，就说："现在讲了第一个问题，下来我还得讲讲我们这次扶贫工作的意义。为了抓紧时间，我看就不休息了吧，谁要上厕所可以去，去时和回来尽量不要弄出声……那么，我们为什么扶贫呢？"

会场上站起了十几个人，拍着屁股上的土。

马连科也上了一次厕所，回来重新坐在桌前抽烟，卸下帽子。马连科是秃顶，头油又重，冬夏戴着的帽子里垫着报纸——取出来开始默读。把每一个字都读过了。观我叫老马，去厕所看看，都尿长江吗，这么长时间不回来？马连科看会场上多半位子空了，去厕所，厕所并没有人，赶回来，观我还在讲着，听众只有两个人了。

观我终于不讲了，问："人呢？"

"人？"马连科说，"都回家去了。"

"我讲得不好？"

"咱处长也没这口才！"

观我并不为老马的赞扬而高兴，他向会场坐着的两个人，一个老头，一个老太太，说："咱们集贤庄为啥贫，贫在哪里？贫在头脑里！我们从城里辛辛苦苦来，为了大家啊，可怎么连会都开不起来，不贫往哪儿去？你们说是不是！"

"是。"老头老太太说。

"只有这两位老人好！都像两位老人一样，工作就好开展了！老人家，你们说说，你们说说，你们怎么就能坚持听下去？"

"那张桌子是我家的，"老头说，"你坐的凳子是刘二娘的。"

晚上，观我和马连科要去批评村长，他们拟定了批评方案，由马连科唱红脸，严厉斥责村长失职，不能组织村民开会，自己开会竟也溜了！由观我唱白脸，劝说村长得配合他们。甚至也想好了，如果村长拒不接受批评，或者骂人打人，马连科就把他抱住，观我去给乡政府打电话，但马连科得保证，抱住村长，不得扭人家胳膊。两人见了村长，村长正窝在火塘边烤火哩，从火炭里拨出两个烤熟的土豆让他们吃，说："我知道你们要来的，你们批评吧，我这个村长没当好。"村长态度又这么好，观我和马连科倒没了脾气，询问村民溜会的原因，才知道村中有个叫吴顺山的人，儿子正念初中哩，害了白血病——集贤庄什么病的人都有，却从来没害过白血病的——住了一段医院，医院说要治，得再交十万元，顺山到哪儿弄十万元去，就把儿子从医院拉回来，大家都知道这孩子保不住了，得了口信就都去顺山家的。观我和马连科也怨不得村长了，回到住处，闷着喝酒，观我抿了一口便罢了。马连科喝得嘴脸赤红，说："咱扶贫能扶出个什么样子？就凑着混天数吧，反正咱单位是完成了市里的任务。愁什么呀，不愁，明日去河里钓鱼！"观我说："顺山儿子的病，村人都资助的，咱也得捐些吧？"马连科说："你能捐多少？我可只能掏二十元，我不是大款。"观我冷丁想起一个大款来。说："别的事干不成，帮孩子找个有钱的款儿，这也是扶贫吧？"

观我回到城，找到黄主任，让引见一下海云公司的冉总经理。见到冉总，冉总在歌舞厅包间和一个小白脸跳舞哩，立即掏二百元钱给小白脸，还拍了一下屁股，打发着去了，问观我有什么事，能寻到这儿来。观我也直截了当说了集贤庄的情况，希望冉总能资助一下顺山，冉总笑了说："你这是政府搭桥呀？！"同意拿五万元。五万元是少了点，但观我见冉总如此痛快，也是大出意料，激动得来握手感谢。冉总说："王先生个头不高，这手却生得修长修长！你不邀我跳一曲吗？”观我遂站起来和她跳舞，观我以前学的是国标，端着女人的胖胳膊，一进一退地跳起来。

“王先生你是丈量土地嘛！”冉总说，胳膊就放下来，双手绞起搂着了观我的腰。

观我在那一刻有些紧张，但冉总却在对他说，资助五万元是可以的，我冉荷花一向都是实行人道主义的，何况这又是支持你们扶贫工作呀！观我的手也就绞在了女人的腰后。但观我的胳膊短，一搂紧身子斜起来，越发个头短了，热烘烘的气息使他脸上立即出了汗，想，胖女人是个大锅炉哩。但冉总却要求到时候把病人接到县城，开个新闻发布会，县上、市上领导参加，报纸电视台得有个报道的。观我说：“这不是资助，是做广告！”冉总说：“什么事总得有一种形式呀！”观我想，也是的。

这天晚上，舞是跳到半夜，观我回到家里，给温雪说了跳舞的事，温雪说：“你真行，别人陪舞挣二百元。你挣五万哩！”观我说：“我要不说明日要返回集贤庄，她恐怕要跳到天亮的，差一点我就牺牲了！”温雪帮他脱衣，衣服口袋里却撒出一些小米来。

“咦，哪儿有这些小米？”温雪说。

“可能是马连科装的。他拿小米引逗雀儿然后拿枪瞄着打，这家伙几时弄过我衣服了？！”观我说。

“不是吧？”温雪说，“是那个冉总给的！”

“人家给我这个做啥？”

“是不是嫌你的那个太小，让你往大着喂哩！”

一切遵照几方协议顺利进行，新闻发布会开得庄严又热闹，集贤庄的村长和顺山一家万分感激着冉总经理和扶贫工作组。会后，村长和顺山一家回集贤庄，冉总经理同市上领导驱车返城，县上领导却留下了观我和马连科，让他们在县城休息两天，仍还住在县宾馆。

县城不大，娱乐业却十分活跃，观我和马连科晚饭后在街上逛了圈，那条主要街道上，从东往西数，竟有二十五家卡拉舞厅。观我不解："这个县如此贫困，娱乐的这么多？"马连科说："这鬼地方还能有什么可赚钱的？！"观我问舞厅里有没有那个？马连科说："哪个？"观我不说，马连科却自己说了："你是问狗身上有没有跳蚤？"嘻嘻哈哈回到宾馆去睡。

睡又睡不着，观我给温雪挂电话，叽叽咕咕问家里事。马连科说：

"想老婆啦？"

"问候问候。"

"你怎么给老婆起那么个名字，雪能温热吗，一温热就该化了。"

"我老婆脸黑是黑，身上白。"

"有'春发生'发廊的那个妞儿白？"

"哪个'春发生'？"

"你装糊涂！那女的我一看就是干那个的，她给我个飞眼，我也给她个飞眼……"

"你真会吹。"

"你要不信，咱去那发廊，保证叫你有好事。"

观我说："别扯淡了，睡吧睡吧，"拉被子睡下去。

马连科坐着又说了一阵这里女的比城里女的有水色，就嚷道口寡，问观我去不去酒馆喝二两？观我不去，他便下楼去了。观我一觉醒来，马连科还没回来，担心是不是在外喝醉了，急爬起看表，已是后夜四点，却见马连科身子飘飘地回来了。第二天晚上，马连科又说要喝酒，观我还是不去，马连科又是出去，天明返回，却坐在床上清点身上的钱，勃然大怒骂婊子，说给他找的钱是假的，五十元的一张假票。

二十天后，观我和马连科从集贤庄被轮换下来。一日中午，他刚上班，单位的人就三五一堆嘁嘁啾啾说什么。他一走近，人家全不说了，而刘苍水则上来捏捏他的鼻子，说道："还没烂！"观我觉得奇怪。处长遂把他叫去一块到医院做检查，检查毕了处长说："观我是贞洁的！"观我问处长怎么回事，才知道马连科回来后，他老婆发现马连科有了性病，夫妇打闹了一顿，寻到处长，使得全单位的人都知道了。

于是，马连科的检讨贴在了单位会议室的墙上。他又一次犯了错误，这一次错误非同小可，因为一个国家干部在扶贫时嫖娼宿妓，就必须从严处理。马连科被取消了全年的奖金。而观我受到了表彰。

何有福好奇嫖妓的事，问过观我：

"你怎么没犯错误呢，妓没看中你吗？"

"你想想，秃瓢子中看，还是一头浓发中看？"

"那……你有没有想过……"

"废话！但犯不犯错误，就看谁是特殊材料制的喽！"

"噢，你是党员，老马他不是。"

观我的威信骤然提高，他被提拔了，任命为单位的经济开发公司副经理。副经理仅仅是科级，但经理却由处长兼着的。

五

观我到公司来，额外要了两个人，一个是何有福，年轻，可以使唤着跑小脚路，再一个就是马连科。温雪反对用马连科，观我讲一个人被别人救过命又救过别人，现在要让救过他命的人和他救过的人死去一个，这个人希望谁死？温雪问是谁，观我说当然让他救过的那一个不死！马连科犯错误，已经在单位声名狼藉，把他拨来，马连科是会感恩的。公司是在临街的一座二层旧楼上，装修一番后，每个房子的门口都挂了牌子：经理室，副经理室，会议室，办公室，业务部，财务部，宣传部，处联部，还有一个党支部办公室。何有福说："什么部都可以，敢挂党支部牌子吗？咱这里就你一个党员。"观我说："这些年生意场上，你哄我我哄你，把人弄得谁也不信任谁了，咱挂这个牌子，能增加外人的信任感！"何有福说："我在单位也是和处长一个桌子上吃过饭的，可我还是个勤杂工，现在你给我印个业务外联主管的名片，能改变了我支桌子打鸡撵狗关后门的活儿？！"观我指头敲着何有福的脑门说："我瞧不起你的就是没个志气！记着，你跟着我，干三年五年了，你就知道是什么样了！"说得何有福直点头，当天去理了个头，将一头硬发烫了个栗子包似的。

公司原定的业务是经营复印，打字，办微机培训班，观我欲将出入城市所有汽车安装、更换消声器、坐垫以及酗酒检测器等业务揽过来，成为专卖店，去了几次公安交警支队，但观我的能力不够，处长的能力也不够，就鼓动办公厅主任去交涉，最后达成了利润同交警支队四六开的协约。人人都认为公司是大有前途了。观我却随之面临了难题：厅里的副主任，处里的人事科长，财务科长，办公室的穆调研员，前前后后介绍了他们七八个亲戚的子女要来公司上班，而单位职工的子女待业的很多，差不多也找过观我，连马连科也被找过。观我愁得在家里饭都吃不香，温雪说："呀，人家国家主席不知是怎么当的？！"观我说："国家主席能领一个国，倒不一定就能当这个副经理！"温雪说："我可有个办法献你！"观我说："哪个办法？"温雪说："凡是比你个头低的收！"气得观我说："有言在先，单位的事你别掺和！"观我终于想出个办法：向社会招聘，考核面前人人平等。

聘请了有关方面的专家，成立了考核组，公司门前张贴了布告，电视上也发了消息，几天内，一切都按繁复的程序进行着。何有福累得头昏脑涨——观我的传呼机已经佩戴在他的腰上——吃饭睡觉也不安生。经过初审，复审，到了终审，结果是绝对保密的，除了观我和四个考核员，公司任何人都不知道。五天后，考核录用了七名，名单公布，都是领导介绍的那几个。

“到底是领导的水平高，”何有福说，“瞧，人家推荐来的考分都高！”

“单位职工有什么反应？”观我问。

“有什么反应？！只是咱还没开展业务哩，先花了一笔不小的钱！”

“我看你就只能当马仔！”观我说。

公司正式开业后，分别宴请了与公司以后有关系的社会各部门负责人。观我是不能喝酒的，一日两场的宴席上，陪着客人喝，喝得老胃病也犯了，捂着肚子在家睡了几天。马连科就到家里来汇报工作，提议是不是再招待一下单位的人？温雪就躁了：

“我家观我不能喝了！再喝胃就烂成筛子底了！”

马连科说：“他是公司头呀！”

温雪说：“没个好胃，当的什么头！”

观我说：“去去，女人家不要参政！老马，我现在知道什么是公仆了，真的是公仆——你说说，出了什么事？”

马连科告诉他：单位有人开始怀疑招聘是老老实实地走了个形式，为什么最后考核录用的尽是领导的亲戚子女，其中三个是农村户口，五个初中毕业生，而且个个歪瓜裂枣的难看。观我听了，头窝在枕头上，足足有一分钟，说：

“那就招待吧。”

银行的一笔贷款一到账，观我又亲自制作了具有艺术性的帖子，发给单位百十多人，写明着：感谢大家对公司的全力支持，在公司第一笔生意获得成功后，敬请光临出席酒会。酒会约定了时间、酒楼的地点。恰这时，温雪的爹从南方老家来看望女儿，带来了一条河豚。观我只听说过这种河鲜，没有吃过也没有见过。岳父就夸耀河豚是多么珍贵，在当地也是轻易吃不到的。“吃过了河豚，什么鱼都没味道了！”岳父说，“知道不，河豚是剧毒呀。必须要会做，稍不小心，食者就中毒，十五分钟毒性封喉，不离饭桌就要死人哩！”观我盼着岳父来。满以为能补赔一笔嫁妆钱的，没想带来的只是一条鱼。一条鱼就一条鱼吧，偏把鱼说得唐僧肉似的！温雪说：“不管怎么说，活鱼要比你家木头鱼强，你讲究形式哩，我爹也就投其所好哩！”观我倒想出一个主意来了，遂又下帖子，让何有福一一送到各办公室，请同志们吃河豚：一、这是王副经理把岳父送来的珍品让大家品尝。二、河豚不是有钱多少就能吃到的。三、河豚有剧毒，来时必须自带筷子。

酒会那日，观我宣布：河豚，是勇敢者的食品。这就是我们公司请大家吃河豚的意义！都带了筷子吧，这有个讲究，河豚有剧毒，历来要求食者自带筷子，万一中毒，责任自负。这么一讲，许多人便害怕了。

“是害怕了吗？”观我说，“大家也不要惊慌，这就像我们几个人来办公司一样，风险是有的。这个公司，办好了，给单位增加福利，大家集体走向富裕，办砸了，我们几个人吃不了兜着走，这一点我们心里清楚，可我们敢于来办，自信于有单位领导的指导和同志们的支持，自信于我们是党员的责任感。河豚是有毒的，我让我岳父亲自操作，他是老共产党员，一个三十二年党龄的村党支部书记！”

“政治可靠不一定就能做得安全啊，王副经理！”有人说。

“我可以先吃！”观我说，“如果我中毒了，大家就不要吃，这就像咱们单位办公司，我当副经理做个试验。”

马连科说：“你先吃可不要全吃了，要是没毒，成了让大家看着你在享受了！”

处长倒真害怕了，拉过观我说：“观我，河豚不要吃了，万一中毒，不管是谁，那都会出乱子的。”

“处长，你到过甘肃酒泉吗？”

“没有。”

“你听说过‘酒泉’的来历吗？”

“没有。”

“汉朝的时候西征，一个将军领兵到了那里，战争十分艰苦，环境又十分恶劣，皇帝就赐给将军一罐酒。将军为了鼓动士气，将酒倒在一个水泉，让所有士兵来喝，顿时山呼万岁，群情振奋，一路西去，所向披靡！处长，你明白我的意思吗？”

“……万一……”

“万无一失的，处长，我岳父最拿手的就是做河豚！”

做好的河豚端了上来，众目睽睽，观我第一个吃。观我知道绝对是没问题的，但他偏要大肆渲染吃河豚的危险性，现在自己倒被自己也吓住了，很快，他觉得头晕，舌头也发麻了。何有福一迭声地喊温雪的爹，温雪爹从厨房出来，觉得奇怪，他是曾经干过多年的厨师，从未发生过中毒事件，何况刚才剖杀河豚时，将各个部位清点了五遍，他也是先尝过了汤呀！马连科也急了，赶紧把他带来的哈巴狗拉近来让狗吃，狗竟然推也推不到肉碗眼前。

“都太紧张了，使狗都紧张了。”温雪爹说，“观我，没事的，已经十五分钟了，十五分钟内没事就没事了！”

观我的头立时不晕，站起来，突然说：“成功了！”

百十双筷子就都举起来。

公司正雄心勃勃地开展业务，政府有了文件下来：机关单位不得办经济实体，机关干部不得从事第二职业。处长找到观我，要求解散公司，或是谁停薪留职，将公司估价卖给个人。消息传开，公司和单位的人心都乱了，马连科甚至清点了公司的办公家具，提出到时候能减价将一张桌子、两个柜子处理给他。观我把文件要了来，一个晚上都在细细地研究，第二天对处长说其实这也是个形式问题，政府不让办经济实体咱坚决照办，但并没有说不让成立劳动就业服务公司啊！处长马上醒悟过来，汇报到厅里，遂撤销了原有的公司，成立了单位劳动就业服务公司。换了一个牌子，人马依旧，唯一是处长再不能兼经理，经理成了观我的。但观我聘请了处长做顾问。

观我的传呼机彻底交给了何有福，而他出出进进，手里拿了手机。他签发给各科室的都是劳司第几号文件，文件右上角一律要标有“机密”字样。这一日，他和温雪从家出来，矮男人高女人，坐在电线杆下的朱贵叫：“观我——”

“他现在是经理了！”温雪说。

“瞧我这瓜脑子！”朱贵说，“王经理，和太太下馆子去呀？”

“散步去。”观我说。

朱贵说，“噢，消食哩！”

“你这朱贵！你就知道食化不过了要转一转是吧？”

“……”

“生意怎么样呀，朱贵？”

“我这谈得上是生意吗，现在的人越来越不穿旧鞋了，一天招不来几个主儿的。我直想给你说呢，我是要一辈子修鞋吗？”

“修鞋也是为人民服务嘛！”

“是为人民服务。可我觉得，一身的本事使不出……俗话说神归其位，这电线杆下不该是我蹲的地方。”

"啊，朱贵有志气！那你应该到哪里去？"

"这我就得你提携了！"

温雪说："观我呀，你给北京打下电话，问那儿要不要人？！"

朱贵也笑了。

"嘿嘿……王经理，你们公司能不能让我去发展发展？"

"啊，朱贵打我的主意了？"观我说，"我们公司缺人是缺人，可公司有纪律，任何人不得擅自决定公司的事，尤其是人事和财务。"

"这你就哄我了，你是头头，还不是你一句话吗？"

"这得研究研究。"

三天后，朱贵提着礼品到观我家，又问他的工作事，观我不收礼品，朱贵很尴尬，就说那我收藏你一幅画吧。观我倒痛快地为他作了画，让朱贵到公司来，月薪三百，负责保安工作。朱贵听说"负责"二字，以为是保安队长什么的小官儿，心里高兴，口里却说：

"怎么让我负责保安？"

"你在电线杆下修鞋，像公安局派的哨儿一样，出出进进巷子的人你都知道，适合于做保安。"

"倒是这个理儿。可我是看鞋不看人的，这眼睛在日全食时伤是伤了些，但不是吹的，我修过的鞋我全认得！"

朱贵到位后，才知道公司的大门口一左一右有两个大石狮子，而保安就他一人。

处长陪着办公厅主任来公司检查过一次工作，主任感慨天象发生了变化，人世上的事也不能以老眼光看了，比如日全食后，气温就明显增高，去冬今春没下一场雨雪；城里又流行起已经绝根了数十年的痨病；史书上记载过有龙凤胎，谁见过，可现在有三个孕妇分别产下一胎两男两女的；咱办公厅的王小二，以前就是一般干部么，如今能改那么怪的名字，又能办公司，还办得这么好，真是什么都不敢小觑了，癞猪也可能是麒麟哩！主任最感兴趣的是公司各科室有政治学习安排表，有上班登记表，业务指标考核表，甚至还有一揽子职工流动红旗竞赛表，如卫生竞赛，文明礼貌竞赛，计划生育竞赛，学雷锋做好事竞赛。主任欣赏观我，并在协商推荐市政协委员时推荐了观我，观我就成了一名政协委员。

政协的会上，观我碰见了冉总经理。两人都是新委员，特意合了一张影。观我留神了一下冉总胸前的委员证，证上的照片十分年轻，又清秀，猜想这是以前的照片，这女人怎么现在胖得不成体统了呢？冉总邀请观我到她的房间去聊，观我害怕去，打岔问起集贤庄顺山儿子的病情，但冉总资助之后，再也没见过那孩子的。

“这么说，孩子怕已经死了。”观我说。

“白血病是没法治的，甭说一个农村孩子，就是再大的领导，有金山银海，也维持不了多久的。话说回来，人总是要死的，活十岁活百岁都是人生，人生就是一个过程。”

观我是第一次听到“人生是一个过程”，觉得说得好，他说：“你说什么？”

“是一个过程。”观我自己又解释了，“回想我这一生，到这一步，好像也是早安排好了的。但弯弯道道的你得走，你才能走到现在。听说办公厅主任这次会上要当选政协副主席呢，你知道吗？”

“他应该升一格了，”冉总说，“他政德好哩，发现了许多人才，我就是他推荐的。”

“我也是。”观我说。

“那咱就得给他投一票哩。”

“投。”

观我说完，突然觉得自己来当委员就是来为主任投票的，心里不禁有些那个……就说：“咱不说这个了，你生意怎么样？你比我强呀，你是给自己干，我却是给公家干的，几十号人，一上班，千头万绪什么事都要你点头，忙得一泡尿也尿不净！”

“这你得改改，”冉总说，“你不能把公司又办成了机关单位，你若是把情人当老婆一样用，那有什么意思？你瞧我，大事我管，小事让秘书去干，就有时间去歌舞厅呀，茶楼呀，打保龄球呀……”

“那下边的人不颠覆了你？！”

“我给你个秘诀。”

冉总给观我说了一通，观我从此上班，绝对要穿一套西服的，而且从家到公司一路不吱声，到了公司，端直往办公桌后的经理皮转椅上坐稳了，先甩目光巡视四周，然后发话。特别是任何人来公司，包括上级或朋友，都不能让外人坐自己的椅子。尤其本公司的职员。

马连科那日来让观我签一份文件，端了茶杯嚷道经理的茶叶好，就自己去开观我的抽屉，沏了茶又坐在皮转椅上同办公室人闲聊。观我进来，大声吼道：“谁让你坐在那儿的？”马连科说：“怎么啦？”观我又不能将天机泄露，说：“以后不能坐这椅子！”马连科生气了：“你是嫌我有性病？这么多人，你给我难堪！我就是有性病，我就是嫖过妓。没有我嫖妓也就没你的今天！”马连科竟这么说话，观我更恼火了：“我有今天是因为你嫖妓呀？你鼻子没烂，嘴倒先烂了！”马连科说：“你以为我不知道呢，我得性病是我还能干那事，你想得性病倒还没那个能耐！”

这话刺到了观我最痛处，脸色骤然大变，觉得立即威风扫地，无处自容。他不明白马连科是怎么得知了自己的短处，转念一想，这事绝对没人知道的。马连科是在吓唬人。遂去找处长，要求处长同意解聘马连科。处长就把马连科叫去批评，马连科竟翻起当初处分他的一案，说他犯错误是真，可观我也不是觉悟高，思想好，单位表彰观我。如同是给宦官树贞节碑嘛！处长问到底是怎么回事，马连科才说了是黄主任告诉他的，因为温雪是个石女，黄主任关心她，让她去上海做手术，温雪说其实观我那方面不行，黄主任才明白观我事先是知道温雪的毛病却还同意结婚的原因，感叹世上无奇不有的。

“这简直胡说！”处长在给观我挑明事因后，观我说，“我性无能？让我和他老婆试试，看是不是个死死鸡？！”

“观我同志，你怎么能这样说话！”处长说。“处长，我也是气极了。”观我说，“反正马连科我不能要了，他必须调离公司！”

马连科是调回了单位。但观我性无能的事却全公司的人都知道了。观我解聘了其中一个爱嘁嘁啾啾的人，偏又招聘了一个女秘书，他要让人看出他的好色来，出出进进带着那女的，并且给朱贵叮咛：看好门户，如果马连科来公司，一定要拒之门外。

观我却栽在了朱贵的手里。

公司的保安条例是有的，整整十条用红漆书写在门房墙上，朱贵穿了那身保安制服，每天在门口站那么一会儿，就靠着石狮子痴眼儿看门前过往人的脚。晚上值班，更闲得无事，旧瘾复发，便把鞋摊又摆在大门口的路灯下。这一晚来了三男两女，女的要修高跟鞋，两个男的就嚷道去买啤酒喝，哼哼唱唱地走了。女的修了高跟鞋，留下的那个男的也要修脚上的鞋，朱贵心里高兴，今晚生意还不错，一边拉话一边把鞋修得特别精心。足足过了一个小时，马路对面有了口哨声，这边一男二女说：“啤酒买了，让过去喝哩，师傅你也去喝喝？”朱贵说：“谢谢，我不能擅离岗位的。”

一男二女一走，他收拾鞋摊进公司，却发现公司右边的一扇窗子开着的，生了疑惑，忙到里边看，屋中的柜子被撬开了。忙又到楼上，财务室，经理室，业务室的门全洞开，保险柜已被打开，而且所有抽屉柜子全都撬坏。朱贵忙给观我打电话，来清点后，保险柜中的一万五千元没有了，又丢失了三条香烟。失的财物不多，损坏的家具不少，而且观我放在办公室的书画笔墨一塌糊涂，粉白的墙上写着：没想到这么穷的公司！

报了案，朱贵写了检讨，观我也写了检讨，一并交给处长。处长大骂了一顿，拍着桌子说检讨不深刻！观我回到家里，想拿些东西去送派出所，希望人家能尽快破案，追回钱财，翻了几瓶酒和烟茶。温雪说送这些东西济什么事，要送就送些现金去。观我说：哪儿有钱？钱让贼都偷了！就动笔作画，又把自己以前的藏书拿出来，要送一幅画和一套中国古典名著的。但名著只有《三国演义》《红楼梦》《西游记》，就给何有福打传呼，让他立即上街买《水浒传》送来。何有福速度极快，买着一把水壶来了，气得观我瘫在沙发上嘴脸都乌青了。

“不急不急，”温雪冲了一杯糖水，“你喝水。”观我叹了一口气说：“派出所我也不去了，看来我只有写辞职报告了。”

何有福知道自己办事不得力，捶胸顿足地说：“经理，你真的要引咎辞职？你要辞职，那我先给你辞职。”

观我却受了感动，说：“谢谢你！”

何有福说：“你不要谢我，你要真关心大家，你为什么要辞职？”观我说：“这你又不懂了，出了事咱要有高姿态。我提出辞职，也给领导有个台阶，要辞职反倒辞不了，要不说辞职还真可能得辞职哩。”

辞职报告送到了处长手里，处长呈交给了厅主任。原来的主任已经当选政协副主席了，现任的主任召开会议研究，一些人认为观我还可以再干，一些人则认为观我的性无能虽是小事，但在公司已影响了他的威信，又发生了失盗案，不宜再干下去。最后让主任做决定。主任说：“这个公司说得这样好那样好的，可公司怎么只有一万多元？而且还被人盗了！人可能是好人，但我们再不能把实事当虚事干，把虚事当实事干的那一套工作作风了，他这种人搞机关工作可以，搞经济不行吧？我看还是同意他的辞职请求。”

于是，观我真的辞了职。

辞职的那天晚上，冉总经理闻讯来安慰观我，为了冲淡观我的伤感，提出观我你干脆来我的公司干吧，我给你个总经理助理怎么样？温雪便想起衣服里有小米的事，问总经理助理秘书，冉总要让观我当男秘吗？冉总说：观我还不愿意吗？温雪说：他还小，得更多的小米喂哩！冉总不明白，问什么小米呀？温雪就嘎嘎笑，观我也笑了，冉总说：噢。是太太吃醋了啊！温雪说：我才不吃醋哩，只怕观我没那个本事！观我哎，冉总这么一片好心，你就是没本事去，一句好话三冬暖，你也得谢谢冉总。为冉总画一幅画吧！观我立即来了精神头儿，收拾起了画案。

“咱又不是老干部，除了当官就只会当官，害怕离休！咱还有艺术哩么，我给冉总画一幅！”观我说。

“你要画，你给我一个朋友画一幅。”冉总说，“这是个信贷员，人能得很，和一个副市长熟得狗皮袜子没了反正。人家早知道你的画名，一心想收藏的。”

冉总递过一张名片，是那个信贷员的，观我蓦地记起以前听说有个乡党（同乡），也是这个名字，就问是原籍哪里人，一说，果然是丹岐县的。观我画了一幅兰草，当场又给乡党附了一信，求他给副市长说说，让副市长过问一下他们主任，看是否能不让他辞职。信写足了一页，半页是乡党在名片上职务称呼。

六

“观我，快到火车站接北京来的客人！”

“观我，钥匙锁在办公室了，你帮我翻翻窗子吧！”

“观我……观我……”

乡党尽了自己的责任，但观我依然被辞掉了职，回到原来的科室，腰里又别起了传呼机，坐在办公室喝茶。观我又是单位最忙的。连老穆也说：观我是咱们单位的雷锋，为什么偏要叫他去办公司，那雷锋就不是雷锋了！

观我不爱听这种话，回家路过巷中，朱贵又重操旧业了。朱贵说：

“观我，我对不住你。”

“塞翁失马，焉知非福？你愿不愿加入我们丹岐籍？”

“我是南田县人。”

“你要愿意，去巷口提一捆啤酒来，今日一伙乡党来的。”

朱贵提了啤酒到观我家，家里坐满了人。观我一一给介绍了，都是在这城市里各行各业的乡党。那个信贷员是社会活动家，结识了观我后，将所认识的乡党全介绍了来。他们集中在观我家，忙着交换名片。

“观我，你有小车？”一个乡党看着观我的名片，很羡慕。

“车嘛……”观我说。

朱贵已经知道那名片上的车号是自行车号码，但朱贵现在只是责备自己，心里酸酸的，坐在一边看着这些人热闹，自己插不上话，就把门口一大堆换下来的皮鞋选了几双拿去修补了。

观我和信贷员的主意是早商量好的，召集乡党们来，有心要成立个同乡会的。观我给大家敬了酒，就说：“真没想到，本市竟会有这么多乡党，而且乡党们都是有头有脸的角色！同在一个城里，这就是缘分，咱们以后多联系，互相关照啊！”信贷员立即附和：“观我这话对哩！往后咱多活动着，但都是忙人，得有个联系人呢！”观我说：“我是爱朋友的人，家里没老没少也方便，今日认识了我家，以后欢迎大家常来！”信贷员说：“那咱不如成立个乡党会！”众人说：“好主意！”观我说：“既然大家都有这个愿望，今日不妨议议这事。”信贷员说：“还议什么，今日就成立，选出个会长就是了。观我，你是热心人，你把会长当上！”观我说：“这不行，来的有科长、处长的，还有教授呀工程师的，我哪能当会长？咱要成立乡党会，这可是正儿八经的事，今日有这么个意向，下去要再联络联络更多的乡党，到时候我可以去咱们县驻市办事处联系一下，再定日子严肃选出个会长。”在民政局当处长的姓马乡党说：“这事是得慎重，要选会长，得选个德高望重的人！”观我愣了一下，立即说：“是这样的。”众人说：“那就你们几个去张罗吧，到时候通知我们就是了。”观我就喊：“朱贵，朱贵！”

朱贵在外修补好了鞋，提着进来。“朱贵，”观我说，“你记录一下，今日酝酿成立乡党会的事。参加会议的一个不漏都记下来。”

朱贵高声应着，但朱贵文墨浅，并没有记。

晚上，温雪做了小米稀饭，烙了柿子饼，留下朱贵一块吃饭。吃着吃着，观我推开桌上的四碟小菜和装着木鱼的汤盘，说：

“我突然有个想法。”

温雪和朱贵不知道他在想什么。

“如果咱现在什么都没有，没有这稀饭也没有这柿子饼，咱们去流浪，会是什么样儿？”观我说。

“那咱们去要饭，要一顿吃一顿，那也乐哉哩。”朱贵说，“嫂子愿意不？”

温雪说：“不愿意又怎么着，嫁鸡随鸡嫁狗随狗嘛。”

“咱流浪才不会要饭哩，”观我说，“我是画家，我卖画还养不活你两个？到时候我画画，朱贵当保镖，温雪守窝，换下好吃好喝的来先尽你……我是要画虾的，一天只画一只虾够吃就是了，多余的一笔也不画的。”

“那你是我和朱贵的掌柜的。”温雪说。

“当然是掌柜的！”观我说，“每天我画画回来，温雪你就把饭做好了，朱贵端那么大个碗，哼，不出力倒吃得那么多！”

朱贵就叫起来：“呀呀呀，嫌我吃多了？！”

温雪用筷子笃笃笃地敲着汤盘里的木鱼，说道：

“得啦得啦，别再流浪啦，要流浪我也不会去了，说来说去我只说你把那权呀势呀看淡了，说到底你还想当个头儿的！”

观我笑了一下，低下头去喝稀饭。

星期日，观我骑了自行车去丹岐县驻市办事处，见到了办事处吴主任，讲明了成立乡党会的意义：一是组织起乡党为家乡建设献计献策。二是显示咱们丹岐县人在市里的力量。三是以后家乡来市里办事相互间能有照应。吴主任很支持，说办事处可以提供开会场所，并免费招待一顿午餐。观我喜出望外，立即和信贷员商议会怎么个开法。

“你不要推托，就把会长当上。”

“要当，得名正言顺地当，不名正言顺没威望。”

“怎么个名正言顺？”

“选举就按选举程序走，我是政协委员，我知道选举那一套程序……你觉得我能被选上吗？”

“这又不是选市长。”

“民政局的刘处长那日说话你听见了吗，他恐怕是想当的？”

“乡党会会长要能热心的人当合适，他没必要来争这个吧？”

“这就看出你在行政部门没干过！刘处长那日说了那样的，我心也有些凉了，如果事情要顺利，是不是乡党会里就不吸收他？”

“如果不吸收他怕给别人难交代。”

“那就通知他也到会。可这种人得安抚住，还有那陆教授，农业局的李科长，公安处的王科长，这些都是有身份的，能量大哩，是不是考虑设顾问？哦，办事处的吴主任应该是当然顾问……”

“我不懂，具体事你和主任看着办吧。”

又一个星期日，所有的乡党都赶到了办事处，观我是星期六晚上就来的，他和吴主任布置了会场：以候选人多少而摆了主席台上的桌椅，又再一次核实了候选人的职务和级别——以免把座位的次序搞错了，出问题。会议开始，信贷员是主持人，拿着观我列出的程序单，先提出候选人让大家发表意见。发选票，信贷员又宣布选举注意事项，提出让朱贵当监票人，众人同意，集体鼓掌通过。观我就清点人数，众人同意，集体鼓掌通过。选票发完后，剩余选票当场撅毁，众人又鼓掌。选票填好后，要当众检查票箱，发生了意外，因为观我昨夜里用一只空香烟箱改做的票箱放在会议室屏风后的，现在取时却没有了。吴主任忙问办事处的人，票箱哪儿去了？一个服务员说，清早夜宿的一个司机说要去农贸市场买鸡的，看见他从会议室拿走了一个香烟箱子。吴主任大发雷霆，但已没办法，只好从厨房提来一个大瓷坛子，用粉笔在坛子上写了“票箱”二字。朱贵把坛子举起来，让大家看着是空坛子，大家说：“没错，没错，是空票箱！”站起来依座位顺序投票。主席台上的候选人多，桌子又摆不下，候选人差不多是侧了身坐的，一齐站起来去投票，就把一张桌子撞倒，桌上的热水瓶跌在地上，砰的一声巨响。观我赶紧说：“好，好，这是礼炮哩！”投完了票，当众取票，朱贵胳膊粗，挨不着坛底，选票掏不净。观我前去用锤子敲了坛子，说：“让大家看清票箱里是否取完了！”信贷员就让朱贵去办公室点票，观我制止了，说：“还得清点一下，看投票数与发出的票数一样不一样？”信贷员看了看程序单，说：“怪我怪我，看漏了一行。”清点之后，票数等同，宣布选举有效。

约莫过了一个小时，信贷员拍着掌让大家安静，开始念唱票结果，观我坐在主席台上，他没有喝茶，嘴里嚼一茶叶，一个字一个字逮着听：“据监票人报告，到会一百零三人，发出票一百零三张，收回票一百零三张，因两张票填写两人为会长，被认定为废票，实际有效票一百零一张。经民主选举，八十一票选举王观我，三十四票选举刘长山，二十二票选举马得草，五票选举李文海，五票选举王西石。以得票多少计，王观我同志当选为会长！大家鼓掌！”众人哗哗鼓掌，喊：“吃饭，吃饭！”信贷员说：“不急，程序还没完——现在，请会长讲话！”观我在听到他的名字后，嘴不嚼动茶叶了，脸上却不好意思起来，媚媚的，也邪邪的，坐着不动。信贷员说：“观我，你当选了还可怜兮兮的？你来讲几句吧！”观我走向麦克风，说：“我王观我压根儿没想到我能当会长，我感谢大家信任！当选后，我会尽力去做乡党会的工作的，但乡党会是桩大事，我又担心我能力不够，所以，我以会长的名义，想提议德高望重的杨信贷员、吴主任、刘处长、李科长、王科长、陆教授、李工程师任乡党会的顾问。大家有没有意见？”会场一时安静，有人叫道：“会长风格高，没意见！”观我说：“若没有意见，鼓掌通过！”又是一片掌声。会议终于结束，进行丰盛宴会。

观我的名片上，从此多了一头衔：市丹岐籍乡党会长。

观我在乡党会里确实做了许多工作，他通过信贷员认识了市长的秘书，又通过秘书认识了市长。当他带着自己的画作去送市长，市长在交谈中得知丹岐县山区学校困难，转告了团市委，将一批希望工程款拨给了丹岐县一所中学。观我又通过图书馆的乡党小惠，认识了馆长，得知馆长的一个外甥在丹岐县边远的乡上工作，希望能调到县城，观我就给县长去信，把调动办妥，馆长也同意组织一批图书支持丹岐县图书馆。尤其丹岐县长每次来省府汇报工作到市上，观我就以乡党会名义去拜会，并建议县上领导汇报工作时当然要汇报县上的大好形势，而来要财政款时，则不必汇报形势如何好，把所有灾情录成资料片，把贫困调查表写具体。县长当然懂得这些，每次要款时，就把乡党会的人叫上，观我就呈上一份乡党会部分人员回原籍考察材料。一次省上开各地市县领导干部会议，市长和丹岐县长正好分在一组，县上大讲了乡党会的重要性，市长又在市干部会上对办公厅主任说：你们单位的王观我是个人才啊！主任回来找着了处长。

“你知道不知道观我业余干什么？”主任问。

“……是他自己经营生意吗？”

“他组织了个乡党会，做了好多事哩！”

“听说是个会长。”

“没想到是个人才……咱们是不是对他处理得过分了？”

“你是说让他再回公司吗，主任？”

“那样的话，群众就对咱们有看法了。他在公司里是有错误的，但人有长处有短处，还是有能力的么，咱可以提拔一下，让他到财务科当个科长吧。”

财务科长再有几个月就退休了，处长就找观我谈了话：等老科长一退休，观我就当科长。

观我还未正式上任，却病了。观我患的是肝病。得知要当科长的观我在家喝了一次酒，喝醉了，一觉醒来，发觉自己裤裆里有什么硬硬地鼓起来，忙喊：“温雪！温雪！”温雪在厨房里和面，听得观我火急火燎地喊，乍拉着一双面手过来，瞧见赤条条的观我仰躺在床上，吓了一跳，但随之那根东西就软倒下去。

“叫你快些快些，你偏慢腾腾的，它又死了！”

温雪一把拉过被子把观我身子盖了，说：“活幺，咋不觅活呢？”

观我说：“它真的活过来一会儿的。它要真能活过来，我得领你去上海做手术呀！”

但观我的东西活过那么一分钟再没有活过来。到了月末，市里组织财务大检查，观我也被抽调到检查组里，没黑没明地跑了二十多天。那日，去一家化工厂查账，观我走到半路，突然觉得肚子疼，吃了些止痛片，反倒越发疼，最后就昏倒在车上。观我突然发病，而且诊断为急重型肝炎，已经有了腹水，市长得知后，指示：这么好的一个同志，病重成这样，竟还一直在检查组工作，直到昏倒在工作岗位上，一定要组织全市最好的医疗技术人员为他治好病。有了市长的指示，温雪就去找处长。处长着了急，因为当时紧急住在一家区医院，得转移到市医院，可单位的公费医疗点医院并不是市医院，将来谁报销医疗费：处长去找卫生局局长，卫生局局长通知市医院接收，市医院竟安排住进了高级干部病房。

观我享受了如此待遇，新闻在单位传开。处长也疑惑：是不是市长要抓出一个模范先进典型来的？心下所动，就让刘苍水先整理出一份观我的先进事迹材料备用。刘苍水写材料，当然得了解一些知情人，去采访了居委会黄主任，采访了公司职工，采访了冉总经理，采访了乡党会的人。刘苍水没有采访马连科，他是把马连科要处理成观我的对立面的。在采访何有福时，何有福是哭了，拿出那幅白牡丹的画让他看。

在区医院时诊断为急重型肝炎，转到市医院高干病房，为了慎重，又重新检查了几天，得出的结论同区医院相同。面对这样一个病人，院方成立了会诊小组，几位名大夫制定医疗方案。一位老大夫主张先服中药消腹水，另一位女大夫认为用器械抽腹水为宜。意见不能统一，争执激烈，但让老大夫和女大夫做出如果采用某一位的方案可以肯定在短时间内消下腹水，老大夫和女大夫谁也不能保证。耽误了一星期，观我的肚子越来越大，大小便也不通了。疼痛依然继续，动不动就又昏迷。乡党们得知，赶来探望。见人失了形，把温雪叫到病房外训斥。

“怎么能病成这样？人有病怎么还去参加财务大检查？！”

“发病前他只说身子困，可谁能知道他已害了病？大检查每天回来半夜，一上床就嚷累死了累死了，给我个冷脊背，我还以为他……”温雪不愿意再说下去，“他总是积极，说他要当科长呀，他得有个好形象。”

“老科长还没到时间吗？”

“听说正办退休手续哩。”温雪说，“都是科长位儿把他烧的，命里浮不起那个位儿，要不也得不了这种病！”

乡党们立即制止温雪，说话可不能这么讲。就建议：郊县马家堡有个医生，治肝炎有秘方，据说是把南瓜把儿熬成汤喝下，即可吐出黄水，吐出若有半脸盆，病就好了。温雪就让朱贵去了马家堡，请了那个医生来。没想会诊小组的人得知，生了气，赶走了乡下医生，对温雪说：出了问题谁负责？难道我们这些专家抵不住一个乡下野大夫？遂做出决定：鉴于病人病情，不让任何人来探视，连温雪也只能一日探望一次，医院派护士日夜护理。消腹水的方案最后定下用器械抽排。腹水是排下来了，观我也开始能喝水和略进稀食。可第三天，腹水又产生，观我疼得大喊大叫，医生只好一边用器械排，一边熬中药喝，好不容易止住了腹水，然后就没完没了地挂点滴。温雪每日来探视一次，用温水浸了毛巾，抚观我已经满是针眼的胳膊，眼泪汪汪的。观我说：“不哭，哭了影响不好。”温雪说：“我不哭。”护士来，就离开病房，一路哽咽回去。

观我用了许多进口药，有胸腺汰，有干扰素，肝灵，人造蛋白，但都没明显效果，后来用不用胎肝悬液，会诊组的意见又不统一了，一部分人认为市医院采用以小产出的四个月前的弃儿肝制成的液体给许多病人都有疗效，不妨试试。一部分人认为此液体还在试验阶段，而且质量不过关，容易出事故，反对采用。这样，继续注射肝灵。

观我的病开始恶化了，几天不再吃喝。乡党信贷员来看了一次，说："这病房设备还不错。"

观我说："这是市长生病来住过的房间。"

"……"

"不要紧的，市上组织了专家会诊组的，他们会治好我的病……市长为我的病专门批了字，下过指示。"

"……"

信贷员把温雪叫到一边，说："到了这一步，我看还是自己拿主意，在这里治恐怕不行，还是请民间中医。"何有福、马连科，还有刘苍水也来探望了，他们不得进病房去，只在门外听温雪传达病情，马连科说："我实在想看看观我，我们再有天大的仇，现在也该化解了……这病生得怪，咱得想个方法啊，我家邻居是共产党员，前年家里人一个接一个地病，别人请了渭东县的一个神汉来看了，说是闹鬼，他先是不信，可让禳治了一下，什么却都好了，这党员见人就说他信了，不信不行嘛——是不是让我去请那个神汉？"温雪拿不定主意，进去和观我商量，观我已经有气无力，说一句歇半天，说："这得和会诊组商量吧。"温雪又去找那组长，组长说："病急也不能乱投医呀！观我同志的生命不仅是观我同志的，也不是你们家的，他是属于革命，属于大家的，我们不敢有一些懈怠，这一点你放心。"温雪也就不再说什么。

观我在医院维持了一月零三天，中午，突然吐血，吐了小半脸盆，昏迷中再没有醒来。

观我死后，并没有被追认为先进典型，但追悼会是很隆重的。温雪除了自己哭外，从劳务市场又请了三个哭妇。还租赁了四十二个花圈。单位的处长致悼词，把观我生前的各种职务统统列出来，列了十一项。温雪说："观我除了是风竹堂的堂主外，他还为自己起过'品茗屋'的斋号，应加上'品茗屋主'的衔。"处长同意了。

乡党会的乡党们虽然都参加了追悼会，他们在办事处召开推举第二任会长的会上，仍对观我的死耿耿于怀。

在饭桌上，新任的会长刘长山因为吃素，要了一碗面条吃了，大家笑他富身子穷肚子，放着龙虾海蟹不吃只吃面条，刘会长说：

"你们以为见什么吃什么就是美食家吗？喜欢吃什么，肯定身体缺什么——我现在的经验是，吃饭要为自己吃，生病要为自己生。观我一辈子讲形式，什么都成形式了，自己最后生的也不是自己的病，最复杂的事处理成最简单的事，最简单的事又处理成最复杂的事，他也只有去死了！"

——选自《小说选刊》1998 年第 1 期

古堡

第一章

一

商州东南多峰，× × 村便在天峰、地峰、人峰之间。三峰鼎立，夹一条白花花的庄河蛇行，庄河转弯抹角，万般作弄，硬使一峰归陕，一峰归豫，一峰归鄂。在归陕的河的这边，恰三峰正中处又有了第四峰，人称烛台。说是朝朝暮暮风起，三峰草木仰俯，烛台峰上则安静如室，掌烛光明，烛心活活似鸡心颤动。

村人姓杂，野，多住石板房。朗日光照，满屋四射，逢雨却不漏，听雨声如炒爆豆，时天地弥漫，群峰便被云雾虚去，有鹰、狼、兔、狐哭嚎，声声凄厉犹从空降。村人便崇尚神明，每月忌日颇多：初一男不远行；十五身不动土；十七、二十一妇道人家不捏针线。犯之据说目生白障，行夜路被小鬼迷糊。村人唯孩子最金贵，说是童尿喝之可疗治百病，便常于盛夏中午，将孩子们轰往河湾潭里玩水，难免不边玩边撒尿。玩够了，一个个就精光光摆放在石板上晒太阳，然后再抱起脚来验证种源祖籍。说也奇怪，伸出的脚，小趾甲多半为不囫囵，分一大一小两瓣。这个说：“我是商州土著！”那个说：“我也是商州土著！”少半为趾甲完全的，便顿生羞耻，指着峰上的古堡，强词夺理说道：“我不是商州土著，那峰上为什么有我们姓氏的古堡？！”众口不一，争嚷不休。

古堡高筑在峰顶，皆二抬、四抬、八抬偌大石条，沿巉巉的崖角直垒而上。有的岌岌可危，临风则数人推之不动，又呈一种油腻，日里发黝黑漆光，已是百年物事了。石条缝里生出鸡骨头杂木，枯枝秃干，鹰鹞便在那上面扑翻厮打，抢夺窝巢，落下胶粘过似的硬羽，被村人拾去，插在自家中堂上“天地神尊位”龛的两边。

那是过去的年月，山高皇帝远，乱世的土匪汇集在这鄂豫陕交界之地，骚扰村民，村中便有财主大户逃往峰顶，开石修堡，屯粮安身。如今孩子无知，却全然天真，借古昔的罪孽遗物以夸耀姓氏的英武，申辩祖籍，便不免争执不下，大打出手。各自家长就出面袒护，伤了和气，或指着天上红彤彤的太阳说天地良心，或吵吵闹闹去烛台峰九仙树下咬破中指起誓发咒。

九仙树是千年古木，内中早已空朽，一边用石头帮砌，一边以木桩斜撑。上分九枝，枝枝却质类不同。人以为奇，便列为该村风脉神树。奇峰生有奇木，必然招有道教，但从峰下往上看，道观并不见，齐棱棱看着是一周最完整的石墙。墙有双层，极宽，外置女墙，设有瞭望孔，有枪眼。爬“之”字形石径上峰，低头进了堡子门洞，方是一合庭院，云绕亭柱，苔上台阶，甚是清净。观里有一老道，囚首垢面，却眼若星辰，气态高古。此道“文化大革命”中曾经还俗，娶一独眼老婆，前四年弃妻再度入观，又开始在青灯下吟诵《丹经》《道德经》。老道手下还有三个小道，皆蠢相，除习经外，便种菜，砍柴，挑水，扫除观院。他们背地里骂老道还过俗，身不洁净，无奈老道栖止观内先后三十余年，披览道教典籍，精通经义，亦懂得《易经》玄妙卦术，熟知地史艺文，三个小道，也只好尊他为长。

这道长每每见村里有来九仙树下起誓发咒的，便研墨洗笔，抄录《史记·商君列传》中的一则，感叹这一群商君后人！或者便不忍看那其中的老妪少妇、黄花闺女，木木的表情念一段“軆舸桱叆愈穪檠，蹟僔偨鏚湃偨熄”，此是道观门前一副石刻楹联，村人多不识字，识字的则视若天书，望之愕然。见老道只是吟念，便生恐慌，分散下山，恩怨不提。而孩子们禁不住好奇，早归于和好，怯怯地凑过去听老道说古今。

这年夏天，孩子们却很少去河里玩水，也很少有机会去烛台峰道观，因为大人们都在传说，此地新来了麝，一只大得出奇的白麝。山里曾经是有过这野物，但好多年已不再见，且从未有过白的。白麝出现，人心惊慌，不时传闻这麝成精，能后腿直立，幻变妇人，于荒草野径中摇手招人。或是某某媳妇夜多惊醒，言梦中有人破门而入强与交合，问其姓名，自称姓“麝”。风声很紧，孩子们就大惑不解，常静观山峰古堡和草木间，觅寻那怪物出现，稍有动静，锐声叫“麝”！大人围上山去，一无收获，便不许随便出门。一时称麝为凶兆。孩子们偏不能安分，又不可亲自探险，询问自己父亲，回答却是极不耐烦。

“爹，真有一只白麝吗？”

“你当心着！”

“你是看见过吗？”

“看见了你就没爹了！”

“那，真是凶兆了？”

“背你的矿！”

孩子们就背矿了。做父亲的马虾一样弓腰在洞里边，挖出一块石头了，从胯下丢过来，孩子就捡在一个口袋里。捡得半袋，连拉带扯地出来。一出洞，人和袋一起倒在地上，一脸的汗泥，眼睛却盯着高高的山峰：那里会不会忽地出现白麝呢？

孩子们是恨死了这矿洞的。矿洞消耗了他们的欢乐，不能随便上山去听老道论古今，也不能去察访白麝的下落。心里说：矿洞再塌一次最好。

先是 1958 年“大跃进”，到处要大炼钢铁，村里任何破锅烂锁都上交了，眼睛就盯着烛台峰九仙树上悬挂的古钟。古钟被砸，鄂豫陕三省边界再不闻音律，道士呆若木鸡，朝暮立古堡上望万山之间鹰鹞来去，听满山草木似潮水悲嘶，扫叶焚香，向天呼号。后又有公家人来探矿，说此处有锑，掘坑挖洞，掏取一种乌黑的石头。石头掏出来了，突然宣布储藏量不大，国家不予投资，收兵回营。挖开的洞穴就被荒草埋了，里边住了狼，住了狐，秋天里便有一堆一堆的兽粪。一年，有小儿失踪，又在洞里寻得一堆噬过的血骨和一个小儿的项圈，从此再也无人敢进。这二年，土地由私人分包，农民可以种粮，亦可务商从工，张家的老大就又在废洞里掏取锑矿。掏取有一麻袋两麻袋了，搭便车交售给县矿产公司，竟落得一大把钞票。张家老大一带头，跟随的便有许多家，这矿洞就越发掘得如鸡窝一般，动不动就垮了。结果各人皆重新凿洞采挖，能掏多少就掏多少，做父亲的就让孩子当小工。

爹又在洞里唤儿，声闷闷的。

孩子便再一次爬进去，洞里潮湿湿的，壁上石块犬牙交错，那头就被碰了，起一个很大的包。爹催：“快些！快些！”孩子却在问：“爹，那白麝是成了精吗？”

啪！爹照例是一个巴掌打过来。孩子眼前有一团金光，知道脸上留下一个汗泥的五指印。爹还要骂："成精了吃了你！"

孩子没有言传，背矿出来，小声骂一句："吃了爹！"

二

山上确实有一只怀了孕的白麝，是从湖北山麓逃过来的。它的丈夫在一次猎人焚山围猎时烧死了。于是，这白麝跋山涉水赶到了此地。

白麝很快就分娩了。它在天峰古堡里打滚，号叫，拿头撞那石条，后来下身就涌出血来，染红了石头，也染红了石头缝中的茅拉子草。小麝终于生出来了，居然还是一对双胞胎：一雄一雌。

这对小麝长得风快。有着它们父母的野性，体格发达，从不生病。它们喜欢天上的太阳，喜欢黑夜的星星，喜欢野草、清风、露水。在白麝带领下，它们跳石坎，上树丫，捕食那影子一般疾驰的灰毛兔子。

一天，它们到山下觅食，突然，草丛里一道黄浪闪动，冲出了一只肥大的狗，迅雷不及掩耳地将雄麝扑倒。雄麝在地上发蔫不起，白麝和雌麝惊呆了，狗也惊呆了。四兽互相凝眸了半晌，同时扑去撕咬，雄麝滚落到两丈外的坪子上。白麝吼叫了一声，凌空过去压在了狗的身上，两者登时交作一团，黄白闪动，皆不出声，喘着粗气，各自听见了各自咬拔绒毛的嘶嘶声。猛地，白麝咬住了狗的脊梁，狗一声惨叫，被甩出去丈把远，翻起来没命地跑下山去了。

三

这狗叫阿黄，是张家老二的养物。××村家家有狗，都剪了尾巴，便于在山林草丛疾奔，唯老二的狗留着尾，神采英武。它凶狠如狼，却也殷勤驯服，听得懂老二的话，能看着老二的眼色行事。它跟着老二，撵过野兔，也扑过鹁鸽，没有一次不成功。这天意外地发现了麝，只说满可以叼着一只猎物突然出现在主人面前买好时，它却失败了。它脊梁上流着血跑下天峰，一直到了烛台峰这边一片长满野苜蓿的地上，“汪汪汪”地把睡在那里的老二弄醒了。

老二正睡得香甜，忽然被狗掀翻了遮在他脸上的草帽，就骂道：“狗东西，你吵什么呀？”再一睁眼，看见阿黄背上在淌血，一个鱼打挺就坐了起来。

阿黄狂吠不已，头朝着天峰山上。

老二疑惑地站起来，阿黄却就往前边跑去。跑出一段，回头来望，老二知道狗发现什么目标了，便随狗一直往天峰山上走去。黄麦菅草丛里，老二看见了被压倒的痕迹，低下身去，草丛里挂有麝毛。他立即眼放光彩，抱住了阿黄叫道：“麝！麝出现了！阿黄，麝在哪儿？在哪儿？”阿黄却茫然汪汪。老二就方圆左右察看起来，眼睛如鹰一样尖锐。但是，一无所获！他掉头便往峰下跑，跑得气喘咻咻，直经过自己睡觉的野苜蓿地，到了那边一个锑矿洞口，大声喊：“哥，哥，阿黄咬住麝了！”

矿洞里一阵嗡嗡声，一个人爬了出来，浑身泥土，眉目不清，强烈的日光刺激着，眼眯得如一细缝，却在问道：“老二，你说什么？”

老二说：“你瞧，这是麝的毛。阿黄发现的，它们咬过一场。这麝果然在咱这一带哩！”

张老大却并没有过分的激动，嘴里“噢噢”的，朝草地那边的一泓泉走去。泉并不大，围绕着一圈猪耳朵草，太阳照得水面发温，草根下不时“噗噗”地散发出泡儿来。一只青蛙在里边养育了无数的蝌蚪，他拨拨水面，嘴凑进去一阵没死没活地狂饮。

老二在嘴里嚼着篦篦芽草，嚼得稀烂了，敷在阿黄脊背的伤口上，眼睛就直溜溜看着哥哥。

爹娘死得早，哥哥十二岁接的力，就是他和妹妹的父亲、母亲。兄妹三人，相依为命，家破是没破，日子却紧紧巴巴。冬天，单衣装上套子是棉；夏天，棉衣抽了套子是单。等到他们各自长大，有了力气，逢着土地承包，一身的苦力，舍得出。土地没有亏他们，家里的三个八斗瓮满得盖不了石板盖。特制了五格子板柜来装粮食。人穷了心思多，有粮了口气壮，哥哥便对他们说："山里就是这么多地，咱把力出尽了，地把力也出尽了，粮食再高出一百二百，那是很难指望的。而钱却只有出的，没个入的，咱要寻门路抠钱哩！"哥哥就到那废洞里挖矿。废洞里有磷火，天一黑蓝莹莹地闪，村人没有一个不在唬他。等到矿挖出来，背篓背到公路上，又从河里摸鳖、石头底下捉螃蟹，送给过往汽车的司机，然后搭人家的车去县上矿产公司卖，一个月里卖得一百元。于是就有人联名给八十里外的县政府告状，说这是私开国家矿产。县政府英明，派人了解后，同意私人开采。结果村人都去挖，那矿洞不长时间就被挖得坍的坍，塌的塌，一疙瘩矿也刨不出来了。刨不出来，就谁也不去刨。偏他们的矿洞尚好，又眼瞧着他们家拆了人经几辈的石板房，盖起了青堂瓦舍，村里人就又肚子鼓鼓地不平。后来便有风声，说是来了白麝，有了凶兆，村子里将要有灾有难了。

唉，哥不语，老二心里就莫名其妙，甚至有点气愤！哥哥真的是窝窝囊囊，只知闷头挖矿，还是他不明白村里这麝的风声的缘由？就说："哥，你怎的不说话？既然有了麝，咱就想法子把它打死。现在人人都在说这麝，那用意全是冲着咱家的啊！"

老大说："这事我比你清楚！说到底，还是咱这地方穷嘛，穷极了就见不得谁碗里米汤稠；别人的稠了，不是想法子和人家一样稠，倒要一个心眼让别人和自己一样稀。瞎就瞎在这里。”

老二说：“哥这话说得对！反正咱家瓦房盖起来了，不挖矿也就不挖了，到时候，云云嫂子娶回来，一家子洋洋火火过活，也不会比别人差多少。要再挖矿，那咱这人缘就越发倒了！”

老大没有言语，他的头似乎很沉。老二眼睛看着水池，墨点样的蝌蚪又浮在水面。一只青蛙“呱呱”叫起来，七只八只青蛙全叫起来，无聊而单调。老二不耐烦，一个石子丢过去，蛙声顿噤。但立即又是一片，再要捡一块大的石块去砸。老大站起来挥挥手，说：“好了，好了，不挖了，回家去！”自个就走了。

老二就背了阿黄跟哥哥走。阿黄拿舌头舔他的脖子，他还在说着山上白麝的事，牙齿咬得咯嘣响，一嘴白沫：“哥，后晌我就拿炸药把矿洞炸塌去，明日一早，咱找光大，借他的那杆猎枪，我不信打不死那麝的！”

老大却狠狠地说：“胡成精！后晌你去祖坟里，将那十几棵松树伐了，扛到这里来！”老二说：“扛到这儿来？干啥用场？”老大说：“所有的洞都垮了，只有咱这个洞子还好，把这洞子扩大，支上支架，全村人都可来挖了。”老二惊得噎了半天，说道：“你是疯了？那些人恨你恨得牙床出血，你倒要加固这洞让别人来挖？”老大说：“别人都穷着，你当着个财主，心里就安生吗？别人也能安生让你做财主吗？天峰顶的那个堡子是李家地主的，家里有万贯，可后来呢？”老二叫道：“我不当财主嘛，我是说把矿洞炸了去，要穷都穷，看谁还说咱个不字？”老大说：“这何苦？拿着个金盆银碗去讨饭？”

老二说不过哥哥。弟弟是一匹野马，哥哥就是嘴上的嚼子，弟弟是老虎，哥哥就又是武松，这个家老大是掌柜的。老二一下子把阿黄从背上摔下去，说：“哼，你思想好，怎不见孙家把云云嫂子白嫁给你？！”

一句未了老二就吐了一下舌头，缄口不语。老大说：“说呀，怎么不说了？”老二嘟囔道：“她来了！”拿嘴努努河畔。河畔里漫上来一群羊，羊群里站着云云。云云穿了件浅花的确良衬衫，奶子耸着，笑吟吟朝这边瞭望。两腿夹着一只弯角羊，羊愈是要挣脱，那腿愈是夹得紧。老二赶忙扭过了身，又往山上走。云云在下边喊：“老二，老二，我给你采的津钢钢！”老二不吱声，装着耳聋，倒在远远的坡坎上，和阿黄纠缠在一起打滚。

老大迟疑了一会儿，还是走了下去，一直走到羊群边，羊便把他们围在了中间。老大说：“什么津钢钢，让我吃吃！”云云说：“就你馋，腥猫儿似的，把嘴拿到石头上磨磨去！”手里却亮出一个两头尖的绿果子，塞在老大嘴里。云云说：“老二鬼头，他倒不来！”老大说：“他二十出头的人了，啥事不知道！吃饭的时辰了，你还赶羊到山上去？”云云说：“我来找你的！”老大说：“我不是给你说过吗，大白天的，咱谁也不要找谁，村里人眼睛是钩子呢！”云云却噘了嘴，说道：“是我爹让来找你的！”老大就慌了：“你爹？你爹知道？你给说了？”云云说：“爹问这的确良衫子哪儿来的。”老大就埋怨道：“你也是烧包，衫子才买回来你就穿上了！”云云说：“买了就是穿的嘛，留下生儿子不成？”说毕，脸却红了。老大回头又看了一下远处的老二，老二在草里不见了，便说：“知道了也好，老人同意不？”

云云说：“我爹没意见。问谁的媒人？我说没媒人。爹打了我一个耳光。”

老大的脸面就失了血色，叫道：“他是生气了？你奶呢，你没给你奶说？！”

云云说：“是生气了，顺门走出去，饭没有吃，一整天不见回来。我奶急得在炕上哭，又跪在那里烧香磕头。天黑爹回来了，就又骂我，又怨说奶，说是把我宠惯坏的，末了却说：‘我把媒人找下了，让吉琳娘做媒人吧！’他是去找媒人的，吃了人家一哨子烟，给人家放了十元钱，说是封口钱，让她做媒，却不能胡说。你今黑也该提四色礼去求求吉琳娘吧，让她在村里放风，我爹我奶脸上就光大哩！”

老大脸上活泛开来，眼睛直溜溜瞧着云云放光，一双手试试探探地过去了，像是蛇，咬住云云的手。云云说：“不，不！”忙往远处坡坎上看，手却软软地让老大捏住。后来俩人突然不见了。羊群炸开，一片咩咩声。

坡坎上的老二和阿黄滚得满头草屑，后来躺在那里不动，一只眼瞅着狗，一只眼盯着那群羊。他忽地把狗搂住，搂得阿黄受不了，“噢噢”地叫。

山腰上，牛磨子的小儿子赶着一群羊也下来，鼻涕邋遢的，叫老二：“老二哥，你瞧这是啥？”手里亮着三颗崖鸡蛋。老二说：“哪儿掏的？咱生火烧着吃了吧，我能用石片子当锅的！”小子说：“我不，夜里再吃，夜里家里来人呀！”老二问：“鬼到你家去！”小子却说：“牛家的都去的，我爹给续宗谱啊。爹说我这一辈是‘抗’字号，我有大名呀，要叫‘抗张’！”老二骂道：“‘抗张’，和我们张家抗呀？抗你娘的脚去！”小子说：“你骂人呀？”老二说：“我还想打哩！”龇牙咧嘴的凶相，吓得小子忙赶羊往下走，老二却拦住不让下，小子就质问为什么不让他走，老二话说不出口，竟一拳将他打趴地上。那羊群却不听老二的，望见下边的羊群，两队的头羊就冲了过去，相互仇恨，良久，同时后退数丈，猛地低头撞去，“砰”地巨响，如双木破裂，弯角折断在地。

那一丛红眼猫灌木丛中，树叶无风而抖着，那旁边孤孤地插着一根羊鞭。老二想：那该是哥哥、嫂嫂的卫兵吧？

第二章

一

三间石板屋里，光线越来越暗。云云在灶火口烧蒿柴火，火老笑，呵呵呵的，云云就痴了。用手摸摸腮帮子，还有些痒，便骂了一声："狠东西！"奶在炕上听见了，问："云云嘴是刀子，骂谁呢？"云云忙说："没骂谁，奶又听岔了！"那火也就灭了，墙壁上没了红红的光，黄烟罩了屋子，奶呛得又咳嗽。云云说："奶，外边没风，我背你到门口坐坐吧。"说着就背出来，让奶在躺椅上侧卧着，给她捶腰捶背。

奶是七十四岁的人。"七十三，八十四，阎王叫去商量事。"过去的一年，家里人心都攥在手里。但她却刚刚强强过来了，而且饭量极好，笑说云云娘命短，六十没过就死了，也说云云爹吃饭不如她。云云曾说："人老了就凭一碗饭哩，奶能活到一百岁！"她爱听奉承话，也格外自强，在家里指教云云纺线织布、剪纸扎花。没事了，就按住云云听她说话。云云最怕她说话，一会儿是天上，一会儿是地下，正说着活人的事，突然又是死人的事，她分不清阳间和阴间了，也搅浑了现实和梦境，听得云云莫名其妙，又毛骨悚然。当下在躺椅上静卧，就说："饭好了？"云云说："面在案上切了，水也开了，等我爹和哥回来就下锅。"奶便说："今日把饭多做些，你娘要回来的。昨儿夜里，她回来了，就坐在灶火口，和我说起你的婚事。唉，人都说给儿娶媳妇难，嫁女更难啊！谁知道那男家是福窖还是火坑？日头落了，你爹是该回来了，你去熬茶吧。"云云听得心里紧，进屋去点燃了油灯，却并不去熬茶，倒拿了篦梳替奶刮头上的虱子。奶说："活得走不到人前去了，头也是洗着，却就是生虱！你去捏些药粉在头上，虱就毒死了。"云云说："人老了，是不是头皮发甜？用药粉还不蜇得奶头疼！"奶就笑了，夺了篦梳说："要刮我来刮，你快去熬茶吧，你爹回来又该骂你！"

场院的千枝柏丛后传来一句："我是老虎了？！"云云一吐舌头说："爹真个回来了！"忙起身拿茶锅，爹就走进门前。爹是剃头匠，赶七里镇的集会去的，一条长长的扁担，一头为脸盆架，上装破了沿的铜脸盆，一头是泥垒的火炉，烧有木炭，那逼刀用的顺子就吊在扁担头上。一放下扁担，挨老母坐下，从怀里掏出一个蓖麻叶卷，绽出一个油糕递上，说道："我在镇上买的，软软的，娘快吃下。我一走，你奶孙俩就外派我了！为媒人的事我打骂过一次，你让云云说，我哪一点过余了？"

云云将茶锅在灶火中熬着，回话说："爹要是好，应该到老大的矿洞里去挖矿哩！"

剃头匠说："这又是老大给你出的主意？"

云云说："老大在加固他挖的那个洞子，让大家都不要胡挖。一是破坏矿产，二是又不安全。他已经伐了坟地的树做支架，爹何不也入一股帮帮他呢？"

剃头匠不言语了，在磨刀石上磨他的刮脸刀，磨了一会儿，用指头去试，随手拔一根头发在刃上一吹，头发就断了。云云将茶锅端出来，在碗里倒一种黄乎乎的汁水，双手递给爹，说："爹又舍不得钱了！"剃头匠并不看女儿，一口饮了茶，对着老母说："我哪儿有钱？女儿养活大了，分文还没拿到手，倒要拿钱去帮人家？"云云说："这是让爹去挣大钱哩，又不是让爹把钱往河里撂！"

爹说："人生在世，谁不爱惦个钱？可钱不该有的，不必强求。

张老大聪灵是聪灵，他爹娘过世早，我是看着他长大的，也正是没爹没娘，他们兄弟少管教，心放得太野了！你也能看见，他挖矿挣了钱，人缘又怎样啦？”

云云说：“没钱了你就叫穷，遇着个金疙瘩，你却要当瓦碴！”

爹发了狠声：“你说啥？你再说一遍！”云云还要说，躺椅上的奶，嘴里嚅嚅地嚼着油糕，就拿眼睛瞪她。云云便将爹的汗衫子压在水盆里搓起来，搓得哗哗响，水泼洒一地。爹就说：“不愿意洗就不要洗，衣服招得住你那么搓！”奶终于咽完了口中的油糕，说：“云云，不等你哥和老三了，下面去吧，你娘早来了，等着吃饭的，你寻着让你娘也骂你吗？”云云说一句：“奶又阴差阳错了！”就进屋去烧火，不小心撞跌了一只碗。爹说了一声：“哼！”云云回话道：“是猫撞翻的！”一脚把猫从屋里踢了出来。猫委屈得跳过篱笆不见了。

云云盛了一碗干面供在娘的灵牌前，再一碗端给爹，说：“吃饭！”爹嫌她言语冲，没接碗，云云就将饭碗放在爹面前的磨刀石上。这时哥哥光大回来了。光大方头大腮的，挎着一杆猎枪，枪头上吊着四只野兔。一坐下，脚上那双黄胶鞋就蹬脱了，问爹：“给我买回来枪药了？”爹说：“没买成！”光大说：“咋没买成？”爹说：“枪药涨价了。我剃一晌午头，还不够给你买一筒药。他娘的，公家那东西都涨价，剃一个头还是两毛钱！你也别一天疯张了，养什么貂。甭说将来能赚多少，见天得几只兔子？打一只兔子你得放多少枪？一枪得多少药？”光大一脸不高兴，说：“你不买就不要说给我捎买的话。貂养成养不成，你不要管。就是不养貂，这枪我还是要放的！”爹说：“你耍阔，你有钱嘛！”光大说：“没钱我也没花过你的剃头钱！”爹“咣”地把饭碗往地上一蹾，说道：“好呀，不花我的钱，只要你用你的钱能把媳妇娶回来，我趴下给你磕头！”

奶生了气，说道："火气都那么大，一个要吃一个吗？你瞧那颗星星，那星星是你爷呢。你爷在天上列了仙班，他为啥不回来，他就是拿眼睛看咱这个家哩！要么咱日子不如那张家老大，咱整天都是吵，吵架能饱了肚子，你们到天峰顶上吵去！"

云云赶忙把面递给奶，让占了口。又从浆水菜瓮里捞出一笊篱菜来烩在面锅里，连面带菜给哥盛一碗，另一碗放在锅顶处给弟弟留着。一家人就大声地吸溜起面条来，光大咬嚼酸菜帮时还发出吱吱脆响声。

饭毕，月亮也出来了，老三还没有回来。奶问："光小到哪儿去了？"云云说："中午我在洼里放羊，看见他往湖北那边去了。"爹说："又去耍钱了！咱坟里风水败了，后辈里尽出些歪货，说不定哪一天他会坏事在这上边！"奶就说："他不回来了，也不等了。都不要说话，我有事给你们说，一家人坐着商量商量。"光大却不坐，用刀子剥剖野兔。兔头剥了，用绳子系着脖子吊在门闩上往下拉皮，拉了皮的兔子光精精的，让人害怕。奶不让剥，他说："说你的，我听着哩！"

奶说："这事光大还不知道的。今日一早，吉琳的娘过来对我和你爹说，她是来给云云找个家的，男大当婚，女大当嫁，云云也是到时候了。我到咱家来是十六岁，你娘过门是十八岁，早结婚早生子，娃娃接力就接得早……"

光大把刀子从口里取下来，双手血淋淋的，问道："找的家在哪儿？"

爹说："是张家老大。"

光大说："爹和奶同意了？"

奶说："我这一层子人，全都过世了，是我给每一个人擦的身子、穿的寿衣送走的。村里这些娃娃，哪一个又不是我铰的脐带接来的？老二生时，他妈羊水破了半天，却生不下来，还是我用手扯下来的。老二是个双旋，旋与旋之间宽二指，‘二指宽，抱金砖’，打早我就说这娃娃将来是成事的。昨日夜里，他爹他娘就来了，满口满应地答允这门亲事，咱还有不同意的？光大，我给你和光小说的意思，就是让你们也知道知道。媒人说，选个黄道吉日，张家老大摆了酒席，请三姑八舅的吃吃，一场婚事就要正经订下来的。”

光大却不言语了，又拉过一只死野兔剥皮。月光下门闩上吊了一排，叫人不忍卒看。委屈而逃的猫却没脸面，闻见肉香又跑回来一声一声地叫。

奶说：“光大，你咋不说话，舌头没了？”光大喉咙里黏糊，喃喃不清地说：“张家那边给掏了多少钱？”云云一直坐在奶身旁，静静地听，偷看各人脸色。出现了沉默，她浑身就觉得有虱子咬。听罢哥哥的话，气再憋不住，说道：“你看你妹子能卖多少钱？”言语极不好听。奶就训道：“云云，你插什么言？咱又没向人家张口，人家给三百四百，还是分文不掏，那是他张家的事。”光大就说：“奶在这儿，爹在这儿，我说一句话，云云嫁不嫁我不管，咱做事不能让外人扯笑。”爹一听倒火了，说：“扯笑什么？”光大说：“云云比我小五岁，别人会怎么看我哩？”云云站了起来说：“噢，你是想你的事哩！车走车路，马走马路，谁碍了谁了？”光大说：“咱这地方，我还没听说过谁这么便宜娶媳妇的，你要大方，谁给咱家要大方？”云云说：“你找不下人，想让我给你挣钱呀？你越是这样，那钱我越是一分也不要！”光大脸就全撕了，跳起来说：“他不掏钱，这事就不得成！爹娘生了咱兄妹三个，不是只生了你一个！”云云说：“生了我，我分家产了吗？这些年，有眼窝的看得见我为这个家出的力！到我该走了，还要这么勒掯？！”说着就哭起来。

奶气得浑身发抖，骂道：“云云，你哭丧吗？”一口痰涌上，咳不出，人在躺椅上缩成一团。云云见状跑过去喊：“奶！奶！”奶只是翻白眼。云云就冲过去抓光大的脸皮，光大还了云云一巴掌。奶一伸腿，眼瞪直了。爹疯了一般吼道：“打哟！打哟！你奶气死了！”兄妹就又跑过来。光大连声叫：“奶……”便对着奶的口猛吸起来，将一口痰吸出来了。奶又缓缓地透过气来。光大却披了衫子走出门去，脸上像布了一团黑云。

云云给奶摩挲心口，灌开水，后倒在奶怀里，叫一声奶，哭一声娘。剃头匠却再没声响，木呆呆地坐着不动。夜已深沉，村子里死了一样地静，谁家的父母在喊睡了一觉的孩子起来撒尿，十声八声喊不应，就骂起来，用巴掌啪啪抽打那叫不醒的儿子屁股。奶有气无力地又把活着的人和死了的人混着说，一会儿叫着云云的娘，一会儿叫着云云的爹，云云看着油已将尽的灯芯跳动，心里阴森森地惊恐。后来，灯就灭了，爹还坐着不动，烟锅头一明一灭，像是一个什么野物在眨眼。

二

天明，云云红肿着眼睛下炕，才要坐到台阶上去梳头，爹却早坐在了那里，接着是夜半回来的光大和光小也坐过来，再是奶。一家人皆黏眉糊眼，似醒非醒，分坐在台阶的青光石头上，你看看我，我看看你，后来谁也不看，都望着四峰上的古堡，表情木木。这是典型的村人起床图。半个时辰过去了，一只狗在河湾处大声叫，接着是一群狗地追逐，山洼里才渐渐清醒过来。光大先站起来，背上猎枪走了。接着是光小。接着是剃头匠。谁也不知谁要到哪里去，谁也不打问谁。长长的台阶上木鸡般地留坐着奶和云云，院子里显得空大。

剃头匠在河里洗脸，手掬着水啪啪地拍着额颅。在这个家庭里，每一次矛盾纠纷都是他所引起，而每一次结局，均是他长久地沉默不语。夜里，他恨死了光大的不近情理，但他同时又可怜光大。这个到了年纪而没有成家的儿子，打骂云云，实际是在打骂他这做爹的啊！剃头匠深深感到了自己为父的可耻。他一夜未能睡好，在思谋着一个出路。老母问他，他没有告诉，该他承担的事情，他绝不拖累上了年纪的老人。

洗罢脸，他去了吉琳家，毫不避讳，对吉琳娘叙说了夜里的家事，甚至还有些夸大其词。

吉琳娘一边往手心唾唾沫，一边抹到乱发上，用梳子梳，问道："你这是什么意思啊，剃头匠？"剃头匠却沉默了。吉琳娘说："你剃头也这么不干脆吗？"剃头匠唬道："我那刀子能割了头哩！"吉琳娘就叫道："我知道了！是不是要钱？明说了吧，要多少钱？要什么嫁妆？刘六顺的女儿长个冲天猩猩鼻，出嫁时讲的是男方给他一个寿棺的。"剃头匠说："我这么想，云云是有这个哥，老大也是有一个妹子的，四个人都是光眉顺眼的，如果愿意，这会省多少钱的。"吉琳娘一梳子梳下个虱来，在手指上看看，扬风丢去，惊道："换亲？"剃头匠说："这又不犯国法，山里多的是。"吉琳娘不言语了，闷了半日，就扳了左手指头运算李淳风六壬时课，大安、留连、速喜、赤口、小吉、空亡，翻来倒去若干遍一抬头说："好事倒是好事，只是老大的妹子嫩，看得上你家光大吗？"

剃头匠最担心的也正在此，脸上顿不是颜色，接着就苦苦地笑，说："你是媒人嘛！"右胳膊就伸过来，使劲褪长了袖子。吉琳娘的手过来，两只手在袖筒里捏码儿，两双眼睛死死地盯视对方，一丝不苟。如此经济谈判之后，吉琳娘干瘪的脸皱纹绽开，剃头匠便起身走了。身后，吉琳娘却大声嚷道："他伯呀，怎么不坐了，我给咱熬一壶'满山跑'喝呀！"

当吉琳娘趺趺撞撞跑到矿洞，叫出了浑身泥水的老大，老大一出洞就软坐在土坎上，大口大口地呼吸。吉琳娘就笑他过的什么日子，人不人鬼不鬼的。老大给她笑笑，说这算什么呀，听有人讲铜官那儿的煤矿，一个班一个对时，麻绳拴筐子吊下去，黑咕隆咚的，一下就是四十米、五十米，人在洞里四脚兽似的爬着走。出了洞，除了眼球仁能活动，谁认得是人是鬼？家人站在洞口，见面先呜呜哭不清，好像轮回从阴间转世而来。吉琳娘就说："真是个只见贼娃子吃，不知道贼娃子挨打哩！老大，我寻你是有事哩！"媒人来寻，老大就知道她的用意，从怀里掏出一元钱，说："您老拿去喝酒吧，我正在忙着支洞架，身上也没多带钱，你不要嫌少啊！"吉琳娘将钱收了，却说出："剃头匠改了口，他不应允亲事了。要娶他的云云，他的光大就得娶小梅！"老大登时骇绝，张口无言，凶相吓人。吉琳娘忙改口骂起剃头匠，说他心瞎了，眼也瞎了，光大是什么货色，倒敢娶小梅，蛮牛啃白菜心呀！老大又慢慢靠着土坎坐下去，坎上的浮土唰唰流了一脖子，嘴脸乌青，待到吉琳娘骂得话不入耳了，说："婶婶，你不要骂了，让我好好想想。你先回去吧，我会给你去回话的。"

老大重新回到矿洞，矿洞斜着往下走一段，就直直地平道而进。里边有一根蜡，芯光如豆，昏光弥漫里扑棱棱飞着几只蝙蝠。他站定了半日，才看清了脚下横七竖八的木头。扛一根往前走，却总是磕碰洞壁，竟一个趔趄，木头摔出去将蜡烛打灭了。响声传到洞底，又反弹出来，嗡嗡嗡闷响。老大倒在地上。他并没有立即爬起来，忍受着肉体上的疼痛，心里乱得如一团麻。他不知道媒人的话怎么对妹妹提说，妹妹年纪尚小，性情温顺，如何会看中光大？妹妹是不会同意的，就是妹妹同意，他这个当大哥的也不乐意啊！可是，剃头匠是个心里有劲的人，他说出话来就要按他的话办，妹妹不嫁给光大，那云云能嫁给他吗？事情不早出，不迟出，偏偏在他正动员村人来这里挖矿时发生了，他第一次骂了剃头匠“老东西”！

张老大踉踉跄跄回来，一进家门，就从柜里取出酒喝。小梅才洗罢衣服，一个人抱着猫逗弄。十八岁的女子，出脱得十分俊美。夜里常常做梦，梦都是五颜六色的，醒来要把梦说给人听，两个哥哥却鼾声如雷，她就暗自伤心，感到了无爹无娘的悲苦。当下抱猫在怀，猫是温柔而又不安分的，双爪在怀里抓，偶尔抓到胸部了，就感到一种说不出的痛痒。后来，她便将一个指头从衣服里戳起来，一伸一缩，猫就不断地抓那神秘的东西。大哥一进屋，她粉脸羞红，说声“大哥回来了”！老大并不言语，取酒只是喝。她知道哥是喜欢喝酒的，每天挖矿回来，疲倦不堪了喝几盅解乏，就起身说道：“我炒几个鸡蛋去！”

炒鸡蛋端上来，小梅却惊慌了，老大已经把半瓶白酒喝了下去，还举着瓶子往嘴里灌。她问道：“大哥，你怎么啦？”老大不说话。小梅把瓶子夺了，在浆水瓮里舀一碗浆水逼大哥喝，小心翼翼地问：“是和我云云姐斗嘴了？”老大眼直直地，摇头。小梅又说：“那是生村人气了？这些人不落好，就罢了。世上的人多啦，你顾得过来吗？”老大还是摇头。小梅就立在那里无所适从，眼泪扑簌簌下来了：“大哥，到底是怎么回事吗？在咱家里，你还不说吗？”

老大看着妹妹，牙把下嘴唇咬住了，咬得狠狠，说道：“小梅，你不要问，你忙去吧！我要睡睡，你让我好好睡睡。”起身进了自己的屋，将门掩了。

小梅什么事也捉不到手里，越发心慌意乱，就走出门，要问问村里人，到底发生了什么事。村里一些小伙，一见小梅，就没盐没醋地和她搭讪，她烦死了这些人，白着眼过去，不搭理。走到河边，瞧见吉琳娘和老二在那里说话，她才要叫一声，吉琳娘却扭身走了，二哥痴呆呆还站在那里，叫他几声也不吭。小梅就过去吼道："二哥，你丢魂了！"老二一惊，急问："小梅，你怎么在这儿？见到哥了吗？"小梅说："哥在家里喝闷酒，喝得半醉不醒的。"老二就骂了一句："云云姐怎么托生在那个家里！"小梅说："二哥，你说什么，孙家是不是要退婚？"老二知道说失口，忙分辩说："没啥，没啥。"小梅就看出蹊跷了，说："一定出了什么事，大哥不说给我，你也不说给我？好，你不说，你和光小去赌钱的事，我就给大哥说去！"老二才说："小梅，这事说是说的，最后还没定数，你觉得可以就罢，觉得不行，咱和哥再商量。"小梅变脸失色问："什么事？"老二便把刚才吉琳娘说的话一一复述，小梅当下瘫在地上。老二手足无措，刚要拉她时，小梅却跳起来，捂了脸呜呜地哭着跑回去了。

三

小梅一哭，老二越发气恼，拔腿要往孙家去说理，到烛台峰下，偏巧碰着光小。光小一见老二，连忙叫道："老二，去不去？"说着，手心亮出两颗骰子。老二却揪了光小的领口，一拳打趴在地。光小说："老二，我哪一点不义气了？欠了你的钱，还是背着你做了手脚？"老二骂道："你们孙家就不是好人！"光小说："你骂孙家，等于骂张家！我们不是人，云云却是你嫂子哩！"老二说："她是屁，她是我嫂子？"光小说："好呀，有本事当你哥的面骂！"老二说："你家云云是坑了我哥哩！"光小就爬起来喝问："老二，你骂我可以，要骂我姐我可不依！云云怎么坑了你哥？你红口白牙地说个明白！"老二就问起换亲的事，光小说他也听爹提过，就说："这是好事呀，咱两家不是亲上更加亲了吗？"老二说："放屁！你家光大多大，小梅多大？"光小噎了口，无言可对。

老二丢下光小便走。光小问："老二，你还到哪去？"老二说：

“寻你爹去，天底下嫁女倒成了做买卖，卖出一个好的，还要搭一个赖的！”光小说：“你寻我爹，我爹有什么办法？我哥找不下媳妇，你让他打一辈子光棍去？年纪差几岁，那有啥，谁要给你找个十五六的，你嫌小吗？给你找个二十八九的，你嫌大吗？”

老二立在那里不动了，气喘得呼呼的。

光小又说：“你去打我爹吧！将心比心，你爹在世，你妹子嫁的是别人了，你哥找不下，你爹也会换亲的！怪谁呢，怪托生在这个穷地方了，怪咱命瞎！”

老二回过头来，看着光小，突然挥着拳头说：“小梅一听这事，她就哭了。我们没爹没娘的，妹子这么哭，怎么办呀？”

光小就势说道：“我看这事多给小梅说说，能成全的就成全。咱两个为小，找不下媳妇就找不下罢了，可咱两家总不能都要绝门绝户啊！年纪相差大，只要合大相就成的，我哥属虎，小梅属啥？”老二说：“属鸡。”光小说：“咱问问道长去，让他推推，看大相合不合。”

两个人就往烛台峰去，沿着梯田边的小路七拐八绕到了峰底，那里住着牛磨子。牛磨子家原本三间石板房，后在前左厢房新补搭了一个厨房，右厢房后又续了一间做了卧屋，整个建筑形成一个拐把状。门前屋后种满栲树，青枫木树，阴森森的，而篱笆往后去的一条小路，直通到一片坟地，那里埋着牛家人经八辈的先人。牛磨子早先是队长，门前的弯脖子栲树上挂着一截铁管，一天三晌由他在这里敲响开工。如今土地承包，队划为村，村长不是他，那铁管就再未被敲响过。那一年两季由他任高任低过量粮食的大秤，也分给了张家。牛磨子再不能反抄着手随意到别家去吃请了，而地里的庄稼每每比别人成色差一半，因此便郁郁不乐，患了肝病，脸无血色，像黄表纸糊过。老二和光小才转过栲树林，牛家的走狗就忽地蹿出来狂咬，老二说：“这贼狗，主人都倒了，还这么凶！”

一石头砸得狗腿瘸跛着回去了。

这一日，牛磨子正请了族里人在家续宗谱。香案摆过，给先人三叩六拜，祭祀了水酒，然后拿出深藏在瓷罐里的一块黄土布来，将各家未上谱的男夫女妇，长子次子一一续上，再由牛磨子执笔，为下辈人制定字号。牛磨子正在说："亲不亲，族里人，咱牛家在村里人虽不多，可几代里都出过英武人！瞧瞧，咱上三辈里有个举人，上两辈里有个县巡捕，我也是当了几年队长！张家现在倒成气候了，哼，那几年算什么角色，穷得光腿打得炕沿响！现在倒瓦房盖上要压村里人，他是钻国家空暴发的，你们看出来没，他张家现在要买好村人了，可天能容他吗？山上就出来白麝了！"

狗一咬，牛磨子骂道："谁在打狗？也不看看是谁的狗！"凶狠狠出来，一见门前站着老二和光小，牛磨子脸上立刻就活泛了，说道："是二位呀！怎么没挖矿？要上山去吗？是去问道长有没有麝的事吧？好多人都去山上求那九仙树了。说这白麝是个灾星！真是怪事，刘家的二媳妇前几天硬要去挖矿，歇息时突然看见一个穿白衣的女人，心里就疑惑：这女人怎么不认识？一转身再看时，却不见了。后来再挖矿，洞就塌了，一条胳膊就压折了。真是怪事，莫非这穿白的女人是麝变的？多少年里都没有出过这怪物了呀！"

老二心下犯嘀咕，想起他见到的麝毛，可话到口边没说，却撂了一句凉话："这麝或许是灾星哩，它一来，你就当不上队长了！"

说罢，头也不回，拉了光小上山。山上的路隐在栲树林里，一台一台石阶，像链条一样垂下，五颜六色的草蛇不时就摸路窜行。光小捡了石头撵着去砸，结果把一条砸死在石头上。老二说："听说南方有人在镇上贴了布告收这蛇哩！"光小说："那能挣几个钱？世上的钱是出力的不挣，挣的不出力。前天夜里叫你到湖北那边去，你不去，我又得了这些。"伸了两个指头在眼前晃。老二说："我怕我哥知道，他让我帮他砍树搭支架哩！"光小说：

“你哥那人，胆大时就他胆大，胆小时就他胆小，他脱皮掉肉地干十多天，顶得过咱一个晚上？”老二说：“我手气不好。”光小说：“你太老实！”附在老二耳边低声说了一阵。老二直骂道：“太作孽了，上天会罚你打一辈子光棍哩！”光小就说：“你好，你怎么也是光棍？”

说话间到了山头，山头像刀切一般，过去不远就是主峰台，路却突然随主峰台下落入半坡，再一台一台拾级而上。两个人在古堡门洞口遇见从后山挑水的小道士了。光小当下叫道：“小师父，挑水去了！”小道士傻乎乎地笑。老二再说：“又遇见哪家姑娘了？”小道士说：“别胡说，出家人不讲这个！”光小就又说：“要是半夜里有个女子到你房里，你也这么正经？”小道士却不禁惨然，自言自语说道：“哪儿有这好事，除非是白麝精变的！”老二听着，心下便怦怦乱跳，思忖着：道人也认为那白麝是成了精了？当下正色问：“道长在不？”小道士回答：“在。”两个人就进了堡门洞。

道观院中，甚是洁净，石条铺就的场地，条与条的缝隙间生出一种小草，极绿，院子似乎就有了匀称的图案。九仙树挺立着，树干已被香客的手抚摸得油光滑亮，幽幽如有漆光，有几片红布吊挂在枝头，上书“有求必应”字样。道长正坐在那里，给一群孩子说古今，见老二、光小进来，几个孩子就慌了，怯怯地叫：“二叔，你别给我爹说我来山上玩呀！”老二笑笑，给道长点点头。道长还在继续说他的，说的是孩子们询问的关于麝的事，言道：新来的麝是兽是仙，是鬼是神，他没见过，但凡世上之事，眼见为实，耳听为虚。既然山下人们都在说麝，他认为，就是有，若感觉是吉兆就是吉兆，若感觉是凶兆也便是凶兆。天地自然是金木水火土五行混合体，既然可生人，生蛇，生老鼠，也便可生麝。五行相克相生，八卦变幻无常，一切皆让其存在和发展吧。这话孩子们听不懂，老二和光小也听不明白。孩子们就不大有兴趣了，又拿出脚来，要道长证实谁是商州土著人。

道长说："你们都想做商州土著人，知道这地面为什么叫商州而不叫别的名吗？"孩子们说："不知道。"道长便说："不知道了，我给讲讲。这商州，很早的时候是荒蛮之地，一个人也没有，只是树，全是这九仙树，树林有狼虫虎豹，当然也有麝，公的母的，满山跑。后来，就有一个人把我们的祖先带了来。这个人便叫鞅。当时天下分了好多国家，鞅是卫国人，姓公孙。此人身长八尺，聪敏过人，小时候，喜欢学习法律，干什么事皆十分认真，说一便一，说二就二，从不含糊。卫国被魏国灭后，鞅投在魏相门下，魏相很是器重他。后魏相病了，魏王前去探视，君臣高谈国事时，魏相说：'我这病一日不济一日，恐怕在世不会长久，为了咱魏国社稷，我推荐我门下一人，叫鞅的，年纪虽小，却有奇才，企望您能重用。'魏王没有作答。临走时，魏相让左右人退下，密言说：'王既不用鞅，就得杀掉此人，万万不可让他到别国去！'王答应了。魏王一走，魏相就把鞅叫来说：'今天国王问将来谁可以做国相，我说用你，他未应允。我身为魏相，当然先尽君上，后及臣下，所以说既不用你，就要杀你，王同意我的意见。如今你就赶快出走吧。'鞅听罢，却极平静，说：'国王既然不听你的话用我，哪里又会听你的话来杀我？'就是不逃。果然魏王回去后，对左右人说：'魏相病很沉重，实在让我悲痛，但他却让我用鞅，他也是病得糊涂了！'"

道长讲着，目光并不注视孩子们，仰头远眺，凝视高天流云。天上的太阳在云里穿行，入云，万山阴阴，云边金光激射；出云，宇宙朗朗，山青草新。如此出入不已，山色更换不绝。突然远处一声枪响，孩子们就骚乱了，全站起来叫道："哪儿打枪？"道长就中止了古今，和孩子们一起扭头张望。终于发现在高高的天峰顶的古堡上，站着光大。他身子衬在天幕上，抬足动手都看得分明，又听他在锐声叫喊：“我把白麝打死了！我打死白麝了！”这边顿时面面相觑，谁也说不出一句话来。老二突然仰面大笑，跌了一跤，又爬起来拍手叫道：“好了！好了！”上到堡墙上扬了衫子呼问：“光大！是那只怪麝吗——”

光大在那边喊：“就是，就是，我一枪打死了！打——死——了！”

喊声惊动了山下，人如小甲虫似的从每一个石板房里出来，一齐伸了脖子向天峰古堡上看。孩子们轰地跑出道观，纷纷下山去了。光小也往外跑，老二扯住说：“麝打死了，有看的时间哩，咱还没办正事呀！”就过去拉了道长，说明来意。道长说：“麝打死了，都要去看看，哪有心思计算呀？”老二忙说：“求求你了，这可是宗大事啊！”道长便只好坐下，拿了一截树枝在地上写了一行字，让老二报出光大的生辰日期，又报了小梅的生辰日期，然后默不作声，眼皮眨动，末了口里念念有词，就抬头看老二和光小的脸。老二紧张得出气不匀，脸呈青色，不停地追问：“大相合不合？”道长一捋胡须便念出一段诗文来：“羊鼠相逢一旦休，从来白马怕青牛，玉兔见龙云伴去，金鸡遇犬泪双流，蛇见猛虎如刀刺，猪和猿猴两相斗，黄道姻缘无定准，只为相冲不到头。”

老二说：“此话怎讲？”道长说：“姻缘大事是不会相冲的，光大是火命，小梅是金命；真金不怕火炼啊！”光小说：“那金虽不怕火炼，可火不是总在烧金吗？”道长说：“宇宙间的万事万物，无不处在运动之中，阴阳相克，矛盾互制，质中有量，量中有质，其变化万端而又无穷无尽。这便是道。《道德经》讲：天下皆知美之为美，斯恶已；皆知善之为善，斯不善已。故有无之相生，难易之相成，长短之相形，高下之相倾，音声之相和，前后之相随。夫妻生活，便也是一个哭的，搭一个笑的，一个俏的，配一个拙的。相反相成方能相依为命，这火若遇水，水必灭火，火若遇木，木遭火焚，所以火与金是最好不过的了。”一席话说得老二昏昏沉沉，末了问：“你说能成？”道长说：“能成！”老二弯腰就给道长鞠一个躬，和光小眉开心舒地下山去看死麝了。

四

白麝是被光大打死了。

当雄麝突然遭受到阿黄的袭击，使白麝大吃一惊，当时领了一双小麝躲在古堡南边的一个石洞里，惶惶不安。果然，不久就闻到人的气息，是老二和阿黄又来了，它们谁也不敢吭声，全把嘴巴埋在土里，露出鼻孔和一对眼睛。幸好，老二和阿黄并未发现它们。

这天，白麝和一对小麝都饥饿了，白麝必须出去觅食，就叼来许多树枝掩在洞口。叮咛一对小麝千万不要出洞。

它走出去，终于找着了吃的，赶紧往回跑。可是，就在它刚刚上到古堡，一抬头，却发现远远的一块石头后，趴着一个人，一眼闭，一眼睁，用一杆枪在瞄准。它急忙一缩头，那枪没有响，才明白那人并没发现自己。那么，这人在瞄准着什么呢？它慌了，怀疑是不是无知的儿女跑出来被人在捕猎？再一抬头，突然看见前边的草丛里腾起一个黄色影子，立即就不见了。白麝方明白那人在瞄准着野兔，但它刚才的一抬头，却被那人看见了。听见一声锐叫：“白麝！”此时，它意识到了它的错误，拼命地逃跑，那人不顾一切地追赶。它头脑极清醒，在南边峭崖上，它只要再蹿过那个石角，猎人是爬不到峭崖上的，那枪也是打不中它的，但它发现那人正趴在了儿女们隐藏的洞的左前方，它不能让猎人发现了儿女，就又趦过身来往一块平地上跑。枪响了，它终于倒下了。

石洞里，雄麝和雌麝看见了逃跑着的母亲，接着就听见枪响。雄麝再也控制不住。要扑出去，雌麝却咬住它将它死死按住，它们看着猎人提了冒着青烟的枪过去，把母亲拉走了，狂呼着下山了。兄妹俩抱头大哭，然后雄麝就怨恨雌麝，踢它，咬它。雌麝也踢也咬雄麝，兄妹在发泄着对人的仇恨，却伤害了自己的同胞。末了就又各自拿头撞石洞壁，撞得满头满身的血，一个倒在了另一个身上喘气。

第 三 章

一

小梅哭着回到家，却并没有推门进去，呆呆地立了一会儿，转身就往屋后的洼地去了。洼地里有张家的坟地，树稀稀落落，十几个盆粗的新桩，年轮看得分明，一圈一圈，往外沁着汁水。那两个长满了迎春花蔓的坟堆，父母就睡在里边。小梅还未走近，腿就软了，沉得挪不动，叫一声“娘！”趴在那里抽搐一团。

一群老鸦在空中一会儿聚起，一会儿散开，后来风似的一阵呼呼声，铺天盖地压过村子，瞬息间又飞向树林子里去，夜也被驮了下来。老二兴冲冲一进院就嚷：“怎么不点灯？”屋里跑出猫来哀声叫唤，当下心生疑惑，推门进去，冰锅冷灶，不觉又吃了一惊，忙踢开哥哥的屋门，见张老大狗一样窝在炕上，双目紧闭，什么时候呕吐了，炕沿边、枕头上、脚底下满是污秽，恶气熏人，便推摇着哥哥惊叫道：“哥，小梅呢？”老大迷迷糊糊，抓耳挠腮，口齿不清。老二就喊道：“小梅跑啦，她是哭着跑走的，一后晌也没回来。”

老大立时清醒过来，忙问，小梅怎么哭着跑的？老二说了后晌的事，兄弟俩脸色大变，忙出门去找。他们到了河湾，查看了每一个水潭，又询问了几个从山上下来的人，打听是否在山上见到，却毫无踪影。村里也有人为张家着急，问原因，老大不讲，老二也不肯讲。牛磨子就端着一碗茶过来说：“老大，妹子不见了？”老大说：“你在哪儿见到吗？”牛磨子却说：“这可不得了了！女儿家就喜欢寻短见，崖上、河里、绳上，什么法儿都有。你们怎么这样待妹子！钱挣得那么多了，是舍不得给妹子买衣服吗？”老大气得没作答。牛磨子便又说：“唉，这世上的事，老天安排得匀匀的，财旺人不旺，人旺财不旺。”老二气得嘴脸扭曲：“你怎么那么多话？眼瞎了还要嘴上再长个痔疮吗？”牛磨子说：“瞎狗不识好歹，别人安慰你，你倒骂人！好吧，祸不单行，你家犯煞在后头哩！”老二勃然大怒，扑将过去要打，老大拉住了，往后坡去寻找。

老二说：“哥，这事全让别人扯笑了。小梅会不会出了事？”

老大说：“不会的，她一定是躲出去哭了。咱就这一个妹子，说啥也不能委屈了她。老二，我想和你商量一件事。”

老二说：“什么事？我听你的。”

老大说：“既然孙家这么勒掯咱，我看咱也就算了。”

老二说：“你要退婚？云云嫂子可没亏待你呀！剃头匠提出换亲，说到底还是为了能给光大成个家，咱就给云云嫂子多出一笔订婚钱，一般是六百，咱出七百八百，让他重给光大找媳妇去，孙家还能不把女儿嫁你？”

老大好作难，许久才说：“云云也不会同意这样做的……再说，七百八百，咱哪有这么多，盖房后余下的钱，我打算用在矿洞上，再买些木料、扒钉、铁丝，那花销大着哩。”

老二说：“那何苦呀，咱挣钱还不是为了把日子过好？现在自己连个老婆都娶不回来还想到让别人怎样挖矿？”

老大说：“咱为啥娶不上老婆？不就是因为缺钱！孙家勒掯着要换亲，原因还不是没钱花！这笔钱做了订婚钱，成家后日子怎么过？你的婚事怎么解决？全村人不富起来，一家也难富起来，就是富起来，好日子也过不长久！”

老二没法再说出反驳哥哥的理由，只是说：“无论如何，你和云云嫂子的事不能吹！吹了，你就是造孽！小梅不畅快，主要是她和光大年纪不配，这我已经问过道长了，道长说大相投合。光大野是野，犟是犟，可也不是阴阳怪气的人。你劝劝小梅，她年纪小，就给孙家讲明，订婚可以订婚，结婚的日期要往后推，三年四年的，也可以再看光大的变化，人也是会变的嘛！”

兄弟俩到了后洼，在爹娘的坟前，发现了草被压倒的痕迹，而且那草皆被人掐去叶茎。老大说：“小梅是来过这儿的。”就双腿跪倒，流着泪水说：“爹，娘，我对不起你们，对不起小梅啊！”老二也背过身去擦泪，一抬头，却看见对面坡根自家的屋窗亮了，屋顶的大烟囱直往外飞溅火星，就叫道：“哥，你看，小梅回去了！”

小梅在娘坟上哭了一场，沉沉地竟睡了过去，等醒来，天已麻黑，想起大哥为什么回来没命地喝酒，就又可怜起大哥来。她明白，换亲的事，完全是孙家的主意，自己要不同意嫁光大，大哥能娶到云云姐吗？她后悔自己出走，万一让哥哥们发觉了，他们心里又会是怎么难受呢？于是便起身回了家。还好，哥哥们都没在屋，她就赶紧做饭，要让哥哥们看不出自己曾经发生的事。至于和光大的事，她想，慢慢再说吧。

老大和老二回来后，小梅忙让他们歇下，将热腾腾的饭端上来。饭是糊涂面，锅里比往日少下了菜，又多放了猪油，她问道：“哥，饭油不油？”大哥说：“油。”二哥说：“小梅，你没事吧？”大哥就伸腿踢了二哥一下。小梅全看见了，心里一酸，眼泪就又出来，借口去取辣子罐，终忍不住哽咽了一声。

屋里立即沉寂起来，老大把饭碗放下，说他吃好了。

小梅重新给大哥盛了饭，双手端过说：“大哥，你们也不要瞒我，事情我全知道了。你们刚才是寻我去的吧！妹子不好，让你们心里难过了。”老大眼泪唰地流下来，说：“小梅，都是哥不好。你要不愿意光大，咱好好再想办法，做哥的给你保证，你两个哥不是狼虎人，决不让妹子受委屈的！”老二就说：“小梅，光大是比你大些，他脾性又不好，这事让大哥好为难。我是到道观让道长算过了，嫁给他命里是不克的，你愿意，我们就给孙家讲清，等过了三四年再说结婚的事，咱也可看光大的情况来定。就是以后真成了，他敢欺负你，我们兄弟两个也是不会饶了他的。”

泪水扑簌的小梅，看着两个哥哥，点了头，一把将地上的猫揽在怀里。

二

两家婚姻初定，剃头匠最为高兴。请亲朋好友吃过酒席，就用滑竿抬了老母到烛台峰上去烧高香，第一次要大方，将五元钱的票子塞进了道观的化缘箱里。自此，老母坐在炕上，听门环一响，就知道是张家老大来了，还是老二来了。老二三脚野猫的，来了就和光小说笑，大声地吐痰，爬低上高地寻着东西吃。老大进门就叫“奶”，盘脚搭手坐在炕边拉一阵话，云云就从卧屋里出来了，竟当着奶的面，指责老大衣服太脏，头发太长，一见着脚杆子乌黑，就说三道四地让他去洗。奶就说：“去吧，去吧，烦死人了，到云云卧屋里嚷吧！”两个人一进卧屋，云云就没声没息，只是哧哧地笑，奶装着什么也听不见。

接连几日，老大没有来，老二也没有来。光小天不明就走了，天黑定了进门，衣服破成条条，一倒在奶的炕上就呼呼噜噜睡着了。奶问云云：“老大怎的不来？你和他拌嘴了？”云云说：“人家忙呢！”奶说：“忙什么呢？忙得连我云云都不要了。”云云就说：“奶，你不懂，矿洞在支顶，洞道原先只能过两个人，现在忙着往宽里开哩！”奶就自言自语：“我还以为他是馍蒸到锅里就放心了哩！他那么忙，你怎么也不去矿洞帮帮忙呢？”云云就说：“这可是奶让我去的呀！”说着顺门就跑了，一边跑一边在手里拿了镜子照。

半路上，云云碰着小梅。小梅提了一瓦罐绿豆汤，站住问：“云姐，哪去？”云云说：“矿洞去，我奶骂着让我去呢！”小梅就将瓦罐给了她：“这就好了，你给他们送这汤去，天气热，这汤败火哩。去呀，我大哥热得嘴角都烂了！”说罢，那么一笑，自个返身先回去了。

矿洞是在坡根的高地上，一片蓝色的云雾罩在那里，看得见人从矿洞口里推出一车一车的烂石废土，倒在前边的沟畔下，车极快地推出来，猛地一丢手，车子立栽而起，车拉带却握在推车人手里，一片土气就从沟畔升起，再扑上去将推车人迷住，立即就有人大声咳嗽，夜猫子一样狂笑。云云提了瓦罐才走到沟畔下，那洞口的人就锐声叫：“云云，先不要来！先不要来！”云云看时，那些人全是光头光身光脚，只有一块麻袋片，或者破褂子系在小腹下遮羞，有的甚至一丝不挂。云云忙转了身，叽咕道：“怎么这样挖矿！”等上边喊：“好了，云云你可以来了！”云云上去，那些人都穿了裤子，脸土得如泥塑一般，抢了她的瓦罐喝绿豆汤。云云就说：“慢点，慢点，人人都让喝点！”她一边说，一边用眼睛寻着老大，老大不在。一个喝过了汤的人就从旁边取了酒瓶，一边往嘴里倒，一边说：“给人家老大留些吧，别没个眼色！”云云便夺了瓦罐，钻进洞里去了。

洞子里很黑，沿途的壁窝里插着蜡烛，云云还是看不清前边，小心地站了一会儿，眼睛亮起来，才高一脚低一脚往里走，在一个拐洞里，看见老大正弯着腰在拧着一根支柱上的铁丝。她悄悄近去，用嘴送一股气到那后脖子，老大就用手去摸，手才挪前去，气又过来，手又到后脖摸，云云就爆发出一阵笑声。老大惊得转过身来，叫道："云云！"就把她抱住了。云云的笑声还在响，但笑得不脆不亮，像是一口泉眼被什么按住了。

云云推开了老大，低声骂道："扎死人了！"老大说："你怎么来啦？"云云说："我来给你送绿豆汤的！"她将瓦罐递给他。老大抱起来喝了一气，喝得满心口都成湿的，问道："你给我做的？"云云说："小梅做的。她真怪，偏要我来送。"老大说："小梅越长越有心眼了，你知道她为什么要叫你来送？"云云明知故问："为什么？"老大说："她怕咱们的事不牢靠，让咱多来往哩。"云云就说："我有这个小姑子也算有了福了！"老大说："小梅年纪不大，却懂事哩。你哥脾性不好，你要多劝说他改改。要有空，也到我家去坐坐，和小梅拉拉话，帮她干干活，将来要做嫂子了，也要像个嫂子的样子呀！"云云却噘了嘴："我还没过门，去得多了，外人说闲话的！"老大说："干啥事人不说？！"云云又说："这我知道，可我还怕哩！"老大说："还怕啥？"云云悄声说："怕你那胡子！"一句话说得老大心血涌动，放了瓦罐，就把云云揽在怀里，四脚乱蹬，瓦罐就被蹬破了。

出洞来，云云手里提了个瓦罐系儿，有人就叫道："呀，云云，做什么了，瓦罐都打碎了？！"就指着云云嘴唇上、鼻子上、腮帮上的一块一块黑戏谑、取笑。云云面红耳赤，追着那人撵打。

以后，云云果然常到张家来，和小梅好得亲姐妹一般。两个人得空到矿洞去送吃送喝，帮着干些零碎活儿。在村里也四处排说矿洞的安全，挖矿的收益。又帮着老大将矿洞中挖出的锑矿背到公路边去搭便车进县城，买得几身很鲜亮的衣服。村里的女子们瞧见了，眼都热，催着爹也去矿洞劳动。来矿洞的人又日益增多，不久，各家就在主道洞里挖出许多拐洞，已经分别见到锑了。

一日，久雨初晴，村道里一片泥泞。老大正和小梅在家拉话，门一推，云云进来了，两只泥脚在门上蹭，脸色苍白。小梅站起身拉云云在炕沿坐了，说："嫂子，病了？气色这么不好？"云云笑道："我还没过门，哪里就成了嫂子！我有什么病，怕是没睡好吧！"小梅就取了一只鞋底说："云姐，这是给我哥做的，你看针脚哪儿不好？"云云说："你的针线我还敢弹嫌？"小梅就说："我的意思让你替他去纳哩，难道还让我再纳下去吗？"云云说："我偏不纳，能者多劳嘛！"小梅就把鞋底丢给云云："好呀，那让他打赤脚去，看咱俩谁心疼？"就笑着去提了小篮子，"你今日来了正好，我到后坡捡些地软去，中午咱包扁食吃！"一出门，竟把门拉闭了。

老大等小梅一走，问云云："你脸色真是难看，是有病了？"云云说："我是专来找你的，事情坏了！"老大问："出了什么事？"云云未说，脸却绯红，怒嗔道："你还不知道？"老大说："什么事？我哪里知道？"云云就低头说："我说不敢不敢，你说没事，现在好了，绳怕细处断，果然就断了！"老大立时明白，吓出一头冷汗，问："什么时候感觉不舒服的？"云云说："六七天了，我还真以为有了病，就到镇上王先生那儿号脉，他当着人面说：'女子，向你道喜了！'吓得我失了魂。可当着那么多人，我不能不要脸面，倒臭骂了他一顿，周围的人也都怨王先生胡说哩。回来后我心就慌透了，几夜几夜合不上眼，奶看出来了，问我，我给她说了，她骂我'丢人没深浅'。"老大坐不住了，在屋里踱来踱去，怨怪云云不该给奶奶说。云云说："我怎么能瞒我奶！我奶能坏事吗？你快出个主意，我该怎么办呀？"老大一屁股坐在椅子上，六神无主。云云就生了气：“啊，你这阵倒没主意了！听说喝苦楝子籽能打下来……”老大说：“那使不得的。事情到了这一步，咱都不要害怕，依我看，干脆把他生下来。你我虽没结婚，可村人都是知道订了婚的……有什么事，我顶着就是了！”云云哭丧了脸，难受地说：“这叫我怎么见人呀？村里人早先就对你不三不四，一有这事，那还不知怎样给你泼恶水了！”老大说：“你头高高仰着走，看别人能说什么！矿洞已经开始出矿了，你常来，和我在一起，百无禁忌的！”云云看着老大，最后点了点头。

半晌，小梅回来了，篮子里捡了许多很大的地软。她脸色却黄得透亮，一进门就说：“哥，山上又有麝了！”

云云慌忙叫道：“我哥不是把麝打死了吗？”

小梅说：“还有，还有，我亲眼看见的。我在山坡上捡地软，正要下一个涧，一抬头，看见高高的崖上，就坐着一只麝。我看着它，它也看着我，眼睛凶得怕人，我撒脚就跑！”

云云看着老大，惊得脸色更白了：“这真是怪事！莫非灾难还没有过去，要来为死去的麝报仇吗？”她下意识地，一双手就按在了肚子上。

老大说：“有麝就有麝嘛，胡拉扯到灾不灾的，别自己造个鬼来吓自己！”

三

小梅见到的麝，是雄麝。白麝死后，一对小麝昼伏夜出，去咬住人家鸡圈里的鸡，咬死了并不吃，却撕成三块、五块放在人家的门口，又去咬死猪，咬死羊。几次深夜突袭成功，胆子越发大了，一次竟寻到光大家的貂窝，咬死了九只貂。

麝的重新出现，骚扰了孙家，也骚扰了村里所有人家。人心浮动，越发怀疑这是天意，是村里什么人触怒了神鬼。想来想去，就又说到了张家老大，认定是张家老大挖矿的原因。一些进了矿洞的人就又退出来。老大就寻着光大，说这麝一定要捕杀，既然有些人以麝来作怪，把这麝彻底消灭，看反对的人还能说些什么！光大对谁的话都不肯听，唯对未婚妻的哥却言听计从，百般讨好，于是就背了枪四处寻查。

野物终归是野物。一日天上下雨，两只麝在洞里玩了一阵，雌麝疲倦就睡下了，雄麝独坐，忽然身子有了一种异样的欲望。它斜眼看雌麝睡得好甜，四蹄朝上，露出腿下的部位，就慢慢前去，不知怎么，就和雌麝交结在了一起。此后，那种交结的举动每日忍不住发生。很快，雌麝有了身孕。雄麝就担负起保护雌麝和雌麝肚腹中后代的义务。它不让雌麝轻易出洞，不让受饿，常常是单独外出觅食。有时，它发了疯一般在庄稼地里践踏；有时又跑到矿洞口，用后脚猛刨地土堵塞洞口，刨得腿毛脱落，双脚出血，发泄它的兽性。

四

矿洞口出现堵塞的地土和麝毛后，外姓外户的人几乎全不来了，甚至喊喊喳喳议论云云，说有人看见她突然间喜欢吐唾沫，一坐下来就一口接一口；爱吃酸东西，到了青葡萄树下就走不动了。于是，长嘴妇、长嘴男就说起老大的不是；没结婚就要有娃了！近朱者赤，近墨者黑。如此一个不正经的人，跟上他哪有好果子吃？别瞧他瓦房住上，腰里有钱，麝一次一次出现，是天意在警告他小子了！当老大挨家挨户让人去矿洞挖锑，言善的说句："算了，钱能挣得够吗？能将就过去就得了嘛！"意恶的则说："我没儿女，我还怕绝后哩！"气得老大回来喝闷酒，喝得昏昏沉沉就蒙被子睡觉。

老二和光小说："不来了好！洞反正挖好了，几海碗合一小碗，咱挖咱的！"两家人就挖了几天，老大用麻袋装了，赶毛驴驮到镇上，搭便车上县交售去。

老大一走，老二和光小挖着挖着，懒劲上来，又双双跑出去赌博，一夜里分别赚了上百元。钱赚得顺手，后来竟将那些赌徒招引到矿洞来摆摊子。云云和小梅见天来送饭，每每在洞口吆喝一声，老二和光小出来吃饭，两个做姐妹的都心疼，劝他们做做歇歇，别劳累过度。回家来，云云就让光大杀一只羊，补挖矿人的身子。光大就在门前树上绑了横杆，握着头角拉过一头，那羊咩咩叫，后腿跪下直流眼泪。云云扭过头不忍看。光大笑一声，猛地将羊后腿一提，扳倒在地，立即双腿压上去，磕了一下羊的前蹄，羊蹄一收，刀就捅进脖下一个软坑里，血噗噗地往外溅。光大一看羊腿乱蹬断了气，就把四蹄皮毛捅开，以口吹气，后划开肚皮，以拳在皮肉之间嘭嘭打剥。立时，皮是一张，肉是一条，上杆分割，那肥嘟嘟的满是油疙瘩的尾巴就丢在了笼里。云云武火文火炖好了羊肉，就来喊小梅一块儿到矿洞去。这次去却发现洞里有了好几个人。问时，说是湖北那边的人，来参观这矿洞的。老二和光小神色慌张，接了羊肉罐就催她们快回去。

回家的路上，云云疑惑地问："小梅，他们在洞里干什么呀？"

小梅说："饭吃得那么多，挖出的矿却那么一点儿，这两个是懒身子，大哥不在，没人领了，怕是在里边睡沉吧！"

这疑惑一日一日加重，就盼等老大回来。老大一去三天，却无音信。这天夜里，云云给奶洗了脚，扶着上炕去睡，就对爹说起矿洞的事，让爹去看看。奶坐在炕上，就又唠叨起来，说中午她在炕上坐着，听得有人叫"奶"，回头一看，进来一人，头是老大的头，身子却是麝身。登时倒吓了她一跳，问时，他竟出门就走了。接着是老大的爹娘来了，盘腿搭手坐在炕沿，可怜见的，衣服还是当年穿的对襟子袄。云云就说：“奶，你一定白日又做了什么梦吧？老大在县城还没回来，他怎么会变了麝的？！”奶还要说什么，门被“砰砰砰”敲响，云云将门打开，三道手电筒的白光就齐刷刷照过来，云云闭了眼。剃头匠在屋里说：“谁这么没礼节的，在人脸上照什么？”来人走进屋，凶狠狠地问：“你是光小的爹？”爹说：“是的，他把我叫爹。”来人说：“你儿子被抓走了，最少得三四天，明日给他送饭去吧。”云云惊道：“送饭？”来人说：“对，送到河那边南沟洼乡政府去！”云云急了：“我弟犯了什么事，抓到你们湖北界上去？”回答是：“赌博！他和张老二勾结那边的赌徒耍钱，我们抓了几次没抓住，你们开了矿洞，原来是做赌场呀！”一阵手电光乱晃，来人骂骂咧咧走了。剃头匠在屋里骂了一声：“这不争气的东西！”一胳膊擂在桌子上，桌上的油灯跳起来，灭了，剃头匠的胳膊却被桌面反弹着，身子咔嚓倒在了地上。云云叫道：“爹，爹！”忙点灯扶爹。爹的一条胳膊都瘀了血，乌青乌青的了。

翌日，消息传开，村人跑到矿洞口来看热闹。老二的走狗失去了主人，在矿洞里钻出跑进，谁要进洞去，就扑上来撕咬狂叫。一个人的裤子被咬破了一个洞，就有人喊：“打死这恶狗啊！”便石头、瓦片雨一般过去，阿黄跛了一条腿。村人进矿洞去，思谋这矿洞好过了张老大，却给一村人招来了白麝，如今又在这里抓了赌徒，就叫道：“捣了这阴死洞，丢尽咱村的脸面了！”于是七脚八手，用石头就砸起来，许多支架倒了，镢头和钢钎被远远地抛到沟畔里去。

小梅在屋里哭，云云也在屋里哭，哭得如家里出了丧。后来擦了眼，提了饭罐还要过河到湖北那边去送吃喝。走到河湾，云云说：“全是这两个不争气的，把事情弄坏了！”小梅说：“大哥回来，不知要气成什么样子！他也不知道在城里干什么，这些日子了还不回来？”云云气上来，就把自家的饭罐摔了，说：“不送了，把他俩饿死才活该！”

牛磨子的肝病又犯重了，中医先生的药方里有当归、丹参、茵陈、神曲、秦艽、白芍、板蓝根，那儿子去抓药，缺了三样，也懒得再去找，气得牛磨子在家里骂，忽见河边坐着云云、小梅摔了饭罐，就走出来高声问：“二位女子，这是往哪里去呀，还提着饭罐？”云云说：“你快操心你的病，小心那肝儿烧黑了！”牛磨子落个没趣，就冷冷地笑了，说：“我当队长那么多年，公安局、派出所还从未到这里来过哩！现在成什么世事了？谁要在山上挖窟窿谁就挖窟窿，那山神是干啥的？麝是干啥的？钱哪能归了窝了？我早就说了，共产党的天下，哪能让谁由着性儿来，保不定还有人要蹲班房挨枪子儿哩！”

云云骂道：“你娘才挨枪子儿哩！”小梅就把倒在石头上的饭捡起来，饭是扁食，一半沾了泥沙，一半还干净，放到另一个饭罐里。两个人去了南沟洼镇。

镇子不大，乡政府在镇中街，姑嫂俩提了饭罐走到院门口，看见老二和光小在院中的台阶上坐着，蔫得像霜杀过一般。老远见送饭来，走到门口，刚叫声：“姐！”云云把饭罐往地上一放，扭头就走了。

从南沟洼回来，小梅要回到自家屋去，云云说：“你大哥没回来，老二又不在，你一个人待在家，听到外边说三道四的，你哪能受得？到我家去吧。”小梅以前常到这家去的，自提出换亲的事后，就再不走动，当下推辞了一会儿，还是被云云强拉着胳膊去了。剃头匠没在，躺在炕上的奶见小梅来，忙要下炕，小梅叫声“奶！”按住不让下，奶便拍打拍打炕席，拉小梅坐到自己身边，拿手巾替她擦泪。小梅一句话也说不出，泪水越擦越多。

奶说："小梅，也别太难过。你大哥还没回来吗？"小梅说："没有。二哥他们帮不了大哥多少忙，倒尽往他脖子下支砖头！"奶说："不知这事要闹到什么地步！刚才屋里来了好多人，七毛、顺成、社姑，还有你娘，都说是不是开了这矿洞，犯了什么禁了！"小梅便问："我娘？"云云就说："奶是糊涂了，阴阳混着说哩！"奶就说："你才是胡说哩！世事我经得多，这几天我也思谋，这事也够怪的，怎么你哥这一半年日子才顺了，灾事就一个接一个来？你也该到烛台峰去，给九仙树烧烧香哩。"云云说："奶，你是让老大回来训小梅吗？"奶说："老大啥都不信，可世上这是人住的，却也住神呀鬼呀，连麝都住着的！你想想，为什么打死一只麝，便又有一只麝？还有你，怎么一次就……"云云赶忙扯了奶的衣襟，怕说出什么事来。奶就不说了，长一声短一声叹气。小梅就说："奶的话也该信的，我不妨下午去峰上一趟。我伯呢？"奶说："矿洞一架了支顶，他就把剃头担子架到楼上了，也英武着要去挖矿。一出事，心却灰了，收拾了剃头担子又到镇上集市去了。"云云就偏问奶："我大哥呢？"奶说："他能在屋里坐着？又去打兔子了。那貂肚子大哩，一天没三四只兔子就不行啊！云云，你去找你哥去！"

小梅听云云和奶说起光大，脸就红了，忙挡了云云。自勉强认了这门亲，那光大趁没人时，也去过她家几次，她却每次远远瞧见了，就关了门，不敢见他。这阵又说起光大，她知道云云的意思，当下就起身，说是去家里取香到峰上去，便给奶道了几句体贴话，出门走了。

一进道观院内，小梅就直奔九仙树下烧香。九仙树一身疙疙瘩瘩，中间全部空腐，露出一个连一个的黑窟窿，香烟端端往上升，后来就绕着树飘，从窟窿里吸进去，又吐出来。道观的台阶上，坐着道长吟书，书是厚厚一本，纸张发黄，独看独吟，目无旁人。

小梅侧耳听听，吟的是：

“公叔既死，公孙鞅闻秦孝公下令国中求贤者，将修缪公之业，东复侵地，乃遂西入秦，因孝公宠臣景监以求见孝公。孝公既见卫鞅，语事良久，孝公时时睡，弗听。罢而孝公怒景监曰：‘子之客妄人耳，安足用邪！’景监以让卫鞅。卫鞅曰：‘吾说公以帝道，其志不开悟矣。’后五日，复求见鞅。鞅复见孝公，益愈，然而未中旨。罢而孝公复让景监，景监亦让鞅。鞅曰：‘吾说公以王道而未入也，请复见鞅。’鞅复孝公，孝公善之而未用也。罢而去。孝公谓景监曰：‘汝客善，可与语矣。’鞅曰：‘吾说公以霸道，其意欲用之矣。诚复见我。我知之矣。’卫鞅复见孝公，公与语，不自知膝之前于席也。语数日不厌。景监曰：‘子何以中吾君？吾君之欢甚也。’鞅曰：‘吾说君以帝王之道比三代，而君曰：久远，吾不能待，且贤君者，各及其身显名天下，安能邑邑等数十百年以成帝王乎？故吾以疆国之术说君，君大悦之耳。然亦难以比德于殷周矣。’”

小梅听不懂道长吟的什么，倒觉得古怪好笑，看着香烟过半，作揖跪拜后下山。从正面下山，山根处要经过牛磨子家，小梅不愿见那一副阴阳怪气的嘴脸，就绕道从后峰背下来。峰后的路难走，半坡处有一片竹林，林里有一口泉，小梅走得浑身是汗，便蹲在泉边洗手脸。一扭头，却见远处一片黄麦菅草平地上，挖有一个地窝子洞，洞口又有一个简易的庵子，庵子门口吊着一只麝。小梅冷丁吃了一惊，定睛看时，那麝却是皮囊，塞了一肚子禾草。心下就生疑了，这儿怎么有麝皮？突然庵子里哈哈几声笑，一个人旋风似的冲下来，把小梅拦腰抱住了。小梅吓得乱喊乱叫，看时，原来是光大。那一张乱糟糟的胡子嘴就凑过来，她立即感到如针在脸上扎，就拼命叫道：“放开我！放开我！”光大喘着气，咽着唾沫，说：“你不要叫，一叫，人就会来的。你让我亲亲，反正咱们要做夫妻了！”那一只手就到了小梅的肚子上。小梅急了，一口咬在光大的肩头，立即血流下来，光大把她放下了。小梅说：“猪狗，猪狗！你要再上来，我就撕烂你的猪狗脸！”光大热劲消散了，也清醒了，像一只斗败的公鸡坐在地上，说：“小梅，我，我……我老想你，都想得要疯了！我到你家去，你总不理我。你瞧，那麝皮，我已经晾干了，好多人来买，我不卖，我是要送给你的。我放在家里怕不保险，走到哪儿，带到哪儿。我守在这里打野兔，几时想起你了，就抱着麝皮叫你。这是真的，谁哄你谁挨枪子儿！你要信我，我娶了你，我能养活了你，不打你，让你吃好的，穿好的。你不信？我用刀子扎我手腕给你看！”说着，就从腰里取出刀子，果然在手腕扎了一下，鲜红的血就顺着手腕滴在地上。小梅泪流满面，惊呼了一声扑过去，将那刀子夺过扔到荒草里去了。然后站起身，冷冷地从山路上走去。光大还跪在那里，粗着声叫：“小梅，小梅！”

第四章

一

张老大回来了，坐着一辆车。车是远在天边的省城电影厂的。在县城里，老大忙活着他的营生。山里人，在村里咋看咋顺眼，到城里则呆头愣脑，那一身衣服也似乎太皱巴、肮脏。他正蹲在一家旅社的门口观街景，有人却也在对门的店铺里观他，观他的时间很长，他后来发现了，显得不好意思，又立即警觉起来，心里说：“莫非是贼？山里的贼下作，城里的贼光堂！”就下意识地按按腰间。腰间按过了，老大想，糟了，不是让贼看出我有钱了！

便又把手塞进腰间，掏出一条黑乎乎的手巾来。使劲地抖，表示腰间没有钱，鼓鼓的原来是手巾。转身回到旅舍，将钱装在裤裆里，那里有一个小口袋，用别针别了。但那人却跟了来，问他叫什么名字，家住何处。他好疑惑，冷眼不语。那人就掏出工作证，自称是电影厂的导演，导演的任务是选演员演电影，极希望他能充个角色。张老大从未接触过这种人，看那工作证，别的什么都没看清，只认准照片上的人和面前的人一个模样。于是，他们谈起来，他说他演不了电影，电影哪里是他能演的？导演便叫来几个人，让他站起来，转，走动，脱了衣服，他一切照办，可脚步总是走得僵硬，脖脸酱红，大汗淋淋。导演就不再说起演角色的事，只是问起他老家的情况。张老大说这些就很自然，一口一个家乡好。先夸说锑矿，说他这次出来就是卖矿的，卖完了矿他没回去，因为想着一件事：能不能自己有车，直接从村里把矿石运到县城呢？如今用毛驴驮到镇街，又拿了鸡蛋送过路的司机，乞求人家捎顺脚，这要误多少劳力、时间？往后天长日久，又要行多少贿赂？他在县城打问了，车难买得很，价也高得吓人；而手扶拖拉机却容易，两千多元就行。他心便动了。为了先掌握手扶拖拉机的驾驶技术，他找到了一个楼房建工队，给人家拉运沙石的手扶拖拉机当小工，讲明只管饭，不挣钱。整整四天，他竟学会了驾驶。

张老大说得痛快，衣服就脱了，十指在脊梁上抓痒，抓出一道一道白，说："这么大个县，就咱那儿有锑矿！挖出来就是钱，这不是在挖金子银子吗？"导演说："你们那儿还有什么？"老大说："什么都有。你问的是啥？"导演说："山怎么样？"老大说："没啥名山，可山长得怪，大的一共四座，天峰、地峰、人峰、烛台峰，峰峰顶上有古堡。"导演眼里立即生光，说："古堡？有古堡？"老大说："有呀，那是过去闹土匪，村人躲藏的地方。实说吧，咱那儿荒僻，三省的土匪都跑到那儿，后来土匪和土匪又闹起来，杀人像割韭菜。听云云爹说，1948 年闹匪，一股将一股打散了，头儿的头割下来往县上送，雇的是云云的爹。云云爹胆小，不能不给人家挑，又不敢看死人头。他一副担子，前筐里放了石头，后筐里放一颗血淋淋的头，眼睛睁着，似乎还在笑。送到县城，他就发了半年的摆子！”

见导演听得入迷，老大就更得意了，手在桌上蘸了茶水画起山势流水形势图来。第二天，导演就决定要跟他回村，说他们正要拍一部写土匪的影片，苦于寻不到一个有古堡的山寨。于是，老大就做了向导，和导演、摄影师、服装师、道具师，以及四个主要演员乘一辆小面包车进了村。

奇奇怪怪的面包车，村人没有见过，都想来看热闹，却又站得很远。城里人越是招呼那些孩子，那些孩子越是后退，一个个脸色木木的。城里人觉得山民有趣，山民又觉得城里人新鲜，不明白那每一个人为什么都戴眼镜，且镜能变颜色。只有阿黄和牛磨子家的没尾巴狗，领了一帮大小同类，扑过来使劲啃车。车上的人先是不敢下，下来了就拿衣服打狗，用帽子打狗。狗便人不犯我，我不犯人，你进我退，你退我进，吓得女演员尖声锐叫，挪步不得。老大就吼一声：“滚开，真是瞎狗乱咬！”狗才轰的一声散去。

导演抬头看四周山势，欢喜得手舞足蹈，连声叫道：“就是这里！就是这里！天下再也找不到这么绝的场景了！”老大忙着去找村长，村长是个肉囊人，长脖驼背。毕竟时常到乡里开会，老大介绍了电影厂的同志，他便一连声地说：“啊，拍电影是件大事，我们村全力支持！各位领导不远万里到我们这里，我们表示满腔热情的欢迎，向你们学习，向你们致敬，你们到我们这鄙僻的山里……”老大见不得这份酸劲，就说：“村长，是偏僻，不是鄙僻！”村长却瞪了老大一眼，还在说：“各位领导，我是粗人，不会说话，一句话我说不庸俗你们一说就会庸俗的。”老大就又纠正：“是通俗！”那四个演员就再忍不住，哈哈大笑不已。

采景组被安排在原队部公房住下。老大帮他们支好床铺，说：“你们先歇下吧，晚上到我家来喝酒呀！”并指点了住家方向，自己急急往家里去。小梅在院子里捶洗浆过的衣服，一块大青石板上，棒槌起落，有气无力，几次捶空了，捶在地上，发出木木的空音。老大叫：“小梅！”小梅回过身来，叫声：“哥！”棒槌从空中落下，哇地哭了。老大忙问，怎么啦？小梅越发委屈，脸面抽搐，一字吐不出来。末了断断续续说了这几天发生的事。老大的一双手死死地抠着身后的墙皮，土簌簌地往下掉，问道：“矿洞现在怎么样？”小梅说：“全让捣乱了，支架歪了许多。那麝在里面刨土，拉屎，人都说那里有鬼，谁也不敢去了。”老大再没言语，进厨房拿了几个黑馍，说声“我去看看”，边吃边走了。

矿洞里确实乱极了，一进入二十余米便黑得不见五指，脚下的乱木绊了一下，他重重地倒在洞里，黑暗里双手抓着砂石，泪水哗地流下来。后来就发疯似的吼道：“老二，光小，我打死你们，打死你们！”他坐起来，咬紧牙关，捏紧拳头，却使劲地擂打着自己的头颅。

大哥一走，小梅就去叫了云云，两个人提心吊胆赶到矿洞。老大已经从洞里一步一步走出来。在矿洞口。黑暗与光明的交界处，两方都站住了，互相望着，没有埋怨，亦没有安慰，后来老大一个惨惨的笑，云云就呜地哭起来了。老大说：“甭哭，回家吧。云云，你帮小梅去做饭吧，把熏肉多炒些，取一坛窖里的苞谷陈酒，晚上电影厂的人要来咱家的。去吧，让我静静地在这坐一会儿。”云云和小梅无声地走了，老大又叫住叮咛道：“到那泉里把脸洗洗，见了谁也不要哭。碗筷一定要洗净呀，城里人讲究这些哩！”

二

家里来了些人，都是给老大说矿洞的事，说老二、光小的事，说牛磨子的幸灾乐祸的事。老大就不让说，寻着别的事岔话题。等电影厂的人来吃罢晚饭，他替小梅收拾锅盆碗盏，让小梅清点一下家中的存款。小梅搭梯到了楼上，从屋梁上取下一个红包，老大就笑说："你好鬼，钱放在那儿！"小梅说："你既然让我管钱，我就得操心点儿。二哥赌钱，让他知道了，偷着拿去，家里有个事了，到哪儿去抓钱？"老大心里一阵热，念叨妹妹贤惠，不禁想起这么好的人却要嫁给光大，就不忍心正面看她。小梅见大哥不言语，就说："一共是六百元，你怎么用呀？昨日湖北那边来了口信，说扣留二哥他们几天，还要罚款，你是不是带了钱领他们回来？"老大脑袋沉沉的，说："是要领他们的。不知要罚多少款，六百元再一扣，也就剩不下多少了。"小梅说："这些钱可不敢再花了，将来你和云姐……"老大却说出了自己在县城里已拿定的主意，小梅不说话，拿眼睛看哥。

这当儿，门扇被什么抓着，嚓啦嚓啦响。小梅去开门，进来的却是阿黄。阿黄浑身湿着，舌头伸出来老长，似乎是跋涉了很长的历程，扑向老大，耳朵一耸一耸地讨着喜欢。老大看着阿黄，就想起老二，不知他在湖北那边如何受罪，心烦起来，就把狗推下怀去。狗却又一次扑上来，拿头在他身上抵，他就觉得蹊跷，细看时，狗的脖子上系了一条细绳，细绳下吊着一个字条。老大取下凑近灯看了，不觉神色突变，小梅忙问："谁的字条？"老大说："阿黄刚才是到老二那里去了，老二捎的信，说那里罚款二百元，明日款再不到，就把他们一块儿赶到一个林场去植树半个月！"小梅听了，眼里流出泪来，求大哥快拿了钱去湖北。老大便出门到剃头匠家来，商量怎么个去法。

简直没有想到，剃头匠的家里，却坐着导演他们一伙人。一见面，导演就说："老大，你说云云爹云云爹的，原来是你的泰山呀！我们从你家出来，心想夜长，就寻着孙伯来问问当年闹匪的事哩。"老大就笑笑，坐下来陪着听他们说话。剃头匠嘴里叼着旱烟袋，耳朵上却夹了导演递给的香烟，说起当年担人头的事，有声有色。云云只在一旁烧熬茶水，一壶一壶往每人的碗里续。老大耳朵听着说话，心里却急得火烧火燎，见剃头匠稍有停顿，就拿眼暗示。

剃头匠说："你有啥事？"老大就笑笑说："你先说，伯。"剃头匠偏说："有啥事就说，导演要在咱这儿待多半年哩，人又和善，不是什么外人了，你说吧。"于是老大才说："老二和光小捎过话……"一句未了，剃头匠脸色发暗，站起来给导演他们苦笑笑，拉老大进了卧屋去说。

堂屋里气氛立即低落下来，人人面面相觑。导演问云云，云云掩藏不过，如实说了老二、光小的事。导演问："在矿洞里？就是老大说的锑矿洞吗？"云云也就把怎么挖矿，以及山上有了白麝的事都絮叨了一遍。导演几个人嘀咕了一阵，就起身也进了卧屋。

卧屋里，剃头匠坐在炕上，鞋脱了，伸一双黑脚在那里，手不停地在上边搓，搓得垢甲滚蛋儿，见导演进来，一脸难堪。导演说："事情我全知道了，这么大的事，领人当紧呀！"剃头匠说："都是我们孩子不争气。让你们见笑了。"导演说："赌钱是坏事，可到了这地步，先把人领回来是主意，要不事情越闹越大，别人又要趁机对挖矿说三道四了。"剃头匠说："实不瞒你，我手里只有百十元，老大有五六百元，他心大，要重新修复矿洞，还要购买手扶拖拉机，这二百元一掏，啥事也就干不成了！"导演说：

“钱紧是紧，老大的主意好哩，只要把矿洞修复，有了拖拉机，挣钱还在以后哩。你们拿钱连夜就去领人吧。买拖拉机的事，我们也可帮你老大的。”老大说：“哪能要你们的钱。你们是公家人，就是你们给，我也不敢花公家的钱！”导演说：“这不碍事，拍一个片子国家投资五六十万元，我们决定在这儿拍，就要搭景，搭景就什么都需要。比如搭一院房子，这木料的事，我就可以让你去买，我们再从你那儿买嘛。还有一些道具，在你们看来也许不值什么钱的，但卖给我们，说不定就掏大价钱哩。”剃头匠叫道：“一个电影要花那么多钱？天神，国家的事真大哩！”老大无限感激导演，当下说：“我也不知说什么话谢你们，你们看得起我，信得过我，我也就够了，往后需要我办的事，你们只管说吧！”仨人又走到堂屋。云云就递给老大一个灯笼，老大才要出门，一只狗就蹿了进来。

云云一见是阿黄，就说声：“是小梅来了！”连声叫“小梅，小梅”！老人说：“是阿黄自己来的吧。”云云说：“阿黄从来没来过的。”自己先出了门，果然拉了小梅进来。小梅羞羞答答地问候了屋里的人，对老大说：“大哥，你要去湖北那边，就把阿黄带上。村里都说那麝是成了精了，让阿黄护着你！”导演见阿黄形象威武，就拿了一点馍馍逗它，阿黄万般作态，一会儿跳起，一会儿卧下去，后来后腿就直立了，学着人走动。老大提了马灯，说：“阿黄，走！”阿黄就跑过去，让老大将马灯放在嘴上叼了，稳稳地跑出门。门外同时却有了几声凄厉的猫头鹰叫，剃头匠和云云、小梅都愣住了。一直躺在后檐卧屋炕上的奶就喊叫：“老大，老大！”老大进去，说：“奶还没睡着呀？”奶说：“我听着你们说话哩！这么大的事你们也不跟我说说。听见了吗，猫头鹰叫得多怕人！”说着，就颤颤巍巍下了炕，在中堂的“天地神尊位”前的香炉里抓了一把灰，用纸包了，让老大拿上，说：“你现在是孙家的女婿，云云爷他新做了地峰寨主，你带上他的香灰，走夜路觉得肃杀了，唾一口唾沫摸摸头发，将这灰撒去，就平安无事了！云云爷是寨主，神神鬼鬼不看僧面还看佛面，旧社会咱这儿土匪多，处处设卡子，有土匪头儿的字条就谁都不敢挡的。”老大就笑笑，说：“好，我拿着了！”导演几个人听了却都莫名其妙。

三

老二、光小回来，脸上自然不光彩，咒骂这事坏在牛磨子身上，说是牛磨子偷偷报告了湖北那边抓赌的，发誓要教训这瞎了肝的人。老大火气上来，每人扇了一个耳光，警告他们别惹是生非，老老实实到矿洞去修复洞道。老二、光小天不怕地不怕，就怕老大，再也不敢违抗，心里却暗暗记着牛磨子的仇。

采景组住下后，每天四处跑着察看地形，背了照相机走到哪儿，拍到哪儿，最后一一选好了场景。一到晚上，导演就又和那些演员走东家，串西家，了解当年闹匪的事，进一步充实他们的剧本。老大接受了购买搭景材料的任务，便先砍伐了坟地仅有的树，又将屋前屋后那些柏树、杨树也砍了许多，统统卖给采景组，后再到各家去收买木料、绽板、白灰、砖瓦，一一集中到要搭房子的地点。他工作得十分卖力，采景组就高价收购，几天工夫他便从中赚得六七百元。

第一次来了城里人，又是弄电影的，村人见导演和演员走到哪里，就围到哪里，见老大常常和这些人厮混，免不得眼红和嫉恨。剃头匠见人则说：“导演到过我家，和我喝过茶，吃过烟哩！”说着，从怀里掏出支烟来，又夹在耳上，然后就神秘起来，说拍一个电影，国家要给五六十万元哩，说得人人瞠目结舌。后得知老大帮着筹备搭景材料，从中获得了六七百元，就又愤愤不平，骂“有钱的越有钱了！”等老大再到他们家去买材料，就一口拒绝，而私自去和导演交涉。导演就笑着对老大说：“你人缘不怎么好哩！”

老大也很难过，说：“我也不知道，我是哪儿得罪了他们？怕还是为挖矿的事。我这么一心要把矿洞弄好，就是为了大家富起来，可总不落好，事事不尽意。”

导演说：“中国人就是这样，要不，为啥咱们国家干什么事都艰难哩！我们这部电影，有一个很重要的内容，就是要反映这方面的问题。可也怪，村里人对我们倒热情和气。”

老大说：“你们是城里人嘛。村里人认为你们能到这里来，是一种吉兆呢！”

说完这话，老大似乎想起了什么，诚恳地说：“导演，我有一句话要对你说，这搭景的材料，我就不一定全部来筹办了。但我绝对支持你们，需要我个人办的，我说啥也办，也希望你们多支持我。大伙都信你们，你们只要支持我了，我那挖矿的事也就顺利了。能不能在矿洞重新开挖的那天，你们到那里去助助兴？”

导演说：“哈，你是要借东风啊！我第一次见你，你憨憨愣愣的，谁知你还这么鬼精灵啊！”说得老大极不好意思。导演就拍着他的肩头说：“没问题，到时候你随叫随到，一切由你安排！”

矿洞很快修复好了，买拖拉机的事，老大又亲自去了县城一趟，订了货，苦恼的是还缺五百元钱。兄妹俩在家计算来，计算去，想不出个好主意，小梅就私自去采景组那儿，要求给人家做饭。导演很喜欢小梅的脾性，满口应允，月薪可付四十元。小梅从此就勤勤恳恳为采景组服务，人越发收拾得干净体面。每顿饭熟后，她一碗一碗端给大家，然后又回去给两个哥哥做饭，洗衣，收拾屋子。导演要留她一块儿吃，她总是抿嘴笑笑，说她吃惯了粗茶淡饭，油水大的倒觉得不饱肚。在这期间，老二也常常来，来了就带了阿黄。阿黄最贱，喜欢和那些演员一起戏弄，让干什么就干什么，少不得陪演员去河边钓鱼，掀石头捉螃蟹，自己用嘴叼了鱼罐儿回来。生杀这些河中游物，小梅不忍心，按导演的说法，将螃蟹在笼里蒸了，将鳖囫囵丢在滚水锅里，锅盖上压了石头，她就远远背过身，不敢听那锅里的动静。进餐了，城里人吃肉，阿黄嚼骨头，小梅还是不忍看。导演就说："小梅是大善人了！"小梅说："你们城里人什么都吃呀！"导演瞧她神情有趣，就说："小梅，将来电影开拍了，你也上一个角色吧！"小梅忙摇手说："导演作践人了，我能拍了电影？那丑死了！"说着，害羞地跑到河边去，却心想：咱这一辈子活得也太可怜！瞧人家那些女演员，吃得好，穿得鲜，人样儿也嫩皮细肉，又上电影，那才不算白活了一场啊！这个时候，她就想起了光大那粗糙的长满胡楂的大脸，心里阴下来，拿石子直砸水面。

小梅将预先领回的月薪交给大哥。老大他们又挖了许多矿，矿却无法运出去，为筹最后一笔拖拉机钱急得上了火，她就说："能不能去给导演说说，我一次领四五个月的工资？"老大说："那怎么开口？人家已经对咱够意思了，再不要使人家为难。再说，那也不够呀！"小梅苦得没了主意可想。

这天，做好了饭，左右看看没人，她偷偷从烛台峰后坡上去。到了那片竹林里，一看着远处那庵房，心里就阵阵发紧，犹豫了好一阵，最后还是在泉水里洗了脸，理了理头发，心里说："甭慌，甭慌。"向庵房走去。走一步，左右看一下，脚下就高一步低一步地别扭。立在庵房前二丈远了，假装咳嗽，但庵房里寂无反应。一进去，见光大没在，小梅的心倒一下子放松了。庵里乱极了，被子、衣服胡乱堆着；枕头是一块光溜溜的石头；一双草鞋泥巴糊着塞在床铺下；满庵的烟味、酒气。那块麝皮，还挂在那里，而那枕头上、被褥上，却落了许多麝毛。小梅唰地头大起来，第一次在这里见到光大的情景浮在眼前，浑身不自在地抖了一下。

突然，庵里的光线暗了，她一抬头，光大站在门口，一只手提着枪，一只手直直垂着，木呆呆地站在那里。

小梅本能地站起来，收缩着身子，说：“你回来了。”脸烧得发烫。

光大也连忙笑着说：“是小梅来了！”

两个人就再无话，难堪地对视着。

小梅吃惊的是光大竟这么老实了，完全不像第一次那么粗野蛮横。她说：“你坐呀！”光大说：“我不累。”她就忍不住扑哧笑了，说：“你现在学得不像以前了！”光大就坐下来，眼睛直直地看着她，手脚却不敢动，感激地说：“小梅，你还到我这里来……”小梅说：“我哪儿不该去？都什么时候了，你还常住在这里，你这是过野人生活呀！”光大说：“这儿打兔子方便。你去我家见到那些貂了吗？貂都长大了。云云说，你去电影厂那儿做饭，我去了几次，不敢进去叫你。”小梅说：“你怕啥哩？”光大说：“人家都是些什么人，我能进去？要让人家知道我是找你的，人家会下瞧你哩。”小梅心头一跳，倒被这话感动了，没想到这粗人还有这般细心处，自己就肚子肠子都软了，嘴上却说：“你还讲究打狼打麝的？！”

光大见小梅好语待他，便又狂起来，搓起手，脸上显出一种欲望极强的神色，说：“小梅，你是让我去找你吗？我不会对你怎么样，我能扛住，我知道性急吃不了热豆腐的，馍不吃会在笼里放着的。”小梅倒生了气：“屁话！我今日来找你，要给你说一件事的！”光大忙说：“你说，你说。”小梅说：“你要真心学得让人看得起你，你也该像我大哥那样，去挖矿嘛！现在二哥和光小也在挖矿，挖矿不比你长年蹲在这儿强？”光大说：“你大哥能看上我？再说，我还要养貂呀！”小梅说：“我大哥他们想买拖拉机运矿，手里紧张，这拖拉机买不来，矿不能及时运出去，就赚不了大钱。村里人也不来挖，别人就更给咱两家生是非，你要真心待我好，就顾顾咱们的大事，你把那貂卖了，钱先借给大哥。你愿意不愿意？”

光大的脑袋一下子沉了，思想了半天，说：“要是卖了貂，那我还干什么呀？”小梅说：“我不是叫你去挖矿吗？”光大就说：“行，小梅，我听你的。但你也要听我的，你把这麝皮拿着吧，人家订婚都送银镯子，我没有，我送你这麝皮，你不会嫌弃吧？”

小梅把麝皮接在了手里。

四

拖拉机买了回来，张老大就在村里公开讲明：谁要挖下矿，由他负责往县上去卖，好多人家心又动起来，却疑惑地说：“现在不会再出什么事了吧，山上那麝还在呀，我家的一只羊昨晚又被麝咬死了！”老大说：“还能出什么事？麝就算是灾星吧，可电影厂的人来了，电影厂是拍电影的，神鬼敢撞吗？”

这天，没风没雾的，天空朗朗光明，张、孙两家人像过节一样，头明搭早起来就到矿洞去。老大提了十板响炮，又将河南那边的一个自乐班子请来，在村里大造声势，说是要在矿洞“红场子”哩。

“红场子”是这里的风俗，即轰赶阴鬼霉气。谁家要住进新屋，或是觉得旧屋不安生，就要请人来敲锣打鼓，放鞭鸣炮，闹闹哄哄一场。村人听说要给矿洞“红场子”，就都赶来看热闹，采景组的人也全来了。老大在矿洞口摆了三张桌子，桌桌烧了香火，放了核桃、葡萄、水梨，再是三坛苞谷陈酒。导演和演员们全被请坐了上席，然后每一个进洞子的人就脱了外衣，用锅煤黑、桃红色研成水，在背上、肚皮上画了青龙、玄虎、朱雀，额头上又画了太阳、月亮，再用红布包了头，紧了腰带，列队进去。立即，洞内一人呐喊，十人呐喊，喊的字句不清，其实也没有字句，一尽声嘶力竭。待到喊到高潮时，锣鼓大作，唢呐齐鸣，那鞭炮就哔哔叭叭如炒豆一般。这时就见硝烟从洞口喷出来，声浪从洞口涌出来，小伙娃娃们就往洞里一窝蜂地钻，媳妇女子们却全捂了耳朵往后退，退不及，跌倒了，就有一只红鞋被人拾起，“日”的一声从人头上飞过，落到场圈外去了。如此闹了半个时辰，鞭炮停止，“红场子”的人又列队出洞，每个人如打过一场大仗似的，满头的炮屑，一脸的烟灰，那汗水从脊梁上、肚皮上流下来，龙、虎、朱雀的图案就模糊不清了。而那些看热闹的人此时却都拥上去，抢夺“红场子”人头上、身上的红布，你撕我夺，人人手里便都获得了一小块。

这红布被看作吉祥之物，说是做了腰带系上，可避灾消难，永保安康的。云云也就在混乱中抢了一截，当下撕成丝絮，用手合了劲，搓成极细的一条裤带，悄悄塞给老大。老大笑笑，又塞过来，低声说：“你系上吧，系上了咱仨人都有了安康！”羞得云云一指头戳在老大额上，自己却不自觉地拉了拉衣襟。老大就跳过去，在更紧的锣鼓唢呐声中，捧了酒碗，一腿跪着，一腿屈着，将酒洒在洞口。然后立起来，再倒满酒，先敬导演，再敬演员，再是人人喝一口，余下的自己就一仰脖子咕噜噜喝尽。最后，把酒碗摔在地上，裂为八片。

这锣鼓鞭炮，震响了四峰，山上的兔子就惊慌失措，满山跑动。雄麝正在天峰古堡里晒太阳，猛然听到了，着实吓了一跳，趴在古堡枪眼处往下看，见矿洞口聚了黑压压一片人，不明白那里在干什么，怀疑人是否要来搜山，立即想起石洞里的雌麝，忙就往回跑。

多少天来，雌麝总是不思饮食，浑身发软，它认定这是病了。雄麝天天出来采药，却不知道采什么药好，记得母亲在世的时候，说是有一种草，叫崩崩芽的，味清苦，专长在阴崖的石缝里的，它找了几天，均未找见。这阵，昏昏沉沉待在石洞里的雌麝也听到了山下的动静，又惊又怕，不时探出头来看望未归的雄麝，后就一阵晕眩迷糊过去。

雄麝回来了，将雌麝摇醒，说了自己的怀疑，两只麝做好了应战准备。但人终没有上来。它们再也坚持不住，就靠在那里睡着了。天亮的时候，雌麝突然觉得肚子饿得厉害，它叫醒了雄麝。雄麝就一下子跳将起来，再也不肯听从雌麝的劝告，执意跑出洞去，为雌麝，也为自己的后代寻找食物去了。

这只雄麝，兴许是想到自己将要有一个后代，太兴奋了，胆子也大了十分。它跑到了天峰古堡，又跑到了峰下的沟畔，趴在栲树林里往远远的矿洞方向窥探。

矿洞里出出进进好多人，进去的皆扛了小镢、钢钎，出来的又都背了筐子和口袋，腰弯弯的，将一筐一袋的矿石倒在洞口，那里已是一堆一堆的了。后来，就有人吵了起来，是一个老头和两个小伙。小伙在骂："你来干什么？你不怕麝咬死你吗？你不怕灾星降在你头上吗？"老头说："山是国家的，矿是国家的，人人有份！"小伙就说："那你到别处去挖吧！"接着喊了一声："阿黄，上！"一只狗就扑过去，老头退不及，倒在地上。一个老太婆大叫道："要打出人命了！老二，光小，我男人告了你们赌钱，你们就这么欺负他呀！"洞里立即跑出一个人来大声训斥小伙。小伙说："大哥，什么人都可以来挖矿，就是不能让他家挖！"那人说："他不是人？不是村里人？我请了他来的！导演已经和他说好，还让他演电影哩。人家城里人能叫他，咱就不容人了？！"麝自然是听不懂人话的，雄麝听了一阵觉得没意思，就又跑到别处寻食去了。

五

鄂豫陕三省交界处的四座山峰，采景组上去了三个，一一拍摄了古堡的不同角度，独独未上烛台峰。导演的安排是：最后上烛台峰，然后留下四个演员继续深入生活外，其余的人都撤回城市，做整个摄制组来开拍的准备。前三天，导演托付老大如何安排演员，还请老大把新搭的半坡上的一院房子，最后抹上墙泥。又和老二商量，要以二十元钱买走他的阿黄，因为所拍的电影里，是有一条狗的，必须从现在起，由演员来饲养，培养与狗的感情。老二似乎有些不舍，导演又要加价，老大说：“一条狗能值多少钱！让阿黄上电影，也是它的福分，还掏什么钱呀？”老二也就说：“我一分钱也不要，只是电影拍完了，把阿黄还给我就是了。”从此，狗的脖子上就系了一条绳，拴在了演员的宿舍里，出出进进，跟着演员身前马后。

阿黄跟了演员，它也是一名“演员”了。白日演员吃什么，它就吃什么；夜里演员睡在床上，它就卧其床下。这走狗也知趣，百般随从演员人意，扑翻滚趴，有时样子凶煞，猛地咬着演员的手，手在嘴里了，却像含了一块糖。到后来，伙食竟比演员水平高，演员一天八角钱，它则一元二，顿顿有肉啃。只是野性毕竟未能改尽，正啃肉骨头，一听到谁家媳妇叫唤：“吆吆吆——吆——”就四蹄捉对儿跑去，伸了长长的舌头舔吃孩子屙下的屎。更甚的是傍晚，那些母狗们在远处的河湾一叫，它就窜去，于乱石后交接一起，棒打也不分散。

这天，采景组全体上了烛台峰，阿黄也厮跟了去。一路上孩子们见了，就叫：“阿黄，阿黄！”阿黄仗人势，张牙舞爪。孩子们不敢打，只有跑，躲到了峰下牛磨子的院里。牛家的没尾巴的狗就扑出来，两犬相见，分外眼红，狗嘴里就咬了狗毛。演员喊着制止，狗战却不停息，牛家的狗就咬翻了阿黄。导演瞧见牛磨子坐在中堂往外看，却是不理，就叫了他几声。牛磨子出来了，似乎很生气地吆喝了自家的狗，说："是导演呀，真是瞎狗咬了吕洞宾！导演，你们大人大量，不会生我的气吧？我这狗以为阿黄还是老大家的，它哪里知道阿黄也攀了高枝呢！"导演已经极讨厌这人，又极喜欢这人，因为他的影片中有一个角色正类此，而苦于寻不下演员，所以脸面上并不伤其和气，当下说："今日你没去挖矿呀？"牛磨子说："我比不得那些人，都是狼一样地在里边挖！唉，现在这人心呀，谁能发财谁就发财，咱这困难户也没人管了！"那没尾巴的狗就卧在他两腿之间，还不停地朝一边吼。牛磨子又看着阿黄说："这狗是老二卖给你们了？"导演说："现在是要做'演员'的。"牛磨子就问："听说是二十元的价？电影厂有钱，可一条狗也值得向你们开这么大的口啊！"导演解释道："哪里，是他们借给使用的。"原队长噎了半日才说："啊，那好，狗体面了，狗主人也体面了！导演，要是演凶狗的，我这狗也可以借你们的！"导演笑而谢绝，看着天色不早，停止了搭话，一路往峰上去了。

峰上来人很少，已是深秋，到处的树叶都红了，在一丛丛红叶之间，突兀兀就冒出一杈枯枝。那些叫不上名的紫叶藤条从石崖上爬去，纵横在古堡墙上，密如铁丝大网。秃头的老鹰就缩头呆脑于古堡女墙之上，偶尔一声怪叫。一行人款款到了古堡门洞，导演大发感慨："好去处！第三场戏就应该在这里拍了！"恰洞口正站了一妇女，痴呆呆不解导演言辞，所带的一只小母狗聪慧可人，偎在妇女身下，阿黄立即近去，在小母狗屁股处连闻带舔，丑态百出。演员骂道："阿黄，你又要犯错误吗？"阿黄不理，和小母狗竟往道观后院跑去。演员就说："这阿黄要是人，牢房里都蹲了好几回了！”

一行人进了道观院，端详了各处风景，未见一个香客，亦未见一个道人。导演拍照了九仙树，转入观后，是一庭幽静小院。但见后厢房木格花窗高撑，里面坐三个小道，长发披肩，面目肮脏。对面则坐一老翁，青衣长袍，发束顶上，正讲授着什么。导演便生雅兴，挪脚过去，隐身在一棵紫丁香树之后细听。那老翁说道：“当年秦孝公起用了鞅后，准备变法，又害怕天下议论。鞅便说：‘没有坚定的行为，就搞不出什么名堂，没有明确的措施，就建不成什么功业，行事过人的人，本来是被世俗所非难的，思虑独到的人，必被一般人所讥毁的，蠢笨之人对已成之局尚不能了了，聪明之人却在事端尚未发露便能觉察到了。天下的人不能与其商量新事物的创造，只能安享现成的事物，所以，讲究大道理、大原则的，不能迎合旧习俗啊！’孝公就同意了他的看法，但朝廷大臣们却有持反对意见的，说不能变更民俗而另施教化，不能悉改成法而更求致治之方，而只能顺民之俗而利导，以现成的成法来处理事务，这样，官吏们也习惯，百姓也安妥。鞅便说：‘这种见解，真好像陷在了深渊之中，局限了自己的见闻，以此循规蹈矩之言，哪里配得上谈论常法之外的制法原则？试想，夏朝、商朝、周朝三代兴盛，沿袭的是前世的礼法吗？齐桓、晋文、宋襄、秦穆、楚庄五个君主，各人使用的策略是一样的吗？贤智之人制作礼法，而愚蠢之人只能奉行遵守，如果拘牵旧制，使新事就不能推行。’如此争论不休，最后秦孝公支持了鞅，封他做左庶长，颁布了变更旧法的新令。”

导演听此翁讲出这一番古今，知道是《史记·商君列传》上的事，想这一定是观中道长。难得一个道人懂得这么多知识，又亲自讲给小徒！就站起来，靠近些要继续听下去。那道长却不讲了，仰起头，迎着走了出来，双目尖锐，宛若仙人，拱手问道：“你们……”导演忙说：“我们是电影厂的，要在这一带拍摄电影，来看看的。”道长便说：“哦，是电影厂的，早听说了，你是和导演吧，山人失迎了！”导演说：“我姓和，名谷。常听村人讲起您，果然清目仙骨！听道长刚才在讲授《史记·商君列传》，道长怎么也授这部书呀！”道长说：“不瞒导演，山人平日除习道家经文外，也喜欢读些别的书。身在商州地面，不知道商州先人之事，也是说不过去的事啊！”导演说：“道长真是学问高深，这类书现在城里也极少有人读得懂。历史是很奇怪的，常常有惊人的相似，懂得历史，可以洞明当今好多世事，可惜知道这一层的人是太少了。”道长说：“导演也算是无所不知的啊！商君此人可谓英武，他入秦游说，与廷臣争辩，行变法之事，件件令后人高山仰止，山人时时吟读，愈读愈有感慨，启迪多少胆、识、才、学！”双方相互恭维，相互谦虚，之后就在一石条上坐定。道长唤小道挑山泉煮茗。那茶是山中自采，却万般清心，一杯下肚，胁下津津生了凉气。道长又续了二遍水，有演员便出去唤阿黄，明明见阿黄在远处与小母狗调戏，却千唤万唤不肯来。演员便对导演说：“阿黄德行不改，既然这般爱恋小母狗，咱就买了那小母狗，也好管制阿黄，免得村里那些坏狗来干扰它。”导演说：“你们看着办吧。”演员就过去同那妇女交涉，妇人问肯出多少钱？回说：五元。妇女不肯，说：“我知道你们是电影厂的人，有的是公家钱，五元钱能拿出手吗？”演员说：“十元。涨了一倍，还不行吗？”妇女就笑了说：“十元是可以。但我这小母狗是我小儿的爱物，他爱得上了命，起名叫‘爱爱’，卖了它，小儿是不依的，我得好好劝他呀，你们就掏十二元吧。整数都掏了，还在乎零头吗？”演员当下就掏了十二元。妇女一声“爱爱”，小母狗跑过来，她抱了交给演员，就突然闪过身急急下山而去。道长看了，那头就微微摇动，欲言却又止，低头吹起杯中的茶来。

日过午后，导演一行与道长辞别下峰，阿黄还是叫不来，演员就抱了小母狗走去。小母狗一叫，阿黄如风如电追了下来。惹得导演说：“我导了十多部片子，演员里边还从没有像阿黄这么高待遇的，它要拍戏，就得给它找一个老婆！”说得众人很笑了一阵。

第五章

一

收罢秋，山瘦，河肥，村子在涨起来，巷道却窄下去。家家门前的树上，院墙上，屋檐下全挂满了苞谷棒子；辣子很长，用麻线儿穿了，顺檐下的椽头往下吊；烟叶则人字形地用草辫住，于山墙“吉”字眼下一道一道横挂；黄豆、黑豆、芸豆、小豆在场院里、巷道里暴晒，天不亮人就起来占地方，寸土必争，互不相让。人人吃了几顿嫩苞谷做成的浆粑馍，吃了几顿菜豆腐米粥，秋收的疲累便消退了。女人们就将一盆一盆的黑豆用温水浸了，盛进木桶，提放到河湾流动的水里，去生芽菜。芽菜长得极快，少半桶豆子长到桶梁高，女人们便去收捡，隔河拉着话，那边说：“昨日夜里，老大没到你们家去收买鸡蛋吗？”这边说：“收买鸡蛋？他日子真是过红了，精壮小伙倒要吃鸡蛋？”那边说：“你真傻！他是给云云吃的，你没见云云那腰身，多笨！”这边说：“你是说……”那边就挤眉弄眼，手一摆一摆地：“丑死啦，丑死啦，种起回茬庄稼啦！”这边的就好大兴趣，说：“我说哩，前几日见老大从镇上买了几刀软纸，以为人家是糊窗子的，到云云家去却见丢在茅坑里！身子不干不净的养个野种，倒不用棉花套子，用那么好的纸！”隔河两厢就尽吐唾沫，乜斜了眼往远远的云云家门前瞅。云云正坐在门前树下，身子是笨拙了许多，用柿饼旋刀架子旋夹黄柿子，一手摇着架子把，一手按了刀子，那柿皮就抽卷尺一般出来，然后晾在树上的竹竿上。她没有听见河边的议论，抬头见收豆芽菜的女人过来了，热乎乎地问：“忙清了，没去挖矿吗？”女人说：“没有。”眼睛却盯着她的肚子，又看见了场院角落倒的鸡蛋皮，说道：“云云，这忙天你倒没瘦，发福了哩！”云云甚惊，就不敢站起来。那女人却又叫道：“哎呀，云云，你脸上怎的有了蝴蝶斑了？”云云窘极，说：“是没睡好吧。”女人就说：“还没睡好？！”又笑了那么一声，摇摇摆摆地走了。

女人的一声怪笑，使云云满面羞愧，回到屋里说给奶，奶说：“丢人倒是丢人，可反正是这样了，让人家有嘴就说去！大男大女的，干柴见不得火的，娃娃是坐在腿面上的，一挨就有了。”云云说：“奶，我可受不了这唾沫星子啊！”奶就说：“那韩家的女人还有脸说你？她家的婆婆偷汉子，偷得好凶，那年月她公公当脚夫去河南南阳担水烟，去了一年，回来媳妇肚子大了，生下娃娃还不知道是姓王姓李哩！你现是张家的人了，怀的是张家的身子，你怕谁说的？我给你问问老大的爹娘，他们是不能没个主意的！”云云见奶的话又说得阴差阳错，就不言语，坐到屋后的阳沟畔去哭。

过了几日，奶夜里让云云和她睡，已经睡下了，却说：“云云，这几夜老大爹娘就在我这儿坐着，我说你的事，他们好不喜欢呢，说你要生的是个男娃，万万让你不要害了。我就说：云云脸皮薄，总不能把娃娃生在娘家里。你婆婆就说了：那让老大和云云趁早结婚吧。你婆婆这主意对呀！”云云赶忙穿了衣服，要到她的卧屋去睡。奶问：“这为啥？”云云说：“老大的爹娘死了多少年了，你总是说他们，我怕哩！”回到自己炕上，心里怨奶老糊涂了，自己不该把这事说给她。迷迷糊糊睡到半夜，却又醒来，琢磨奶的话也有几分道理，就拿了主意：什么时候找老大商量，真的提前把婚结了也好。

老大却总是忙得在家落不住脚，矿洞的主道两边，支洞挖了一个又一个，家家都有，谁开的支洞谁采矿。一家挖得多了，家家都憋着劲比试，矿就在洞外堆了许多。老大买了许多书读，懂得了一些挖矿的知识，就一天三晌到各个支洞去察看，指点哪儿有矿，哪儿的矿如何挖，而绝对要求挖进一段就架设支架，没有他同意，不能随便乱挖。又买了一批安全帽，转卖给大家，但凡进洞就要戴上。每隔两三天，自己就开着手扶拖拉机去县城交货。先头，他去交矿，并不要报酬的，只收取柴油费。各家则以麻袋装矿，袋上写上各自名姓，回来一一清账。锑矿运交了几次，乡上税务所的人来了，后来县矿山管理局的也来了，公路管理站的也来了，他们漫天收钱，言辞蛮横。挖矿的人同他们争吵，吵不过，又不敢打，寻着老大叫苦不迭。老大交涉过几次，也便聪明起来，这些收税的人一来，就请到家中，笑脸相陪，敬好烟好酒，再是请吃，七碟八碗，吆三喝四，吃得酒醉后，这些人什么话也可说得，什么事也可做得，税款便如如实实来收，且说："政策嘛，政策就是个红薯，人情就是火，火大了红薯就是软的，火小了红薯就是硬的！"如此吃过一次，就有两次三次，每每吃客走罢，老二就说："大哥，这又是何苦？人家都在挖矿，咱管运输交矿，你不说要报酬，怎么没一个人说亏了你，要给你报酬？这些收税的人又是没底坑，咱请吃请喝的，这么下去，咱倒谁家日子也不如了！"

老大说："这我知道，开头嘛，让村里人都得些实利，时间一长，他们难道还能老让咱白跑路白花销吗？人都是有良心的，现在不是没几个人说咱的不是吗？"

云云明白老大的苦心，也便没有提起早早结婚之事。再置衣服，就放大尺寸，做得又宽又长，若要出门，自己给自己壮胆：“怕啥？怕啥？”遇着那些碎嘴女人了，偏走来走去，面不改色心不跳。

老大一如既往地检查安全，运交矿石，接待收税的干部，村人却没有一个提出补他的损失，似乎觉得这倒是应该的。甚至在交完矿石回来清账时，有人还怀疑起他的矿石斤数符不符，说：“这才怪了，老大没有从中得利的话，他能这么傻？”这一来，老大着实生了气。从此变了主意，在村口设了一个收矿点，凡是挖矿的，挖了皆一律背来过秤：县矿产公司一斤三毛五，他收价一斤三毛，当场清账，分文不欠。

挖矿的现场得现钱，人就挖得红了眼。那些光棍男人每每进洞就要喊：“走，挖媳妇去！”果然不长时间，有人就拿了一沓沓钱去找吉琳娘，好说歹说求她去南北二山找说适合的女子；有的开始买砖买瓦，准备石板房换青堂瓦舍。人有了钱，便口大气粗，几家夫妻和好，婆媳亲密，几家则打打闹闹，× 娘骂老子；许多男人的地位大为提高，回家来仰面躺在炕上，呼妻唤女，端饭递茶，开口闭口：“老子养活了你们这些瞎猪！”老大坐镇收矿后，云云就来帮着过秤、付款，笨手笨脚的不敢出猛力。剃头匠就又一次将剃头担子丢在了楼上，来帮女婿。一家人账上却分明，钱一律放在一个匣里，谁也不动一分。晚上，一个用算盘，一个用苞谷，一个扳指头，三宗账目投合。云云把自己的一份用麻绳扎了藏在箱底，却常常抽出一张两张给奶。奶攒了钱，没有去买衣裳，却硬要剃头匠去镇上买了烧纸，化在中堂脚底，说是云云爷爷来了，要给他些钱；说是云云的娘、老大的娘也来了，要给她们些钱，强调“不能有了钱，就忘记先人的阴德呀！”。

牛磨子挖了几日矿，病就犯了，脸色蜡黄，脚手发烧，让中医先生看了，说是要足够地休息，“人卧血归于肝”，肝血得养，万不得生气，“气盛伤肝”。牛磨子就赶了老婆、儿子、儿媳去挖。

儿子小，娶的媳妇比自己大五岁，人称“媳妇姐”。媳妇姐是东山老林人，极丑，亦无比窝囊。挖了一段时间，正处月经期，血水下流，以布缝的带子里装了干草灰用，加上洞里潮湿，便害了一场病，日益沉重，竟睡倒了。牛磨子就疑心撞了怪处，请阴阳师来禳治，果然说是阴鬼作祟。牛磨子就问：“是洞里阴鬼，还是山上野鬼？”阴阳师倒问：“这洞里出过事，听说‘红场子’了；那山上有过什么？”牛磨子说：“山上有过麝，是怪麝，明明打死了，却偏偏又有了一个。”阴阳师也就肯定道：“那这必是野鬼了！”设了法坛，跳神捉鬼一番，说是一年之内，需万分小心。十天后他再来看，若是病情不减，就只好另请高明了。十日后，阴阳师再来，察看房宅前后左右，突然指一棵槐树说：“好了，病转了！”众人见那槐树身上有一个大疙瘩，皆不能解。阴阳师说道：“这本是要病人肚子里生个瘤子的，禳治后，这瘤子才转移到了这棵树上。”说得牛磨子面如土色，心服口服。

牛磨子牢记着阴阳师的话，不敢让家人再去挖矿，而每每见别人得了钱财，又忘却中医先生的嘱咐，气得肚子鼓鼓发胀，就四处游说阴阳师的灵验，说儿媳妇的病就是挖矿所致。但人们却不信了，说：“麝要是凶兆，拍电影的怎么能来呢？洞一重开，不是都发了财吗？”牛磨子说：“都发财了？你能发多少钱？怎么不去照镜子看看，人都成了黑龙王了不是？”人问此话怎讲，他便发挥起来：“知道吗，老大力不出，汗不流，光在那里收矿，硬是赚多大的利？挖矿发财，他那么能的人，为啥不挖？这不明明是在想法子剥削村人嘛！”这话毒大，好多人犯了心病，又说起老大的奸能了。

老大先并不理会这话，他确实赚了好多钱，家里置了一些家具，又给小梅买了三身新衣，也给云云从头到脚换了装。姑嫂俩原本俊俏，马鞴了新鞍，越发出众。那四个演员也说：“小梅和云云差不多是城里人了！”女孩儿讲穿不讲吃，有了新衣，走到人前去，人就活跃了许多。云云竟哪儿都敢去，去洞里给光大、光小送饭，鞋袜上沾了土，使劲拍打；去收矿处过秤，用花手帕擦汗；后来跟老大的拖拉机去了几趟县城，脚上竟穿上了皮鞋。村人就说：“瞧，钱把人家装扮成洋娃娃了！怎么这样有钱呀？”云云听见了，说：“咱是赚一个花一个，你们钱放在家里要生儿子嘛！”旁人就说：“我们哪有你们钱多，你们伸个小拇指头，比过我们腰了！”云云说：“还不都是一样挣来的？我们又不是偷的抢的！”回答就是：“你们是矿山主嘛，是大老板嘛！”气得云云回来发恨。老大说：“人家说着取乐哩！”并不在意。

二

农历十月初，摄制组全体人马到来。

摄制组带有发电机，突突突发动了，就有了电，发亮光。村里人都听说过这玩意儿，见过的却少，连奶也让人扶了去看。为了感谢在选景和搭景中村里人的支持，更为了以后摄制工作顺利进行，摄制组专接了一条线给村里。导演对老大说：“本想让村人家家拉上电灯使用，可电力不行。你是否去买一台电磨机，大家就不用抱磨棍去推石磨，可以多出劳力来挖矿了。一台电磨机三四百元，若一时拿不出，我们可以先借你一笔，磨子一转，钱很快就回来了的。”老大说：“现在不比以前了，三四百元是能拿得出的。”就在送矿时，顺便买回了电磨机。电磨机一开，家家都来磨粮，无一个不说摄制组的好。

老大便对光大说：“摄制组对咱们这么好，人家四十多人住在这儿，咱也得有个表示呀！我思谋了，给人家吃什么好的，咱也没有，城里人好东好西吃惯了；要不就稀罕野味，你这几日就不要挖矿了，出去打打野物，咱招待人家一顿野味宴！”光大比老大大两岁，自订了小梅婚事，就一直口甜着叫老大为哥，当下喜不自禁，说：“哥，这没问题，好长时间没打猎了，手都发痒了！”光大就背了枪上山寻找目标，果然第一天就获得三只兔子。小梅在摄制组做饭，将光大打猎的事告知了演员，皆大欢喜，小梅也就时时支着耳朵听山上的动静。枪声不太响的时候，她就说这一定是野兔，或是一只山鸡；枪声大响的才可能是山羊什么的。因为遇见大野物，那药就装得多，又要在药里下了铁条。她盼着光大能打个大野物，也可显显他的本事；可是她又担心遇见大野物了，一个人能否对付得了；光大是笨人，他比大哥有力气，有蛮劲，却少了大哥的灵性！小梅正忐忑不安，就听到天峰古堡方向，传来沉重的一声枪响。矿洞里的人听见了，跑出来观看。摄制组的人也听见了，跑出来观看。小梅跑在最前边，心里又喜又急，不知道到底打着了什么，打死了没打死。

蓦地，古堡上传来光大歇斯底里的喊声：“打中了，又打中了！我把麝打死了！是个雄麝，雄麝！麝全让我打死了！”

山下听说又打死了麝，先是惊疑，几乎人人都反应不过来。山洼里死一般的寂静。几分钟过后，腾起一片欢呼。导演说：“是雄麝？雄麝不是有麝香吗？”立即有十多个男女演员往天峰山跑去。小梅跑得最快，结果被石头绊倒了，滚在草窝里，再也没了一丝力气，笑着，无声，笑纹却满脸纵横。

山上的光大，狂呼之后，也被自己的胜利所惊倒，他站在死麝的面前，呆呆地看了一会儿，突然双腿就跪下去，挥了双手打着麝，叫道：“你怎么死了？你厉害嘛！你再来嘛！你怎么就死了？！”倒在麝的旁边，沾了一身的血，热泪长流。早晨，到了古堡，接连打中了一只野兔和一只山鸡。山鸡的尾巴二尺余长，五种颜色，他拔下了，一一别在自己的后领上，说：“这是我小梅的，谁也不给，导演要也不给！”正要下山，突然脚下一块小石头踏滑了，骨碌碌滚下来，滚在一个土畔上。他骂了几声，刚刚爬起来，却发现一只麝从那边草窝一露头，立即就不见了。他愣了一下，不由得“啊”地叫了一声，便顾不及野兔和山鸡，提了枪猫腰过来，躲在草中装好了药，所有的药全装进去，又下了一根铁条。

这便是雄麝。

雌麝的肚子一天天大起来，雄麝就更没黑没明地寻食物。山下的人忙着在矿洞挖矿，它高兴没有人上山来干扰它。但是，它太大意了。今早从石洞出来，本不准备到沟里去的，却贪恋了沟里那一潭清水，去喝了一顿。喝了清水立即回来也不要紧，偏喝了水又想着洞里的雌麝，就又找了一截竹管盛了水叼上来。叼了一竹管水赶紧回来也罢，它却嫌这水太少，想起后山一所独屋的窗台上，有一个盛水的葫芦，便又跑到那里偷偷叼去，装了水往石洞走，偏偏就在草窝，碰见了光大。仇敌相见，分外眼红。光大认得它就是第二个出现的凶兆怪麝；它也认出这就是杀了母亲的那个凶手。但如果此时雄麝丢了水葫芦从那边峭崖上爬过，光大无论如何不能过来，又不易发现它，但是它舍不得丢下水葫芦，它没有走那峭崖，却沿了一片梢树林子跑，结果光大开枪了……

光大背着死麝走下山来，演员们就围住了。他脸上放着亮光，得意地叙说打麝的经过。末了用手搓鼻子，红血就涂了一脸，说道：“麝全叫我打死了！人都说麝是灾物，给这里带来了祸害，现在嘛，全叫我孙光大打死了！”他嘿嘿笑一阵，说一阵，身后就有一个演员趁他不注意，用小刀割去了麝的生殖器，朝别的演员一挤眼，几个人跑过山脚，先回到摄制组驻地去了。这演员就找着导演说：“导演，麝香是珍贵药材，不好弄的，我们把这宝贝割回来。你不是有关节炎吗？听说麝香和当归泡酒喝可以治的！”导演黑了脸唬道：“胡来！光大是烈性人，你们惹他动火了，小心他揍你们！”

这光大背了麝进村，村人皆视为英雄，团团围了看他将麝的后腿拴了，倒吊在树上剥皮开膛。小梅就站在那里，手里握着光大给她的山鸡尾巴，几分羞怯，几分喜悦。待到光大磨好刀，脱了上去，去抓那麝头，骂一声："狗 × 的眼睛还瞪着！"一刀将眼珠挑下来用脚踩了。小梅"呀"地叫着，双手就捂了脸不敢看。这时导演跑来了，手里拿着那只麝的生殖器，说："光大，实在对不起，几个演员偷割了麝香，我批评了他们。现在我把这东西送回来，希望你能原谅！"光大吃惊不小，忙去看麝的身子，才发现麝果真没了生殖器，就嘎嘎嘎大笑，笑得导演丈二和尚摸不着头脑。光大说："你们城里人弄错了！人都说麝香是麝的那下贱东西，其实是在麝的肚脐眼里！"导演听了，恍然大悟，也笑得前仰后合，就大声喊："阿黄，阿黄！"阿黄从人群外挤进来，导演将手中的恶心臭肉扔给狗。阿黄叼了，幸福地在空中腾一个跃子，一溜烟飞跑去找他的小"爱爱"了。

三

野味宴是在第二天早上办的，城里人吃得嘴脸油光，浑身来劲。饭后，第一个镜头就在山洼里正式开拍。村人倾巢而出，沿拍摄点的北面土坡上，层层而坐。从上往下看，颗颗人头，光头的便知是男人，女人头上则有油的抹油，无油的淋水，梳得紧紧溜溜光光洁洁。从下往上看，一满人脚，各式鞋样，唯一的三寸金莲，是云云的奶。导演和摄影师不厌其烦地试看镜头，化装师忙着给演员现场化装。因为大多数演员要扮演土匪，有的头剃得青光，有的发乱如毡片。化装师就用一种黄土筛制的泥膏，在每一个肉脸上擦抹。然后，各条电线在地上拉动，照明的、录音的一阵忙乱，导演就高声对群众说："我们是同期录音，当我喊'预备开始’时，请都不要说话，咳嗽也不能咳嗽！”云云就对奶说：“你要咳嗽了，就用手帕捂住嘴！”奶好紧张，却说：“奶知道！”导演突然就喊了“预备开始”。那三四个土匪便从一边走过来，于草窝里横七竖八地坐了，拿酒来喝，拿鸡来啃。这时有孩子叫起来：“喝的不是酒，是水！”这孩子说的是对的，因为他刚才看见演员用这罐子接了山泉水来的。但导演喊了一声“停！”周围的人就一起拿凶光看那孩子，孩子爹便扇了孩子一耳光，骂道：“你不说，别人把你当哑巴了？那罐里要是真酒，一气喝那么多，那不喝死人吗？”这句话又惹得大家哄然大笑。剃头匠就对老母说：“原来电影里的都是假的呀！”导演重新叫道：“再来一遍！预备——开始。”土匪们走来，横七竖八坐下，取了酒罐喝酒，啃煮熟的鸡。导演又说：“停！酒要从嘴边流出来，喝罢眼睛要发直！”后再是“预备——开始”！土匪走来，横七竖八坐下，取了酒罐喝酒……但导演又是“停”，过去指正吃鸡人的位置。如此反复七次八次，云云奶就受不了了，导演一喊“停”，就连声咳嗽，一喊“开始”，就拿手巾堵嘴，脖脸憋得乌青。导演还是“再来一遍”。云云奶就对儿说：“拍电影怎么不好看呀，你背我回去吧。”剃头匠背娘归去，围观的人又坚持了半个小时，都有些不耐烦，就谈论起那演员们戴的礼帽，还有那西服，那墨镜，那紧绷了屁股蛋的牛仔裤。后来又议论到那作废的胶卷，说到城里照相，二寸一张六七角，这一中午花去的有几十元、上百元吧。于是就听得有人大声说：“吓，咱辛辛苦苦挖十多天的矿，挣的钱不顶人家一袋烟工夫的废胶卷钱！”老大听罢，就说：“少说话，甭影响了人家！”站在旁边的人不言语了。远处正飞奔而来的人却一边跑一边喊：“快呀，看拍电影哟！”导演只好皱眉头，喊“停！”等那喊声停止，老大就过去，打老远做手势制止，竟来回跑得满头大汗。刚蹲在一边了，小路上就过来了村长，也蹲在老大身边，将自己嘴里叼着的旱烟袋连口水儿拔出来递过，说：“老大，今日不挖矿了？”

老大说：“第一次拍电影，谁不来看看？”

村长问：“这几天矿挖得多少？”

老大说：“一天比一天多。”

村长就压低了声音说：“老大，我没到矿上去，我不了解情况，挖矿是上边批准了的，这也是好事。可我听说你现在专在收矿，你一收一齐，从中赚五六分钱？”老大点点头。

村长说：“不知道这符合不符合政策？有人反映说你这是从中牟利，要做资本家了！”

老大开口骂道：“这是谁他娘的说的？”村长说：“你想想，我能给你说出名字吗？人家就说害怕打击报复哩！依我看，收矿这事你要慎重。我本来不管这事，可活该你我一个祖宗，要是万一犯了什么错误，就……”

老大说：“我这样做对着哩，我要不收矿，白白以自己的拖拉机去给别人运矿，天底下是不会有第二个的。如果让每一个挖矿人都把矿驮到县上去交，我想那卖矿的收入还不够来回吃、住、路费钱！这事出了问题我负责！”

村长说：“那好，这话可是你说的！”站起来就要走。老大却拉住说：“还有一件事我正要找你的。”村长说：“啥事？只要你看得起我，我好赖是村长，哪里能不帮你？”老大说：“现村里差不多人家都去挖矿，我想，这种各自为政，毕竟也不是长法，咱能不能以村的名义给乡上打个报告，把全村人组织起来，统一安排生产。”村长叫道：“你想搞集体企业？”老大说：“这样好处多，一是有计划开采，二是能充分利用矿藏，三是也少了是是非非。乡里能派人来管理更好，若没人来咱可以牵这个头。国家看不上这矿藏，作为村企业，咱这村就可以是专业村了！”

村长却抓着脑袋为难了，说：“老大呀，这我拿不准，这得请示乡里。我可以先汇报汇报，上边有这么个意思了，咱再打个正式报告。谁是矿长，谁是指导员，收多少人，开支多少，上缴多少利润，这事是十分复杂哩！”

老大只好不再说话，他走到人群中蹲下，默默看那电影终于拍完土匪喝酒吃鸡的镜头，就帮摄制组背回器材。导演叫他到宿舍拉话，他也所答非所问。导演说：“你今日是怎么啦，蔫不塌塌的，别是和云云又闹什么气了？”老大说：“不是。”导演说：“那为了啥？”老大就将刚才和村长的谈话又叙述了一番，末了说：“导演，你是城里人，走南走北见的世面广，你说，这人怎么这么难做？我老大把心掏出来，别人还说不红呀！”导演说：“你得记住，仅仅用钱，是不能维好人情的！至于统一组织管理挖矿，这路子对哩，这样不光是能多赚了钱，人的素质慢慢就起了变化，人变了，什么事都好办。若人老不变，即使是钱挣得金山银山，保不定倒会出了别的乱子！村长他拿不了事，吞吞吐吐的样子，怕也不会热心去干这事的，你何不亲自去跑跑？”老大说：“这你不知道，乡上那两个正副乡长，是尿不到一个壶里去的。副的不服正的，正的要压副的。正乡长家在西边大青山住，那是上山碰鼻子、下山蹴尻子的穷地方。去年他想把家搬到这里来，给村长说好，可群众会上一哇声反对，事情就吹了。我找他，他能不给我小鞋穿吗？让村长去，他能说上话的。”导演说：“那就去找副乡长嘛！”老大说：“他两个争权夺利闹得那么僵，正乡长不给办，副的也怕是多一事不如少一事，能为咱惹正乡长的嫌吗？”导演一拍掌却叫道：“这正好！”老大莫名其妙，问：“怎么个好？”导演说：“据我所知，现在无论到哪儿，几乎没有一个单位的领导是合心的。许多人争着当官是为了谋私利，但是，也有许多人，想办好事，可没有权也办不了。你不妨就利用一下正副乡长的矛盾，走夹缝路办你们该办的正经事吧。”老大说：“你往明白说！”导演便说：“副乡长对正乡长不满，正乡长又肯定不给你们办，你便寻副乡长，说明原委，那副的一定会支持你们。他或许不是真心，可他却会一个心眼想借你们的事来找正乡长不支持你们搞企业的岔子，趁机攻击正乡长。说不定这事倒真能成！”老大说：“这样做是不是有些那个……”导演就笑了：“现在你要办成事，也只有这么干了。若正正经经来，你去试吧，屁也干不成！”老大也觉此话有理，心里不得不佩服导演人情练达，世事洞明，就说：“好，就这么办了！”

四

不出所料，村长三天后去乡上找正乡长，事情没有办成，倒在乡上喝醉了，沉睡一天，从床上跌下来划破了面皮。回村见到老大后，伤口粘了鸡毛，推说走夜路栽了，告诉说：“乡长的意思是当今的政策变化极快，万事不要扑得太急，弄得不好易犯错误，还是安稳为好，以不变应万变嘛！”老大就去找副乡长，副乡长正打麻将，虽不为赌博，却输者头上顶臭鞋。副乡长达观异常，口称麻将面前人人平等，竟头上顶了面对而坐的一女人的方口带儿鞋。老大在旁说起自己的打算，他眼盯着牌，口里说：“就你们村子事多！”甚是不快。老大就依计说出正乡长如何不同意，他们村人走投无路，才让他来寻找副乡长的。这一招果然奏效，副乡长推了麻将，假装弯腰在桌下拾取掉下的香烟，捏了那女人的光脚丫子，起身拉老大到旁边的房子细细问起情况。后说：“好吧，上上下下都在改革，他姓马的居然敢这样压制群众创造性？！”就极快给县委写了一封反映信。几乎使老大没有料到，也使副乡长没有料到，反映信竟很快批复下来，认为老大他们的想法是对的，乡里应大力支持，帮助他们把这个村的劳力组织起来，办好集体的企业。于是，副乡长来锑矿洞看过几次，召开了村民大会，指派村长为指导员，老大为矿长，每家出劳力两个，统一经营，按劳取酬。而他则当然为该矿的顾问。村长就当场讲话："我们要不辜负副乡长的教导和希望！"老大就又小声纠正："是期望吧？"村长说："希望和期望都是望，就是让我们好好干！我们要鼓足干劲力争上游保家卫国。社会主义好啊！"老大早就知道村长一到正式场合就要讲话，一讲话就乱用名词又不带逗号的毛病，但此时他还是忍不住一阵反胃。旁边坐的光小也气得直咬牙齿，突然觉得脖子上发痒，用手一摸，是个虱子，说句："我还以为是个虱子哩！"丢在地上，然后又恶作剧地弯腰在地上四处寻看，嘴里嘀咕道："咦，究竟是不是个虱子哩？！"惹得全场哄笑。

有了统一组织，老大制定了一套新的方案：一是进一步扩大矿洞；二是借县上、乡上支持，申请讨要支架的木头，铁镐铁镢，甚至一台卷扬机；三是争取把炸药、水泥纳入县分配计划中；四是建立考勤制度。一个月过去，矿貌大变，纯收入达到三千元，除下一千元作为扩大再生产的资金外，两千元按劳分红，平均每家得到八十二元三角四分。八十余元，对于村民来说，数字是不算小的，尤其那些缺乏强壮劳力的家户，更是念了佛地欢喜。但是，老二和光小却没劲了，他们的收入大大少于以前，就在老大面前发牢骚。老大讲道理，他们听不进，老大就以身份压人，训斥他们少给他惹是生非，影响全局计划。两个光棍就在完成了自己打炮眼爆破任务之余，常偷偷跑去看摄制组拍电影。

摄制组的女演员，使他们大开了眼界。当拍完某一镜头后，男女演员说说笑笑，打打闹闹，他们就目不够用，心不够用。那里的人一笑一颦，抬脚动手，都要勾走他们的魂魄。两个人便于背地里大发感慨，自恨自己一生的可怜。

一日，两个人又去看拍电影，正是下过一场大雨，庄河水涨，女演员需要过那河面的浮桥时，桥面摇摆得厉害，脚抬起来，桥也随脚上来，脚落下去，桥也随脚下去，眼睛一看着河水，又觉得桥在随波下移，便叽哩呱啦失声锐叫，蹲下再也不敢动了。老二和光小几乎没有商量，同时站起来，同时跑了过去，在浮桥中间将那女演员拉住了。他们闻到了极浓的香水气味，闻到了只有城市女子才散发的热腾腾的一种气息，那黑黑的手握住了嫩白的小手，像是握住了一块发糕，一块棉花，自己便觉飘飘欲仙，神志不可清醒。说："慢走，慢走，眼不要看河面，瞧我的后脑勺！"女演员竟紧紧跟着他们，身子也极力靠住他们，几乎是让他们背过来的。

这一次桥上拉人，使老二和光小有想不尽说不完的回忆，常于施工中温习，走了神，使打钎的大锤多次闪失，把腰都拧了。两个人就又要停下来，往洞外走，一个说："啥时还到河里拍电影呢？"一个说："这些洋女人，平日能让咱接近吗？可那一阵她竟想要咱们背了她！拉过桥，我将她的手心都抓破了的，她还一口一口谢谢哩！"两个人就大笑一通。一个又说："这么好的女人，只要跟我睡一回，枪崩我，我也不后悔！"说罢目光发呆，如坠云里雾里。一个却长长叹一口气，说："吓，那都是城里男人享受的。到底有城乡差别嘛！"

他们说得多了，身体的某一部分就不能控制，一起跑上烛台峰。上烛台峰是一种心理上的摆脱，因为他们清醒过来，就明白自己对于那些城里女人是一种绝缘，犹如面对着墙上的一幅好画，镜中的一轮明月。于是就要说："这些城里女人那么好，都是狐狸精变的，是仙，是神，是鬼，反正不是人。"他们要到道观去看那些比他们更可怜的道人。在道人面前，他们是最有福的人了。

小道又在那山泉挑水了。这是一个满脸长了粉刺的出家人，一边舀水一边拿眼看远处草坡上牧羊的女子。老二便笑说："又在看啥哩？"小道吓了一跳，手中的水瓢掉在泉里，见是老二和光小，便说："看见那边有一个狼。"光小说："是狼，你不怕狼吃了你？"小道顺嘴溜了一句："我爱狼哩！"说出口就觉失言，拿水泼光小。老二拉小道在林间坐下，说："这儿没人，道长不在，你给我们说说，你怎么就当了道人，你能受得住吗？"小道说："你们尽说瞎话！道长知道了我就没命了！"光小说："我们要是给道长说，我们就是地上爬的！每天来观里烧香的有那么多女人，你们见了心就不动？"小道说："我静坐面壁哩。"老二说："你能坐住？你别哄我们了！"小道就说："静坐面壁就是克制自己哩。道家讲究炼丹，人本身就是个丹炉，炼就是守精，精守住了丹就炼成，也就是得了道了。"老二说："我知道了，你们一直是在和性欲做斗争的。盘脚静坐，就是强制压住那个东西不起来，是吗？"小道点头。光小就说："你们道人可怜！你能守得住吗？夜里不跑马吗？"小道说："跑的。"老二就同情起这小道，替他挑了水往观里去。突然道长在远处喊小道，小道忙自己挑了水，一步一步急走。

老二和光小皆没有说话，看着小道走了，坐了一会儿，也到了观里。却见道长正指着晾在院中的被褥质问是不是那小道的。小道应声说是。道长就指着被褥上的点点圈圈问这是什么？问得小道面无颜色，不敢回答一句。道长就让去静坐诵经，不背过《道德经》就不得吃晚饭。正训斥完，抬头见老二和光小，过来说："上山来了？"老二说："道长没下山去看拍电影吗？"道长说："导演来过一次，我还夸奖了他的名字好哩！"老二说："导演姓和名谷，有什么好处？"道长说："这你不懂，《道德经》上讲：'知其有，守其雌，为天下谿。为天下谿，常德不离，复归于婴儿。知其白，守其黑，为天下式。为天下式，常德不忒，复归于无极。知其荣，守其辱，为天下谷。为天下谷，常德乃足，复归于朴。’我送了他八个字：谷神不死，是谓玄牝。他要我解释，我说：谷形容虚空，神形容不测的变化，不死喻变化的不停歇，玄牝即微妙的母性。总起来说，意思是：道的虚空的变化是永不停歇的，这就是微妙的母性，母性就是生殖力。因道，也就是谷神生殖天地万物，其过程没有一丝形迹可寻，故以‘玄’形容。”道长的经论对于老二、光小自然是对牛弹琴。老二就说：“道长这么关心城里人，却不肯到我们矿洞去一次。”道长说：“我虽未去，但那里情况却是知晓，你大哥此人是能人，精明敢干，只是学问太差，他应致虚极，守静笃，知晓万物负阴而抱阳，冲气以为和才是。我建议他去读一本书哩。”老二说：“读什么书？能使我们发财吗？”道长说：“你尽是发财，哪知无为而无不为呢？既然他要一心办矿业，他就要读读历史，知道知道商鞅的事情。”光小说：“老听人说你讲商鞅，商鞅那是古人，读写他的书，能顶了我们挖矿？”道长说：“道可生一，一可生二，二可生三，三可生万物，万物则又归一。商鞅当时辅秦，定变法之令，编制居民或为十保，或为五保，什、伍之中，一家有罪，其余诸家当联名举发，若不纠举，九家或四家须连坐。匿藏罪犯者杀，告发者赏。民间有丁男二人以上而不分居另外干活的，一人须出两份赋税。勇于公战的，均依照规格高下升爵受赏，私斗的以情节处以大小不同的刑罚。努力耕织的，免其本身徭役或豁除本身的赋税，因懒惰不事事而致贫的，将没其妻、子为宫中的奴役。国君的亲属没有战功的不许载入谱牒，有功勋的其占有田宅、侍从、服役等，须各随其家爵秩的班次。有功者就显荣，无功者就是再富也没地方可以显示他的尊荣。”

道长越说越口若悬河。老二和光小你看看我，我看看你，再不耐烦，说：“道长，你说的都好，只是我们全是不懂，改日让我大哥来向你讨那书去看吧。”道长才猛地住口，满脸清高之气，叹一声说：“既如此，让你大哥也不要来了！”拂袖而去。老二和光小却不知哪里得罪了他。

第 六 章

一

一日，摄制组休假，有演员去七里镇赶集，已经走得很远了，阿黄却蹚了河水湿淋淋地追来。开拍以来，阿黄上了许多镜头，效果使导演颇感满意，但这孽种除了演戏逞能外，总是牵挂小母狗“爱爱”，有人没人，就将一条后腿跷起，露出那丑恶东西撒尿。导演曾对老二说：“你培养出的狗，怎么是这种德行？”老二又得意又脸红，解释说这原是一条游狗，半路里收养的。演员们不明白游狗的意思，问了才明白是外村走失来的野狗，便奚落老二“狗和你有缘哩”！这日它撵了演员来，又是极不安分，见了路上的女孩子就汪汪地咬，气得演员们喝个不休，骂个不休，它竟离开新主人径自向镇街跑去。

镇街很小，却极有特点。窄窄的街巷皆石板铺地，两边门面，结构奇妙。山墙突出屋脊之上，全饰砖雕。面墙木板装就，门扇窄而长，外又设了出檐栏架，犹如楼上有楼。入街如入峡谷，折南，行五百米，又折东。东边的门面房顶头的一家倾斜；整整二百米远的距离内，家家倾斜；大有稍一推动这条街房就要全倒的形势。但小商小贩却视而不见，依旧在下设铺摆摊，大到铁器竹编，小到针头线脑，无奇不有。演员们一侧身那里，立即色彩鲜艳，令人注目，先是谁也不敢招理，不是鄙夷，而是敬畏。后一卖凉粉的说声：“来吃凉粉呀！”演员吃了，便七家八家小贩过来围住叫卖。他们都知道这是城里来拍电影的人，拍电影的是有大钱，那一个个鼓鼓的屁股口袋里，全塞有票子。演员们感觉到了自己做人的伟大，在那些小吃点上指指点点了，等小贩递碗过来，却责备一通碗没有洗净，洗碗水那么稠，抹布那么黑，摆摆手就走了。只有阿黄摇头晃脑，遇什么都看，见什么都吃，立即有人低声议论，说交界处的 ×× 村人是发了财，就是这一条狗，也身价二三十元的。就吆喝阿黄，将一块骨头，或是半块弄脏的油饼投过去，大表热羡。

一个人便从店铺出来，突然给阿黄丢过一个猪蹄，招呼道：“过来，过来！”阿黄叼了猪蹄，那人就说：“哟，哟，你认不得我吗？这狗东西，怎么不认我？！”演员就笑问：“你认识这狗？它叫阿黄。”那人说：“是叫阿黄，我怎么不认识它阿黄呢？这是我家的狗呀！它走失了好长时间，原来在你们这儿？阿黄，快跟我回去！”说着就要牵那狗。演员们倒吃惊了，说：“这是我们买来拍电影的，怎么能是你家的？”那人睁了眼说：“我家的狗怎么不是我家的？你们是拍电影的，是在 ×× 村那儿拍电影的？真能用上这狗，我当然支持公家的事，可公家也不能亏了我们百姓呀，那你们给我多少钱呢？”演员们知道此人的目的了，就吵嚷起来。这时，偏又有一妇人提了猪头过来，见了狗又说是她家的，走失好几个月了，正到处寻找不见。演员们就和这一男一女争辩，这一男一女也争吵不休，窄窄的街巷拥了许多人。演员们就说：“你们不能这么钻了钱眼儿！你们说狗是你们的，有什么根据？”那男人就又从口袋里掏出一块饼逗引狗，狗跟了过去；女人也就用猪头逗引狗，狗又跑了过去。一个演员急了，飞脚赶回村找导演商量：电影正拍到紧要处，怎么能随便没了这条狗？于是，导演又叫上几个女演员牵了小母狗“爱爱”，一起赶到镇街说：“拍电影有的是钱，但国家的钱也不是随便往外撒的，这样吧，你们两家都叫狗，我们也来叫，狗若跟了谁走，就是谁的。”于是，那男人又以饼招逗，女人又以猪头引诱，女演员就牵了小“爱爱”走，阿黄就汪汪叫着，紧迫“爱爱”不舍。人们哄地大笑。那男人便灰溜溜退走，钻进店铺里再不出来。店铺的花格子窗下，一个人影闪动，有个演员瞧见了就悄声对同伴说：“牛磨子在店里，是那老东西出的馊主意吧？”阿黄便对那店门汪汪狂吠，店门也便哗啦关了。

赶集回来，导演和演员们将认阿黄的事说给老大听，老大说：“牛磨子的老表就在镇街上，他也太不像话了！以后少理这种人得了。”但是，在拍摄第六十四场戏时，地点无论如何要在牛磨子的庄宅那儿。第一天，导演让牛磨子充当一个群众角色，演毕，他竟提出要钱，每一个群众演员两元钱，他却坚持自己要三元，因为他不仅是群众，而且说了三句话。老大看不惯了，就说：“你家也是去挖了矿，钱总算不紧手吧，为一元钱，说得出口吗？”牛磨子说：“这是公家钱，又不是让导演掏私包，阿黄都是高价买的，我不如一条狗了？”老大说：“胡搅蛮缠！不怕丢了自己人，可这个村的脸面还丢不起哩！”牛磨子便说：“我丢什么人了？我当了八年队长，我没给自己赚钱，我没勾引良家妇女！”出言不逊，老大就火了，问道：“你说话说明白，谁赚了谁的钱？谁勾引了谁家妇女？”牛磨子说：“孙家女子的肚子大了，莫非是长了癌性瘤子？！”一句话说得老大血冲脸脖，叫道：“我和云云光明正大，结婚证都领了，谁一个屁都放不得！”他逼近牛磨子质问，牛磨子以为要打架了，当下就猫腰扑下，抱住了老大，又双手来捏老大的命根儿，先下手为强，且哭叫道：“你打呀，你小伙现在不得了嘛，你当了矿长嘛！”导演忙拉开他去，从自己口袋里掏出一元钱给他，估计不能继续拍摄，就让司机装了器材返回。却不巧，车在拐弯时，竟轧死了牛磨子的没尾巴狗，牛磨子正没个出气的机会，当下就睡在了车轮下，口口声声说是摄制组故意轧死了他家的狗。叫骂要砸车，要烧车，又骂出他的儿子和那“媳妇姐”，让他们拉住司机不放。司机就火了，将拖了他腿的牛磨子用力一甩，牛磨子滚倒一个坎上，鼻血流了下来，偏不擦，抹一脸红，大叫：“打人了！打死人了！”哭闹不止。

吵闹声惊动了全村，许多人跑来看，有说东的，有说西的。村长就赶来问了情况，也训斥司机无论怎样不能打人。老大便说：“这事我在场，不能怪司机。”牛磨子就说：“张老大，你这个汉奸卖国贼！摄制组给了你好处，你就处处向着人家，你这电影厂的狗啊！”导演就两方劝止，最后说：“就算我们打了你，我们领你去镇医疗所看病吧。轧死了狗，我们赔你的！”牛磨子说：“怎么个赔法？”导演问：“你这狗值多少钱？”牛磨子说：“一百！”有人就叫道：“牛磨子你疯了，你那是什么天狗？！”牛磨子说：“你说不值，我也不要钱了，我要我原来的狗！”老大就对村长说：“你瞧瞧，咱村的人像不像话？”村长却说：“老大，不是我说你呢，你挖矿不是也为着钱吗？牛磨子开的口是大，但咱本地人要向着本地人的。”老大说：“我开矿也确实为了挣钱，可我不是混钱！我要像他那么个挣钱法儿，我一头碰死在石头上了！”村长就过去调解，达成协议：电影还是要拍，这是公家的事；但电影厂一定要注意群众关系，打了人就看病，以后类似事件绝不要发生；狗价二一添作五，五十元。这项协议气得老大满嘴冒白沫。

事件之后，摄制组一片埋怨，说这地方少文明，不开化，刁民太多，往后再也不肯多和本地人往来。除了张、孙两家常来驻地院落，别的人来了，演员们就冷言冷语相讥。时间一长，村人就又慢慢论起老大的不是。到了腊月二十三日，村子里逢着会日，挖矿队也放了假，人们有去走亲访友的，有去七里镇采买年货的，有去九仙树下烧香敬神的。演员们下午拍摄几个镜头后，闲着无事，就在驻地院子里跳舞取乐，一对一对在那里翩翩旋转。村里就传出一股风：摄制组的人在一男一女抱着磨肚子了！闻者赶来瞧热闹，一个演员就关了院门。村人不得进去，隔门缝往里瞧，噢噢起哄，丢石砸门，那门终是不开。

二

老二远远地坐在山坡上。那里完全可以看得清摄制组的大院。他第一次看见城里人跳舞，心热，眼迷，抑制不住的嫉妒和一种万般滋味的冲动。后来看到村人砸了一阵那紧关的大门，陆续骂骂咧咧散去，也感到了本地人的可怜和羞辱，就跑下山来，在矿洞那儿的土地上仰面躺下喘息。但那大院里一阵一阵飘过来的音乐声，使他又不能静静地躺着，就如同狼一样地跳起来，拉了枯草枯树枝，在洞口燃起火，自个乱跳乱吼，发泄自己的冲动。这喊叫声，蹦跳声，使那些逗起了冲动却无法排泄的村中光棍汉，都跑了来，和老二一起乱跳。后来，他们就跳起往日过会时祭神驱邪的巫舞。已经是寒冷的暮晚，他们全脱了身上的棉衣，甩掉了帽子和包头巾，将那些废纸撕了条子，一条一条贴在脸上，举着钎子、镢头绕篝火堆跑。皆横眉竖眼，皆龇牙咧嘴，似神鬼附身，如痴如疯。旁边的人就使劲敲打铁器，发出“嗨！嗨！”吼声。后来就你从火这边跳过去，我又从火那边跳过来，用火灰抹脸，汗水流着，冲开灰土，脸恶得如煞神一般。这是性的冲动，原始的力的再现，竟将摄制组那边的音乐渐渐压下去，后来就无声无息。

已经是吃晚饭的时辰，家里的男劳力都没有回家，做好了饭的女人们听见了吼叫声，也跑来看热闹。一站在发了狂的男人们面前，都吓得失了魂似的，但不久就陷入痴醉之中，于一旁为他们拍掌叫号。云云也来了，她的肚子明显地凸大，虽然穿着宽大的衣服，但还是看得出来，她叫喊了一阵，就觉得气堵，有几次那男人们跳过来，险些撞倒了她，赶忙蹲下去，双手紧紧地护住了肚子。也就在这时候，她看见了老大。老大是什么时候来的，她竟未发觉，这阵见他也加入了男人群中，大声地吼，拼命地跳。云云从来未见老大这么狂过，好像是变了另外一个人，似乎比老二，比自己的弟弟光小还要野！后来就见老大突然用镢把将篝火堆一挑，火花飞溅，红焰蹿得老高，跳动的人都吃了一惊，停下脚步。老大就叫道："跳呀，都跳呀！"自己便跳了起来，却一下子摔倒了。云云大叫："老大！老大！"老大并不理，从地上又跳起来，那膝盖处就印出一块红来。云云不顾一切地冲过来，把老大拉住了，拉出了人群，训道："你是怎么啦？你是疯了？！"

老大说："你让我跳吧，我跳一跳，喊一喊，心里就快活了！"

云云立即明白了老大也来又叫又跳的原因。多少日子来，他为着挖矿，为着这个村子，辛辛苦苦地干，忍气吞声地干，却总是磕磕绊绊被人误解，被人辱骂，她安慰过他，他总是又笑着劝她。那原来都是一种假象吗？那都是自己控制了自己，暗暗吞食了最大的痛苦，这一夜才是真真实实暴露了他的真人真性吗？云云看着老大，强忍着要掉下来的眼泪，说："老大，你要觉得那样心里好受，我不挡你，你跳去吧。"

老大却突然把头埋下去，双手紧紧地抱着，像是抱着一个球，要拧下来，要抛出去，大声地吸动鼻子哽咽起来了。

夜越来越黑，篝火慢慢地没了光焰，火炭发着红光，后来就覆盖上一层灰白。乱跳乱叫的村人精疲力竭地倒在地上，望着满天的星星，像是卸了套的牛，下了竿的猴，没了一丝力气。清醒过来，又都恢复了往常的寡言少语的秉性，默默地坐起来，站起来，蔫塌塌地走散，消失于深沉的巨大无比的黑暗中。

死寂的篝火残灰上，却出现了两点绿光，一个奇异的黑影慢慢大起来，雌麝出现在了那里。

雌麝做了寡妇之后，无依无靠，很是孤单，它决心离开这个可怕的地方了。当它走下山，经过村子时，家家的门都关了，人在屋里发出鼾声。在经过矿洞时，它突然恶从胆生，用四蹄猛地把篝火残灰扬起，灰里的点点残火烧着了它的脚，燎焦了脚上的毛，但它还是把灰全扬了，将点点残火在它的一泡臭尿中浇灭去。也就在这么一阵疯狂之后，它感觉到了肚子痛，痛得剧烈，终于，将腹中的生灵生落在灰土中。

“儿子！”雌麝暗叫了一声，脑子嗡嗡，昏了过去。等它醒来，残月已到了西边山峰顶上。看着身边滚得满体血和灰的儿子，它没有气力再带儿子往别的地方去了。它望着远处的天峰和天峰上那座古堡，挣扎着起来，用嘴叼了儿子，一步步回到石洞去。

三

翌日，人们去矿洞施工，发现在狼藉一片的残灰里有一摊污血，血已经凝固了，和灰搅在一起，而那些小石头上，血黑红刺眼，上边沾满了麝毛。现象证明，这是在昨夜，又来过麝，是一只大麝，而且生了一只小麝！村人老少惊骇：麝已被打死了两只，竟然还有麝在生新的一代。又不在山上生，不在河畔生，偏要到矿洞口来生，这不能不是一桩怪事！

一时，逝去的往日的那种对麝的恐惧，又重袭 ×× 村。人人议论：难道电影厂的到来，并未抵消这凶灾吗？故谈麝色变，谁也不敢担保这村子会不会又要发生什么可怕的事了。剃头匠自矿队建立后，一直负责拖拉机交运矿时的过秤、装卸，听到这可怕的流言，心里也阵阵发紧。他已经不止一次听见有人在非议自己的女儿，他也看出女儿的身子是比以前笨拙了许多，但他不敢问云云，也不敢问老母。他害怕如果老母什么也不知道时，突然说知，她会经受不了而气昏身亡。入冬来，她添了咳嗽病，几乎连炕也不敢下了。现在，他立即将灾难联系到了老大身上，由老大又联系到了云云身上，就慌慌张张赶回来，坐在了老母的炕头。老母说："这么早就回来了，脸色这么难看的！"

剃头匠说："没什么。云云呢？"老母说："到老大那儿去了。"剃头匠说："又去了！你要管管她，别让她疯疯张张的。"老母倒说："箍盆子箍桶，能箍了人吗？"剃头匠说："云云没给你说什么？"老母就奇怪了，问道："什么事？"剃头匠作难半日，还是去将门掩了，偷声唤气地说："娘，我说一句话，你可千万不要生气。我咋看云云身子不对了？这女子也大了，她和老大也是干柴见火……"没想老母说："这我知道。外边有闲话了？"

剃头匠说："娘知道？怎么不给我说说？现在是有人说闲话了，你看这咋办呀，矿洞口又出现了……"他说了矿洞发现麝的事，脸上的皱纹皱得形如核桃。

老母说："这事云云给我说过，我骂了她一顿。可既然这样了，你能把她杀了、剐了？反正结婚证是领了，云云也说有那一张纸，什么法上就保证了，可毕竟是丢人事！我一个人躺在炕上，日夜也操心，你要今日不说，夜里我也准备同你说的。你说，这事咋料治？"

剃头匠溜下炕，脸紫得像茄子，骂过："丢人，丢人呀！"就又一屁股蹲在门槛上一言不发。娘说："你还算个外边人，我叫你出主意，不是让你骂一通的！"剃头匠说："你让我有啥主意？就让外人拿指头戳咱脊梁吧！"老母倒生了气，一阵咳嗽后说："谁戳咱脊梁，你就折了他手指头！我云云不是和张三李四王麻子乱来了，她是和老大！咱要把这事做得圆泛。依我看，咱就催督他们快快备了酒席结婚。要不再拖下去，娃娃生出来再拜堂，那就越发脸上没光彩了！”剃头匠同意了。老母又说：“可这结婚，就来不及给云云办嫁妆了。我心里总不是个味儿，就这一个女子，空手嫁出去？”剃头匠说：“罢了，罢了，要置办嫁妆，一是来不及，二是咱也没多少钱，后边还有光大光小的。常言说，好儿不论家当，好女不论嫁妆。张老大能行，不会让咱云云受罪的。这麝一而再，再而三地出来，要不尽早办他们的事，我真担心要出什么事呀！”

两个人就叫来了云云，说明了主意，云云不能说出个什么，觉得自己也为老人丢了脸面，不光彩，只字未提嫁妆的事。可是，将老大叫来，讲明了一切，老大却放沉了脑袋不语，面带难色。剃头匠说：“老大，你怎么不说话呀？”老大说：“伯，奶，结婚是应该结婚了，钱我也能拿出一笔来，肯定办得不丢云云和二位老人的脸面。只是时间太紧，眼看到了年底，矿队挖出了那么多矿石，一个手扶拖拉机运交不及，年底人都等着分红得钱哩，咱得想些办法把矿运交了。我听说乡里针织厂有一辆卡车要出售，想去乡里把那车给矿队买回来，尽快把这批矿运交了，全村就家家能过个快活年了！”剃头匠说：“你说天话！一辆车值多少钱？虽说是旧车，也是上万元吧，你就把它买回运交了所有矿石，也不够车钱的，给大家分什么钱过年呀？”老大说：“这我思谋了，我去找副乡长，他是主管针织厂的。既然有车闲着，咱订个合同，把车开回来，车费暂时欠着，开春后不出半年就可以赚钱还账了。所以，我想结婚的事，是不是能再推一推？”剃头匠说：“推到啥时，把孩子生在娘家吗？”老大为难了，说：“那好，我明日就到乡里去，这事要顺利，一半天就谈好了，回来我就张罗，限明年正月十五前，就结婚！”

这一夜，老大和云云又单独在河畔坐了半宿，老大说了许多让云云体谅他的话。云云说：“我不怪你，要不是这孽种，再推十年八年我也愿意！”说着，就恨起自己肚里的东西，拿拳头在石头上砸。老大说：“你别说傻话。孩子是咱们的骨肉，咱应为咱们的孩子高兴哩。你要好好注意些，万不敢损伤了他。要说有错的话，那都是我的不好，是我一时冲动，害得你这样。我原想等矿队办得世事大了，我领你一块儿出去结婚。听导演说，城里人结婚就兴旅行结婚的。婚后咱好好过过清净日子。没想这孩子追咱追得这么紧！”云云说：“咱是什么人，和人家城里人比！”老大说：“城里人不和咱一样吗？要说模样，城里人有好衣服穿，会打扮，猛的一下怪中眼的，可不耐看。你是越看越上眼哩！”云云就拿指头戳老大胳肢窝，老大嘿嘿地笑，颤着声说：“云云，你现在爱吃酸还是爱吃甜？”云云说：“是酸，问这话啥意思？”老大说：“人常说，酸男甜女，那你会给我生个儿子的！”云云高兴起来，双手搂住了老大的脖子，老大紧紧抱住了热乎乎的云云，两个人同时感觉到了就在他们中间，那未来的儿子在蠕动。

黑夜里，河水在哗哗地流着，老大和云云相依相偎坐在那里，身子都发软，像糖在慢慢溶化。不知过了多少时间，露水就潮上来，打湿了他们的裤子。老大说：“回吧。”两个人才要站起来，河的那边，有人提着灯笼走过来，两个人立即噤了声。

灯笼近了河边，那人分明是要过河了。河水浅，露出那一排列石，灯笼摇摇晃晃了一会儿，又退回去，灯笼就放在了一边，身子坐下是在脱鞋。云云小声说：“是摄制组的人吧，这么晚了，过河干啥呀？”话未说完，河那边又有一人跑来，坐在地上的人立即站起问：“谁？”“我。”是一个粗闷的男人声。老大立即听出坐着的是妹妹小梅，男的则是光大。只听小梅说：“你来干啥？你离我远些！”光大说：“小梅，我听说又有麝了，我是去山上查看去了，回来见你往河边走，我就跑来了。你这么晚还回去，怎么不就睡在摄制组那儿？列石不好过，水凉得很，让我背你过去吧？这儿没人，我不会给人说的。”小梅说：“胡说哩，我怎么能叫你背？你走吧。”就鞋也没脱，提了灯笼急急从列石上过去。光大也上了列石，却在河中一下子抱起了小梅。小梅叫了一下，灯笼灭了，再没有言语，两个黑影变成了一个黑影。过了列石，小梅说：“这事不要给人说！”光大说：“我不说！”小梅又点亮了灯笼，说道：“你先不要走，也不要跟我，我到我家门口了，你再回去！”说罢匆匆走了，光大还呆在那里。老大和云云一句话也不敢出声，直等着光大后来慢慢走了，两个人才站起来，默默地回村去。

四

老大兴冲冲到了乡公所，乡长不在，副乡长正好在房里的火盆上炖狗肉，肉还未熟透，筷子一时插不进去。一见老大进来，就嚷了：“你真是福大，早不来迟不来，狗肉炖熟了，你来了！”老大笑着掏烟递上一根，双手擦了火柴弯腰过去给副乡长点了，自己就坐在一边说：“你口福不浅。哪儿买的狗肉？”副乡长说：“你当矿长了，也该知道这是买的还是送的！针织厂和县城关个体户订了合同，个体户心里过不去，杀了一条狗，我拿了两只后腿。这冬天里，吃狗肉喝烧酒，里外发热哩！你是忙人，怎么今日来了，办年货吗？今年过年少不了我去喝你一场子呀！”老大说：“办年货早哩，可你啥时来，啥时会请你喝的！”副乡长就哈哈大笑道：“我想你也不可能拒绝我的。办矿队的事，我真是冒着风险支持你哩！”老大说：“这我知道，矿队的人都知道。”副乡长说：“最近生产怎么样？你得好好干呀，干上去了，是你们的光荣，也是我们这些干部的光荣啊！”老大说：“矿挖得很多，我就是为这事来找你的。听说针织厂要出售一辆旧卡车，有这事吗？”

副乡长说：“嗬，胃口大了，要买车了！那可要一万九千元的。”老大说：“你们定多少，咱掏多少。我想年终这些天，用车好好把积压的矿运交出去。只是一下子拿出一万九千元我们有困难，因为年终，大家要分红，不能把钱全买了车，农民见不到现成利，就要骂娘了。如果可以的话，我们把车钱先欠上，等明春三个月后，一并交付，我们也可以交欠款期的利息。”副乡长笑着说：“针织厂由我管哩，车又闲在那儿，事情好办！吃狗肉吧！你用什么杯子喝酒？来大杯吧！”老大心上高兴，就吃喝起来，两个人不大工夫就全身冒汗，头有些晕晕的了。

副乡长说：“来，再喝一杯，我有个事还要对你说的。”老大问：“你说吧，能办的尽力办。”副乡长脸色通红，将杯中物喝尽了，说：“好，好，那我就明说了，我有个姨在七里镇，三个娃娃，都在家无事。你们矿队苦是苦，赚头大哩，你就让三个孩子到队上干活吧。”老大正端起酒杯，手在半空停了。副乡长说：“你是队长，在那个矿上，就像我在这个乡里，让三个孩子过年就去吧。那卡车吗，你几时来取货？司机一时没有，可以让针织厂原先开那车的司机一块支援你们，给司机多发些工资就是了。就这吧。”

老大将酒喝了，呛咳了几声，说：“这事本是没问题的，咱那儿又不是国家企业单位。可目下的事情也难办，当时办矿队时，大家就提议一家只出两个劳力，为这村里还吵了几次架。如果现在让外村人进去三两个，怕村里人有意见啊！这样吧，我回去做做大家的工作，一有结果就来给你汇报好了。”副乡长脸色就不那么好看，站起来说：“那我等你的消息。”边说边送老大出了门。

老大晕晕乎乎往回走，一路直打趔趄，在心里骂道：“副乡长呀，副乡长，你的口气也太大了，你将三个亲戚塞给我，我怎么对村人说？你是领导，怎么能这样办事？一有利就想方设法伸进腿来！”越思越想，心里越发呕，嘴一张，哇地吐出一摊污秽，再吐，又吐不出来，手在喉咙眼里抠，哇哇地把吃的狗肉全吐净了，脑袋也清醒了许多。

回到村里，将这事说给剃头匠，剃头匠说："这事村人肯定不允的，必会骂你以大家的利益讨好领导。可话说回来，人家是管咱的，咱不给他办，这行吗？你多找些人说说，能让那三个人来，就来吧。"老大点头，出来却谁也未找，第二天也没去乡政府，却在镇子上给副乡长挂了电话，说村人不同意。副乡长在电话上声都变了，骂道："他娘的，这点面子也不给！"老大握着听话筒为难了半天，才问起卡车的事，回答则是："车？什么车？卡车呀，人家针织厂不卖了，说是谁要买，二万七，一手交钱，一手取车。老大呀，你给大家说，要赚钱过好年，就让村人用背笼往县城背矿嘛。要发动群众。只要有了人，就可以克服一切困难，人定胜天嘛！"老大气得把听话筒"咔"地放下了。

副乡长的反悔和报复，老大在他不准备接受那三个人时就估计到了，但万没想到副乡长这么戏谑他！他铁青着脸回来，老二正和小梅将东边的房子里乱七八糟的东西搬出来，扫灰，刷墙，一见面就喊："大哥，你来看，墙刷得白不白？"老大懒得去看，又从柜里取了酒喝，喝得眼睛红红的，到矿洞去了。

也就在这天晚上，老大留下了全体矿队人员，开了个会，讲了自己如何碰了壁，以及下一步的设想，末了说："事情既是这样，我想还得靠我们自己，大伙商量商量，咱能不能今年的红少分些，把队上全部资金留下来，再就是各家筹款，然后我到县上去活动，买一辆新车去。买了车虽说眼下大伙手头紧张，可咱要往远看。车一回来，矿周转得快，效益就大，不出几个月，全部本钱就能赚回来，从此就落下一辆车，不愁咱村不富起来！"大伙听了，都没立即发表意见，足足憋了半晌，互相问着：这事行吗？把家底全交出来，真的能再大发吗？一时犹豫不定。老大就让大家回去想想，拿定主意了就干，若实在不同意，那也就算了。

这一夜里，老大走东家，走西家，一一做思想工作，自己就先拿了全部积蓄的九百元。大伙勉强同意了，各家拿了钱给老大，说："老大，无论如何，这全家的命就交给你了！"老大收齐了一万元，再让会计清点了矿队的积累，算出二万元，就一块红布包了，带回家来，准备到县城去。小梅说："大哥，这三万元可不得了，全村人的命都在你手里了！我真担心，事情真的能成吗？"老大说："这我知道，我这一次也是豁出去了！"

老大临走的前一天，小梅心里总不踏实，把这事告诉了导演，导演也捏了一把汗，最后却说："你大哥也真是了不得的人物。要是在城市里，他会成个大企业家哩！"小梅总是心慌，一坐下来就胡思乱想，心里明明盼着哥哥不要失败，却尽想到是失败了的事，又想起矿洞口麝血的事，就吃睡不宁，于是偷偷避开所有人，去了烛台峰九仙树下烧香祈祷。

道观院子里，又坐了一群孩子，缠着道长说古今。道长又说的是商鞅，正说到商鞅硬行法令，不徇私情，连皇太子犯了法，也将太子的老师公孙贾的脸上刺了印，使国民没有不守法的。如此十年，路不拾遗，山无盗贼，民争着为国出力，而不敢私自斗殴。再后，秦国强盛，扩张疆土，使魏国降服。又三年，大兴土木，建宫于咸阳，定为国都，划以全国的基层行政单位，修筑道路，开垦荒田。又四年，太子的师傅公子虔又犯了法，就割掉了鼻子。又五年，秦国富裕强大，又降伏了四周的几个国家，秦孝公成天下王中之王了。那个当年不肯任用鞅的魏国惠王，被鞅带兵攻破，活捉了魏公子印，魏国就割让河西之地献给秦国，而只好迁都河南开封。那惠王仰天长叹："我多么后悔当时没听公叔痤的话，杀掉鞅啊！"鞅得胜回朝，秦孝公念他功高，封于商地，号为商君。小梅无心听道长夸夸其谈，烧过香后，心里还是有几分不安，就又急急下山来找大哥，让他慎重考虑。但是，老大却走了，不仅他去了县城，还带走了云云。云云这些天感觉肚子老不舒服，悄悄让奶看了，奶怀疑是不是胎位不正，要给她摆治，又手上没了力气。云云就吓得要死，老大趁机会带她到县城大医院去看看。小梅就怨怪大哥走得太急，没能等得她给做一顿出门吉利的扁食吃。

第 七 章

一

反反复复，孩子们差不多要把商鞅的故事背熟了。有了矿队，父母不再责骂着他们去捡矿、拉矿；且年关将近，好吃好喝好热闹的事情诱惑着童心，他们就一刻也不安静，四处乱跑，使强逞能：去古堡石条缝里掏鹁鸽；去摄制组模仿演员的动作学说普通话；寻捡鸡骨头、羊下水逗阿黄和“爱爱”；或者，躺卧于麦地里、草窝里说商鞅的故事。说者完全是道长的神气，大声清理着喉咙，一板一眼，抑扬顿挫。

这日就讲道：后来呀，秦孝公死了，他的儿子上台继位，当年受到商鞅判刑的公子虔，一看时机成熟，告发他想造反。新国王当然听公子虔的，就下令逮捕商鞅。商鞅得到消息，逃跑了。到边境一客店投宿，店主人不知他是商鞅，说：商鞅有法令，你没有身份证，我们不敢留你，万一是坏人了，我们就会同罪的。商鞅仰天叫苦。后又去魏国，魏国不收留他。再想到别的国家去，有人劝道：你帮秦国的时候，降伏了好多国家，现你去了哪里，哪里也怕得罪秦国，认为你是逃犯，少不得要把你扭送回去的。商鞅无法，就又返回到了咱们这儿，领商州人真的举旗造反，结果秦国发兵围攻，商鞅兵败，被活活捉拿。秦惠王便将他双手双脚和头各缚一绳，系在五匹马拉的车上，然后鞭打五马，四方奔走。可怜商鞅就被撕裂成五块，葬入狗腹，从此世上再无此人，连他一个土坟堆也没有。

孩子们虽然不下十次八次地听过这个故事，但每一次说到商鞅被五马分尸之时，不免人人惊恐。偏巧这次导演过来，听了问道："你们在说商鞅，知道商鞅是谁吗？"孩子们说："当然知道，是我们的老祖先嘛！"导演又问："那么，商鞅是好人呢，还是坏人？"孩子们说："我们的祖先当然是好人！"导演说："那为什么秦惠王要对他五马分尸？"孩子们却答不上来了，说："导演，你姓秦吗？"导演不解，说是"姓和"。孩子们又问："那你怎么向着秦惠王说话？！"便站起来，大有不满之意，掉头走去了。

导演觉得这些孩子有意思，更觉得商州这块土地上的人皆有意思，便思谋着这部电影既然在商州地面拍摄，如何进一步挖掘原剧本的内涵，将商州人的民性、本质的成分渗透进去。影片要描写的是当年一批人为生活所迫，在这里举旗造反，当局认为是土匪，当地百姓也认为是土匪，连他们自己也自认为是土匪，闹出一系列惊心动魄的事来，后兵败身亡于古堡上。故事里有极大的传奇性，但他自开拍以来，却绝不想把这部片子拍成一部纯猎奇片。他要力争拍出当时山地的农民豪杰，刻画出为什么这块土地上能产生这种豪杰，而豪杰产生了又为什么最后归于失败？他思索着古代的神话《夸父逐日》，夸父的目标是要到大海去，但他却渴死在去大海的路上，夸父是失败者，但却是一个悲壮的英雄。他随身带着的有鲁迅的《阿Q正传》，常常想：辛亥革命是一场多么伟大的革命，连阿Q都起来革命了，但是革命到最后，阿Q却被革命杀了头，那么，为什么不准阿Q革命呢？导演如此深思熟虑，心里充满了无限激情，意识到正拍摄的这部影片，有好多情节需要改动，拍过的好多镜头得重新拍摄，他自信这部影片完成后，会产生一定的影响。

当导演从拍摄点回到驻地，使他不安的是院子里又来了好多村民，团团围住小梅，询问老大的行踪：有没有消息回来？汽车买得怎么样了？小梅无法奉告。因为大哥走后，一直没有消息回来，她比村人更焦急，更担心。询问的人就议论纷纷，什么脸面都有，什么话都说，直拉着小梅的手说："小梅，这回就看你哥的啦，我那一点钱，是我留下买棺板的钱啊！"小梅说："这我知道，我哥本来也是要结婚的，家里什么都收拾好了，可他为了大家，又数九寒天地出去，我也急啊！你们想想，买的是汽车，又不是一辆架子车。他这些日子没回来，必定正在县城四处托人联系买哩，你们都把心好好放在肚里，一有什么消息，我就来告诉你们啊！"

村人散去，小梅就苦愁了脸对导演说："导演，我大哥他不会出事吧？"导演说："现在的汽车是难买，但你大哥精灵，这些日子没回来，说不定已经买好了！明日我们派车去县城买菜，我让人去找找他。"

摄制组的面包车到了县城，当天晚上回来，消息是见到了老大和云云。老大已经联系上了一个人，拿了钱，说是可以买到车，且不久就能到手。云云却因去县城一路颠簸，没想到县城的第三天就早产个儿子。胎位是不正，在产房里整整待了两天两夜。现在母子平安，住在医院，所以老大一时还不能回来。村人听后，心就稳妥了，安安宁宁各自去过大年了。初一的早晨，村里这儿敲锣打鼓，那儿鸣放鞭炮，有许多人就到张家来，到孙家去，向他们拜年，感激老大为村人能买了汽车。两家人也十分荣耀，招呼来人坐了，吃烟吃茶吃酒吃肉。小梅将屋前屋后打扫得干干净净，将两朵自制的绸子花别在哥哥新房的门上，也在门闩上挂了一撮白线，按风俗不让外人进那新房去。有人就说："小梅，月子婆娘不在家，门上挂白线也说得过去，为什么要别花呢？”小梅说：“这是给我哥嫂挂的。”那人说：“那花是新郎新娘别在胸口的呀！”小梅听得出来这话中之话，就恼了，递过一支烟说：“抽支烟吧，别让嘴闲着！”

家里没有母亲，小梅就要经管屋里一切。大哥添了儿子，她是满心喜欢，听到村人的奚落，她也不免怨了大哥几句，怨了云云嫂子几句，怨完了，想哥嫂都在县城，他们吃什么，住哪儿，心里也发急。去找二哥，老二一早被三朋四友叫去喝酒，她就到剃头匠家来商量，说：“奶，是不是咱们到县城去看看，等孩子过了十天，咱用被子把那母子遮严了拉回来，到底在家里伺候方便呀！”奶说：“你娘也是这个意思！是该去人的。你哥一个外头人，这些事他不大懂，我还真不放心他，我要能下炕，我是要去的……”小梅就说：“那让我和我伯去吧。”奶说：“正在过年，你这一走，你二哥又不会做饭，能行吗？”小梅说：“我二哥野惯了，我在家他一天到黑也不落屋的。我能走得开。”奶就拉过小梅，唠唠叨叨说小梅懂事，便叮咛去了不要让云云十天里下炕，不要见冷水，给娃娃吃奶不要坐得时间太长，免得以后腰疼，手疼，添下病儿；到了县城，多买些青菜和猪蹄给云云吃，好给娃娃下奶；不要让老大在云云和娃娃面前喝酒，喝酒逼奶；不要吃烟，烟呛得娃娃咳嗽；给老大和云云讲，月子期间都要忍言，不要吵嘴、流眼泪，否则将来心口疼，见风落泪……小梅一一应允，就去给导演说话，让摄制组的车送她和剃头匠去了县城。

小梅第一次去县城，哪里也顾不及游看，日夜伺候嫂嫂。娃娃虽不够月份，但还不是太瘦小，只是阴差阳错，白日睡觉，夜里哭闹，她就和云云夜夜轮流抱哄娃娃，几天工夫人就瘦了许多。

老大抽身去联系买车人，说好在八天后见话。第八天，老大去找那人，那人却没了踪影，急得他坐卧不安，四处打听，也是毫无结果。回来发闷，要喝酒。小梅夺了酒瓶说：“你是不让娃娃有奶吃吗？”老大说：“我心里闷得……”小梅说：“是车没买下？”老大先是不说，后就道了实情。小梅、云云和剃头匠都目瞪口呆。小梅说：“那人是不是个骗子？”老大说：“他不敢的。我交给他二万八千元，那么一大笔钱，他是不要命了吗？”剃头匠就慌了，说：“不怕一万，就怕万一，你快去公安局报案吧，让快查查那人是到哪儿去了！”

公安局受理了这案子。接待的人问：“你怎么相信他？知道他的根底吗？”老大一听，心就发麻。那人又说：“这人为人不本分，常干这些见财弃义的缺德事，平日赖了好多人的账，可都是百儿八十，这次竟拿走你这么一笔巨款？！”老大哭丧了脸说：“我来买车，跑了好多地方，没联系上，他来找我，说他一个哥哥在省上什么大单位，有办法搞车，我也就信了他，把钱交了，谁知……”说着浑身发抖，苦脸哭腔，央求公安局帮他一定找到此人。公安局满口答应。

回到医院，正巧摄制组汽车来接云云他们回去，说是云云奶整日在家着急，三番五次让导演派车来接的，老大就办了出院手续，对云云他们说：“公安局正寻查那个骗子，案没有结，我不能回去。你们告诉村里人不要担心，只要有我在，出不了事的，一有消息我就捎话回去的。”云云看着老大，倒不觉掉下泪来，夫妻俩互相说了些安慰话，老大将云云背上车，铺好被子，让她和娃娃睡好，盖好，挥挥手，一直看着车出了县城南门，拐过了山弯。

二

过了正月十二，老大还没有从县城回来，人心就浮动了，天天有人到老大家向小梅打问，向云云打问。张、孙二家急得如热锅上蚂蚁一般，来了人就笑脸相迎，让座让茶，百般劝慰。但越是这么小心讨好，村人越觉买车一事必是无望。买车无望，却不能将钱糟蹋了，就又开始有人来张、孙两家索要筹款。气得小梅动了火，说道：“人心不都是肉长的吗？你们筹了款，我家筹的款没谁家的多！我大哥在外这么长日子，连媳妇娃娃也照顾不上，年也没过好，吃呀住呀花销又是自己的，我们找谁去？遇了事大家都在想办法嘛，你们来张家，张家还不是为了给大家办事，莫非要把我们咬了吃了不成？！”小梅是出了名的腼腆女子，在谁面前也不粗声说话，如今变脸，好多人就退散了去。人一散，小梅就呜呜大哭，她一哭，云云抱了娃娃也哭。老二气得直吼：“家里死了人了？哭！”气冲脑壳，就打鸡踢猫。小梅又看不惯，和二哥吵，老二越发使性，竟一拳将柜盖上的面罐打碎了。小梅就叫道：“好呀，你打嘛，你有本事把这个家的瓮也砸了，锅也砸了，房也一把火烧了！”老二自知无理，夺门就跑，一跑三天没敢回来。

家里一闹事，云云哭了一夜，天明时就闭了奶。娃娃噙着空奶头哇哇哭，云云就打娃娃屁股。小梅夺过去劝嫂嫂，云云越哭越凶，拿手揪自己头发，一声接一声骂那骗子祖宗八代，再骂村人，后就骂老大自找苦吃。四邻八舍都听在耳里。

剃头匠就背了老母过来，和云云住在一起，夜夜劝说，却尽说的是死去人的事，使云云心里也时时发惊。小梅在外寻买了猪蹄，又到河里捞小鱼，熬汤给云云喝，盼着云云奶水下来。山里人没有吃鱼的习惯，自然捞鱼就是外行，忙了半天，手脚冻得红萝卜一样，一条鱼也捉不到。演员们就制作了钓鱼竿，在河湾处下钩，总算钓得十几条五寸小鱼。正在水边剖杀，牛磨子来了，问道：“小梅，你哥还没回来吗？”小梅说：“没有。”

牛磨子说：“那买车的事黄了？黄了人也该回来，把钱退给大家呀！他人不回来，莫非私人带了那笔款出去干别的生意了？

等生意赚了，再把钱退回大家？那样做就太缺德了。兔子都不吃窝边草，要发横财也不是这样个发法儿呀！”

小梅说：“你怎么这样说话？我大哥拿了大家的钱去做自己生意，你的证据是啥？你不能血口喷人嘛！”

演员们见牛磨子说出这般伤人言词，就也质问证据，教训他说话办事要凭天良。牛磨子就说：“这是我们村的事，外地人没权干涉！”两方就有了口角，引来好多人。牛磨子就指着那些人说：“小梅你瞧瞧，王家筹的那些钱是要给儿子娶媳妇的，前院李家的那钱，是准备着翻修厦房的，现在勒紧裤带把钱给了你哥，你哥说十天八天就见车，现在多少天了？你说你哥不是拿了这钱去做生意，那你哥为啥不回来？”

小梅说：“不怕造孽，你就胡说！我哥把钱交给一个人去买车，我嫂子在县医院坐了月子，这你不是不知道，你说我哥能到哪里去？”

牛磨子噎了半晌，眼珠子一转又说道：“那好，你哥没去做生意，那就是他要结婚，没钱了要拿大家的钱为自己办事哩。没想，在县上娃娃就生下来了。我明白了，老大和孙家的女子厮弄鬼混，肚子大了，没脸在村里结婚，要出外结婚生娃，就想着法子骗村人的钱用。想想，他早不说买车，迟不说买车，偏偏云云肚子大得要生了，才提出筹款买车呀？！”

这么一说，倒理由充足，村人信了，心想自己一分一文的钱攒得不容易，让老大这么骗去，火气就上来，众口皆骂老大不是人。小梅气得浑身哆嗦，呜呜地哭起来。牛磨子却说：“你哭啥哩，你有理你说嘛！”小梅就手指了牛磨子说道：“谁好谁坏，天知道哩，你不要太欺负人！”就提了那些小鱼，哭哭啼啼跑回家去。

小梅刚到家一个时辰，牛磨子又领了他们牛家上了宗谱的人来到张家，门前又是一片骂声。竟有一老婆子过来抱了小梅，扑通跪下去，说：“小梅，你们不敢做伤天害理的事啊，我那些钱，是我儿给的棺材钱呀！钱要没了，你让我卷草席去呀？我快老的人了，你把钱还给我吧，还给我吧！”小梅不忍心这么大年纪的人哭闹，她知道这老婆子的三个儿子都是逆子，为了给老人筹备后事，兄弟三人打闹了几场，还是邻居看不过眼，才逼着一个买老衣，一个买棺材，一个打墓，而买棺材的就把钱给了老娘，让老娘自个儿去买。老婆子把钱筹给了老大，这阵听说钱没指望，她能不急得发疯吗？小梅双手把老人扶起，感谢老人信得过大哥，筹了这笔款，也请老人不要听别人胡说。但老婆子却立马三刻地要那钱，哭音拉长地说：“那是一百五十元呀，我到哪儿去得这笔钱呀！你们今日不给我，我就吊死在你们家里！”

小梅又气又同情，就从箱子取出当时自己为大哥办婚事买零碎积攒的一百五十元给了老婆子，老婆子颤巍巍哭着走了。但门外骂老大的人一见老婆子得了钱，也就都跑进来要钱，小梅说没钱，他们就不走。有人喊了声：“不给钱，咱拿他家东西顶着！”立即就有人把水壶提走了，把铜洗脸盆拿走了，那张八仙桌子也被两个人抬去，屋里翻得一片狼藉，乒乒乓乓响成一片。小梅披头散发地喊：“拿吧，把这个家抄了！抄了你们就发财了！发财了！”云云在炕上听见，也跑了下来，抱住一个正扛她家豆腐磨子的人的腰，骂道：“土匪，土匪！抢人啊！”那人一把将她推开，云云倒在地上就口吐白沫，昏了过去。人一昏倒，来闹事的人就散了去。

消息很快传到孙家，光大听说了，提了一根扁担飞马赶来。小梅家没了闹事的人，小梅正抱着醒来的云云大哭，炕上的娃娃惊得四肢乱蹬乱哭。光大站在张家门口吼道：“谁抢了东西？不把东西送回来，我不卸他八大块，我就不是孙光大了！”吼声震得家家都听见了，家家把门关紧。云云就和小梅抱住光大，拉进屋去。小梅说："你别耍你火脾性，让他们拿吧，现在不是旧社会，要拿了就拿了？你要出去打伤了人，你是帮了倒忙，家里闹成这样大的事，你还想闹得家破人亡吗？"光大才收了火气，却直拿拳头打自己，怨怪自己来得迟。

光大的武力，村人皆知，他平日寡言少语，不与人多往来，但愤怒了，则六亲不认，泰山石敢碰的。他的吼叫，使那些拿了张家东西的人害怕了，后悔了，当天晚上就将东西又悄悄送到了张家的院门口。但也就在这夜里，云云的娃娃受惊后啼哭不止，加上又没奶，天到五更，哭声渐小，脸色发青。云云看着害怕，叫了小梅。小梅摸摸娃娃浑身发烫，且双手紧握，嘴角抽动，慌忙叫道："抽风了！"忙出门过河来敲导演的宿舍门。导演听罢也慌了，唤起司机，忙将小梅、云云和娃娃往镇上医疗所送。但车还未到镇上，紧搂着娃娃的云云，发觉怀中渐凉，再叫时，娃娃竟无反应，姑嫂俩呼天抢地就哭开了。

张家的娃娃一死，张、孙两家人睡倒了三天。三天里，老二回来了，他是到湖北那边的相好家去的，本想小梅气消了，回来好好支撑这个家。一进门，云云和小梅都睡在炕上，眼睛像烂桃一样，当下就蔫了。小梅见二哥回来，一肚子火又上来，却话未出唇，泪水长流。老二就一语不吭，足足在那里蹲了半个时辰，直等到剃头匠和光小来将云云接过娘家去住后，他站起来对小梅说："小梅，这场事是谁牵的头？"小梅说："还不是那牛磨子！"老二顺门就走了，小梅如何叫也不回头。

三

老二直奔牛磨子家，牛磨子吃罢饭，正蹲在屋后的尿窖上拉屎。老二立在门前叫了两声："人呢？！"牛磨子在尿窖上不知来者是谁，回声道：“来了！”撕一片土墙上的干苞谷叶擦屁股，还未站起，老二横眉竖眼站在自己面前，手指头指着骂道：“你教唆人抢了我们家，吓死了我侄儿，你安安然然在这里吃哩拉哩？！”牛磨子冷丁吓呆了，一股稀粪喷在裤子上，说：“老二，你要干啥？你要打我吗？我是去讨还我自己的钱，你们骗了我的钱，还要来打我吗？”老二一巴掌打过去，牛磨子干瘪的脸上半边赤红，再全是煞白，空留一个五指肿印。牛磨子就公鸡嗓子一样叫道：“救命呀，老二要杀人了！”老二一脚踢去，牛磨子就掉进了尿窖里，说：“我让你叫，老子就把你打了，你叫吧！”牛磨子站在齐腰深的尿窖里，满头满脸屎尿，却一句话也不言语。老二拂袖而去。

走到河畔，迎面来了光小。光小一见老二，说：“二哥，跟我走，打那牛磨子老东西去！”老二说：“我已经打过了。”掉头又走。光小说声：“打过了？”就追上老二，问到哪儿去。老二只是不语，再问时，竟不耐烦了，说道：“不知道！你干你的事去吧！”光小就说：“我也不知道我该干啥呀？”两个人只是顺了那条路走，不觉走到了矿洞前。矿洞里空荡荡的，挖矿人闹过事后，摊子也就散了。老二两眼盯着矿洞，突然冲进去，用腿蹬倒了一根支柱，抄起一把木棒在洞里发疯似的乱打。光小也冲进来帮着打，一边骂道：“都是这矿洞！都是这矿洞害了大哥，害了咱两家！”叮叮咣咣，噼噼啪啪，两个人手中的木棒都打折了，虎口震裂，血流下来，同时像泄了气的皮球一样软倒在地上。

老二说：“完了，完了，挖什么破矿？别人饿不死，咱也饿不死的！”光小说：“这下大哥该清醒了！当时还真不如去赌博，什么财都发了。大哥叫挖矿，挖矿，挖了个什么？挖出了一村的仇人！”老二说：“光小，我估计大哥不回来，那笔钱八成出了事。现在人心都瞎了。村里人都这样，县城那些人心还能好吗？万一大哥钱上出了事，不给村里人赔能过去吗？咱们不如再去干那赚钱的事去，说不定会发，将来也好帮大哥一下。”光小说：“我也这么想。说走就走，回去了家里人又不会让咱走的，先把钱拿回来再说吧。”

两个人在湖北境内，寻找到以前的赌友，钻在一家红薯地窖里赌了三天两夜。老二和光小手气尚好，连赢到一千元，拔脚要走，赌友们却变了脸，说道：“那不行，赢了就走，天下有这等好事？”两个人又坐下赌，不想过了子时，手气发霉，连连输了两桩，丢掉了五百元。老二知道干这营生赢时就连着赢，输时就连着输，当下给光小一个眼色，光小装了俩人赢来的钱在身，掏出二十元又下了注后，说是小解，退出窖来，便再不回去。那输者就一把扭了老二，问道：“光小呢？那小子没种，溜了？”老二说：“他哪儿溜，他下了注，还能溜了？”可光小却终不见回来，输者就红了眼，掏出刀子扎在桌子上，说：“从现在起，谁也别想走，赌场上亲娘老子是不认的！”老二就说：“我老二如果走不是娘养的，看着你放我的血！”结果，老二又赢了一桩。

光小跑出赌场，在村外等了半天，见老二不出来，知道他不能走脱，就心生一计，拿了十元钱去找地窖的住家主人，说是家里有事，让老二出来，只需喊几声：“抓赌的来了！”就行。主人平白得了场地钱，又得了这十元，依计去做，窖内一片惊慌，各自逃散而去。老二在村口见了光小，两个人得意地笑过一阵，清点了赢得的数目，天亮时就返回了陕西这边。

这天，老二和光小又来到了地峰背后的一家独屋。这地面属于河南境地，屋里住着一个老汉和一个老婆。老汉在旧社会抽过大烟，嫖过女人，是个五毒俱全的人物。如今年高，别的不行了，却又暗暗和一些年轻人耍赌。老二和光小去了，给老汉个耳语，老汉就对老婆说：“我到坡上放一会儿羊，把饭给我们做上。”于是仨人赶了羊来到古堡里。羊，任其分散啃草，仨人就在古堡里掷骰子。这老二毕竟脑子清楚，手腕处又暗戴了吸铁石，又不时和光小交换眼色，暗递情报，只让老汉连赢过三局后，接着就输了六局，硬是将老汉身上的八十元钱赢了过来。看着时间不早，老二说："光小，你和老汉到他家去，看饭熟了没有。先给人家掏十元饭钱，落个屋里人喜欢。饭好了，喊我一声，让我好好在这歇一会儿。"

老汉和光小走后，老二仰面朝天躺下，赢了钱，一时就将家里的事抛在脑后，让暖洋洋的太阳照着。原本想好好在太阳下睡上一觉，消退几天来的疲乏，不想太阳一照，两腿之间忽地发热，这热直到周身，有了难以克制的欲望。

恰巧这日摄制组休假。一早起来，有些人去镇上赶集，一些人拿了鱼竿在河边垂钓，剩下的就在宿舍跳舞。小梅因平日喜欢到山坡上挖那野葱野蒜作调料，城里人极口馋，半晌午，一个女演员就嚷嚷小梅带她一块去挖，小梅就领她上山。她是爱那小母狗的，也带了去，不想阿黄竟也跟来。两个人挖了半天，小梅下山去做饭了，剩下女演员自己又挖了一阵。待要下山时，却看见阿黄和小母狗直往山顶上古堡里跑，叫也叫不下来，她便也跟着来到了古堡。

老二正在难熬，猛地看见那女演员上来，脑子里忽地一片空白，恍惚之际，像狼一样扑了过去，一下子抱住女演员，大声喘气，大口咽唾沫。女演员吓呆了，稍一清醒，定睛看时，见是老二，就骂道："老二，你这流氓！你！你……"老二只是不语，一只手紧搂住女演员的身体，另一只手去捂女演员的嘴。突然，女演员咬住了老二捂她嘴的手，疼得老二只好松开，于是女演员叫喊起来。这一喊，老二似乎清醒了，慌乱中向古堡那边跑去。女演员自己也像疯了一般地哭叫着跑下山去了。

老二跑过古堡那边，脑子里彻底清醒了，后悔万分。自觉再不能回村见人，倒在地上痛苦地直愣愣地看着天上的太阳，然后，泪流满面地说：“大哥，小梅，我给你们丢人了！我不是人，我是狼，是猪狗！这个时候，我不能给你们分担家事，却干了这糗事，我这是鬼迷心窍啊！我知道这事没有好结果，我也没脸面活下去了，你们就让我死吧，死吧！”说罢颤巍巍地站起来，将自己的裤带解下，挽了圈儿挂在古堡中的一棵苦楝树丫上，用石头在下面垒了台儿。上台儿的时候，他停下来，从口袋里掏出了赌博挣来的六百二十三元钱，用小石头压了。然后扑通跪下去，向东方、南方、北方、西方，磕了四个响头，就站上了石头台儿，将自己的那一颗长着黑发和愚昧的脑袋伸进了自己的裤带套里。

四

老二的自杀，使摄制组的人原本一肚子的愤怒自然消散，甚至还多少产生了同情怜悯之心。那个女演员虽然受到了污辱和惊吓，但听到老二已经自杀，也就不再说什么了，反过来倒来安慰小梅。

小梅万万没有想到二哥是这样的人！她没有哭，连二哥的尸体也不愿去看。一家人正受着莫大的悲苦时，作为她的哥哥，不是怎么想办法支撑这个家，反倒干出这等下贱事！小梅对劝她的那女演员说：“他死得活该，他应该去死！他污辱了你，你倒还这样安慰我，你让我怎么感激你呢？”小梅双腿就跪下去。女演员将她扶起，让她快回去料理老二的后事。小梅先是不回去，等到剃头匠家帮着把老二入殓了，来叫小梅，小梅回去竟一下子扑在二哥的棺材上昏倒了。

村人吃惊老二竟想强奸城里人，便指天咒地痛骂张家没有好人，胆大可以包天，什么事都能做出。村长就立马三刻去了乡里，要乡长来处理这一连串的事件，更害怕摄制组的人不会善罢甘休，闹将起来，村人是招架不住的。牛磨子就逢人便讲："天不容坏人呀，为咱村除了一害了！"就书写了状子控告张家兄弟，又拿了状子让摄制组的人签名。摄制组拒绝了。等那副乡长赶来，征求导演和那个女演员的意见时，导演和女演员说既然强奸未遂，企图强奸者又自杀身亡，事情过去了，也就过去了。副乡长就抛开了这些城里人，在村里了解老大买车一事，住在村长和牛磨子家，听他们颠三倒四地浪说，听罢，副乡长就冷笑道："张老大不是很能干吗？怎么弄到了这一塌糊涂的地步！他是脑子太热了，异想天开了！如今他自作自受，也坏了我亲自抓建矿队的心思！"于是做出决定：派人去县城寻找老大，强令返回，若果真以大家的筹款做私人生意，这就要负经济刑事责任；若是将筹款私自快活花销了，就得赔偿一切款额。副乡长走后，村人更以有了靠山，辱骂张、孙两家，两家人只有忍气吞声，日日在泪水里过活。剃头匠一下子衰老了许多，夜夜睡不着：万一老大没了那笔钱，公家要判他的刑，村人要索款，这笔钱从哪儿来？就是两家卖房卖物赔得起，往后的光景又怎么过？剃头匠就后悔当初为什么同意了女儿和老大的这门亲事。奶说："你尽胡思乱想些什么呀，就说老大不是咱的女婿，人在难中，这话也不能说。"剃头匠说："现在咋办，咋办呀？！"两天出去，头发就灰白了。后来，就又从楼上取下那剃刀担子，三六九日再往镇上剃头去，一分一文把钱抠得细致。

小梅辞退了给摄制组做饭的差事，不管摄制组的人如何宽容、同情他们一家，但她觉得没脸再见到这些城里人，整日守在空空的家里，人痴痴呆呆。

一日，太阳光已经下了台阶，村里人都在吃饭了，小梅还坐在门槛上一动不动。一个黑影长长地伸过来，后来就静静地停在了她的面前，叫一声：“小梅！”小梅抬起头来，见是光大，光大双手端着一海碗搅团，瓮声瓮气地说：“小梅，这是我奶让端给你的！”小梅说：“我不饥，你要吃你吃。”光大不会劝人，就又说：“你吃，你吃。”小梅仍不吃，光大放下碗一步一步退走了。一连几天，光大都来送饭，送了饭就无声地走去。这次又要走，小梅说：“光大哥，你不要送了。”光大说：“那为啥？”小梅说：“都是我们家不好，也害得你们家鸡犬不宁的，你要再这般待我，我哪里受用得起？”光大说：“小梅，这你不要管，咱两家就是一家。甭说咱俩已经算是定了亲的，即便不是那样，我也不能不管。不论咋样，日子还是要过的。你不吃不喝不出门，那些人更看你家笑话哩，你活得刚刚正正，谁也就不敢欺负你了！”小梅说：“这日子可怎么过呀？大哥把家里钱大部分拿走了，剩下的给了牛家那老婆子一百五，埋葬二哥又花了三四百，他赌博挣来的那五六百元，是他临死留下来的，我一分也没有动。二哥是有罪的，可他死得太惨，还能记得把钱放好，他死得心里也难过，我要把这钱留下，交给大哥，让大哥知道知道……”小梅说着，泪水又下来，哽咽得说不出话来。光大说：“我原先对家里啥事也不管，现在我好像也懂得了许多事。如今大哥不在，二兄弟殁了，我爹和我奶都上了年纪，云云和你又是这样，我就要好好来支撑这两个家呀！我思谋过了，眼下矿挖不成了，我再去打猎，我想一切都会好的。小梅，你要刚强起来呀，你给我点点头，我就放心了，也就不顿顿给你端饭了。”

小梅泪眼看着光大，突然间心里掀起一股热浪，就给他点点头，站起来把光大肩上的草屑捏去，说：“光大哥，你真的要去打猎？”光大说：“嗯。”小梅说：“咱两家正霉气，你去打猎我倒真不放心。”光大说：“没事的，小梅，只要我碰上野物，还没逃脱得过的。我干别的不行，打猎却行哩，真的行哩！”小梅就送他出去了。但光大又走了回来，说：“小梅，我想你说的话，那都是为我好的。为了出猎保险些，我想要你一点儿东西，你如果给我，我就啥也不怕。”小梅说：“啥东西？”光大却喃喃起来，说：“这东西听说管用的。真的，这是我听河南那边的猎手说的。”小梅说：“到底是啥东西吗？”光大越发嘴笨了，半天才突然说：“河南那猎手说，出猎时，如果要避邪，可带上些红，就是那带红的纸，就是你们用的那纸……”小梅明白了，脸也唰地红了，却告诉说她现在没有那东西，想了想说：“我给你扎些血吧！”就拿针在自己中指上扎了一下，用一块纸沾了，交给光大。

揣着小梅的血纸，光大胆子壮了许多，几天里果然打得好多野鸡、山羊和狐狸。冬春里皮毛还很好，回来就剥了卖到镇上，落得了一些钱，兴头也更大了。一日，光大提了枪刚刚上到河湾后的半山坡上，就突然发现了一只麝，他大叫了一声：“好呀，麝！你又碰上我了！打死一只，还有一只，你害得我们好苦。我今日再打死你，看你还敢成精作怪害我们不？”当下就一枪放过去。

这一枪没有打中，麝扭头就跑，光大穷追不舍。山坡上一前一后地奔跑，山下就有人看见，大叫：“山上麝出来了！光大在撵麝了！”牛磨子便说：“麝是天物，他光大打死一只，又来一只，越打咱这村越要出灾落难的啊！”村人便思谋这一两年里，日子过得不安宁，恐怕真是这麝在作祟。那么，麝是天虫，代表天意，是能打得完的吗？还是赶麝走了算了。就一齐拿了脸盆、铁筒，敲打喊叫。喊叫声传到山上，麝着实发慌，回头看时，那光大并没有停止脚步，离它越来越近了。一直追到了天峰顶上的古堡，这麝想赶快回到石洞去领儿子逃跑，眼见得山下吼叫，光大追来，就改变了主意，从古堡里又跑出来，往后山跑。光大想，麝要往后山跑，那是下山路，人是跑不过麝的，就忙将药装了，立在那里端枪瞄准。叭的一声，麝跳了一下，一下子未收住脚，从崖上扑下去了。光大也同时仰面倒在地上，血流了一身。

山下的人见麝从高高的崖上扑下来，像在做一种弓形的跳跃，一下子碰在石嘴上，弹起一个弓形，再落在一个石嘴上，再弹起一个弓形，一连串“B”状的画面。麝落在山下成了半块麝了，那一条腿，一颗头，全然没有，充其量只有三四十斤了。山上的光大并没有欢呼狂叫，连他的身影也没有。光小就跑上峰去，见哥哥血淋淋地躺在地上，忙问：“怎么啦？”光大说：“不知怎么，枪管炸裂了，炸断了我一个指头。那子弹并没打出，麝却吓得从崖上跌下去了。”光小把哥哥背回家中，小梅失魂落魄地来看时，光大的半截指头已包好了，苦笑着说：“小梅，多亏你那红哩，要不，今儿会没了我哩！”

第　八　章

一

张老大确确实实上了当。公安局终于在商州城里把那骗子抓回来了。这人拐引了一个女人住在商州城的一家旅馆里，穿的是黑呢大衣，吃的是银耳罐头。公安人员敲门进去时，他正和那女人睡觉哩。被窝里拉出来，明晃晃的铐子就卡上了。法庭过审，量罪判刑，最后判那罪犯蹲七年班房。但那二万八千元钱，却已被他花去八千元。老大捧着二万元，身如筛糠一般，他不知道怎么个回去？见了村人怎么个说话？逢人打听，就找到县委的马书记，企望这一县之主的县长能为他撑腰打气，出谋决策。

马书记接待了他。问到他的名字后，手指就在脑门上敲，叫道：“这事我知道，你们的副乡长打了个报告，还怀疑你是拿了钱去做自己的生意了。”老大说：“副乡长怎么能这样怀疑？我这么长时间没回去，家里不知出了什么事的？”马书记就说那个报告很详细，云云的孩子如何得病而死，张老二又如何自杀身亡。老大听了这些，竟忘了自己是在什么地方，哇地老牛般地大哭起来。哭过一阵，擦干了眼泪说：“书记，这都怪我，怪我没经验，受了坏人欺骗，对不起村人！如今我丢了八千元，车又没有买到，这回去如何见人啊？！”马书记又详详细细询问了矿队的事，很是一番同情，当下写了证明，证明老大确实是上当受骗，让村人不必怀疑；同时也告诉老大，以后不要找私人联系买车，待县上有了汽车的指标，第一个就照顾矿队，随时通知他。末了说：“这个矿队，我是应该去看看的，既然生产情况不错，就要坚持办下去！”老大走出县委，思谋天下还是有好的领导，心里不免骂了几声副乡长，自个趔进一家饭店，花了两元钱要了酒肉，放开肚皮吃喝了，然后搭一辆过路车回村。

车在村前的慢坡处，他就跳了下来。一时立脚不稳，从缓坡上往下滚，树杈划破了裤子。他将那破处挽了个疙瘩，摸摸捆在腰间的那一沓钱，一瘸一跛进了村。村里有人发现他了，嘴张得老大发不出话来。他向人家招呼，人家还是愣着，接着就飞奔而去，大喊：“老大回来了！老大回来了！”霎时，村中鸡飞狗跳。他心慌了，浑身瘙痒疼痛难忍，明白迎接他的将是一场更可怕的难堪，不觉一阵悲伤、怨恨、委屈，泪水哗哗哗地流下来。他走近河边，掬起刺骨的水洗脸，想克制自己，稳定情绪，却一眼看见了那河滩里，有一堆烧过的灵铺草和摔碎的瓦盆，明白这是为老二送葬时的遗物。悲声叫道：“老二，老二！”河对岸的阿黄就旋风一样过来，湿淋淋地在他面前汪汪大叫。老大抱住，问道：“老二埋在哪里？阿黄，老二埋在哪里？”阿黄掉头就往坡上跑，老大随后紧跟，来到一个新堆的坟前，他就扑倒在地上了。

云云和奶正在家里纺线，剃头匠跑进门说：“老大回来了！”云云的线嘣地断了，急问：“人在哪儿？”爹说：“我听人说他回来了，快去他家看看吧！”父女二人小跑到老大家，家里没有老大的人影。小梅在给猪剁草，一刀重，一刀轻，人瘦得失了形。听说大哥回来了，小梅说道：“必是到二哥坟上去了！”仨人就来到老二坟上。老大悲恸至极，双手捶打着黄土在哭，在号，一会儿哭老二，说父母死后，就留下他们兄弟两个，如今他这当哥的不好，害了这个家，也害了老二。原想使村子富起来，媳妇好找了，他一定要给老二成家的，可老二却干出这种事来，早早地就死了。一会儿他又哭起自己的儿子，怨恨既然这么快死去，为什么就要托生在他名下呢？末了又哭自己，他诉自己的苦难，诉自己的冤枉，骂自己不是好哥哥，不是好丈夫，不是好父亲，可他全是为了这个村啊！假如心能掏出来的话，他就会掏出来让每一个人看的呀！哭声悲天恸地，云云、小梅也皆泪水扑簌。剃头匠本准备好好教训老大一顿的，听了他的一番痛哭，明白了女婿在外受到的苦楚，也怨气消去，悲哀上心，身上阵阵发冷。小梅说：“大哥，不要哭了，回吧，这么冷的天，伤坏了身子怎么办呀？”云云就过来拉老大，剃头匠说：“让他哭吧，把肚子里的冤枉都吐出来对他好哩，真要窝着，才能伤了身子。”那老大就又哭了一阵，站起来，面对着岳丈“扑通”一声跪下说：“伯，是我连累了云云，也连累了你老人家！”剃头匠不禁泪水涟涟，低头先慢慢回家去了。

云云、小梅拉着老大回到家来，门前却聚了许多人。他们不是来看望、安慰老大的，是来讨要钱款、质问罪行的。当这家空空无人时，他们大声吵闹；这会儿，老大回来了，他们却都噤口不语，且闪开一条路让他过去。

老大招呼大家坐下，拿出烟来让抽。牛磨子就说：“老大，你别装模作样！车呢，买的车呢？你逛了这么长时间，到外边大世界快活够了，可我们的钱呢？我们要钱，乡亲们的钱是血汗换来的啊！你回来了，好，你红口白牙给大家说呀！”云云立即回答说：“你还让不让人活？他才到家，一口水还没喝。你们是想再抢这个家吗？！”小梅也说：“你们都来干啥？来打我哥吗？你们要是有良心，也该明白这矿洞是谁先开的，怎么开的，是谁让大家都去开，是谁把大家组织起来？大家筹了钱，这钱又是靠什么得来的？我大哥为了这个村子，什么亏都吃了，什么罪都受了。出去买汽车还不是为了咱村的矿运交得快，利润回收得大？他去县城受了人家的骗，辛辛苦苦总算把事情结束了，才一到家，你们就来围着，你们忍心吗？你们都回去！回去！！”

人们却并不走。后来有三个人低头走到院门外，牛磨子说：“这么一说，咱们的钱就没啦！”老大就站起来说：“都不要走。你们来了，正好，就是不来，我还要叫大家来的，我是要把这次出外的情况汇报给大家。我知道买车的钱是一家一户分分文文攒起来的，咱们村还穷，谁要把这份钱私吞了，糟蹋了，天地是不会容的！我告诉大家，车暂时没有买到，但县委马书记已经答应，车由县上给咱们拨指标，指标一下来他就通知我们！”

人群里议论开了。牛磨子却说：“别听他花言巧语！马书记是什么人，一县之主！马书记能认得你张老大是谁？你别打肿脸充胖子，糊弄人了！那我问你，车你买不来，钱呢，钱呢？”人群中也应着要钱。

老大就背过身去，解开了腰带，从腰带里取出一个口袋，高高举着，说：“钱都在这儿！我张老大有罪的是没有经验，上了坏人的当。那人说能买到车，把钱拿了到处流窜。后来公安局逮捕了他，追回了这笔款！有人说我拿了钱去做私人生意，这里有马书记的证明。如果大家一定要这笔钱，现在就可以退还给大家，咱有账本。小梅，你去叫会计吧。”

小梅把会计叫来，一宗一宗把所积筹的车款退还了。村人拿了钱，再没有说话，就退散回去。最后只剩下牛磨子一人了，老大让他在账本上签了字，说：“拿了你的钱，走吧！”牛磨子一张一张，手蘸唾沫点了票子，说：“这么一退就完了？我这钱要是存在银行，也不至于就这些吧！”老大说：“你是说利息吧？你自个算算，看一共有多少利息钱，我可以给你。可我告诉你，这矿要再开下去，矿队的人就要严格审查，你是挖不了的，你那傻儿子怕也不合格的。”牛磨子冷笑着说：“你还想办矿队呀？”老大回答：“说得对！你算算吧，多少利息呢？”又回头叫道：“云云，给沏一杯茶，让他喝了慢慢计算！”云云从屋里出来，没有端什么茶壶，却将一盆污水哗地泼在院子里。牛磨子站起来说：“罢了罢了，让你老大占个便宜！”

牛磨子一走，老大一下子软下来，痴痴地坐在那里不能起来。姑嫂两个扶他到炕上睡下，小梅说：“哥，这么说，那钱没损失一点？”老大说：“失了八千。我是把咱两家的钱，还有矿队的那一笔积累垫在里边了。我想，矿队的钱咱不能动，咱那辆拖拉机在矿队运矿，用一次付一次出车费，以后就折价归矿队吧。剩下欠的钱，我再想办法，很快给集体还清。”云云和小梅听了，眼泪就止不住地掉了下来。老大说：“只要矿再挖起来，钱又会回来的嘛。不要哭，不要哭。”说着自己却也哭了起来。

二

老大决心要把受到的损失补回来。但当他准备领着矿队重新开工的时候，百分之八十的人都不干了，无论如何动员，回答是：“算了，咱是穷命，享不得锑矿的福哩！”

老大愁得嘴噘脸吊，夜里提了一瓶酒去和导演喝，将一肚子冤枉苦楚倒给导演听。导演说：“我也在琢磨村里这事哩。你为全村的事情操了多少心，费了多少神，终了还是失败一场。我这部影片也正要在这方面提出个思考的问题。”老大说：“依你说，这矿队就让完蛋算了？”导演说：“怎么能算了？我的意思是矿还要挖，但往后就要多注意怎样使村人自己认识自己，自己坚强自己。当然，这不是你一个人能力所及的，也不是一天两天就可以达到的。你们这个地方太偏僻，太落后。就说穷吧，穷了还不知道为什么穷的，靠什么来富。这样，就是真的富了，那也会导致为富不仁啊！”老大直点头，深感导演想得深，看得远，比自己高明，就讨问往后他该怎么办。导演详细问了他在县城发生的事，就说：“这里的人说老实也老实，说野蛮也野蛮，说灵灵得如狐子一样，说蠢也确实掂不出轻重。正因为这样，他们迷信，迷信神鬼，也迷信上边的大官。现在要把他们组织起来，一方面慢慢改变这些秉性，一方面还得利用这些毛病，因势利导。既然县委马书记支持矿队，你何不给他写一信，汇报这里的情况，让他来一趟，说不定事情会好起来。”老大突然眼里放光，叫道：“这话使得！只有马书记来了，村人会听他的，就是乡长、副乡长他们也不敢怎样。等把汽车买下来，我要搞专业采矿队，像外地厂矿一样，培训技术人员，建立规章制度。这矿虽然国家看不上开采，可我们一个村开采，也足够开他几十年，上百年的！”导演说：“好，这设想好，到时候我再来拍电影，就专拍你们这矿队！”两个人话说得投机，一瓶酒就喝个精光。老大还要回家去取，导演说明日还要工作，不敢再喝了，老大问，电影拍摄了多少了？导演说：“河畔再拍三场戏，古堡再拍两场，最后到烛台峰道观一场，我们就该收兵回营了！拍最后一场戏，你协助我一下，让村人都当群众演员，一定给你上个镜头哩！”老大笑了笑说：“行哟，拍好了片子，得一定先在我们这儿放映第一场呀！”说完就东倒西歪朝黑夜里去了。

五天后，一辆北京吉普开到了村前河畔，车上下来了正乡长和副乡长，两个乡长之间是一个矮矮胖胖的人。老大立即认出这是县委马书记，迎上去握手。

书记的到来，轰动了整个村子。村子里自古以来，还没有任何乡以上的领导来过，人全围着看。书记的眼光一瞅到谁，谁就木木地笑。书记才一转身，嘁嘁喳喳就评头论足，说书记头大，口大，前额饱满，是天生的官相。书记于河滩召开了村人会，要求把矿继续挖下去，矿队依旧由村长和老大负责。并说关于运输车辆一事，县上新到了几辆车，决定拨给这里一辆，车钱一时拿不出，由县上出面担保到银行贷款。书记的话毕竟是有权威的，原矿队的人就又上马了。老大连夜派人点灯清理矿洞，检查修复支架。天一明，他就和两名助手装了矿石往县上去了。

老大一走，牛磨子就在村里放风说：“矿山是国家的矿山，开矿是马书记让咱开的，咱听马书记的，好好为马书记干吧！”又去鼓励村长，让村长领头上山去好好热闹一下，说：“如今书记让你来领头，这村子吉兆要来了！虽出过麝，出过老二那角色，可咱这地方毕竟是好，亏烛台峰上有个道观，有棵九仙树，咱何不请了龟兹班吹吹打打，给山上诸神送送‘纸火’呢？”村长便听了牛磨子的话，当天早上就组织做“纸火”，又去湖北那边请了龟兹班。

每年四月二十八日，道观上过庙会，这“纸火”是要送的。如今突然送“纸火”，仅局限这个村子，就以各色纸糊成丈八、二丈高的纸吊，高高用竹竿挑了，敲锣打鼓送上山去，献给道观的各个神位，后烧化在九仙树下。牛磨子的主意很合村人心境，灾灾难难好长时间了，如今否极泰来，是应该祭祀山上神仙啊！

村人虽平日吝啬，为一分一文吵架斗殴，但对于祭神拜仙，却显得大方异常。当时，集体买纸回来，各家便去交钱，会做纸人的洗净了双手，烧过了高香，就施展各自手艺。这一家做一个“八仙过海”的纸牌楼，那两家做一个“福禄寿”旋转塔。飞禽走兽，鱼虫花草，神仙鬼怪，君臣百姓，全用金箔银箔做就，构思浪漫，造型生动。剃头匠也买了二十张纸拿回家来，热心制作。云云说：“爹，别人干这，你也干，你好没头脑！”剃头匠说：“为啥？”云云问：“他们这么热闹，还不是全冲着老大来的！人都势利，眼窝长在额颅上。老大为这个村落得家破人亡，倒没人说他好；马书记什么苦也不吃，坐了车来说一两句话，就看作为村里降了福了！你送那‘纸火’干啥？省了钱不如买几斤盐吃吃！”奶就说：“这是给神献的，怎么不该？早就这样，老大也不会受那些个罪！”剃头匠也说：“再说，真能以后样样事情顺了，咱们也盼不得的！”剃头匠却没有高超的手艺，他不会做那一套古戏古传说中的人物，就做了偌大的两个塔山形状，上面贴了剪成三角形的锡纸，说是送神的金山银山。

时辰到了正午，龟兹班在河畔咚咚咚放了三个大纸炮，锣鼓、唢呐就吹打起来，立时从村里走出一群一群人，每一群人领头的挑着“纸火”，“纸火”集中在一起了，拢共十二个，以黄为主，红绿白相衬，十分耀眼。村中人如蜂拥，竞相围观，评论“纸火”高低优劣。导演就让摄影师架好机器拍摄，直道：“有意思，有意思，这地方还兴这一套，拍下来，咱片子里完全可以用的！”

打“纸火”的人见导演和摄影师在拍照，越发得意。龟兹班的人一边拿眼睛瞅着镜头，一边吹得脖子和腮帮一般粗。急得导演直喊：“不要向这边瞅！”在一旁的小梅也看热了，于人群里拉过了光大，说：“你也去那边，让摄影师照照你！”光大忸怩作态：“我这模样，丢人哩！”小梅说：“我昨日才给你换洗的衣服，今日又脏成这样？快回去换了去！”导演耳朵里传来了小梅的声音，忙说：“光大，不要换，那衣服正好哩。你去拿枪在那里朝空放几下，我让拍你！”光大说：“放枪不好，我家有三眼铳哩，过年才放的。”导演说：“那你快回去取来！”光大飞脚回去，取了三眼铳，装了火药，站在打“纸火”的人中，用力一踩，三眼铳下的尖刃叉子扎在地上，略略拉斜了，用火绳去点，叭！叭！叭！三声巨响，震耳欲聋。

队伍上山，先是打“纸火”的人，再是龟兹班，再是锣鼓，再是长者、小伙、娃娃。妇女是不能送“纸火”的，可以随队伍到山上立于古堡洞之外。阿黄、“爱爱”也率领了村中所有的同类，从各个岔道上往上跑，大声吠叫。道观的道长得知山下要送“纸火”，也领了小道，新衣鲜袍，分站在古堡门洞前迎接。那“纸火”就在上香之后，分放在九仙树下。按照规定，“纸火”要在九仙树下供五天，方可烧化。锣鼓唢呐又一阵闹天闹地之后，村人下山各回家中去吃一种送“纸火”时要吃的八宝麻食饭。

三

老大运交矿石回来，听说村人送“纸火”的事，也无多少反对之辞，倒暗暗庆幸这样一来，兴许会促进采矿的顺利进行。他就找着村长，让他多经营矿洞的施工，自己则每隔两天去一趟县城，运交以前积压的矿石。给他做助手的俩人，天不明起身，夜半回来，四天之后，便累得叫苦不迭，请求歇息。老大看着这俩人支持不住，就放了他们假，又重换了俩人帮他装车卸车。这日鸡叫三遍，他叫醒云云，让去做饭。云云说：“你也该歇下了，连跑这么多天，是铁打的也耐不住了！今儿不会免一天吗？”

老大说：“尽说傻话！原先的矿没运完，新的已经挖出来，这能歇吗？几时汽车回来了，雇上了司机，我就好好睡呀，睡他个十天半月不苏醒！”说完，就去喊那两个助手一块去装车。

云云爬起来做饭，饭熟了去叫老大来吃。那柜上的煤油灯却忽地灭了。云云问：“外边起风了？”老大说：“没的。”云云脸色陡变，说：“那你上炕去睡吧，今日不要出车了。”老大说：“饭都吃了，不出车？”云云说：“这灯好好的，怎么就灭了？出门怕不吉利。”老大笑了一下，披了衣服就要出门，说：“你这个迷信媳妇！”边说边笑着走了。老大一走，云云也为自己的迷信笑了一下，但心里总不踏实，从笼里取了两个馍馍，用手巾包了，赶到装车点。那助手就打趣：“哟，云云在家还没亲热够呀！”云云唾一口，就把馍吊在拖拉机座椅背上说：“路上开慢点呀！”老大说：“没事，死不了的！”助手就说：“云云，你要真心对老大好，你就快给他养个娃娃出来！”云云骂道：“贫嘴！”自己倒忍不住红了脸。老大发动了拖拉机，两个助手坐上去，“嘟嘟嘟”就开走了。

刚到河湾，牛磨子的“媳妇姐”抱了个大包袱要搭车，说是捎她到龙王沟口，回娘家去，可以省出五十里路的。老大说：“不行的呀，矿石装了这么多，又坐了两个人，再捎人就不安全了。”“媳妇姐”就说：“你们坐了就安全？是不是我爹和你怄气，你不捎我呀？”老大说：“我气量那么小？再说你爹是你爹，你是你！你硬要坐，你就坐吧。”拖拉机走了四十里，开始爬一面大坡，吭吭吭半天爬上顶，又是七拐八拐下坡，老大手脚并用，一刻不敢放松。那助手就坐在后边矿石上不停地点烟，塞在老大的嘴上。好不容易下了坡，又走了一段，快要到龙王沟口了，那里是一条砭道。砭道上的崖角垮下了一堆石头，老大倒拧转了机头，绕着乱石往过开，但是，拖拉机的外轮太靠边了，石旁的基堰经受不起压力，哗的一声垮了，拖拉机忽地翘起来，倏忽之间就翻了下去。

事故发生得如此突然，一阵晕天晕地之后，深深的峡谷里死一般寂静。不知过了多长时间，老大觉得浑身疼痛，睁开眼来，自己是睡在沙窝里。他的身边，是一堆废铁疙瘩似的手扶拖拉机，而机箱则断裂成几块窝在另一边。他猛地想起是拖拉机翻了，赶紧爬起来，觉得脸上湿漉漉的，一抹一手血。又连声呼叫两个助手和“媳妇姐”，无人反应。再过去看时，“媳妇姐”在砭道垮下的乱石堆里，头颅已开裂。那爱说笑的助手头部好好的，胸部以下却压在拖拉机下，口鼻流着血，血已经凝固了。只有另一个助手，木呆呆地坐在外边沙滩上，他一点伤也没有，却吓痴了。老大叫他，他拔脚就跑，停也不停。老大知道他是惊疯了，自己又一次昏倒在沙滩上。

事故震惊了村人，也惊动了乡上、县上。两个乡长又来到了××村，陪同的却是公安局的人，查看现场，处理后事。牛磨子哭哭啼啼，睡在老大的家里不起，要求赔偿人命，后来就蹦出蹦进，要在张家门框上吊肉帘子。小梅、云云忙去夺他手里的绳。老大说：“让他上吊吧，我今世还没看见过人上吊哩！把凳子拿来，咱看着他上吊！”牛磨子却哇地哭叫着又去给两个乡长和公安局的人磕头作揖，请求他们严惩凶手，为民做主，以老大的一条命抵死去的两条命。

老大被逮捕了。

经过调查，法院审理，最后没有以命还命，却判刑三年。

很快，县人民法院的宣判布告贴到了全县各地。这乡派出所的人多拿了一大卷到××村，村长就在村里四处张贴，石壁上，矿洞口，摄制组的院墙上，甚至烛台峰道观里，古堡门洞上，都贴上了。每一张布告的下边，是赫然的手写体的法院院长的大名，大名上方，是一枚鲜红的县人民法院的印章。村人全拥去观看，有人大声朗读。

云云奶的病加重了，坐在门口，一看见那里有两三个人一起，就疑心在指说他们，说："那又在外派咱了！谁要敢把我老大怎么样了，我不会饶他，我去阎王爷那儿告状，阎王爷我是能认得的。"云云就把她扶进屋，不让她说三道四。剃头匠从门外灰不沓沓走进来，坐在灶口处吃烟，吃过了半天，说："布告贴出来了！"小梅说："上面怎么写的？"剃头匠说："判了三年。"小梅起身就往外走。剃头匠拉住说："小梅，不要出去，村里人都在那里看布告，你……"小梅还是挣脱出去。才到村口，就看见一张布告下，许多人在争抢着什么，竟将布告撕烂了，随即就见一孩子急急跑来，手里扬着什么大叫："我得到了，我得到了！"

小梅甚觉奇怪，挡住问："那儿抢什么？"

孩子说："抢那红戳戳哩！"手一扬，手心里果然有一片从布告上挖下的红印章纸。

小梅说："挖那干啥？"

孩子说："人都说这红戳戳避邪哩，挖了带在身上，神鬼不撞，无灾无难。布告上全挖得有洞，你也快去挖一个吧！"

小梅叫了一声"大哥"，就靠在了一棵小树上，树在哗哗地抖，叶子就落雨一般地掉下来。

四

摄制组完成了最后一个镜头，他们收拾着行李，要离开村子了。导演十分满意自己的这部片子，他自信这部影片放映之后，必会引起社会的反响。他从内心深处要感谢这块地方，但也从内心深处痛恨着这个地方。这三省交界的 ×× 村，提供了这部影片的景物，更使他的人生观得到了进一步深化甚至改变。现在，他要走了，或许以后他还会再来，或许今生今世就永远从这块地方走掉了。他在心里说：我会记着这个地方的，永远记着这个地方！他就把摄影师叫来，想在影片完成之后，再一次单独将这个地方的自然景象拍摄下来，作为一种记录，一种往后帮助记忆的材料。摄影师满口应允，他也早存此念。于是两个人带了摄影机拍摄了这里的四座大山，山上的古堡；拍摄了零乱分散的村庄；也拍摄了村庄里一些人物的嘴脸，甚至那些狗、鸡、猪、羊；又到了锑矿洞里，拍下了挖矿的人，挖出的矿，以及那贴在矿洞口已经被人挖去了红印章的布告。镜头久久地落在布告上打了红道的“张老大”三个字上，给了一个特写。最后，就上到对面山坡上，将摄影机对准了烛台峰，可以清清楚楚看得见了那完整无缺的古堡，那古堡里的道观，那道观里的九仙树，那树旁走动如豆粒的老道、小道。

但是，就在这个时候，天变了。先是西边天空烧过一片红云，云红得如血，霎时消去。从湖北、河南境界的上空席卷而来一片乌云。那乌云奇形怪状，变化莫测，极快地覆盖在四座山峰的顶上，就凝固了一般一动不动。满天的苍鹰、乌鸦纸片似的乱飞，后来就没踪没影。导演甚觉惊奇，听山谷里一片死寂，就说：“不好，怕要有大风暴了！”就收拾了摄影机，和摄影师下了山坡钻进山根下一个早先挖过矿的废洞里。果然风从天峰、地峰、人峰之间冲起，呼呼如有潮起，一切草木伏地，但烛台峰安静如故。风刮过半个小时，天越来越暗，突然嘎喇喇一声巨响，似乎天崩一般，就见乌云炸开，一个发红的树根状的东西出现在天空，接着一个红红的如太阳一样的火球滚下来，直落在烛台峰的古堡角上，轰然一声，古堡塌下一角，乱石腾空；又是一个如太阳一样的火球从云中滚下，砸在天峰古堡上，轰然一声，草木就燃了起来。清清楚楚地看见一个小道从后山挑了水，才进了道观院中，一个火球追逐而去。小道扔掉了水担，逃往殿去。火球就从大殿门里钻进去，立即烟火腾飞，那火又漫卷出古堡，将山峰的树木引燃。山上一哇声地哭喊，山下也一哇声地哭喊，老道和两个小道疯了一般地往山下跑，山下有人开始往山上跑，但山路已吞没在火海之中。于是一切梢林很快烟火弥漫，烛台峰失去了存在。火沿着沟道又往天峰山上燃去，天峰山上的火又燃下来，两峰火合在一起，只听见一片轰隆声、噼啪声。那些树木先是通身起焰，焰在空中飞飘，像是一面面旗子，接着树枝坠下，发出巨大的咔嚓声，随着整个木桩倒下，飞弹出无数的火球火花。导演和摄影师被这突如其来的天雷轰击惊得目瞪口呆，以前只听说过太白山发生这种现象，没料到这儿也会有！天雷结束后，并没有暴雨下降，风也停息了，空中又乌云顿消。导演和摄影师跑下坡来，见村人全拿了铁镢、水盆、木桶站在峰下，但火势太大了，谁也不能上山；而山上的热浪又把他们一直推赶到了河边。

导演和摄影师又架起了摄影机，拍摄了这满山的大火。

直到天黑了，火还没有烧完。村人皆没有去睡，一直眼巴巴看着那火。也就在半夜，当烛台峰的火势慢慢熄下去，那古堡里，火势则大旺。火光中，突然有数声嘶叫，便见一个什么走兽在那古堡墙头上跑动。山下人立即看见了，叫道:“是麝！又是一只麝！”

这只麝在火光中叫着，跑动着，后来就不见了。火还在红红地烧。

三天后，天下起了一场大雨，烛台峰和天峰瘦了许多，一片焦炭似的。那古堡除了塌倒了一个角外，却依然存在，越发显得黝黑，几只鹰鹞飞落在顶上，一点也辨不出颜色了。

矿洞里，采矿的人一边挖矿，一边谈论着这场火灾。中午时分，河畔的路上开来了一辆崭新的卡车，一个尖锐声音传来:“车来了！县上拨给咱们的汽车来了！”矿洞的人都拥下河湾去，矿洞口呆呆地站立着四个人：一个光大，一个光小，一个云云，一个小梅。

他们没有下去看车，却还望着烧得黑秃秃的烛台峰和天峰。光大已经说过好几十遍了，还在说："那火真大。"

小梅说："大火。"

光小说："那只麝是活着还是死了？"

光大说："是死了。或者是活着。"

云云并不听他们的，眼看着河湾里村人在围着新汽车欢叫，就说："新车真的来了？！"

小梅说："这就好了，村子要富了。"

光小就说："要把这消息给大哥说一声呢，明日我就到县劳改场去。"

光大说："不要去。他知道了会伤心的！"

光小说："不会吧，大哥不是一心想着有这辆新汽车吗？"

云云就叹了一口气，说："唉，他真可怜，这阵儿车有了，村人却把什么都忘了。"

小梅却咬着牙说："忘不了的。到时候是会记得的。"

云云问："能记得吗？"

小梅说："能的。"说过了，又说了一遍，"能的。"

——发表于 1986 年

倒流河

有一条倒流河，河北是两个镇，河南是三个镇。河北、河南的要往来了，没有桥，只有老笨的一条船，那就得去搭船，搭吧。于是，来人在渡口喊：船过来哟——老笨。

老笨就放下水烟锅，使劲地摇橹，力气已经不够了。但河面上空横拉着一道铁丝，船绳套在上边，船不至于被水冲走。

搭船的人往船上来，老笨认得邻村的顺顺，顺顺头上新别了一个发卡，绿莹莹的像落上去的蜻蜓。

大家开始取笑老笨的牙，门牙没了，嘴角两边的牙便显得特别长，那是要长出象牙吗？又戏谑说：人清闲了坐在炕桌前才吸水烟锅的，你拿到船上用，是长年在水上的缘故呢，还是扎个势，要显摆？老笨哧啦哧地笑，却说：你们在河南好好地两条腿走路，咋就去河北趴下四条腿？老笨还会挖苦人，大家扑过去扯他的嘴，船就晃荡不已，在河面上打旋儿。

天上满是些疙瘩子云，船到了对岸，老笨又吸起水烟锅了，一边轻吹细捻，听烟锅子里的咕噜声响，一边望着下了船的人爬到了塄畔。塄畔上一簇一簇的白花。其实那不是花，是干枯了一冬的野棉蒿裂出的绒絮。河南的樱桃已经开了，而河北，绒絮还在风里扯着。

河北那是产煤的地方，到处都是些小煤窑。夜里如果有了流星，朝着流星坠落的方向去寻陨石，那峁呀梁呀下面会发现一个洞，洞斜着就钻进去了。这些洞差不多靠近某一个村庄，三里路或者五里路，路都是黑的。长长的白天里，驴无声地驮着煤筐走，偶尔开过的卡车和拖拉机留下了车辙，很深又很硬，驴在辙里拐了蹄，便被赶驴人 × 娘捣老子地骂。

骂声让石峁梁上的人听到了，那也是个赶驴的，不免相互喊话，话却在半空里就乱了，嗡嗡一团，只好你招招手，我也招招手。

沟岔底的那个洞，和别的洞不一样，洞旁边搭了个棚，还种了一窝南瓜。因为有了一场好雨水，藤蔓叶大如头，竟爬上了棚顶。下面坐着一伙媳妇，她们是来送饭的，等候得久了，就数起黄灿灿的南瓜花，说哪朵是实花，花下已经有了小瓜胚子，而哪朵没结瓜，是朵谎花。顺顺当下就不数了，坐到一边去，把包着饭罐的帕帕解开了，又包上，再要解开时结紧得怎么也解不开，脸色难看。别的人赶紧使眼色，不说谎花了，说罐子，说：咋还不出来，罐子都凉了。

罐子都是一样，罐子里的饭却不同。有的是红豆米饭，炒了土豆丝或炖了萝卜；有的是油泼的捞面；有的是四个杠头馍，全掰开了，夹了辣子酱豆和葱，还有一疙瘩蒜，说：我那人饭量大。立本年前就害上了胃疼，顺顺给他摊了煎饼，为了软和，煎时在面糊里多加了西葫芦丝，饼子都煎得不囫囵，她羞于给别人看，把罐子抱在怀里了，暖着热气。

一阵响动，洞口里就扔出了个安全帽来，接着爬出来一个人，再接着五个六个都爬出来了。这些男人各自看着自己的媳妇便笑，但媳妇们看着他们都是一样黑衣服黑脸，一时倒认不清。顺顺是第一个抱着饭罐跑过来，立本的眼白多，现在更白了，比别的人都白。立本伸手就抓煎饼，煎饼上留下黑指印，顺顺说：急死你！扯了片南瓜叶子让先擦手。

吃过了饭，媳妇们就走了，男人横七竖八地躺下晒太阳，吸纸烟，开始说自己媳妇。一个说：我呀，晚上回去，她就把长面捞到碗里了。一个说：我回去先上炕，她再忙，擦擦手也就来了。立本说哼，哼了几下，心里想：那算个屁！我一进门，顺顺一手端了饭，一手提裤子，问先吃呀还是……他就闭上眼，眯瞪了。旁边人说：你哼啥哩？立本，立本！立本已经睡着了。怎么叫立本都不醒，掏出一枚硬币轻轻放到他手里，手却立即攥紧了，气得大家都笑，骂：瞧这货，这货！

但洞口经常也有哭声。不定在什么时候，洞里爬出的人双肩上套了绳索，人爬出来了，再把绳索往出拉，就拉出个铁皮斗子，斗子里不是煤块，是另一个血肉模糊的人。洞口就呼天抢地，一片哭声。

棚边的南瓜藤蔓干枯后，露出一堆一堆纸钱灰，有的纸钱没烧尽，风吹着总往人身上沾。沾在立本的裤腿上了，立本就要呸口唾沫，说：我和你没吵过架，也没欠钱，别寻我！

四里外的村口一直有家小卖铺，挖煤的常在那里买酒喝。村里人把挖煤的叫煤黑子，煤黑子买了酒多半要先赊账，店掌柜就在墙上写了人名和钱数。有些账还在，人却在事故中没了，权当给烧了纸吧，就在墙上那个人名上画个叉。不久，都在传说：一个月黑风高的夜里，有三个人敲小卖铺的门，要买烟酒和方便面。掌柜见是煤黑子，说：不赊账啊？三人说：给现吧！天明后掌柜点钱，发现都是些阴票子。

从此，煤黑子的媳妇们都在租住的村屋里贴菩萨像，天天给菩萨上香。顺顺在立本上窑上时，往他怀里放一个桃木节，或者一个小纸包，包着朱砂。立本爱显摆，有一回在洞里掏出纸包给别人看，里边却不是朱砂了，是一张棉布片，上面有血。大家当然知道那是什么血，取笑了一番。立本回来给顺顺发脾气，顺顺才说是村里来了个阴阳师，告诉她经血最能辟邪，立本火降下来，但碗已经拿起来要摔了，就拣了个破碗摔碎。

这个窑的煤黑子有县东的人也有县西的人，而大多是河南、河北的。河南来的八个人，不到六年，死了五个，一个断腿，还有一个躺在炕上能出气，叫不应，活成了植物。而立本活着，立本给人夸自己的那个地方长着一颗痣的，旁人说：还不是顺顺给你的平安！立本也觉得顺顺好，回来把顺顺抱在怀里亲，还亲了她的肚子。

顺顺明白立本的意思，夜里老实得像个猫儿，任着折腾。事毕了，她要给立本去倒温水洗，立本说：不敢让流了！给了个枕头垫在屁股下，顺顺就把头吊在炕沿下。

顺顺已经给将来的孩子起了个名字叫安然。但又过了一年，顺顺还是没怀上。

那时候，煤的市场不景气，小煤窑的煤里矸石又多，更是卖着艰难。矿主就鼓励人去推销，推销出一吨可以提百分之五的成。顺顺给立本说：你的胃病好多了，我给咱跑生意去，两个人赚着总比一个人赚着多，攒够盖新房的钱，明年就该回去了。立本说：那我咋吃饭呀？顺顺说：搭老魏的伙。老魏的媳妇也是送饭的，顺顺出一份钱，老魏同意，老魏的媳妇也同意。

顺顺先回到河南。别人家的稻子都扬花了，她家的稻田遭了虫害，稻叶子一疙瘩一疙瘩锈着色，忙着三天两夜挑料虫。从田这头到田那头走一趟，料虫能挑少半筐，倒在坑里用木杵砸，而腿上却趴了蚂蟥。蚂蟥往肉里钻，捏不出来，血就顺腿流，过路人说：拍，一拍它才肯出来！拍了三下，蚂蟥掉下来了，那人说：看把庄稼做成啥了！顺顺觉得下煤窑没挣下钱，庄稼也荒了，让人笑话，就发誓要好好推销煤。

县城里各个单位都有锅炉，一到冬天居民家里又烧炉子取暖，顺顺就挨家挨户给人说好话。头一两个月自己单独骑自行车，早去晚归，后来叫上立本的一个老叔一块去。老叔胖，坐在自行车后座上，顺顺便骑得一身的水，还和人撞过三次，把老叔跌下来，断了一颗牙。顺顺承诺将来要给老叔补个金牙。每次到了县城东门外，老叔跑北城片，顺顺就跑南城片，在一棵柳树后把旧袄脱下，换上一件红底碎花衫子。她喜欢这件衫子，换上了要对着城河水照几回。

在单位里和人家谈价钱，往往谈到最后了，人家就提出要回扣。回扣有五百元的，也有一千元的，顺顺老是心疼，后来灵醒了，再不给现金，运去十吨煤，打的条子上却写上十三吨。但是，卸煤时，烧锅炉的要让她请吃饭，饭就不请了，把饭钱给塞兜，还搭一包纸烟，她帮着一块卸。烧锅炉的时不时拿眼光在顺顺身上蹭，说：听说在窑里挖一年煤要尿三年的黑水？顺顺说：你唾唾沫，唾沫也是黑的嘛。两人都笑，说咱们这是干啥哩，老鸦还嫌猪黑？

推销得好，顺顺五天或七天了到窑上领推销款，晚上就不走，要尽女人的责任，但立本总是下了班就去喝酒。等到醉得摇摇晃晃回来了，立本很张狂，把一沓子钱往顺顺面前一甩，说：给！妈的 ×。顺顺笑着，也就从怀里掏出钱来，她的钱沓子比立本的钱沓子厚。

撑船的老笨入秋后就一直喊脊背疼，喜欢搭船的人拿鞋底给他拍。去看医生，医生说是受了潮，要求每天去镇卫生院刮一次痧。儿子用自行车带他去了一次，说：不就是用牛骨板在身上刮嘛，你把钱给我，我夜夜给你刮。老笨哼了哼，赶紧把帽子按了按，帽壳里有着一百元的票子。

三十年前，老笨刚开始撑船，河里涨水，一条鲇鱼跳到船上，捉住了提回家，老婆正好给他生下个儿子，他就给儿子起名鱼，宋鱼。这宋鱼长大了，去城里干过传销，传销被政府取缔了才回村种庄稼，庄稼种得不好，却染上了赌博。曾经钻进苞谷地里和人掷色子，掷了三天三夜，胡子长出一指长，从此就留个小胡子。

老笨说：你三更半夜不沾家，你给我刮？

宋鱼听了爹的话，故意把自行车往一个小石头上骑，差点把老笨颠下去。骑到一个小商店门口了，却进去买了个木挠挠，木挠挠是专门搔痒的，河南人都叫它是：孝顺。宋鱼说：我不沾家，它就替我嘛。

老笨说：儿呀，你这么浪荡着咋行？你也去河北下下窑嘛。

宋鱼说：我去下窑？当兵的是死了没埋的人，挖煤的是埋了没死的人！

后来宋鱼赌得大了，面前放一袋子钱，和人坐在公路边上猜车号的尾数是单还是双，谁猜对了就把钱袋子提走。宋鱼输过，也赢过，幸运的是多赢了几次，就买了辆摩托，整天放着响屁地跑，还在后座上驮了女孩子，女孩子的裙子经风一吹，腿像两个白萝卜。

县城里人常有开了车来游玩的，要看倒流河的水是怎么倒流的，还要看河南的老房子。别的地方建房三十年木头就坏了，土墙也坍了，河南的房子砖砌皮，里边的土心也是浸了米浆捶打的，百十年的民居在，而且明代的龙王庙在，清代的魁星阁在，还有一个木刻砖雕的老戏楼子。这天，就有个人停了车，端了照相机四处拍，拍到一座房子，这房子虽也砖砌皮，却椽头腐了，檐角垮了，屋顶上苫了塑料布，拿石头压着还呼啦呼啦响。对着门楼拍那匾额“积善流光”四个字，门道里卧了一条狗，龇了龇牙，没有叫。又转到房的山墙后，那里搭了一间土屋，里边站着一头牛。牛体瘦毛红，脚下垫着的土和草料被粪尿搅和成了稀泥，苍蝇乱飞，臭烘烘。拍照的说：这牛若是人变的，那人是囚徒。宋鱼就跑过来，喊：哎，干啥的，干啥？

这房子并不是老笨的家，但宋鱼就是不让拍。照相的不拍了，却对着牛圈门口的一块石头说：这石头是老石头。宋鱼说：二百年的捶布石！照相的喜欢捶布石平整光滑，更感叹它挨了多少棒槌击打，就说：把这石头给我吧。宋鱼却要钱，要了一百元，他吭哧吭哧把石头抱上了汽车，狗却汪汪地叫。照相的说：这钱应该给这家主人吧？宋鱼说：走你的，狗说不了人话！

煤还是卖不动，而窑上事又不断，许多煤窑就关停了，或者廉价转售。从河北回河南的人多起来，或一脸灰黑，背着被褥卷儿，或拖家带口的，男人在前边走，媳妇拉着孩子老撵不上。老笨很忙，夜里还得撑一次船。空中的月亮一团明光，船撑到河南岸了，最后下船的是个年轻女子，怀里抱了个婴儿。老笨知道在河北挖煤挣不下钱了，但却躲过了计划生育，说：这世道呀，娃都生娃了。年轻女子不爱听，回过头说：不生娃生老汉呀？戗得老笨半天缓不过气来。

立本没有回河南，却谋划着和另一个人要把沟岔底的小煤窑买下来。两人回到河南来筹款，顺顺在新草帽上搓麻什给他们吃。顺顺的指头嫩嘟嘟的，搓出的麻什像猫耳朵，那人说：手真好！顺顺侧过头了，无声地笑。那人出了厨房，在院子里给立本说：你娶了个好媳妇！顺顺想听自己的男人怎么说，立本却只嘿嘿了一下。

立本把购窑的事说给顺顺，顺顺吓了一跳，不敢同意，立本就反复给她讲，现在的煤窑设备不行，又没有木支护，所以老出事故。矿主只会骂人，不善经营，煤就卖不出去。趁着眼下煤价落到了底，咱买了肯定是好事，一时煤卖不动，总有能卖动的时候呀。如果咱命好，那挖的就不是煤，是金，日进斗金。顺顺说：那咱命就能好？立本说：我那个地方长着痣啊！顺顺想了想，说：我依你吧。就同意了。

决定了买煤窑，那人出五十万，立本也要出五十万，而立本总共积攒了十万，还准备要翻修老屋的。立本去贷款，信用社不给贷，顺顺说：我给你过三十六吧。

三十六是男人生命中最重要的岁数，河南的乡俗就是摆宴席，亲朋众友来相贺。立本的生日原本在腊月，顺顺却给他提前过，为的是能收一笔礼，还可以向亲戚们借钱。但是，席桌上顺顺说了借钱的事，立本却站了起来说：这不是借钱，是让大家入股哩，有十万的入十万，没十万的五万八万也行，我给经营着，明年就给你们分红。立本还介绍了这个煤窑的情况，也讲了它的光明前景，拍着腔子说要让大家的钱鸡生蛋，蛋生鸡，不停地生下去。亲戚们被他煽呼起来了，顺顺的二舅当下拿出五万，说他要买水泥铺院子呀，不铺了。二舅一带头，大姨父应允了五万，二姨父应允了五万，大伯五万，二伯四万，三伯三万，姑姑六万，大舅四万，三舅四万，三个侄子各五万，五个舅表姑表各四万，六个侄女和外甥女各三万。顺顺娘有个干姨妹，其儿子和女婿来了，心也热了，说：让我们也沾个光吗？立本说：你们也是亲戚嘛，行呀。那两人各应承了两万。

三天后，所有的钱都拿到手了，九十八万，顺顺又卖了要翻修老屋的一副大梁担，还有她的一双银镯子，共两万整数。账一笔一笔写好，账本装在一个盒子里，顺顺抱着盒子要放到屋梁上去，一只老鼠在看她，又担心老鼠会咬盒子，便把盒子用铁丝吊在梁上，铁丝上还加个旧电灯罩。天开始下雨，雨也关心着，敲得屋外树叶子响。顺顺给立本说：这不老鼠爬不下来了！

有了自己的小煤窑，立本很辛苦，扩拓了坑道，加固了木支护，又新招了一批煤黑子，忙得小便都尿不净，裤裆里老是湿的。顺顺让老叔继续推销，自己也在窑上忙活，她办了一个大灶，媳妇们都不各自送饭了，省了的人手都运煤装车。她不愿意窑后的坡上只是野棉蒿，从河南挖了一棵桃树栽在那里，时常提了水去浇，希望能活。

桃树真的活了，可顺顺一年下来，人瘦了一圈，再穿那件红底碎花衫，又宽又长，衣不附体，风一吹，大家都说：你要上天呀！

夜里回到出租屋，立本当然还要做那事，顺顺心里不要，把身子给他，但黑暗里睁大了眼，要听着远处有没有狗咬，炕台上的电话会不会突然响起，提心吊胆着窑上出事。

月底发工资，还放一天假，煤黑子们都去喝酒了，顺顺领着一伙媳妇去坡上拾地软，嚷嚷着回去包饺子捏馄饨。等着大家都下坡了，顺顺坐在那里看桃树，几日不来，春便老了，桃花落了一地。

不觉得就春节了，回到河南，立本说：初五把亲戚都招来吃顿饭吧。所有出过钱的亲戚都来了，口口声声叫着立本是老板，盼望老板分红呀。饭菜吃了一半，立本给各位敬酒，却说这一年窑上的煤依然卖不动，还伤了三个人，虽生命都保住了，可住院和补偿就花去了二十三万，总之，是赔了。大家面面相觑，就往顺顺脸上瞅，顺顺脸也茫然，立本又说了：做生意就是有风险嘛，既然赔了，如果各位还要把这个窑维持住，就等待以后的大分红，那就需要各家再缴三万。三舅说：赔得血本都没了，还敢再缴！立本说：都是亲戚嘛，不愿意我也不强迫，那就不缴了，也就没股了。

顺顺不知道该说些什么，但她得依着立本。亲戚们七嘴八舌议论了半天，都是不再缴钱了，怨恨自己当初发财心切，不该听立本的话，他只是个煤黑子，哪里是当老板的料呢？饭没吃毕，屁股一拧都出门走了。

顺顺的娘家人再不和顺顺往来，顺顺的眼泪流到了正月十五。

正月十六，村长得了孙子要过满月，宋鱼张罗着通知来客。十五的晌午他就站在村前公路上见人便说：村长给孙子过满月呀，让请你哩！被挡住的人说：哦，那就去随礼嘛。也有不说去也不说不去的，却问：把你积极的，是不是村长让你承包修水渠上的那个涵洞呀？宋鱼说：我不赚那小钱。那人说：那你给人家的孙子出过力？宋鱼说：他那儿媳妇……我口没那么粗吧？嘻嘻地笑。

宋鱼骑了摩托再往另一个路口去，路上就有人和牛挡了路，中间是一个老汉，两边各一头犏牛，悠闲缓慢地走。宋鱼鸣喇叭，那老汉没反应，左边的牛却立刻走向了右边，宋鱼骑过去了骂：你不如个牛，牛都知道靠右行哩！顺顺刚好过来，说：他是个聋子，你骂他哩？宋鱼见是顺顺，也通知了顺顺，说：你一定得去的。顺顺说：那为啥哩？我和他不是本家子。宋鱼说：他是村长呀，你和立本树梢子在河北，树根子在河南呀！

顺顺回来给立本说去呀不去，立本不去，说：礼钱咱能赚回来？顺顺明白立本在吃醋，把头低了没再多说。但第二天，她还是一个人带了礼去了村长家，把人家的小孙子抱着喜欢了半天。

村里过红白事，是乡里乡亲维持关系的平台，都去帮忙呀，上礼呀，即使有小怨小仇的也去示个好，嫌隙也可修复。而村长这天村人去了多半，仍有小半没来，村长脸上挂不住，问宋鱼：你咋通知的？宋鱼说：我再去喊。

宋鱼又站在门外十字路口喊人，有几户来了却来的不是大人，是孩子，还有来的人把礼钱一上又顺门要走了。宋鱼说：走呀？走的人说：礼上了。宋鱼说：那得吃饭呀！走的人说：为啥不吃，叫他想去！

入了夏，河南的树荫把村都罩了，夜夜蝉声嘶叫，蛙声如雷，河北的峁梁上草长不到半尺高，牛虻却多得像苍蝇，撵着人隔衣服蜇。

窑上的生意不好也不差，收入盘点后，合伙人提出再买一个窑，立本又和顺顺商量，顺顺这回是坚决反对，因为不可能再筹到钱了。立本说：咱卖老屋房，把房卖了。立本是入赘到顺顺家的，顺顺说了狠话：那是我爹我娘给我留的，你别打它主意！结果合伙人拿了他的红，又抽走了当初买窑的一半钱，自己单独去干了。

大部分的钱都被抽走，煤黑子的工资发不了，原本关系还和和气气的，这下子红脖子涨脸，闹僵了，有人竟把三十个安全帽偷走了。顺顺得知那人是邻村的，并且回了河南，就也撵了去要。那人说：这不是偷，是顶账的。顺顺说：兄弟，我用别的给你顶账，你把帽子还我，下窑没帽子你这不是卡我脖子吗？带那人到了老屋，指着那个五格子板柜，让抬走了。板柜一抬走，顺顺趴在地上给她爹她娘磕头，爹娘下世早，只有照片挂在墙上，她就呜呜地哭。

把安全帽装了两麻袋，一袋先背着走一段路，放下来，又反身去背另一个麻袋，黑水汗流地背到老笨的船上了，头上的发卡不知道遗在了哪里，头发扑撒了半脸。老笨说：哎哟，现在兴减肥哩，顺顺你减得有效果。顺顺说：你是说我黑瘦得没人样了？她不敢坐到船头去，害怕水里照出影子。

仅仅是过了四个月，谁也没想到，窑上的煤突然卖得快了，而且价格越来越高，已经用不着去推销了，拉煤车在每一个窑前都排队，还是现金交易，来人提着一口袋一口袋的钱。

立本觉得奇怪，顺顺更是要呆了，晚上关了门，两个人在炕上数钱，手指头把嘴里的唾沫都蘸干了，还没数完。顺顺说：这不是在梦里吧？立本说：我拧拧你的脸。拧了一把，拧得重，顺顺疼得哎哟了一声，立本就扑过去压她，顺顺要把钱收拾了再说，他说就在钱上，钱欺负了他半辈子，他也该给钱点颜色。那几天顺顺还正来了那个，好多钱就成了红钱。

河北的羊多，镇街上有几家水盆羊肉店，立本一定要带着顺顺去吃一顿。路上顺顺说有人看他们的眼神邪邪的，是不是要打劫？立本说：走你的路，越紧张贼越看出咱有钱了。顺顺又操心家里的钱全放在炕洞里安全吗，立本不理她了，解开外套扣子，说：咋这阵热的！顺顺想笑，但她没笑，心里说：钱烧的来呗。

进了一家店，要的是包间，包间里没窗子，灯不甚亮，屋顶棚还黑乎乎的。立本喊：来个妇女！店主跑来了很疑惑，立本说：端盘子的女服务员呢，把灯泡换个瓦数大的嘛！店主说：应该是叫小姐。吃了一半，立本在汤里发现了一只苍蝇，责问小姐汤里怎么能有苍蝇，小姐说整天杀羊哩还能没苍蝇？顺顺这才发现灯泡吊绳上爬满了苍蝇，而顶棚上也是苍蝇趴得多了才黑的。

这顿饭没有吃好，但是包间是木板隔的，隔板那边的包间里也有人吃饭，在说着国家改革的事。他们说南方改革的力度大呀，一个镇的财政收入抵过了西北地区一个县的财政收入。还说，现在中央政府的经济政策向西北倾斜了，给的大型基础建设项目多了几倍，一起上马，咱这里要振兴呀。顺顺不懂得振兴，却明白振兴了才使窑上的煤卖得快嘛。

立本突然大骂以前的合伙人。

顺顺说：煤能卖了，可惜他走了。

立本说：他舅在县上是干部，他肯定是早知道国家的政策了才闹着要分手的。你知道不，他新买了三个窑。

立本开始恨顺顺当时不让再买窑，顺顺也后悔，可谁能长前后眼呢？庆幸的毕竟还有着这个窑，够了，这就够了嘛。立本说：够啥呀，风来了就要多扬几木锨啊！他警告着顺顺：以后有决策的事，要听他的！

于是，立本谋划着再买几个窑，可跑了几个地方，窑都涨了价，是以前的五倍，而且第一次去问一个窑五百万，过了几天，又成了八百万。等到下了决心再去买吧，已经是一千二百万了。立本当然掏不起这么多钱，回来就喝酒，发酒疯，顺顺劝他，他踢凳子，把凳子腿都踢断了。

顺顺说：你疯啦？

立本说：煤疯啦，河北疯啦！

河南的人又多往河北跑，跑得像一窝蜂。老笨撑船的次数比往常多了五趟，就让宋鱼在岸边搭了个茅屋，把被褥拿来，也支了锅灶，基本上就不回家了。宋鱼十天半月来送一次米面和蔬菜。但来一次，老笨的钱就少了些，他不清楚儿子怎么就知道他把钱一卷一卷塞在那些破鞋窠里，鞋又是藏在床角的麦草里。他和儿子嚷，宋鱼说：你要那么多钱干啥，我是你儿哩，你不给你儿花？

老笨夜里躺在茅屋，水鸟在河滩的芦苇丛里一声声叫，他想：家里那院房子保不定什么时候就让儿子卖了，自己会不会最后就死在这茅屋呢？睡不着，起来又坐在门口吸水烟锅，成群的萤火虫在面前飞，像是星星从空里掉下来了，明的明，灭的灭。

到了六月二十四日，是荷花生日。河南的三个镇都有水田，每个村前又都有荷塘，六月二十四日就要给荷花过生日，企盼着荷花长得好了也就是水稻也收成好。老笨回了一趟家，拿了一把香在塘边刚点燃，村长就急急忙忙来喊他快去渡口：来了大领导要过河呀。

过河的是有十几个人，大多穿着褂子，五个人却西服领带的穿戴整齐。老笨拉住村长问：那是多大的领导？村长说：是市长和县长，你把船撑稳些。老笨说：穿得恁厚的？知道西服领带的就是官服，觉得那些煤黑子搭船时也有穿过西服的，但没有领带，还穿着旧布鞋，怪不得那么不好看。

船到了河心，市长对县长说：这河上得修座大桥呀。县长说：我们已经规划了。老笨听了，想：呀，修了大桥，我这船就撑不成了。迟疑了一下，船就顺水往下漂，赶紧摇了几下橹。却又想，这么大的河面怎么修桥呢？县长或许说说就是了，前几年县上办葡萄酒厂让河南人大种葡萄，把葡萄能增加收入的话说得天花乱坠，可葡萄种了，收葡萄时却没钱，农民把葡萄一架子车一架子车倒在县政府门口，来年全把葡萄园铲了。难道为了方便运煤，县上就给这里修大桥？咋会呢？不会。

船靠到河北，领导们上了岸，岸崖上有几辆小车在迎候，还整齐站了一排人。县长给市长介绍着这位是某某老板，那位是某某老板，都是煤老板。老笨远远地看到煤老板里有着立本，而顺顺却和一伙人走下了岸崖上船，他们要回河南去。

顺顺给老笨说：船年头久了，该换换新的了。

老笨说：再耐活几年吧。

顺顺也是回家来要给荷花过生日的，虽然有钱了，再不指靠家里的庄稼，但顺顺坚持要给荷花过生日。还有一桩心事，惦记着院子里那棵石榴树开花了没，石榴多籽，她也要拜拜，希望自己今年怀上孕。

傍晚里，河南人家家做了麦仁粥，端了饭把粥一疙瘩一疙瘩放在塘靠边的荷叶上，就眼望着这儿的一朵朵荷花开了，那儿的一朵朵荷花也开了。宋鱼在家里把粥盛在碗里，说：我先吃一口。院门外就进来了讨债人。

宋鱼顺梯子到院墙头要逃，来人把梯子扳倒，宋鱼跌下来，说：

不就是一万元嘛，我给你取。进了堂屋，出来时手里却拿了一把刀，当着讨债人就在自己腿上开了一个大口子。讨债人说：我不吃这个！宋鱼说：我不是自残赖账，你权当我是个女的，我开个肉缝给你。那人扇了他一个耳光，又扇了个耳光，宋鱼眼前满是星星，看讨债人也是两个三个，待看清只是一个人了，他躁了，拿刀朝前一戳。

讨债人没有死，他就坐了两年牢。

两年牢出来，村里人少了许多，他更找不下个媳妇，连妇女也都往河北去了。他才知道河北现在富得流油哩，一个窑的价钱是两千万三千万，而立本也拥有了四个窑，是河南三个镇里最有钱的人。

三个镇的小学都找过立本赞助，立本先是给了一个小学十万元，又给了另一个小学十五万，剩下的那个小学去说如果能给二十万，小学就以他的名字命名，立本就给了二十万。校长领了一百多学生抬了个大匾过了河送到窑上。窑上已经有了大楼，立本的办公室很豪华，还供着一尊铜铸的关公像，说关公义气，是个财神。大匾往墙上挂时，却掉下来拦腰断了，顺顺觉得这是立本承受不了这样的大匾，给立本说：你不识几个大字，咋能把名字作校名？立本才改了主意。

宋鱼给村长鼓动，立本钱这么多了，他应该给村里硬化道路呀，若能给十七八万，咱两个负责修，每人还不落三四万？村长却有他的想法：何不以村的名义去贷款，也买一个窑来？两人先去河北打探，一个窑已涨到三千五百万，买不起了，再去见立本，立本却迟迟不肯见。村长气得骂，宋鱼说：咱是向人家要钱呀，还怕伤脸？他找到顺顺，让顺顺通融。顺顺劝立本，说：村里人不敢得罪，尤其是村长。立本才同意村长和宋鱼到他办公室。

立本坐在沙发上，没给村长和宋鱼让座，也没给递纸烟，刚说起硬化村道的事，立本就开始打电话了。一个电话是让财务室催督市某某部门把两千万快打过来呀，另一个电话却是询问县长的秘书，县长来检查工作是后天上午还是下午，是爱吃烤全羊呢还是喜欢狗肉，冬天里吃狗肉喝烧酒最好。电话打完了，立本说：不就是硬化个路吗？从抽屉里拿出了二十万。又让宋鱼回河南到三个镇里去看有没有百年的桂花树，有了，想办法买来他要栽到公司大楼的门口，钱的事回来了报账。宋鱼应承了，却问：你还是四个窑吗？立本说：卖了两个。宋鱼说：一个卖三千五百万，你命里有钱，钱就引钱哩！立本说：屁！人家买过去又一转手，卖到四千万了。村长和宋鱼则暗自后悔逮不住机会，活该看着别人吃肉自己只能舀一勺油腥汤喝喝罢了。

硬化了村道，宋鱼净落了三万，又买了两棵大桂花树，一棵一万元，给立本说一棵是两万，再落了两万。拿这些钱就在镇街上办了个商店，进的都是高档货，一般人买不起，专门供应从河北过来的老板买。

立本就来买过几次，每一次都是山参呀鹿茸呀，或是名酒名烟和普洱茶，那时都兴着喝普洱茶，装满了车的后备厢，开到县城去。

有一次，立本又来了，他算计着要当人大代表或政协委员，问宋鱼能不能弄到钱钱肉？钱钱肉就是驴鞭，烹制好了吃时要切成片片，样子像铜钱。宋鱼说：这难呀，再难我给你弄去！宋鱼去了河南再往东五十里的凤阳镇，那里能做钱钱肉，他买了大叫驴，还亲眼看着把活驴杀了取鞭，弄了五根，他想县上是四套领导班子，每个班子的一把手一根，得给自己留一根吧。

立本来取货，宋鱼吹嘘这是大叫驴的，而且别人买的都是病驴死了才割的，它这是割了才杀驴，一根一万五千元。把驴鞭摆出来，四根上都贴了纸条，上面写着书记的，县长的，主任的，主席的，还有一根写着：我。立本说：我是谁？宋鱼说：我给我留的。立本说：你吃啥哩！顺手也拿走了。

立本当上了县政协委员，经常要去县上开会，好多人都帮着他打扮形象，立本也慢慢会讲究了，名牌西服，名牌皮鞋和皮带，后来又戴上了外国进口的名表。当然也给顺顺买了几箱子时兴衣服，顺顺开始穿着不自在，出了门手不知道在哪儿放。立本说要给顺顺买高跟鞋，顺顺说：这我不穿，那么细的跟，咋走路呀，咋干活呀？但立本还是买了回来，不止一双，是五双，逼着让她穿。

立本给顺顺讲了一件事，说他认识的一个煤老板，钱都几个亿了，就是穿戴上不讲究，北京一个歌星在市里演出，有人给拉皮条，肯出一万元就能和人家共度一夜。这老板提了钱去宾馆敲门，歌星开了门，一见是个农民嘛，衣服扑稀拉沓的，嫌脏，把钱袋子扔出来门就关了。立本说这故事的时候，耻笑那个老板给企业家把人丢了，顺顺心里想：如果那歌星不嫌呢……就把事情做了？

顺顺穿了高跟鞋，身子总挺不直，屁股就耷拉着，头一天脚就磨烂了，一回家脱下，指着骂：鞋，鞋，你害我！但她还得穿，给立本穿，就买了一盒创可贴装在了兜里。

立本做那事时，开始有了各种姿势，这让顺顺感到不适应，她说：你折腾啥呀？老催快点。立本就不做了，坐到桌前去喝酒，还摔烟灰缸。顺顺又觉得欠了立本的，主动说：那你来吧。立本却自己不行了，顺顺说：这不怪我。立本嫌她不吱声，像个死人，说：你要叫床哩，你一叫床我就很厉害。顺顺便低声叫：床呀，床呀！立本打了顺顺一拳头，穿衣出门走了。

这是立本第一次打顺顺，顺顺觉得委屈，决心要和立本闹一场。可立本一走五天没回来，整得顺顺没脾气了，又自己寻自己的不是：是我不好，没给他生个一男半女的，又没能满足他。她到公司去找立本，立本当着众人没有给她脸色看，却说下午要去市里办事，打发她回家。这一走，竟然走了一个月。

宋鱼的商店赚了钱，几次拿了点心给他爹，还带来三只鸡，杀了让爹熬汤喝。老笨说：买这么多东西干啥？宋鱼说：花你的，有的是钱。给爹又掏出一条纸烟，把老笨的水烟锅丢到河里去了。害得老笨又下河捞了半天，才把水烟锅捞回来。

老笨对儿子说：有钱了你就攒着，你要攒不住，拿来交给我攒，攒够了娶个媳妇。为娶媳妇，老笨急，宋鱼不急，父子俩搞了几次嘴。

村长的兄弟在镇政府工作，胖得腆个大肚子，老笨对宋鱼说：人家和你同岁，娃都上小学了。宋鱼说：生娃还不容易？老笨撇了撇嘴，又说：三十多岁的人了，连个肚子都没鼓起来，看人家多富态！宋鱼说：有本事的搞大别人的肚子，没本事的才把自己的肚子搞大。老笨就气得不和儿子说了。

从此宋鱼又不好好经营商店，往河北跑，而且每次都领着三四个年轻女子。老笨每次载儿子和年轻女子过河，他都兴奋，橹摇得特别欢。他觉得儿子是生心了，认识了这么多年轻女子，是不是和其中一个谈恋爱呢？便暗暗打量这些年轻女子，给儿子悄悄说那个穿红衣服的看着身体蛮好的，千万不要那个长腿细腰的，腿长细腰了不好生娃。宋鱼说：去去去！宋鱼把几个年轻女子领去河北了，几天后又带回来，再过几天重新带了几个还去河北。

又是一个清明，顺顺早早几天就催立本回河南给亡去的老人祭坟，立本也就和顺顺回了一趟村子。他们带了香烛烧纸、水果和酒，跪在坟前祭奠，阴票子印得像真的人民币，但面额都是亿元、十亿元的。顺顺说：这么大的数怎么花呀，我爹上集吃碗凉粉得有个零钱。还是掏出一百元的人民币在那些烧纸上一正一反地拍打了一遍。纸烧了起来，立本说：爹呀，娘呀，我现在是政协委员了！政协委员的势儿有多大，给你们说你们也听不懂，就是当年西镇的许县长！

许县长是民国的一个副县长，顺顺也听她爹在生前说过这人，是河南三个镇出的最大的官，那时穿着四个兜的中山装，戴着礼帽，胳膊上迟早都挂个文明杖。

立本的话让司机听到了，很快在河南、河北传开，也传到了县城。再开政协会，政协主席见了立本，说：你怎么拿敌伪县长比政协委员？脸色很严肃。立本慌了，赶忙解释，说：主席，这话你都听到了？那是哄鬼哩，哄鬼哩嘛！主席扑哧笑了，事情才安然过去。

宋鱼已经是立本公司的人了，专门负责采买礼品，比如衣服呀，烟酒呀，手表玉器甚至家具，不一定是最好的，但一定是时兴的最贵的，采买了又要亲自送到该送的人家去。在县委、县政府的家属院里，宋鱼从来没有送礼送错过门，也从来没有给张三送时让李四看见。立本对宋鱼很信任，后来出门，一般就让他在身后跟着。宋鱼的眼色又活，立本要上电梯了，他肯定先小跑去摁键；立本进了厕所，他肯定在厕所门口拿着手纸；立本招待客人去歌舞厅娱乐，他会在门口组织一拨一拨坐台的女子进去陪酒。立本差不多离不开宋鱼了，一有事，就习惯地扭头看，宋鱼就说：我在这儿。

这一年春节，顺顺和立本都没有回河南，而河南的风俗是年三十夜里要在屋门上挂红灯，还要去祖坟上挂红灯，以彰显这家有人，鬼也不是绝死鬼。立本就支派了宋鱼去。宋鱼把最大最亮的灯笼在顺顺家的大门上挂了，也在顺顺家的祖坟上挂了，才去河边的茅屋看他爹。老笨在喝买来的苞谷酒，他陪着喝，自己醉得吐了，老笨给他擦洗了半夜。

回到河北，宋鱼给立本建议：得修修老屋了，虽然人不在那里住了，但老屋修得高大堂皇了摆在那里，也是光前裕后的象征，事业干得这么大了不在村里显耀，那如锦衣夜行。立本同意了，就委派他去监修老屋。宋鱼给立本和顺顺说：我会把老屋修得像个祠堂。

宋鱼到河上游的山里买了上等的木料，运不下来，就放在河里吆排，吆到村前的河滩捞取，结果吆失了三根檩木。买了砖请泥水匠先磨砖，要求每人一天只磨十块，必须棱齐面平，然后各类工匠都到齐了，给准备吃的喝的，仅辣子面就买了两斗。

老屋热热闹闹修着的时候，县委书记也交给了立本一个特殊任务。县上的领导差不多有十多年了没有被提拔高升的，请了阴阳师察看县城的形胜，说不该在修高速路时把城南的山梁挖开一个豁口，要补换风水，就得在豁口旁建一个寺或一个塔。县委书记当然不能建寺筑塔，就让立本盖一座楼，要盖得像市里的钟楼，县上可以拨一块位置好的地让立本便宜购买。

宋鱼得到消息，心里酸得怨立本这么大的事没告诉他，也没让他去负责工程，便喝了闷酒。

闷酒是在村长家喝的，喝高了才到修老屋的现场去，风一吹，脚下发软，倒在院里的石榴树下，树枝把脸剐破了，气得起来让人拿刀砍了树。那个中午，新的房子立木上梁，苫板已经铺了，坨泥苫瓦进行了一半，宋鱼却说柱子下的顶石雕刻得不好，大发脾气，要求换掉。换柱石得把柱子用杠子撬起来，可四根杠子把柱子撬起来了，抱着柱子脚的人原本有经验，以前也做过房子调整的事，可偏偏这回他在抱着的时候咳嗽了一下，身子打个闪，柱脚就斜了，听到屋梁上嘎巴嘎巴响。有人忙喊，快跑！撬柱子的人就往外跑，而屋顶即刻塌下来，把抱柱脚的人压死在下边。

一出事，宋鱼酒醒了，也害怕了，决定这得跑了，就说：我给老板打个电话。拿了手机放在耳朵上，一边走一边回头，走到村口撒脚就跑了。

老笨是在立本和顺顺从河北回来坐船时才知道修房出了人命，要跟着一块去现场。立本说：你去干啥，让人知道宋鱼那瞎货是你养的？立本和顺顺走后，老笨心慌意乱，头晕得差点栽到河里。

下午，船不撑了，老笨还是去了顺顺家。立本在处理后事，顺顺坐在院子里哭，立本不让哭，给了被压死的那匠人家五十万，让入土为安，却继续要匠人们盖新房，不但要盖，还要盖得更好。老笨跟前跑后给立本赔情道歉，顺顺说：这与你没关系的。老笨说：儿是我的儿呀！自己打自己的脸，然后去搬砖搬瓦，黑水汗流得谁也挡不住。

顺顺没有很快回河北，她怕出这事故招村里人耻笑，特意要多待些日子，拉扯拉扯和四邻友舍的关系。她没再穿那些鲜亮衣服，更是脱了高跟鞋，没事了就和村人拉家常。四天后，一户人家给儿子结婚，又恰逢镇街逢集，她去集市上给匠人们买了烟酒，又买了些水果糖回来给孩子们散发。水果糖散发完了，才拍打着衣服要去结婚的那家坐席吃宴，村长的兄弟媳妇就拉了孩子到院里，说：快叫你富婶，你富婶给你糖呀！孩子就叫着婶，富婶，顺顺没了糖，尴尬得脸都红了。那媳妇还在说：你富婶当年搞推销时，我给你富婶揉过腰，你富婶还能不给你糖？顺顺在口袋里掏出一百元钱，塞给了孩子。

结婚的那家见了顺顺，拉着让坐上席，顺顺不，一头钻到厨房帮着洗菜淘米，端了一盆泔水倒到猪槽去，上房台阶上有礼桌，好多人去上了礼。村长说：顺顺给上过礼了？顺顺说：还没哩。提着盆子去上了五百元。记礼单的说：呀呀五百元！旁边有人说：人家五百元算个啥！顺顺又回到厨房，村长进来了，黑脸训她：你再有钱你不能害大家嘛！顺顺说：咋啦？村长说：你又不是没在村里生活过，村人行礼都是五十元，你一下子来个五百元，别人还活不活？顺顺没和村长争辩，但吃饭时喉咙噎得难受，吃了半碗就回了家。

立本还是爱喝酒，却好像不胜了酒力，喝到半斤就喝多了，常常被人三更半夜地背着回来。顺顺总是埋怨送的人，埋怨得多了，立本再喝醉，送的人把立本背到门外了，使劲敲一阵门，人就跑了。立本酒醒后，嫌顺顺埋怨送他的人，影响了他的声誉，说：我要应酬能不喝酒？我的事你不要管！顺顺和立本吵了一顿，顺顺没有赢，她想要控制住立本，立本却拿住了她，酒照旧喝，一喝多了就不再回家来睡。

之后，凡是夜里立本没回来，那必定又喝多。时间一长，顺顺想，我怎么成了个闲人了，老窝在家里？她去了几次公司，立本不让她干活，说老板的夫人了再干活就丢身份。顺顺想想也是，又回到家里闲着，把头发烫卷了又拉直，拉直了又烫卷，也往脸上抹各种润肤油。一天公司销售主任的老婆来家串门，说用黄瓜切了片往脸上敷能防皱纹，顺顺当下就切了黄瓜，两人睡在床上，贴了一脸的黄瓜片。两人说了一阵话，那老婆突然说：老板还是不回来睡？顺顺说：他事情多呀。心里却想，她怎么知道立本不回来睡？那老婆说：他不回来，你能睡得住，不想那事呀？顺顺说：这么大年纪了还想那事，从来都没想要过。那老婆说：男人和女人不一样。顺顺想，她怎么说这话，是立本在外头胡来哩？但嘴上却说：胡来就胡来吧，那就把咱轻省了。说完还呵呵呵地笑。

顺顺明显地觉得自己年龄大了，头上有了白毛，腰上的赘肉也长出来了。夜里当然是睡不踏实，坐起来要吸几根纸烟，然后睡下了却一觉又能睡四五个钟头。她要求立本把存折都交给她管，她说：我只管存折！心里想，管好存折就管好这个家了。

河北的镇街是三天一集，集市上有个妇女在卖一窝狗娃，一只白毛黑蹄的见了她就叫，声音细得像猫儿似的，顺顺觉得可爱就买了。妇女见顺顺还买了许多东西，打发自己的女儿把狗给她送去。那女儿水灵灵的漂亮，顺顺就和那女儿说了一路的话，知道名字叫苗苗，说：我喜欢你，给你改个名吧，叫安然。到家后还留安然吃了一顿饭。

以后的日子，狗长得很快，顺顺也是三天两头就给安然打电话，安然便跑来陪她说话，一块吃饭，走时还要给送条丝巾呀或者一双皮鞋。安然要叫顺顺是婶，顺顺说：叫姐。

立本回来过一次也见了安然，说：河北还有这么漂亮的人？要让安然到公司去上班，顺顺不愿意，要安然就跟着她，说：你真喜欢她了，就给她每月发一份工资。

终于有一夜，门外的狗叫，顺顺一听脚步声，知道是立本回来了，急得要去开门，把拖鞋穿成了对脚，开了门才发现衣服也披反了。立本又是喝多了，但这回身后没人，顺顺说：咋没人送你？立本说：啊！吐了她一怀。顺顺说：怎能没人送呢，真是的！扶立本进屋到床上，要给立本脱衣服，立本却怎么都不让脱，躺在那里就睡着了。这半夜，顺顺被酒气熏着，被鼾声聒着，她有些兴奋，人回来了还是好，两个人睡觉总比一个人睡觉好。她睡一会儿要起来捂捂立本身上的被子，又要去盛开水给立本喝，端着开水一边吹着一边看了窗外，天上正是天狗吃月亮，月亮只剩下半个细牙儿，特别白，特别亮，像是银打的簪子。

河北的矿区现在成了一个新的镇，四面八方的人全来讨生活，求发财。立本从镇街上走过，许多人都问候他，尤其河南来的人更希望能在他的公司寻个活干。立本不愿意河南人到他公司来，因为他们知道他的根根底底，又担心他们来了难管理，要干就去挖煤吧。但河南人不想挖煤，也不死心，就让媳妇们去缠立本，立本出现总是被一些媳妇们围上纠缠，镇上人就说：瞧这个煤老板是唐僧吗，惹得白骨精多！

立本虽然注意着体形，但毕竟还是胖了，当陪着县工业局的领导检查工作了，领导也是个胖子，两个人都凸个肚。领导问立本：你站直看得见小弟弟吗？立本说：两年了没看见过。领导说：要减肥哩，下决心得减肥了。往窑上去，沿途的电线杆上都贴着治性病的野广告，领导问：你没性病吧？立本说：我怎么害性病？领导说：当老板的能不害性病？你也让领导害害病嘛，害性病不是你们的专利啊！两人哈哈大笑。

宋鱼在外跑了两年，混得不好，打听到修房死人的事早已了结，就又跑回河南。他没脸再去见立本和顺顺，却又阴谋着怎样还能在立本的身上再挣到钱，后来真找了个智障的流浪汉，让另外两个同伙带着去立本的煤窑挖煤，挖了半个月，寻机把流浪汉从一处煤层面推进一个坑里，又弄坏几根木支护，让煤块掉下去压死。窑里死了人，立本就慌了，害怕县上安检局要追究责任，影响他的政协委员，于是严格封锁消息，想偷偷联系死者家属，以私了完事。宋鱼立即又派一个同伙冒充了流浪汉的本家哥去立本的公司谈判，要求赔偿一百万。立本不同意给一百万，给了七十万。

顺顺的老叔得知亡者运回河南后是宋鱼把尸首在山坡挖了个坑埋的，把话说给了立本，立本明白了是宋鱼搞的鬼，气得破口大骂，发誓要报复，要报警。顺顺知道后，到公司去看立本，说：看你交的啥人嘛！数说了一顿，和立本商量对策，一夜愁得头发全白了。天明时，顺顺给立本煮了一碗荷包蛋，说：吃饱了，脑子就清白了。她的主意是不要报复，也不要报警，以免事情弄大了拔出萝卜带出泥，说：咱扑撒扑撒心口，咽了这亏。

立本听了顺顺的话，却窝了一口气，不久就病了。

为了让立本散心，顺顺要立本跟她去矿区西北的月亮岭上采野菊。月亮岭上的野菊全开了花，一朵花小是小，并不起眼，可一面坡上小花一朵挨着一朵密密实实铺开来，却金光耀眼，极其壮阔。立本采着采着，觉得后背疼，以为是岔了气，也没在意。

回来把野菊泡水喝，喝了拉肚子，吃止泻药都不行，就去了医院治。住了三天医院，腹泻停了，顺顺说那就势把后背疼也检查一下吧，这一检查，医生说拍出的片子上在乳房部位有块阴影，怀疑是癌，乳腺癌。立本当时就躁了，说：我怎么能患癌，一个大男人的患什么乳腺癌？

在省城的大医院经过确诊，立本确实患的是乳腺癌，很快就做了手术。手术是傍晚开始做的，顺顺在手术室外的椅子上坐不住，跑到楼下的花园里哭，哭到天黑。那一夜天阴着没一颗星，顺顺合着掌说：要是能出来个星星，他的病就能好的。仰头在天上寻，寻了半个小时还是没有星星。她得去手术室门口了，仍不死心，一边往楼门道走还仰头往天上看，就在进楼门道时终于看到了小小的一颗，啊地叫了一声，手术室在十楼，她一口气就跑了上去。

做完了手术，立本能说话了，第一句话就问医生：我还能活多久？医生说：你这是早期，而且这种病多半是能康复的。立本说：那我就是那多半！顺顺也高兴立本有这种信念，说：你当然会好的，你不是那地方长着痣吗？立本竟然还让顺顺拿了镜子来，躺在那里照了看，说：我死不了，县上的那座楼就继续盖，你去省城买一套商品房吧，要精装过的，出了院我就住下来做化疗。这事一定不能给任何人说，消息封牢焊死最少三个月，三个月我就回去了！

顺顺也就在省城买了房，出院后在新房里伺候立本。伺候了半月，立本就让顺顺回河北料理公司的一摊子事，顺顺不愿意回去，立本必须让她回去，顺顺就雇了保姆，让司机也留下，她回到了河北。

顺顺突然地坐镇公司，公司里的人都莫名其妙，顺顺解释是老板出国了，去考察了。她去了窑上三次，去了销售部一次，去了财务室一次，还去了县上盖楼的施工现场一次。检查工作严肃认真，一丝不苟，检查完了却宣布发补贴发奖金，数额是立本在时的三倍。她觉得人赚钱不能太多，钱太多了就反过来伤人。

顺顺忙过了公司的事，回到家里就指教安然，安然也知道了立本的病，问顺顺几时去省城呀。顺顺说：我不去了，这得你去。她就每天晚上给安然讲立本爱吃什么，爱穿什么，是什么性格和脾气，手把手教安然做饭，炒菜，熬汤，如何叠衣服，如何布置房间，还有怎么站怎么坐怎么笑。有一天说到洗澡，顺顺就说：他背上以前受过伤，搓澡的时候不敢太用劲。还有，他睡觉打呼噜，别让他窝住了头。安然说：咋给我说这些？顺顺说：这有啥哩，你应该知道。

两个月后，顺顺让司机回来，把安然送去了省城。走的时候，给安然理了刘海，说：你真漂亮！车一走，两股子眼泪却流下来。

立本在城里住着，三个月并没有回来，五个月也没有回来，但他几乎三天就能接到顺顺的一次电话，先是询问身体怎样，又询问安然表现怎样，末了汇报公司的情况。立本知道煤又卖不动了，是越来越卖不动，曾经拉煤排得像长龙一样的，如今一天来不了三辆。

立本在电话里问：那是怎么回事？

顺顺说：不知道呀！

立本又问：是不是管理上出了问题？

顺顺说：别的公司都这样呀！

立本看报纸，他看报纸字老认不全，让安然给他念，报上不断地写着美国金融危机、欧洲金融危机，全球的经济都在衰退，也影响到了中国。他去医院化疗时遇着一个年轻女子陪她母亲也化疗，交谈起来，那女子是台湾在大陆一家公司的白领。他说：现在真是经济衰退吗？那女子说：别的行业我不知道，我们公司是专卖高级酱油的，但我知道我们今年的销售量只有往年的三分之一。

顺顺在月底的一次电话里告诉立本，有十多个公司的窑已经关停，是不是咱们的窑也关停了，或者先关停一个，因为卖出去一吨就亏本一吨，既然亏本就不卖了，既然不卖了就不挖了。

立本却在电话里说：不能关停！我不是病也一天天康复吗，我不是有那个痣吗？挖，继续挖！

两个窑就继续生产，煤堆了那么大的一堆，又是一堆。公司的钱没有进的，只是每日投入，所有的钱都变成了煤，堆得沟岔里到处都是煤。

去年旱了一秋，开过年到了初夏，雨却下了三场，最大的一场连下了三天四夜。沟岔里的煤被雨一层层地冲刷，高高的丘堆变成平的，又变成了槽渠。顺顺打着车去看了，她骂着天，骂着骂着却笑了，说：这也好，好了，立本的病总该康复了。就想到了河南的老屋。

倒流河上的船还在撑，船千疮百孔了。过河的人说：老笨呀，你真要换换船了。老笨说：是该换换了。过河的人说：那怎么不换呢？老笨说：政府说修桥呀修桥呀，这几年了也没见修起来，我能换得起吗？

过河的依然很多，是河南的去河北的少，河北的回河南的多。

三天四夜的雨后，河里更涨了水，波涛满河满船，船不能撑了，河北岸崖上还聚了好多人，他们要回河南，大声叫喊：船过来哟——老笨！看着船停在那里，船上没有了老笨。

老笨也没有在茅屋，茅屋三个月前就拆了，他在村里的老屋睡着，做了个梦，梦见拾到了一大笸的鸡蛋。

《倒流河》创作谈

《带灯》写完后，并没歇下，接着就写了《倒流河》。写得很顺，气还控制得沉稳，这令我都觉得奇怪，后来想了想，应该是《带灯》的惯性所致，手还热着呢。

于是还有了个经验：如果一个长篇过后，宜于写中短篇，观大取小了，容易把握。

《倒流河》写的是最当下的生活。这得益于我曾经跑动了那么多地方，知道了那么多事情。当全球的经济衰退，对中国的影响是那么大，我有一大伙企业界的朋友或者熟人，他们都是有说头的人，再发生了新的故事，这让我痛，让我喟叹，对转型期的中国社会，对人生命运，又有了进一步的认识。

真是阳光下无新鲜事，世事变化无常，而人性里的东西却恒定着，折腾和不折腾，结局似乎都是一样，这如同巨大的悲和巨大的喜，对于心脏都是不能承受，人生的主题怎么总透着凉意呢？

还想到了一点：

这样的事或许在别的国家一样发生，但能肯定的是，其起和落与《倒流河》里的故事不同。如果从《倒流河》的故事里能深思中国的文化，即中国文化背景下中国人的思维、人际关系、处世方式，那面对着人类的困境和走出困境，会有哪些启示呢？

世上的事真个说不清呀。

你觉得成功这词好吗？成功的意思是理想破灭，像原子弹发射成功了是原子弹的毁灭。

——选自《小说选刊》2013年第3期

附录：贾平凹关于写作

——致友人信五则

之一：从“我”走向“我们”

一个人的生存经验来自他的生存方式，读你的作品，我尽量地去理解，但我不得不说，3月20日寄来的那篇小说，我读了一半就放下了。“一个女人最大的悲哀在于穿了一件不合体的裙子”，这样的句子像我这样的人无法接受。国家的发展是因地域差距着，又有各种不同的阶层，可毕竟都是中国，再大的生活差距我应该是大致知道的，不至于有那样的女人吧。即使有，写那样的生活，读者又会有多少呢？国家正处于大变革时期，现实生活为作家提供了丰富的写作题材。任何人都可以自由地选择自己有兴趣的题材。可是，你要明白，真正的大题材往往是在选择着作家的，如果大题材选择着你，你也就是有使命的、受命于天的作家了。我遗憾的是你总那么不热衷现实生活的题材，多是坐在书斋里空想，刻意你以为的新奇。从“我”出发，无可厚非，但从“我”出发要走向“我们”呀，你从“我”出发又回到“我”处。文学价值诚然是写人的，要写到人本身的问题，而中国的国情是正处于社会转型期，大变革着，人的问题是和社会问题搅在一起的。而且，不管什么主张，用什么写法，目的都是让我们更接近生活的本真，现实生活本身就具备了技巧，刻意求新，反而很难写出真来。

关注现实，在现实生活中我们才可能更本真，更灵敏，也更对现实发展有着前瞻性，也才能写出我们内心的欢乐、悲伤、自在或恐惧。作品的张力常常在于和社会的紧张感，也可以说，作家容易和社会发生一些摩擦，这不是别的，是写作的职业性质所决定的。但是，你推荐的那部书稿，多少存在着一些误区，它太概念化。在作品中一旦不放下概念，不放下自己，就带上了偏见，我读到的就是些偏见。它可以说恢复了一些历史事件，却并没有还原到文学。对于现实生活，有各种写法，我不大喜欢那种故意夸张乖戾的写作，那样的作品读起来可能觉得过瘾，但不可久读，也耐不住久读。我主张脚踏在地上，写出生活的鲜活状态。这种鲜活并不是就事论事，虚实关系处理好，其中若有诗性的东西，能让生命从所写的人与事中透出来，写得越实，作品的境界才能越虚，或称作广大。

我常常问，我为什么写作？为谁写作？这问题很大，我也说不清，好像是为写作而生的。其实这很可怕，我感到我周围一些朋友，当然也包括我，常常是为了出名，为了版税，为了获奖去写，写作就变成了一种委屈。我见过一些画家，只画两种画，一是商品画，一是参加美展的画。商品画很草率，不停地重复，而参加美展的又是特大的画幅，又都去迎合政治和潮流。我想到这些画家，就难免替自己担心。我有一个朋友，其作品写得很好，却从不宣传、炒作，是无功利心地写作，写好了最多是放在自己的博客上，我读她的作品就自惭形秽。我有体会，当年写《废都》和《秦腔》，写时并不想着发表出版，完全是要安妥我的，写出后，一些朋友读了鼓动登出来，才登了出来。这样的作品虽可能产生争议，给自己的生活带来许多麻烦，可读的人多些，且能读得久些。反之，我一旦想写些让别人能满意的作品时，作品反而写得很糟。

——选自《小说选刊》2008 年第 1 期

之二：好好说你的话

一碗饭，扒拉几口，你就知道这饭是咸甜辣酸，还是已经馊了。文章也是这样，它是以味道区别的。学书法的人很多，讲究临帖，临王羲之的，临颜真卿的，字都写得蛮不错了。可我们常常看到这种情形：在哈尔滨的书展上看到有人的作品，在广州的书展上同样看到，在上海、在西安的书展上也同样看到，它们像是一个人写的。那么，这样的书法家我们能记住是谁吗？这一点，你介绍的某某某或许明白，从他的小说里，能看出他一心要有自己的色彩和味道，问题是他看见别人做酒，他也做，却做成了醪糟，又做成了醋，最后成一罐恶水了。

什么树长什么叶子，这是树的本质决定的，不指望柳树长桐树的叶子，只需要柳叶长得好，极致的好。某某某的小说，我不满意，仅小说的语言读着就不舒服。为什么连续用短句，一句又都是句号，就像登一段阶距很小的楼梯，使不上劲，又累。语言的功能是表现情绪的，节奏把握好了，情绪就表现得准确而生动，把握节奏又绝对与身体有关，呼吸就决定着节奏。如果某某某是哮喘病人，我倒可以理解他使用短句和句号，如果不是，他是模仿那些翻译小说，或者片面理解“形式即内容”的话，那他老用这样的句子就容易使他患哮喘了。学习别人，一定要考察人家本质的内在的东西，老鼠为什么长胡子，蛇为什么有竹的颜色，狐子为什么放臭气，那是自下而上实用的需要，否则，东施效颦，不伦不类。

小说，就是说，好好说你的话。

——选自《小说选刊》2008 年第 2 期

之三：要控制好节奏

某某可能近日要去你那里改他的那个长篇，他之所以到你那里去，一是你那里清静，二是许多素材都是你提供的。我想就他这个长篇的初稿，跟你谈谈我读后的一些看法。

小说的故事非常好，但他没写出味道来。怎么能举重若轻，以这个故事举起一个时代是一个大问题。他一写长东西，总是控制不好节奏，不是前边精彩后边散气，就是这一章不错，另一章又乱了。咱们在乡下为人盖房时有这样的经验，地上的人往上抛瓦，房上的人接瓦，一次五六页一垒，配合得好了，一抛一接非常省力和轻松，若一人节奏不好，那就既费劲又容易出危险。唱戏讲究节奏，喝酒划拳讲究节奏，足球场上也老讲控制节奏，写作也是这样呀。写作就像人呼气，慢慢地呼，呼得越长久越好，一有吭哧声就坏了。节奏控制好了，就能沉着，一沉就稳，把每一句每一字放在合宜的地位——会骑自行车的人都骑得慢，会拉二胡的弓子运行得趁——这时的写作就越发灵感顿生，能体会到得意和欢乐。否则就像纸糊的窗子在风中破了，烂声响，写得难受，也写不下去。当然，沉稳需要内功，一个人的身体不好，不可能呼气缓长。我知道某某目前的状态，他是看见周围的人都写出有影响的作品了，他心里急迫，他往往准备不足，又好强用狠，肯定笔躁。再一点，那些素材怎么够完成一个长篇的写作呢？厨房里就那么些菜，怎么会七碟子八碗摆上一桌？

我本想和他谈谈，但他心劲正高，我和他又不甚熟，怕影响他的情绪。我知道在写作中情绪是不能影响的，运动员在场上只能喊加油，不可呼倒好。而你与他熟，啥话都可以说，你可一方面指出他的毛病，帮他控制节奏，再是尽量多提供素材，让他手头宽裕，三是如果可以，劝他写成中篇最好，或许能遮掩他的一些缺陷。

此信不必让他看。

你能来我这里吗？咱们再就这些问题沟通沟通，以便你更好地帮他。另，你爱吃羊肉泡馍，可你绝对没吃过萝卜泡馍，那是将萝卜片炖烂后，混入羊肉泡馍中，佐以酱辣和糖蒜，还是属于小炒类，味道极好，又易消化。这家饭馆我十天前才发现，在一条避背巷中，你几时来，我请你吃去。

——选自《小说选刊》2008 年第 3 期

之四：精神贯注

春节后的第一封信就写给你。

从元月起我一直在开会，过了春节，还要开会，可能 4 月前都在会上忙着。我是市人大代表，又是全国政协委员，各级的会议不能不参加。但当官的开会是他们的工作，而我开完会后自己的业务还没有干呀！到了咱们这般年纪，时间太重要了，所以我写了一个条幅挂在书房：精神贯注。我的意思是，时间和身体不可浪费，作文每有制述，必贯之神性。

中国有许多词的解释已失去了本义。过去我们在文学上也强调精神，多是政治概念，文学是难以摆脱政治，恰恰需要大的政治，但那时强调精神，往往使文学成为一种宣传，作品容易假大空。我所说的精神贯注，是再不写一些应景的东西，再不写一些玩文字的东西。年轻时好奇，见什么都想写，作文有游戏的快乐。现在要写，得从生活中真正有了深刻体会才写，写人写事形而下的要写得准写得实，又得有形而上的升腾，如古人所说，火之焰，珠玉之宝气。

你我从事文学差不多三十年了，到了今天这地步，名利都有，生活无忧，最担心的是没有了动力，易写油写滑，而外界都说我们的文笔好，我们也为此得意，但得警惕陶醉在文笔之中忘却了大东西的叙写。你是非常有灵性的作家，我还得劝你，不要再多读那些明清小品，不要再欣赏废名那一类作家的作品，不要再讲究语言和小情趣。要往大处写，要多读读雄浑沉郁的作品，如鲁迅的，司马迁的，托尔斯泰的，把气往大鼓，把器往大做，宁粗粝，不要玲珑。做大袍子了，不要在大袍子上追究小褶皱和花边。

近日看央视的百家讲坛，马未都在讲收藏，我记住了他所说的一句话，他说艺术的最高境界是病态。不知这话是他发现的还是借用他人的，这话初听好像有点那个，但有道理。试想想，文学也是这样，堂吉诃德，阿Q，这样的人物都是病态的。换一句话说，这样的作品和作品中的人物也正是贯注了精神的，这种抽象是从社会、时代里抽出来的。如果敏感的话，社会、时代的东西往往在一个人身上体现出来。作家要长久，就看能不能写出这样的人物来。

春节期间，晚辈来拜年，都在说要以身体为重，不必再写，或者轻轻松松地写。他们是以他们的角度来关心，但碌碡推在半坡怎能不使劲呢？我之所以新年第一封信给你，谈的仍是文学上的事，是因为身体固然重要，写作更是活着的意义，而你又是在写作上有野心的人。

——选自《小说选刊》2008 年第 4 期

之五：不要写得太顺溜

真不凑巧，你来找我，我却去了终南山。你和某某某的稿子我大略都读了，直接地说，我不太满意你们的叙述。某某某太注意描写，描写又特别腻，节奏太慢，就像跟着小脚老太太去赶集，碌碌拧拧半天走不前去。为什么老去关注山岳表面上的泥土怎样脱落流失，可山岳能倒塌破碎吗？而你，我又觉得写得太顺溜了。那年我去合阳一带看黄河，当时是傍晚，云压得很低，河面宽阔，水稠得似乎流不动，我感叹是厚云积岸，大水走泥，印象非常深。大河流水是不顺溜的，小河流水要它流得有起伏，有浪花和响声，就不妨在河里丢些石头去。我的意思是，文笔太顺溜了就要让它涩一点，有时得憨憨地用词。

现在很有一种风气，行文幽默调侃，但太过卖弄了就显得贫和痞，如果这样一旦成了习惯，作品的味道就变了，也可能影响你写不出大的作品来。

我也想，为什么你会是这样呢？这当然与你的性情有关，你反应机敏，言辞调皮，和大家在一起谁也说不过你，这种逞能可能影响你只注意到一些小的机巧的东西，大局的浑然的东西反倒掌控不够。有些事不要太使聪明才情，要养大拙，要学会愚笨。平日说话，大家都不屑夸夸其谈，古语道：口锐者天钝之。写文章也是说话，道理是一样的。再者，你的节奏少变化，高低急缓搭配不好。

作品的立意是不错的，但你急于要衍义立意，唯恐别人体会不来，这样就坏了。在大的背景下写你的小故事，从人生中体悟了什么，仅有深意藏矣即可，然后就写生活，写你练达的人事。写作同任何事情一样都要的是过程，过程要扎实，扎实需要细节，不动声色地写，稳住气写，越急的地方不能急，别人可能不写或少写的地方你就去写和多写，越写得扎实，整个结果就越可能虚，也就是说，作品的境界就大。反之，境界会小，你讲究的立意要靠不住，就要害了你。

你留言说这部初稿有的章节你写得顺手，有的章节写得很艰难，这我也能读得出来。其实这是我常遇到的事，我的办法是，每当写得得心应手时就停下来，放到第二天去写。这样，在第二天一开始就写得很快乐，容易进入一个好的状态。你不妨试试。

——选自《小说选刊》2008 年第 5 期